RACHEL JONAS / NIKKI THORNE

Kings of Cypress Pointe

Sweet Revenge

Die Bücher von Rachel Jonas und Nikki Thorne bei LYX:

Kings of Cypress Pointe:

1. Sweet Revenge
2. Bitter Regrets *(erscheint 25. Oktober 2024)*
3. Hidden Truth *(erscheint 28. März 2025)*

RACHEL JONAS / NIKKI THORNE

SWEET REVENGE

KINGS OF CYPRESS POINTE

Roman

Ins Deutsche übertragen von Beate Bauer

LYX

LYX in der Bastei Lübbe AG

Die Bastei Lübbe AG verfolgt eine nachhaltige Buchproduktion. Wir verwenden Papiere aus nachhaltiger Forstwirtschaft und verzichten darauf, Bücher einzeln in Folie zu verpacken. Wir stellen unsere Bücher in Deutschland und Europa (EU) her und arbeiten mit den Druckereien kontinuierlich an einer positiven Ökobilanz.

MIX
Papier | Fördert gute Waldnutzung
FSC® C014496

Textredaktion: Christiane Wirtz
Umschlaggestaltung: © Cigdem Bilge unter Verwendung von Motiven
von © shutterstock.com (Rudchenko Liliia / Natural Rock And Surface)
Satz: Greiner & Reichel, Köln
Gesetzt aus der Adobe Caslon
Druck und Verarbeitung: GGP Media GmbH, Pößneck

Printed in Germany
ISBN 978-3-7363-2233-2

1 3 5 7 6 4 2

Weitere Informationen unter:
lyx-verlag.de
luebbe.de | lesejury.de

PLAYLIST

Gambling Hearts – Harrison Brome
Shelter – Harrison Brome
Come Together – Gary Clark Jr.
Gold – Kiiara
It Was a Good Day – Ice Cube
There's No Way – Lauv
Ruin – Shawn Mendes
Slow Dancing in the Dark – Joji
Fallingforyou – The 1975
Often – The Weeknd
She Wants – Metronomy
Crave You – Clairo
Time of the Season – The Zombies
Bad Things – Cults
I Found – Amber Run
Teeth – 5 Seconds of Summer
Novacane – Frank Ocean
We Can Make Love – SoMo
Losin Control – Russ
Who Needs Love – Trippie Redd
Body – Sinéad Harnett
Abandoned – Trippie Redd
Run – Joji
Candy Castle – Glass Candy

Yeah Right – Joji
I think I'm Okay – Machine Gun Kelly
Bad Things – Machine Gun Kelly
Tearing Me Up (Remix) – Bob Moses
Stuck in the Middle – Tai Verdes
Sweater Weather – The Neighbourhood

Liebe Leser:innen,

bitte beachtet, dass dieses Buch
neben sexuellen Inhalten und derber Sprache
Elemente enthält, die triggern können.

Dies betrifft: *Drogenmissbrauch, Gewalt,*
Vernachlässigung, Mobbing.

Wir wünschen uns für euch alle
das bestmögliche Leseerlebnis.

Euer LYX-Verlag

PROLOG

An meine Blue-Jay:

Du hast so friedlich ausgesehen, dass ich es nicht über mich gebracht habe, dich zu wecken. Ehrlich gesagt, war Schreiben die einzige Möglichkeit, das hier durchzustehen, ohne zu weinen. Ich wünschte, wir könnten alle so tough sein wie du … Weil ich weiß, wie sehr du es hasst, wenn ich mich in etwas hineinsteigere, fasse ich mich kurz.

Ich werde für eine Weile verschwinden, Süße. Du, Scarlett und Hunter seid meine Welt, also werde ich nicht lange fortbleiben. Zwei Wochen höchstens. Ihr werdet kaum Zeit haben, mich zu vermissen. Versprochen.

Bevor du überhaupt auf diesen Gedanken kommst: Das hier hat absolut nichts mit euch zu tun. Das zwischen mir und eurem Dad ist nun mal so, wie es ist.

Unser Problem.

Dünne Wände machen es schwer, Geheimnisse zu wahren, weshalb ihr bestimmt mitbekommen habt, dass die Streitereien zwischen uns schlimmer geworden sind. Ich glaube, um das in Ordnung zu bringen, was zwischen ihm und mir nicht stimmt, brauchen wir Abstand voneinander. Wir werden es nie hinkriegen, wenn wir immer nur im Streit miteinander reden. Hoffentlich hilft mir ein wenig Ruhe und Frieden, mir über alles klar zu werden. Vielleicht hört er ja auf zu trinken, während ich weg bin.

Es wird kein Tag vergehen, an dem ich nicht an euch drei denken werde. Hunter arbeitet an irgendwas, das vielleicht ein wenig Geld ins Haus bringt, weshalb er eine Weile schwer zu erreichen sein wird. Deshalb hoffe ich, dass du dich um Scar kümmerst, aber das machst du ja ohnehin schon. Du bist so toll mit ihr. Manchmal denke ich, du bist eine bessere Mutter, als ich es jemals war. Gott erschafft nicht oft große Schwestern wie dich, weshalb sie aus gutem Grund zu dir aufsieht.

Ich gehe, bevor dein Vater aufwacht und mir die Hölle heißmacht, wenn er meine gepackten Koffer sieht. Er hat sich gestern Abend in den Schlaf getrunken, was bedeutet, dass er ein Brummbär sein wird, wenn er aufsteht. Das Beste wird wohl sein, wenn ihr Mädchen ihm aus dem Weg geht.
Um einen kühlen Kopf zu bewahren, habe ich mein Handy ausgeschaltet. Hinterlasst einfach eine Nachricht, und ich rufe zurück, wenn ich kann.
Auf dem Küchentisch liegt ein Zwanziger für Einkäufe, bis Hunter zurück ist. Kein Junk-Food, Blue! Ernsthaft! Du bekommst sonst die Quittung während der Basketballsaison.
Ich vermisse euch jetzt schon. Gib Scarlett einen Kuss von mir.
Ich komme zurück, wenn sich die Wogen etwas geglättet haben.

Mom

1

BLUE

Juni, vier Monate später

Den Brief zu zerknüllen ist befreiend.

Das hätte ich schon an dem Morgen tun sollen, als ich das Blatt mit den Kaffeeflecken an meiner Tür entdeckt habe. Stattdessen habe ich es ordentlich zusammengefaltet und in mein Portemonnaie gesteckt wie ein kleines Heiligtum, das ich überallhin mitgenommen habe.

Ich habe mich stets nach den kleinen Schnipseln Liebe gesehnt, die sie hier und da in meinem Leben hinterlassen hat. Doch dann stolpere ich in den unpassendsten Augenblicken wieder darüber. Wie jetzt, während um mich herum eine wilde Party im Gange ist und ich auf die perfekte Gelegenheit verzichte, einfach jung und frei zu sein. Warum? Weil ich bei der Suche nach einem Kaugummi in meiner Clutch auf diese Nachricht gestoßen bin und plötzlich wie gelähmt bin, während ich über Moms verdrehte Version von Liebe nachdenke. Ich sollte irgendeinen hübschen Kerl anquatschen oder tanzen, als ginge morgen die Welt unter, aber nein.

»Gefunden! Mein Schlampenradar funktioniert noch«, lallt Jules.

Ein Lächeln ersetzt beängstigend schnell meinen Gesichtsausdruck.

»Du sagst immer so charmante Sachen«, nehme ich sie ebenfalls auf den Arm und streiche mit den Handflächen über die weißen Leinenshorts, die sie mir unbedingt borgen wollte. Sie waren Teil eines Gesamtpakets – schwarzes Tanktop, schwarze High Heels und silberne Ohrringe. Der einzige sichtbare Gegenstand, der tatsächlich mir gehört, ist meine Clutch.

Ausgelassener als sonst zieht Jules an dem blonden Fischgrätenzopf auf meiner Schulter. Sie hat ihn geflochten, während wir vor ein paar Stunden auf unsere Mitfahrgelegenheit gewartet haben. Ich hätte es selbst tun können, aber die blöde Gipsschiene an meinem Finger macht die einfachsten Dinge praktisch unmöglich.

Nur fürs Protokoll: Der Nachteil daran, jemandem ins Gesicht zu schlagen, ist der gebrochene Fingerknöchel, der damit einhergeht. Aber um ehrlich zu sein, das war es wirklich wert. Auch wenn es zu meinem Rauswurf am Ende des Jahres geführt hat und mich beinahe meine Chance an der Cypress Prep gekostet hätte.

Ich würde es nicht noch einmal tun, aber ich bereue es auch nicht.

Ich bemerke Jules' glasigen Blick, der mir sagt, dass ich gescheitert bin. Ich wollte aufpassen, dass sie heute Abend nicht über die Stränge schlägt, aber der Brief war leider die perfekte Ablenkung.

»Hoppla! Wo kommst *du* denn her?«, sagt sie unter Schluckauf zu der Ziegelmauer, mit der sie zusammengestoßen ist.

Rasch strecke ich die Hand aus, um meine schwerfällige rothaarige Freundin zu stützen, die jetzt neben mir lehnt. Sie kann von Glück sagen, dass ich gute Reflexe habe.

»Hast du trotzdem Spaß?«, fragt sie zögerlich. »Ich weiß,

dass du lieber auf dem Spielfeld oder sonst irgendwo bist, anstatt auf der North Side abzuhängen, aber ich glaube, heute Abend ist wichtig.«

»Das erzählst du mir schon die ganze Zeit«, murmle ich.

Sie verdreht die Augen. »Weil Jules es am besten weiß«, versichert sie mir sogleich.

Das alles – die Partyszene, die Klamotten, die Wimpern und das Make-up – ist *ihr* Ding, nicht meins. Vor allem in diesem Teil der Stadt.

Wie aufs Stichwort erklingen spitze Schreie. Ich blicke nach links zu einem Mädchentrio, das Arschbomben in den hell erleuchteten türkisfarbenen Pool macht.

North Cypress ist das Viertel der Wohlhabenden, der Elite. Leute von der South Side wie Jules und ich stechen wie zwei blutige Daumen heraus. Ich kann es fühlen. Hier auf dem Rasen des weitläufigen Grundstücks irgendeines privilegierten, reichen Kerls bin ich mir überaus bewusst, dass wir völlig fehl am Platz sind. Trotzdem habe ich mein Wort gehalten und bin gekommen.

Die Verlockung freier Drinks und ein Überangebot an gut aussehenden Typen haben eine Rolle dabei gespielt, dass Jules mich auch gegen meinen Willen hierherschleppen wollte, aber es ist mehr als das. Es ist ihre Art, mir dabei zu helfen, mich an diese Welt zu gewöhnen, bevor ich zu Beginn des nächsten Schuljahrs schutzlos in sie hineingestoßen werde.

Ab Anfang September werde ich von Montag bis Freitag ihrer Gnade ausgeliefert sein. Nur um am Ende des Tages wieder in die Wirklichkeit zurückzukehren, auf meine Seite der Stadt, wo jeder Abend auf die gleiche Weise endet. Dort werde ich in den Schlaf gewiegt von der einzigen Melodie, die South Cypress je gekannt hat: Polizeisirenen und bellende Hunde.

Home sweet home.

»Kennst du überhaupt jemanden hier?« Nachdem ich gefragt habe, folgt mein Blick einem Pärchen, das an uns vorbeigeht, ohne überhaupt Notiz von uns zu nehmen. Wahrscheinlich weil die beiden wie Tiere an den Kleidern des jeweils anderen zerren, bevor sie durch den Seiteneingang in das Gästehaus schlüpfen.

»Nein«, antwortet Jules. »Pandora hat erwähnt, dass es eine wilde Party wird und die Adresse hier in Bellvue Hills genannt, also habe ich beschlossen, mit dir herzukommen. Ich weiß nicht einmal, wem die Bude hier gehört.«

Ich liebe es, dass sie über mein Schicksal entscheidet, ohne mich vorher zu informieren.

»Pandora?«

Jules nickt. »Ein geheimnisumwittertes Mädchen, das sich auf ihren Social-Media-Accounts über die Angelegenheiten anderer auslässt.«

»Ist …« Bevor ich mehr über diese Pandora in Erfahrung bringen kann, werde ich abrupt unterbrochen.

»Es müssen mehrere Hundert Leute hier sein, meinst du nicht?« Jules' Worte sind gedämpft, weil sie in einen Flaschenhals spricht.

Sie nimmt einen Schluck und stößt mit dem Kopf gegen mich, als ich die Schulter zucke. »Das könnte hinkommen.«

»Es hat eine Ewigkeit gedauert, dich zu finden. Ich hab schon gedacht, du versteckst dich vor mir.« Der Kommentar ist emotionsgeladen, weil sie betrunkener ist, als mir bewusst war.

»Vor dir niemals, Süße«, necke ich sie. »Ich stehe auf Partys immer neben vollgekotzten Mülltonnen. Das ist irgendwie mein Ding.«

Ein Rülpser wie von einem Kerl kommt ihr über die Lippen, doch sie bemerkt es kaum.

»Ich weiß, dass du sarkastisch bist«, sagt sie, »und falls ich mich morgen früh noch daran erinnere, werde ich bestimmt beleidigt sein. Also mach dich auf einen Anschiss gefasst.«

Selbst betrunken schafft sie es, mich zum Lachen zu bringen.

Der Klang meines Klingeltons erregt Jules' Aufmerksamkeit, noch bevor ich ihn bemerke. Sie ist überraschend aufmerksam, wenn man ihren Zustand bedenkt. Oder einfach neugierig.

»Er schon wieder?«

»Ja.« Ich schaue kaum auf das Display, bevor ich *Ablehnen* drücke.

»Du weißt, dass du seine Anrufe nicht ewig ignorieren kannst, oder?«

Als ich erneut die Schultern zucke, hebe ich ihren Kopf dabei an. »Bislang funktioniert es bestens.«

»Schlüsselwort: bislang.« Angesichts ihrer Fahne, die mir bei der Bemerkung in die Nase steigt, drehe ich den Kopf weg, bevor sie fortfährt. »Er ist starrköpfig. Du weißt das besser als jede andere.«

Leider hat sie damit recht.

»Vielleicht solltest du zurückrufen. Vielleicht hat er was von Hunter gehört und …«

»Um die Wahrheit zu sagen, für mich ist es okay, wie es ist«, unterbreche ich sie. »Hunter hat getan, was er getan hat, und jetzt ist er dort, wo er hingehört. Ende der Geschichte.«

Ihr glasiger Blick ist die ganze Zeit auf mich gerichtet. Ich kann es fühlen.

»Na schön«, lenkt sie ein. »Lassen wir das.«

»Danke.«

Ihre wilden roten Locken wippen, als sie den Kopf hebt, um zu nicken, aber sie ist plötzlich auf meine Hand konzentriert. Besser gesagt auf das, was ich darin halte.

»Was ist das?«

Ich stecke den Brief nicht schnell genug weg, und jetzt hat sie ihn. Sie schafft es, ihn zu glätten, bevor ich ihn ihr wieder wegschnappen kann, aber dabei reißt die kleine Ecke ab, an der sie ihn festgehalten hat.

»Es ist nichts Wichtiges.«

Und das stimmt. Die Worte meiner Mutter sind nicht wichtig. Lügen sind das nie.

»Au weia! Sieht aber nicht so aus«, schnaubt Jules, die jetzt allerdings zu meinem Rücken spricht, weil ich auf das Lagerfeuer zugehe.

Leute tanzen um die Flammen herum und grölen den Text von Ice Cubes *It Was a Good Day*, und es sieht aus, als nähmen sie an irgendeinem New-Age-Paarungsritual teil. Der Gedanke ist vielleicht sogar ziemlich treffend.

Bevor ich mir selbst etwas anderes einreden kann, glätte ich den Brief und halte ihn in die Flammen, wo er Feuer fängt. Ich warte bis zum letzten Moment damit, ihn loszulassen, und verbrenne mir fast die Fingerspitzen. Doch irgendwie passt das. Das bin ich in Kurzform: nie ganz sicher, wann es eigentlich genug ist.

Ein Fluch der Familie.

Eine Sekunde bevor Jules in mein Blickfeld tritt, drückt mir jemand ein Bier in die Hand. Ich bin kurzzeitig fasziniert vom Feuer durch das braune Glas meiner Flasche, als ich sie zum Mund führe.

Als der letzte Fitzel Papier verglüht, spüre ich ein seltsames Ziehen in meinem Herzen. Im Gegensatz zu den meisten anderen Mädchen besitze ich weder Schmuck noch Andenken von meiner Mutter. Das einzige Geschenk, das ich je von einem Elternteil bekommen habe, war eine Liste mit Lastern, die länger ist als mein Arm.

»Alles okay? Wir können verschwinden, wenn du willst.«

Jules legt ihre Hand auf meine Schulter, und mir entgeht nicht, dass sie fürsorglich sein will. Doch ich kenne sie wie meine Westentasche, und ihr Angebot kommt nicht von Herzen.

»Mir geht's gut. Wir können noch eine Weile bleiben.«

Kaum habe ich die Worte ausgesprochen, ist sie schon wieder unterwegs, um mit irgendeinem Unbekannten zu tanzen. Doch das geht in Ordnung. Da ist eine Ziegelmauer mit meinem Namen drauf neben einem Mülleimer voller Erbrochenem.

Ich blicke ein letztes Mal in Richtung der Flammen und weiß, was sie gerade aus meinem Leben gelöscht haben. Doch das schmerzhafte Gefühl lässt rasch nach, als meine Aufmerksamkeit von einer unsichtbaren Kraft gelenkt, oberhalb der Flammen von drei identischen Augenpaaren angezogen wird, die auf mich gerichtet sind. Mit halb geschlossenen Lidern – dicht beisammen wie bei einer Meute marodierender Räuber – schlagen mich ihre grüblerischen Blicke in ihren Bann, und ich kann mich nicht abwenden. Ihre Gesichtszüge sind unglaublich ähnlich, weshalb ich zu dem Schluss komme, dass sie Brüder sein müssen.

Die schwarzhaarigen Gottheiten haben mich auf jeden Fall bemerkt, und jetzt scheinen sie sogar über mich zu reden. Zwei von ihnen beugen sich nach vorn, um mit dem Dritten in der Mitte zu sprechen – ein wunderschöner Haufen Sexyness.

Im Ernst jetzt? Ein wunderschöner Haufen Sexyness? Mehr fällt dir nicht dazu ein, Blue?

Mein Gehirn ist eindeutig überlastet – und lässt von Sekunde zu Sekunde mehr nach.

Sie sitzen auf Stühlen, die identisch sind mit den anderen, die über den Hof verteilt stehen – nur dass sie bei ihnen wie Throne wirken. Es ist ihre Präsenz, die den Unterschied macht und sie von allen anderen Jungs, die ich heute Abend gesehen habe, unterscheidet.

Sie sind groß und an den richtigen Stellen kräftig – an Schultern und Brust. Die Wirkung wird noch unterstrichen von ihren athletisch schlanken Oberkörpern. Ich bin schon einigen Leuten begegnet, die einen Raum beherrschen, aber niemandem, der auf die Entfernung so umwerfend war wie diese drei.

Wo haben sie sich den ganzen Abend versteckt?

Selbst als sich die beiden links und rechts von zwei nassen Mädels im Bikini ablenken lassen, die herbeigehüpft kommen und um ihre Aufmerksamkeit buhlen, bleibt der in der Mitte auf mich fokussiert. Flammen brennen in seinen Augen wie ein Höllenfeuer, und ich schwöre, diese Kreatur verströmt Sex wie Bäume Sauerstoff. Ich bin völlig hin und weg von ihm und könnte schwören, dass seine Seele durch das Feuer tritt und geradewegs auf mich zukommt, um schließlich die Wärme von einer Million Sonnen auf meine Haut zu atmen. Ich sehe nur noch ihn und bin unsicher, was ich davon halten soll. Einfach weil ich daran zweifle, ob er das verdient.

Denk nicht darüber nach, Dummkopf.

Schwarze Symbole schlängeln sich an seinem Arm hinauf – von der diamantbesetzten Uhr, die im Licht funkelt, bis unter den Ärmel des weißen T-Shirts, das an seinem kräftigen Bizeps anliegt. Er sitzt da wie ein Gott, der über sein Volk wacht, zeitlos, während sich die Welt um ihn herum bewegt. Es ist wirklich nicht schwer, sich vorzustellen, wie er diese Rolle spielt.

Der gleichmäßige Bass aus den großen Lautsprechern stoppt, und ein neuer Song beginnt – etwas Tiefgründiges und Atmosphärisches, das perfekt zum Ambiente passt. Plötzlich ist Jules zurück, kaum nüchterner als vorhin, bevor sie davongerannt ist, um zu tanzen. Ich merke, wie sie neben mir schwer atmet, und will ihr die Aufmerksamkeit schenken, die sie verdient, aber ich kann nicht. Weil die fleischgewordene griechische Statue sich von ihrem Thron erhoben hat und, wenn ich nicht völlig verrückt bin … auf mich zukommt.

Heilige Scheiße!

Er ist so gigantisch groß, wie ich es erwartet habe, und ich bin fasziniert davon, wie sich die Menge für ihn teilt. Sein markantes Kinn und seine Wangenknochen würden jedem Model die Hoffnung rauben, jemals sein Level an Perfektion zu erreichen. Kein einziges äußeres Merkmal ist durchschnittlich oder auf irgendeiner Schönheitsskala messbar.

Die breiten Schultern bewegen sich unter seinem T-Shirt, während er provozierend langsam auf mich zugeht und mich in meinen High Heels praktisch dahinschmelzen lässt. Ich bewundere, wie sich der Stoff bis zur Taille an seinen Körper schmiegt und nur die Vorderseite des Shirts hinter dem Designer-Gürtel verschwindet, der in den Schlaufen seiner dunklen Jeans steckt.

Sein Blick ist auf mich gerichtet, und ich schlucke schwer, wobei ich mich erst wieder an Jules' Anwesenheit erinnere, als sie spricht.

»Oh mein Gott … Hast du eine Ahnung, wer das ist?«

Ich drehe mich nicht um, weiß aber, dass Jules meinem Blick gefolgt sein muss. Als einzige Reaktion schüttle ich benommen den Kopf.

»King Midas höchstpersönlich.«

Sie sagt das, als wüsste ich, wer damit gemeint ist. Doch ich bin nicht klar genug im Kopf, um nachzuhaken.

»Das muss ihr Haus sein«, fügt sie hinzu. »Nun, *eins* davon. Der Hauptwohnsitz der Familie ist in der Innenstadt, das Penthouse in einem der Hotels von ihrem Dad oder so etwas. Ich glaube, die Jungs haben ein eigenes Stockwerk, aber das könnte auch nur ein Gerücht sein. Aber Scherz beiseite, ich würde meine eigene Großmutter verkaufen, um das zu sehen. Ach Quatsch, ich würde es für ein Mal Lecken tun«, fügt sie frech hinzu.

Wir schweigen beide einen Moment lang.

Dann kreischt sie auf einmal: »Kommt er etwa hierher?«

Sofort macht sie sich daran, ihr Haar zu richten. Es kränkt mich nicht, dass sie glaubt, *sie* wäre gemeint. Es hat nichts mit ihrer Eitelkeit oder damit zu tun, dass sie mich für eine Art hässliches Entlein hält. So ist einfach die Rollenverteilung in unserer Freundschaft. Ich bin der Tomboy und habe den Tag verflucht, an dem ich Brüste bekommen habe. Währenddessen hat Jules seit der fünften Klasse ihren BH ausgepolstert, weil sie nicht die Geduld hatte, darauf zu warten, dass Mutter Natur ihr einen echten Vorbau gab.

Flirts und Dates waren schon immer ihr Ding. Arbeit und Basketball meins. Es ist nur einem erschöpfenden Wochenende Training zu Beginn unseres Freshman-Jahres zu verdanken, dass ich weiß, wie man in diesen Schuhen läuft. Jules hätte es nicht ertragen können, wenn ich in Sneakers zum Abschlussball der Neunten aufgetaucht wäre.

Ich hingegen hätte darin kein Problem gesehen.

»Bitte lass mich heute Abend die Glückliche sein«, will sie sich wohl selbst leise zuflüstern, wiederholt es aber stattdessen dreimal wie einen Singsang.

Er ist ein gutes Stück näher gekommen, direkt auf der anderen Seite des Lagerfeuers. Doch bevor er um das Feuer herumgehen kann …

Abgefangen.

Hardcore.

Abgefangen von einer Vollbusigen vom Typ Cheerleader mit braunen Haaren, die ihr bis zur Taille reichen. Ich sehe zu, wie sie ins Bild schwebt und mir die Sicht versperrt. Zuerst ist sie keine große Bedrohung, weil sie nur miteinander flüstern, aber Enttäuschung macht sich breit, als sie ihre zarten manikürten Finger über seinen Bauch gleiten lässt. Sie stoppen erst an der Vorderseite seiner Jeans, und ich spreche nicht von einer harmlosen Berührung. Diese Tussi hält sich echt nicht zurück – als wären sie allein.

In dem Moment wendet er seinen Blick von mir ab, und seine Augen wandern von meinen zu ihren. Sie flüstert noch etwas, und es entlockt ihm ein wissendes Lächeln. An diesem Punkt wird mir klar, dass es keine Chance gibt, seine Aufmerksamkeit zurückzugewinnen. Kein Typ würde je eine sichere Sache gegen eine mögliche eintauschen.

Er sträubt sich nicht, als *Besorg's mir-Barbie* ihn an der Hand nimmt und zum Haupthaus führt, wahrscheinlich in ein Schlafzimmer.

Mir wird bewusst, dass mein Blick noch immer in die Richtung geht, in die sie gerade verschwunden sind, und wahrscheinlich sehe ich wie ein hilfloser Welpe aus. Und genau so fühle ich mich auch: wie ein Welpe, der gerade von der Terrasse zurück in den kalten Schnee geschubst wurde.

»Puh«, seufzt Jules. »Wie ätzend ist das denn? Echt ernüchternd.«

Trotz der Enttäuschung, die wie ein Messer in meine Brust sticht, lache ich. »Die Geschichte meines Lebens.«

Sie dreht sich abrupt um, als sie meine Bemerkung zu kapieren scheint.

»Warte mal!«, sagt sie und zieht dramatisch die Silben in die Länge. »*Du* … die Eiskönigin persönlich … warst an ihm interessiert?«

Ein Seufzer kommt mir über die Lippen. »Freu dich nicht zu früh. Der Augenblick hat nicht gerade mit einem Knall geendet.«

»Vielleicht nicht, aber dieser Durchbruch verdient einen Moment der Aufmerksamkeit. Hat es überhaupt jemanden gegeben seit …«

»*Nicht* … sag nicht seinen Namen«, warne ich sie in scharfem Ton, woraufhin sie die Hände kapitulierend in die Luft wirft.

»Schon gut«, lenkt sie ein. »Na gut, so unterhaltsam es auch sein mag, ich glaube, ich habe genug von dieser kleinen Abendveranstaltung«, verkündet sie.

Ich bin überrascht, aber zu froh angesichts der Aussicht zu gehen, als dass ich ihren Sinneswandel hinterfragt hätte.

»Ich sollte sowieso nach Hause, um nach Scar zu schauen. Sie versucht immer, Shane reinzuschmuggeln, wenn ich mal nicht auf dem Posten bin.«

Jules, die sich an meinen Arm klammert, als wir den Rasen überqueren, lacht. »Entspann dich, BJ! Sie sind nur Freunde. Obwohl sie Brüder sind, ist Shane überhaupt nicht wie …«

»*Nicht* … sag nicht seinen Namen!«, unterbreche ich sie erneut. »Wenn du seinen Namen sagst, beschwörst du ihn herauf wie eine Art … ich weiß nicht … grässlich hartnäckigen Dämon.«

»Grässlich sexy Dämon«, murmelt sie, was mich dazu veranlasst, sie in die Rippen zu boxen.

Sie verdreht lächelnd die Augen. »Na schön, wie du meinst. Ich werde seinen Namen nicht sagen.«

Mein Herz entspannt sich ein wenig, während wir Arm in Arm durch das Gras stolpern. »Danke.«

Sie mustert mich, und als sie sich auf die Unterlippe beißt, weiß ich, was sie vorhat. Ich kann sie nicht mehr daran hindern.

»Ricky Ruiz!« Sie posaunt den Namen ins Universum hinaus, und es gibt kein Zurück mehr – auch nicht wenn sie sich eine Hand auf den Mund presst. Angesichts des dämlichen breiten Grinsens, das sie dahinter verbirgt, habe ich gute Lust, ihr eins auf die Nase zu geben.

»Siehst du?« Sie strahlt. »Ich hab ihn gesagt, und nichts ist passiert.«

Ich habe sie klar und deutlich verstanden, aber sie weiß, warum ich zu Ricky Distanz halte. Weil Regeln Ordnung herstellen: keine unerwünschten Besuche, keine gelegentlichen Anrufe.

Nicht dass er diese Grenzen in jüngster Zeit respektiert hätte.

Ein Welle von Erinnerungen kommt hoch. Erinnerungen daran, wie er sich vom besten Freund meines großen Bruders in … es spielt wirklich keine Rolle.

Schnee von gestern.

»Der Himmel ist nicht eingestürzt«, fährt Jules fort und versucht, ihren Punkt zu verdeutlichen. »Die Erde hat sich nicht aufgetan und uns verschluckt. Du hast dir völlig grundlos …«

Das Telefon klingelt, und ich bin einen Moment lang sprachlos und schockiert, dass meine Vorhersage zutrifft.

»Sieh nur, was du getan hast, Jules!«, schreie ich in den Himmel, unfähig, mir ein Lächeln zu verkneifen, als sie lauthals lacht.

»Warte mal, hast du ihn wirklich unter *Der Fehler* in deinen Kontakten gespeichert?« Sie hat es gesehen, bevor ich auf *Ablehnen* drücke.

Ich beschließe, ihn und sie zu ignorieren. Ihre rote Mähne wippt, als sie den Kopf schüttelt.

»Ganz schön grausam, meinst du nicht, BJ?«

»Genauso grausam, wie mich noch immer so zu nennen, nachdem ich dich bereits unzählige Male gebeten habe, es nicht zu tun.« Ich erwidere nichts auf ihren restlichen Kommentar.

»Ja, wir haben darüber gesprochen, aber nach über zehn Jahren Freundschaft habe ich mir, glaube ich, das Recht verdient, dich als schlechten Witz diskret ›Blowjob‹ zu nennen«, wendet sie ein. »Und jetzt versuch nicht länger, das Thema zu wechseln.«

Erwischt.

»Du weißt aus den Millionen Textnachrichten, die er geschickt hat, dass er nicht wegen euch beiden anruft, warum gehst du also nicht ran? Du könntest ihn vielleicht aus seinem Elend erlösen.«

Im Grunde hat Jules völlig recht, aber sie vergisst etwas. Ich habe kein Interesse daran, mit oder über Hunter zu sprechen. Er hat sich das selbst eingebrockt.

Und damit muss er jetzt klarkommen. Allein.

»Wie lange braucht das Uber noch?«, frage ich, anstatt das Gespräch fortzusetzen.

Jules will es noch nicht beenden, aber sie weiß, dass ich stur bin.

»Fünf Minuten?«

Sehr schön. Fünf mickrige Minuten lang kann ich eine Fortsetzung der Unterhaltung bestimmt verhindern.

Wir stehen schweigend am Straßenrand, was untypisch für uns ist. Ihr Blick brennt mir ein Loch in die Wange, weil sie frustriert darüber ist, dass ich dichtgemacht habe.

»Na schön, dann reden wir über etwas anderes«, lenkt sie ein und lässt meinen Arm los, um ihre Arme vor der Brust zu verschränken. »Sag mir, wie du den Abend fandest?«

Ich weiß nicht genau, worauf sie hinauswill, also zucke ich die Achseln. »Es war okay, denke ich. Ein Haufen verwöhnter Kids, die Gras geraucht und was getrunken haben. Im Grunde wie auf der South Side, nur mit größeren Häusern und mehr Geld.«

Sie verdreht die Augen, was bedeutet, dass das nicht die Antwort war, die sie hören wollte.

»Du denkst also, du kommst damit klar?« Mir entgeht die ehrliche Besorgnis in ihrem Tonfall nicht. »Die meisten von denen werden auf der Cypress Prep deine Klassenkameraden sein. Ich will irgendwie nur wissen, ob die Veränderung für dich okay ist.«

»CP ist Mittel zum Zweck«, erwidere ich mit einem Seufzen. »Es ist eine Chance, und davon bekomme ich nicht viele, also … Carpe diem und so weiter.«

Ich verstumme, als ich daran denke, wie viel Glück ich mit besagter Chance habe. Auch wenn ich gerade ungern an meinen Bruder denken mag, so habe ich das doch Hunter zu verdanken.

»Du bist immer so ausweichend«, wirft Jules mir vor, was nicht ganz falsch ist.

»Und du liebst mich so, wie ich bin.«

»Mmm … das geht mehr in die Richtung, dass ich dich so toleriere, wie du bist. Ein großer Unterschied, BJ.«

Als sich uns ein Paar Scheinwerfer nähern, stoße ich einen Seufzer der Erleichterung aus. Es ist der erste Schritt auf dem Weg, diesen Abend zu beenden. Ich habe lange genug so getan, als würde ich hierher passen, als wäre mein Leben dieses Jahr nicht auf den Kopf gestellt worden.

In vielerlei Hinsicht.

Ich will nur noch nach Hause, den restlichen Sommer und das letzte bisschen Normalität genießen, das ich für eine ganze Weile haben werde.

Da mir die Zeit davonläuft, genieße ich es lieber, solange ich kann.

#FollowMe

@QweenPandora:

Wie erwartet, war es eine rauschende Party. Dank der Lieblingsdrillinge der North Side, TheGoldenBoys! Niemand hat die Cops wegen Lärmbelästigung gerufen, es gab keine Gewaltausbrüche, und nur ein Idiot wäre beinahe ertrunken. Wie man es auch dreht, das ist ein Erfolg! Hut ab vor unseren Gastgebern, KingMidas, MrSilver & PrettyBoyD.

PS: Mehrere neue Gesichter wurden in der Menge gesichtet, einschließlich eines ziemlich freigeistigen Rotschopfs und einer reservierten Blondine. Weiß jemand was über sie? Eins ist jedenfalls gewiss: Falls sie sich wieder blicken lassen, berichte ich auf jeden Fall.

PPS: Ich kann gar nicht genug betonen, wie wichtig es ist, sich zu schützen. Wenn wir etwas gelernt haben von dem Blödmann, der beinahe in einem Meter Wassertiefe ertrunken wäre, dann, dass die Welt nicht wirklich bereit dafür ist, dass sich diese Generation vermehrt.

Bis dann, Leute! ~*P.*

2

WEST

Juli, einen Monat später

Sterling steckt den Kopf vom Flur ins Arbeitszimmer. Er steht Schmiere und hat gleichzeitig schreckliche Angst, was nicht wirklich hilfreich ist.

»Los, beeil dich!«, warnt er mich. »Dane hat gerade geschrieben. Sie kommen.«

Ich höre ihn, zeige ihm den Stinkefinger und suche weiter. Sie würden zwei Minuten im Parkhaus verbringen und anschließend eineinhalb Minuten brauchen, um mit dem Aufzug in den sechsundzwanzigsten Stock zu fahren. Wenn ich bis dahin nicht fertig bin, sind wir geliefert.

»Wo zum Teufel ist es?«, frage ich mich flüsternd und wünschte, Dane wäre geblieben, um mich zu unterstützen, aber ihn in der Lobby zu haben, ist wahrscheinlich besser, da wir jetzt eine geschätzte Ankunftszeit unserer Eltern haben. Trotzdem hätten wir das Ganze vielleicht besser geplant, wenn die gesamte »Diebstahlidee« nicht erst vor zehn Minuten entwickelt worden wäre.

Es hat mit dem Anruf zwischen meinem Vater und mir begonnen, der sich in ein Schreiduell verwandelt hat. Ein Nachbar im Bellvue Hills hat heute beschlossen, dass es ein guter Abend wäre, um zu petzen, dass wir seit Beginn des Sommers fast jedes Wochenende Partys gefeiert haben. Während er also mit Mom durch die Straßen von Cypress gebraust war, hat er meine Brüder und mich darüber informiert, dass der Zugang zu allen unseren Konten für uns bis zum Beginn des Schuljahrs gesperrt worden sei.

Er ist sauer, aber das hat nichts mit dem Haus zu tun. Er war seit beinahe einem Jahr nicht mehr dort. Es geht um Kontrolle. Der allmächtige Vin Golden hasst die Vorstellung, dass so etwas ohne seine Erlaubnis direkt vor seiner Nase stattfindet.

Anstatt also auf den Deal zu verzichten, den ich mit dem Besitzer eines 1970er Chevelle ausgehandelt habe, wird der gute alte Vin nun die Rechnung übernehmen.

Eine Flut von Benachrichtigungen geht auf meinem Telefon ein, und auf der anderen Seite der Schwelle beginnt Sterling, mich leise zu verfluchen. Die Geräuschkulisse strapaziert meine Nerven nur noch mehr. Er verliert die Nerven, was dazu führt, dass ich ebenfalls die Nerven zu verlieren beginne.

»Pandora schickt ihre Updates«, sagt Sterling, als er kurz reinschaut. »Einer ihrer Lakaien hat über Vin Bericht erstattet und gesagt, er habe ein paar rote Ampeln überfahren, um hierherzukommen.«

Also wird er doppelt so schnell hier sein, wenn er dermaßen sauer ist. Mein Zeitfenster, um zu entkommen, schließt sich schneller, als ich erwartet habe.

Ich gehe zur nächsten Schublade, noch immer in der Hoffnung, über eine ganz bestimmte Kreditkarte zu stolpern. Die schwarze ohne Limit. Diejenige, die mein Vater nur herausnimmt, wenn er wirklich am Arsch ist und seine letzte Rettung darin besteht, Mom etwas wahnsinnig Teures zu kaufen, damit die Tränen versiegen.

Das Traurige ist, dass es mindestens drei- bis viermal im Jahr passiert. Zuwendungen dafür, ein Arschloch zu sein.

Ich benutze sie nicht, um Diamanten zu kaufen oder irgendeinen exotischen Urlaub zu buchen. Meine Verschwendung hat einen LS6454 Motor unter der Haube.

»Schrott. Müll. Scheißdreck.«

Unzählige Stapel ungeöffneter Umschläge bremsen mich bei meiner Suche. Ich schiebe sie beiseite und finde noch immer nichts.

»Vergiss es. Ich muss noch mal zurückkommen, wenn sie im Bett sind.«

»Wird aber auch Zeit.« Kaum hat Sterling die Worte ausgesprochen, als ich höre, wie seine Schritte sich auf dem Marmorboden entfernen. Bestimmt wartet er schon beim Aufzug, um zu unserer eigenen Wohnung ein Stockwerk tiefer zu fahren.

»Seit wann bist du ein solcher Feigling?«, rufe ich aus, in dem Wissen, dass er wahrscheinlich zu weit weg ist, um mich zu hören.

Es ist eine Weile her, dass ich ihn so gereizt erlebt habe. Das gesamte Team verzichtet jedes Jahr von Juli bis zum Ende unserer Footballsaison darauf, Gras zu rauchen. Nur dass Sterling ein bisschen schwerer damit zurechtkommt als der Rest von uns. Während wir das Zeug genießen, braucht er es fast, um überhaupt zu funktionieren.

Der Typ ist völlig angespannt, und das Einzige, was dagegen hilft, ist, öfter Sex zu haben.

Zum Glück hat er keine Probleme, welchen zu kriegen.

Ich bin beinahe an der Tür und damit in Sicherheit, als ich abrupt stehen bleibe und die Sohlen meiner Sneakers auf den Fliesen quietschen. Jetzt weiterzusuchen ist das Dümmste, was ich tun kann, aber … ich habe eine Idee, wo die Karte sein könnte.

»Scheiße!«

Ich blicke zu der gegenüberliegenden Wand. Das grässliche goldgerahmte Ölgemälde, das über dem Kamin hängt, ist mehr als Kunst. Es verbirgt einen Safe. Mein Dad hat keine Ahnung, dass ich seit meinem zehnten Lebensjahr den Code kenne, aber es ist eins seiner vielen Geheimnisse, die ich über die Jahre für mich behalten habe.

Ich blicke zur rettenden Tür und dann wieder zu dem Gemälde.

»Scheiße!«, murmle ich erneut.

Ich eile in Lichtgeschwindigkeit durch den Raum und drehe das Gemälde an seinen verborgenen Scharnieren um. Ein Datenfeld mit grünen Leuchtziffern kommt darunter zum Vorschein. Ich tippe die sechs Ziffern ein, die in mein Gedächtnis eingebrannt sind. Die Tasten piepen jedes Mal, und Sterlings verdammte Angst befällt jetzt auch mich.

Ich drücke die letzte Ziffer und … gewonnen. Eine euphorische Sekunde fühle ich mich wie 007, bevor mir wieder einfällt, dass die Uhr tickt. Ich schaue in das kleine Fach und mache eine Bestandsaufnahme.

Ein silberner USB-Stick.

Eine von mehreren Pistolen, die er besitzt.

Eine Schachtel Munition.

Die Karte, wegen der ich gekommen bin und … ein Handy.

Ich habe fest vor, alles außer dem, was ich suche, zu ignorieren, aber ich lasse mich ablenken von dem dunklen Display, das ganz hinten im Safe liegt.

Es könnte eine vollkommen begründete, harmlose Erklärung dafür geben, warum mein Vater – ein angesehener Bauunternehmer hier in Cypress Pointe und Umgebung – das Handy hier aufbewahrt. Doch um das zu glauben, müsste ich so tun, als würde ich den Mann hinter der Maske nicht kennen.

Er ist kalt, manipulativ und ein absolut mieser Vater und Ehemann.

Die Versuchung ist groß. Ich habe das Telefon in der Hand, bevor ich es mir selbst ausreden kann. Ich blicke kurz über die Schulter und schalte es ein. Die fünfzehn oder zwanzig Sekunden, die es braucht, fühlen sich an wie Stunden. Als es endlich reagiert, ist die Versuchung groß, den Zugangscode einzugeben. Es hätte alles sein können, aber ich muss es nicht mehr als einmal versuchen. Es sind die gleichen sechs Ziffern wie beim Safe, die gleichen wie beim Passwort für den Aufzug, der Zugang zu ihrem und unserem Penthouse gewährt.

Das Geburtsdatum meiner Mutter.

Zweifellos eine Gewohnheit, die auf Schuldgefühlen beruht.

Es gibt nicht viele App-Icons, was bedeutet, dass er es nicht allzu oft benutzt. Ich scrolle durch einen ungenutzten E-Mail-Account, der mit dem Telefon verbunden ist. Nichts eingegangen, nichts rausgeschickt. Ich scrolle weiter. Logischerweise schnüffle ich als Nächstes in den Textnachrichten und der Anrufliste. Falls es jemals etwas darin gegeben hatte, war es jetzt verschwunden. Also gehe ich weiter zur Bildergalerie und bin schlagartig völlig verwirrt.

In einer anderen Wirklichkeit wäre ich erschrocken gewesen, Fotos von einem halb nackten Mädchen im Besitz meines Vaters zu finden, aber ich glaube längst nicht mehr, dass er unfehlbar ist. Er hat eine Schwäche für Frauen. Das ist kein Geheimnis. Aber etwas bringt mich doch aus der Fassung, als ich in das Bild hineinzoome und ihr Gesicht klar erkennen kann.

Denn ich kenne das Mädchen.

Nun ja, nicht offiziell, aber … ich habe ihr Gesicht nicht vergessen.

Ich habe sie zum ersten Mal vor etwas über einem Monat von Flammen eingerahmt beim Lagerfeuer gesehen. Sie stand einfach nur da, rehäugig, unschuldig. Scheiße, dass ein solches Foto wie dieses von ihr existiert, hätte ich nicht vermutet.

Sie liegt auf einem weißen Laken, und lächelt mit vollen Lippen in die Kamera für ein Selfie, die Brüste nackt und himmelwärts gerichtet. Am Lagerfeuer habe ich mich gefragt, wie sie wohl nackt auf meinem Bett aussehen würde. Wenn Parker mich nicht abgelenkt hätte mit ihrem Versprechen, mir den »besten Blowjob aller Zeiten« zu geben, hätte ich es vielleicht selbst herausgefunden.

PS: Parker hat gelogen. Das war eine schwache Vorstellung. Aber ich schweife ab.

Das Mädchen auf dem Bild ist nicht älter als meine Brüder und ich – achtzehn, vielleicht noch nicht ganz. Mit anderen Worten, sie ist viel zu jung für meinen Vater.

Ich lasse den Blick abwärtsgleiten, über die glatte, gebräunte Haut, bis zu ihrem Bauchnabel. Ich frage mich, ob sie wohl völlig nackt war, denn das Bild endete dort.

Als mir bewusst wird, dass ich das Mädchen begehre, schüttle ich den Kopf, um wieder klar denken zu können. Mein neues Ziel ist jetzt, einen Zusammenhang herzustellen und herauszufinden, was zu dieser Situation geführt hat. Doch die Umstände sind schwer einzuschätzen.

War er dort gewesen, als sie den Moment eingefangen hat?

War das die Reaktion auf eine spezielle Bitte von ihm gewesen?

Hatte sie es ihm einfach geschickt, um ihn daran zu erinnern, was er verpasste?

Mir dreht sich der Magen um, und ich schwöre, mein Blut wird zu Gift und versengt mich von innen, während es durch meine Adern fließt. Frauen wie diese sehen nur eins, wenn sie meinen Vater anschauen.

Sie sehen Geld.

Was sie übersehen, ist, dass es eine Frau an seiner Seite gibt. Eine Frau, die bereits alles durchgemacht hat – das Gute, das Schlechte und das Hässliche. Meine Mutter ist eine hoffnungslose Romantikerin, was seinen miesen Charakter betrifft. Die Betonung liegt auf *hoffnungslos*. Das Problem ist, er weiß, dass sie ihn nie verlassen wird. Also ändert er sich nicht.

Hier ist demnach eine neue Zerstreuung, die die wenige Zeit beansprucht, die er nicht im Büro verbringt. Noch ein Grund für ihn, tage- und nächtelang wegzubleiben. Noch ein geldgeiles Miststück, das von seinem Bankkonto profitieren will.

Perfekt.

Anstatt das Telefon mitzunehmen und zu hoffen, dass mein Vater es nicht merkt, hole ich mein eigenes raus und schieße ein Foto von dem Bild.

Wer auch immer sie sein mag, was auch immer sie dieser Familie wegzunehmen gedenkt, was die anderen Frauen vor ihr noch nicht gestohlen haben, sie wird sich noch umgucken.

Wenn ich sie finde – und ich *werde* sie finden –, schwöre ich, ihre ganze verdammte Welt in Trümmer zu legen.

Auge um Auge, Bitch.

#FollowMe

@QweenPandora:

Gesichtet: ein teuflischer Raser namens Vin Golden, der in seinem Tahoe durch die Innenstadt von Cypress Pointe jagt. Tsss, Jungs. Was könntet ihr drei wohl getan haben, um BigDaddys Zorn auf euch zu ziehen?

KingMidas, MrSilver, PrettyBoyD, ich spreche nicht häufig Einladungen wie diese aus, aber … ihr dürft euch gerne äußern, falls ihr eine Erklärung liefern wollt. Neugierige Individuen wollen bestimmt eine Antwort.

Bis dann, Leute! *~P.*

3

BLUE

Ende August, sieben Wochen später

Mikes Tür wird nur noch Schrott sein, wenn ich mit ihm fertig bin. Er hat die uralte Regel, dass er vor Mittag nicht gestört werden will, aber zum Teufel damit und zum Teufel mit ihm. Zum Teufel mit der gelallten Standpauke, die ich mir anhören muss, sobald er wieder bei sich ist.

Wenn ich nur daran denke, kann ich bereits den Whiskey vom Vortag in seinem Atem riechen und die feuchte Wärme auf meiner Haut spüren, wenn er mir nahe kommt. Ein Zeichen dafür, dass er *wirklich* wütend ist.

Er ist immer wütend.

Doch auch wenn ich weiß, was kommt, ist alles, was zählt, der in meiner Faust zerknüllte Brief über die Stromabschaltung. Wenn ich nicht in der Kramschublade nach einem Stift gesucht hätte, um seine Unterschrift auf Papieren für Scarlett zu fälschen, hätte ich ihn niemals gefunden.

Ich schlage mit meiner Handfläche gegen seine Tür, und der Lärm erfüllt das Haus.

»Eine Woche, Mike! Dann wird der Strom abgestellt. Besten Dank für die Vorwarnung!«

Wem will ich etwas vormachen? Es ist sinnlos, und als ich auf den Boden gleite, fällt mir wieder ein, dass das Einzige, was dieser Mann außer Mom je geliebt hat – so zerrüttet ihre Beziehung auch ist –, sein Schnaps war. Und seit sie weg ist, scheint ihm alles andere noch gleichgültiger zu sein als zuvor.

Einschließlich uns, seinen Kindern. Der Vater des Jahres ist er bestimmt nicht.

Als ich ein Rumoren in seinem Schlafzimmer höre, lege ich ein Ohr an die Tür. Aber nachdem ein dumpfes Geräusch und ein Stöhnen erklingt, wird es wieder still. Die Wirklichkeit holt mich ein, und zweifellos ist es an *mir*, das zu regeln.

Wie immer.

Tränen der Wut treten mir in die Augen, die ich nur unterdrücke, weil mein Blick auf das verstörte, verstrubbelte Mädchen fällt, das sich wie Frankensteins Monster den Flur entlangschleppt. Ich fühle mich ein bisschen schuldig, weil ich sie mit meiner Tirade geweckt habe, und zwinge mich zu einem Lächeln. Es ist das Beste, was ich tun kann, um sie vor dem wahren Leben hier unter Mikes Dach abzuschirmen.

Mom sagte immer, Scarlett sei genauso mein Kind wie ihrs. Es ist wahr, auch wenn ich das Mädchen manchmal am liebsten aus seinen Flip-Flops schubsen würde. Klar, sie ist inzwischen so groß wie ich, trotzdem wird sie immer meine kleine Schwester sein.

Immer.

»Herrje! Was soll der Krach?« Sie lässt sich an der Wand hinabgleiten, bis sie neben mir sitzt und ihre Hüfte gegen meine presst.

Rasch stecke ich die Abschaltbenachrichtigung in die Tasche meiner Pyjamahose und lächle erneut, um zu verbergen, dass ich *stinksauer* bin.

»Mach dir keine Sorgen«, ist das Beste, was mir einfällt,

ohne zu lügen. Obwohl es wahrscheinlich trotzdem eine Lüge ist. Wir alle müssen uns Sorgen darüber machen, im Dunkeln zu sitzen. Es ist allerdings nicht ihre Bürde.

Es ist meine.

Meine einzige Hoffnung, nicht ausgefragt zu werden, ist, das Thema zu wechseln, also tue ich das.

»Ich habe dein Formular unterschrieben. Für Montag müsste alles bereit sein.«

Einer ihrer Mundwinkel geht nach oben, als sie sich an meine Schulter lehnt. »Danke, Schwesterherz.«

Ich nicke, um ihr zu zeigen, dass ich das gern getan habe. »In ein paar Tagen bist du also offiziell Schülerin auf einer Highschool. Wie fühlt sich das an?« Als ich ihr Knie mit meinem anstoße, zuckt sie die Achseln.

»Okay. Es wäre aber schön, dich in der Nähe zu haben.«

Die Worte lösen Schuldgefühle bei mir aus, obwohl ich es nicht war, die heimlich mein Stipendium für die Cypress Prep beantragt hat. Hunter ist dafür verantwortlich. Offensichtlich hat er etwas in mir gesehen, das nach seiner Einschätzung unsere Eltern nie sehen würden. Den Antrag heimlich einzureichen, war seine Art, mir zu zeigen, dass ich mehr draufhabe, als mir bewusst war.

Und dann war er fort.

Seine Bemühungen haben mich auf eine Warteliste gebracht, und schließlich kam der Brief mit der Zulassung für das kommende Schuljahr, sodass ich zu Beginn meines Abschlussjahres dorthin wechseln werde. Ihr wisst schon, weil es allen Teenagern gefällt, als Senior in eine neue Schule verfrachtet zu werden, wo man keine Menschenseele kennt.

Was natürlich sarkastisch gemeint ist.

Ich fühlte mich verpflichtet, Ja zu sagen, als der Brief kam, aber diese Antwort hat einen hohen Preis. Es bedeutet, Scarlett in dem rauen Umfeld der South Cypress High allein zu lassen – in der schlimmsten aller fragwürdigen Schulen der Stadt.

Klar, Jules hat ein Auge auf sie, aber ich bin nicht davon überzeugt, dass jemand anders die Aufgabe so gut erledigen kann wie ich.

Ich rede mir ein, dass sie schon klarkommt, weil sie und ich enorm widerstandsfähig sind, aber ich mache mir trotzdem Sorgen. Doch im Augenblick können wir es uns nicht leisten, uns bei unseren Entscheidungen von Gefühlen leiten zu lassen. Ich muss das machen, für uns *beide*.

»Ich bin nicht diejenige, die nervös sein sollte, Preppy«, neckt sie mich. »Wie kommst du damit klar, unter Pandoras wachsamem Auge zu sein?«

Ich runzle die Stirn. »Wer ist diese Pandora? Jules hat sie mal erwähnt.«

Meine Unwissenheit nervt meine Schwester anscheinend, denn sie verdreht sichtbar die Augen.

»Du lebst echt hinterm Mond«, schnaubt sie. »Sie – oder er, keiner weiß das so genau – ist eine Social-Media-Influencerin. Sie postet, was immer sie oder einer ihrer Lakaien sieht oder mitbekommt. Ich meine, auf ihrer App und ihren Social-Media-Accounts. Wenn irgendwas an der CPA abgeht, das eine Nachricht wert ist, kannst du sicher sein, dass Pandora darüber Bescheid weiß und es öffentlich machen wird. Es ist meistens Zeug über Leute von der North Side, aber *alle* folgen ihr«, fügt sie hinzu. »Sei also vorgewarnt.«

Ich muss lachen. Scarlett meint es gut, aber sie ist immer ein wenig dramatisch.

»Na ja, ich bin mir ziemlich sicher, dass ich mein Jahr unsichtbar beginne und es wahrscheinlich auch so beende. Also kein Grund zur Sorge, ich könnte unseren guten Familiennamen besudeln«, necke ich sie in dem Wissen, dass unser Name in der Gegend einen Dreck bedeutet.

Wie aufs Stichwort lässt Mike auf der anderen Seite der Tür ordentlich einen fahren und unterstreicht damit den Gedanken, den ich gerade hatte.

Scarletts Mund steht offen, während sie versucht, nicht zu lachen. Doch dann verlieren wir beide im selben Moment die Beherrschung und platzen heraus. So sind wir eben, aus dem feinsten Holz geschnitzt. Absolute Oberklasse.

Mein Blick wandert zu der Wanduhr direkt über dem langen Tisch, auf dem sich der ganze Krempel stapelt, den wir während der letzten Woche aus Faulheit nicht weggeräumt haben.

»Verflixt!« Ich springe vom Boden auf. »Ich muss los. Die Einführungsveranstaltung für den Abschlussjahrgang findet gleich statt.«

»Du bist immer irgendwohin unterwegs«, sagt sie wie beiläufig, und trotzdem trifft es mich mitten ins Herz. Ich habe diesen Sommer viele Stunden im Diner gearbeitet in der Hoffnung, genug übrig zu haben, um uns ein paar neue Sachen für die Schule zu besorgen. Doch nachdem die Rechnungen bezahlt waren und jetzt noch die offene Stromrechnung, bin ich mir nicht mehr sicher, ob das der Fall sein wird.

»Ich weiß«, seufze ich. »Es hört irgendwie nie auf.«

»Dann tu dir selbst einen Gefallen«, ruft Scarlett.

Ich schlage meine Zimmertür zu und zwänge mich in ein paar Jeansshorts. »Und der wäre?«

»Ich schicke dir einen Link zu der Klatsch-App«, sagt sie vom Flur aus. »Wenn du vorhast, das Drama zu überleben, dann solltest du ihm einen Schritt voraus sein.«

Schon wieder diese Theatralik.

Ich binde mein Haar zu einem Pferdeschwanz und frage:

»Wieso interessiert dich das überhaupt? Ich meine, du kennst diese Leute nicht einmal. Ist das nicht nur ein Haufen Blödsinn über die Leute von der North Side? Jede Menge Snobs, die damit angeben, dass sie gerade von ihrem letzten Europatrip zurück sind oder die Einladung zu einer Filmpremiere ausgeschlagen haben?«

Ich tue mein Bestes, um nicht verbittert und frustriert zu klingen, aber der rosa Brief, der gerade meinen Morgen ruiniert hat, erschwert es.

»Du willst doch gar nicht *wirklich* zu dieser Welt gehören«, sage ich zu ihr, doch als es auf dem Flur still bleibt, stecke ich nur die Vorderseite meines Tanktops in die Shorts und mache die Tür auf, um zu fragen. »Willst du etwa zu dieser Welt gehören, Scarlett?«

Sie zuckt mit den Achseln, gibt aber keine klare Antwort.

»Wollen wir das nicht alle? Dass uns die Welt zu Füßen liegt?«

Ich beiße mir auf die Zunge, um nicht das zu sagen, was mir in den Sinn kommt. Derlei Träume haben viele Mädchen dazu gebracht, dumme und leichtsinnige Dinge zu tun.

»Vorsicht, Kleine. Du hast Flausen im Kopf«, warne ich sie, bin mir aber nicht sicher, ob es bei ihr ankommt.

Sie streckt die Zunge heraus, und als ich im Flur an ihr vorbeigehe, zerzause ich ihr rosa gefärbtes Haar noch mehr. Am Küchentisch beuge ich mich hinunter, um nach Moms Sneakern zu greifen, die ich mir geliehen habe.

»Lade die App herunter«, wiederholt Scar. Ich verdrehe die Augen, als sie nicht hinschaut.

»Na schön, aber nur, wenn du das Geschirr spülst, während ich nicht da bin. Es steht schon seit drei Tagen rum, und das Haus riecht langsam schlimmer als deine Socken.«

Sie reagiert nicht auf meine Bitte, weil ihr Blick auf das hell leuchtende Display in ihrer Hand geheftet ist.

Ich hasse, was ich sogleich tun werde, stürme aber trotzdem auf sie zu.

Ein lautes »Hey!« schallt in meinen Ohren, und ich ernte genau den Blick, den ich erwartet habe, nachdem ich ihr das Handy weggeschnappt habe.

»Ich habe dich schon vor Tagen darum gebeten, Scar. Also behalte ich dein Telefon, bis du das erledigt hast«, verkünde ich.

Ihre Kinnlade klappt herunter. »Was zum …?«

»Falls es einen Notfall gibt, während ich weg bin, lässt dich Ms Levinson bestimmt von ihrem Festnetz aus telefonieren.«

»Aber wenn Shane mir eine Textnachricht schickt?«

Ich stelle mir ihren allzu hübschen besten Freund vor und zucke die Achseln. »Ich werde ihm antworten, um ihm mitzuteilen, dass du Hausarrest hast. Und falls er vorbeikommt, dürft ihr nur auf der Terrasse sitzen und reden. Vorausgesetzt das Geschirr ist gespült«, füge ich hinzu. »Aber es ist mir ernst damit, dass er nicht ins Haus darf, während ich weg bin. Verstanden?«

Ein trotziges Schnauben. »Im Ernst jetzt? Ich darf keine Freunde mehr mit reinnehmen?«

»Keine mit einem Schwanz«, sage ich leise zu mir selbst.

»Wir kennen die Ruiz schon unser ganzes Leben lang, Blue. Sei vernünftig.«

Sie hat keine Ahnung, dass die Erinnerung an Shanes Verwandtschaft mit Ricky ihr Argument zunichtemacht.

»Er hilft mir bei der Planung des Kuchenbasars«, fügt sie hinzu.

Ich steh auf dem Schlauch. »Kuchenbasar?«

Sie verdreht die Augen, was bedeutet, dass sie gleich etwas wiederholt, was wir bereits besprochen haben. Etwas, woran ich mich erinnern sollte.

»Ich verkaufe am nächsten Wochenende wieder Cookies und Brownies auf dem Straßenfest. Das Geld dafür deckt vielleicht einen Teil der Ausgaben für Einkäufe.«

Mein Herz bricht.

Sie ist vierzehn. Woher unsere nächste Mahlzeit kommt, sollte ihre geringste Sorge sein. Aber ... leider ist es anders.

Die einzige Möglichkeit, nicht sentimental zu werden, ist, nicht nachzugeben. Also tue ich so, als würde ich die Tatsache ignorieren, dass sie so langsam die belastende Verantwortung für unsere Haushaltskosten spürt, wie ich es schon seit Jahren tue.

»Er kommt nicht näher als drei Meter an das Haus heran, Scar«, wiederhole ich. »Verstanden?«

Sie verdreht die Augen erneut. »Ja, du Ratte. Ich verstehe.«

»Gut.« Als ich ein breites Grinsen aufsetze, nur um sie zu ärgern, packt sie das nächstbeste Ding, das sie auf dem Flurboden finden kann – ein dünnes Notizheft –, und wirft es nach mir.

Sie verfehlt mich, und ich eile zur Hintertür, Tasche und Schlüssel in der Hand. Die Unterlagen, die ich heute Morgen brauche, sind bereits ausgefüllt und liegen auf dem Beifahrersitz.

»Bye, Kleine«, necke ich sie. »Das Geschirr!«

»Du bist eine Diktatorin!«, ruft sie.

»Mach so weiter, und das Telefon gehört bis Montag mir.«

»Okay, okay, okay! Sei nicht die ganze Zeit so ernst!«, lenkt sie ein in dem Wissen, dass das keine leere Drohung ist. »Lade einfach die App herunter. Bitte.«

Sie setzt diesen dämlichen Welpenblick auf, der bei einer großen Schwester nicht funktionieren sollte, aber wie gesagt, sie ist mehr mein Kind als alles andere.

»Na schön ...« Ich gebe nach und seufze, als ich die Tür hinter mir schließe.

Sobald ich im Wagen sitze, suche ich die App und erfülle mein Versprechen. Ein rosa-schwarz getigertes Icon erscheint auf dem Display, und ich bin offiziell mit der Onlinewelt verbunden, an der ich nach Meinung meiner Schwester teilhaben sollte.

Aus Neugier hätte ich sie fast geöffnet, aber ich komme zur Vernunft und werfe das Handy stattdessen auf den Beifahrersitz. Scarlett wird mich nicht dazu bringen, ihr auf dieses unbekannte Terrain zu folgen und mich durch die digitalen Wäschekörbe der reichen Elite zu wühlen.

Ihre Schmutzwäsche geht mich nichts an.

Und damit widerstehe ich der Versuchung und lasse stattdessen den Motor an. Der Tag, an dem ich mehr tue, als diese App auf meinem Handy zu tolerieren, um meine Schwester zu besänftigen, wird der Tag sein, an dem die Hölle zufriert.

#FollowMe

@QweenPandora:

Aufgepasst, Seniors: Kein Druck, aber vielleicht wollt ihr ja Vollgas geben. Die Einführung beginnt in zwanzig Minuten, und wir wissen alle, Direktor Harrison hat eine Nulltoleranzpolitik, was Zuspätkommen betrifft. Jedem Neuling, der dieses Jahr die Höhle des Löwen betritt, viel Glück. Ihr werdet es brauchen …

Bis dann, Leute! *~P.*

4

WEST

Der Sommer war für das Team im Grunde vor zwei Wochen vorbei, als täglich zwei Trainingseinheiten angesetzt wurden. Was bedeutet, dass wir den ganzen Tag in der Sonne sind, wenig Pausen haben und null Mitleid bekommen. Wenn wir nicht auf dem Feld stehen, sind wir im Kraftraum.

Weil die Mannschaft hauptsächlich aus Seniors besteht, hat man uns heute für die Einführung freigegeben. Doch dann geht die Plackerei morgen um acht Uhr früh weiter – ein Nachholtraining am Samstag.

Manchmal frage ich mich, warum ich mir das jedes Jahr antue, aber dann erinnere ich mich wieder an den Rausch, den ich nur beim Football empfinde.

Ich nutze die zehn Minuten, die wir haben, bevor die Veranstaltung losgeht, um die Wassertropfen abzuwischen, die nach dem Besuch in der Autowaschanlage von den Spiegeln abperlen. Wenn alles glattgeht, wird die Chevelle bald fahrbereit sein. Eventuell rechtzeitig zu Homecoming, wenn ich Glück habe. Ich blicke zwischendurch hoch, meist wenn ein kurzer Rock vorbeikommt. Die Mädchen, die einen tragen, winken, sobald sie meine Aufmerksamkeit haben, und ich weiß bereits, dass es ein gutes Jahr wird.

Dane posiert auf dem Beifahrersitz. Mit einem Fuß auf dem Asphalt lehnt er sich zurück, bis sein Gesicht für ein Selfie in der Sonne ist. Der eitle Affe glaubt, dass seine Followerinnen von seinen grünen Augen besessen sind. Und so, wie sie auf seine Posts abfahren, hat er wahrscheinlich recht.

»Wie ich höre, soll South Cypress High dieses Jahr ein Problem sein«, seufzt Sterling, der an meiner Motorhaube lehnt.

Ich blicke auf. »Warum?«

»Offenbar haben sie gerade einen Typen von Ohio transferiert, der ein Football-Phänomen zu sein scheint.«

»Welche Position?« Dane hält bei seinem Shooting inne.

»Quarterback«, antwortet Sterling.

»Spielerstatistik?« Ich bin neugierig, aber nicht beunruhigt.

»Er wirft einen 70-Yard-Pass. Hat außerdem ein gutes Auge und das Feld im Blick wie ein Profi.«

»Keine große Sache. *Ich* werfe auch siebzig«, kontere ich.

»Ja, aber … als Freshman hast du das noch nicht geschafft.«

Jetzt bin ich neugierig. Die beiden ahnen es wohl, denn ich habe aufgehört, am Wagen zu arbeiten.

»Wie ich höre, werden sie auch ein wenig übermütig«, fügt Sterling hinzu. »Das gesamte Team redet davon, wie sie den Distrikt und vielleicht sogar die Regionalmeisterschaft im Griff haben.«

Auf gar keinen Fall. Ich werde diese Saison nicht ohne die Meisterschaft auf dem Konto beenden, weil irgendein mieser kleiner Zehntklässler sie sich geschnappt hat.

Auch wenn der Titel das Ziel des gesamten Teams ist, brauche ich ihn aus anderen Gründen – als Sicherheitsnetz sozusagen. Als Argument für den Coach bei der NCU, mir den Platz zu geben, den ich verdiene, egal was ihm sonst über mich zu Ohren kommt.

Man könnte wohl sagen, dass ich nicht gerade ein Engel war.

»Soll ihn jemand für uns unter die Lupe nehmen?« Ich verberge meinen Frust, spüre jedoch die Anspannung in meinen Schultern.

»Noch nicht, aber wir sollten uns lieber früher als später darum kümmern. Ich frag mal Trip«, bietet Sterling an.

Ich nicke und werfe den schmutzigen Lappen in den Kofferraum und klappe ihn zu. Bevor ich noch etwas sagen kann, höre ich Dane, wie er ein lang gezogenes »Verdammt …« murmelt.

Sterling und ich folgen seinem Blick, bis wir erkennen, wen er anstarrt.

Er erhebt sich sogar von seinem Sitz und legt sein Handy beiseite, trotz der hungrigen Fans, die er hängen lässt.

Allein das grenzt an ein Wunder.

Ich bin mir nicht sicher, wer seine Aufmerksamkeit erregt hat, aber ich habe ganz bestimmt nicht erwartet, dass es Joss ist. Sie ist allerdings das einzige Mädchen, dass mit einem breiten Grinsen in vollem Tempo auf meinen Wagen zuläuft, die Arme bereits in unsere Richtung ausgestreckt, obwohl sie den Parkplatz erst zur Hälfte überquert hat.

Verständlich, dass Dane völlig fasziniert ist. Sie hat während des Sommers die beiden Hälften ihrer Familie besucht – zuerst auf Haiti, dann auf Kuba –, und das hat ihrem Körper auf jeden Fall gutgetan. Sie war schon vorher rattenscharf, aber »Verdammt …« war die passende Reaktion auf ihr jetziges Aussehen.

Ein kurzes, tailliertes Minikleid lässt ihre goldbraunen Beine frei. Das Sonnenlicht schimmert bei jedem Schritt, den sie macht, auf ihrer Haut und lässt die goldenen Strähnchen in den Zöpfen aufleuchten, die sie auf ihrem Kopf aufgetürmt hat.

Ich kann praktisch das Herz meines Bruders schlagen hören, was ziemlich erbärmlich ist. Nichts gegen Joss. Es ist nur erbärmlich, weil Dane in dieses Mädchen verliebt ist, seit wir ihr im Alter von zwölf zum ersten Mal begegnet sind, und der Typ nicht den Mut aufbringt, irgendetwas dahingehend zu unternehmen.

Es sind nur noch Sekunden, bis sie bei uns ist, und ich beuge mich mit einem breiten Grinsen auf dem Gesicht zu Dane hinüber. Ich kann es mir einfach nicht verkneifen, ihn zu ärgern, also mache ich auf Valley-Girl und sage: »Stell dir mal deine beste Freundin vor, die rattenscharf ist. Und dann stell dir mal vor, du darfst sie nicht … anfassen.«

Sterling lacht hinter seiner Faust, aber Dane findet das nicht witzig. Seine einzige Reaktion ist ein Ellbogenstoß in meine Rippen.

Joss ist jetzt direkt vor uns und prallt so fest mit Dane zusammen, dass ihm praktisch die Luft wegbleibt. Er knallt mit dem Rücken gegen die Seite meines Wagens und schlingt beide Arme um ihre Taille. Es ist nur eine Umarmung, schon klar, aber nicht so, wie man sie zwischen »besten Freunden« erwartet.

Sie machen sich beide mächtig was vor. Sie haben es nur noch nicht gemerkt. Irgendwann werden sie genug von dem Eiertanz haben, und einer wird den ersten Schritt wagen.

Ich setze auf Dane, aber Sterling ist davon überzeugt, dass es Joss sein wird.

Wir werden sehen, wie es ausgeht, doch vorerst unternehmen beide die größten Anstrengungen, um sich selbst und alle anderen davon zu überzeugen, dass sie nicht zusammengehören.

»Seit wann bist du zurück?«, fragt Dane. »Hatte nicht erwartet, dich vor Montagmorgen zu sehen.«

Er mustert sie von oben bis unten, als sie sich wieder voneinander gelöst haben. Entweder stört es sie nicht, oder sie ist es gewöhnt, von ihm mit Blicken verschlungen zu werden. Wahrscheinlich Letzteres.

»Wir sind früher zurückgekommen, damit ich die Einführung nicht verpasse. Außerdem wollte ich heute Abend zu Caseys Geburtstagsparty.«

Sobald sie den Namen erwähnt, sieht sie mich mit Bedauern im Blick an. Aber wenn sie erwartet, dass ich ausraste, liegt sie falsch. Es steckt so viel hinter dem, was wir inzwischen als das *Casey-Problem* bezeichnen, dass ich nicht die Energie dafür habe.

»Ihr neunzehnter, stimmt's?«, frage ich beiläufig und tue so, als würde mich die ganze Sache nicht noch immer beschäftigen.

Joss nickte. »Ja, sie hat ein paar Mädchen von unserem Cheerleader-Team und die meisten von der Everly Prep eingeladen, um zu feiern. Sie ist nur am Wochenende zu Hause, morgen Abend reist sie schon wieder ab. Ich sag ihr, dass du nach ihr gefragt hast«, sagt Joss.

»Lieber nicht.«

Die Worte kommen rasch aus meinem Mund, und das bemerkt sie natürlich. Sie kennt die ganze Geschichte, also besteht keine Notwendigkeit, meine Reaktion zu erklären. Die Mienen meiner Brüder sind ausdruckslos, und ein unbehagliches Schweigen tritt ein, obwohl wir eigentlich eine nette Unterhaltung führen könnten. Doch Joss fängt sich schnell wieder.

»Hast du mich denn vermisst?« Sie beißt sich auf die vom Gloss schimmernde Lippe, nachdem sie Dane die Frage gestellt hat, und blickt mit einem winzigen Lächeln zu ihm auf.

»Ich … na ja …«

Ich spüre, dass er gleich etwas Dummes sagen wird, also greife ich ein. Sosehr ich es genieße, ihm das Leben schwer zu machen, lasse ich trotzdem nicht zu, dass er sich lächerlich macht.

Jedenfalls nicht vor anderen.

»Wir haben dich *alle* vermisst«, necke ich sie. »Die North Side war nicht dieselbe, während du weg warst.«

Die Atmosphäre entspannt sich, als sie lacht und die Augen verdreht. »Oh ja, bestimmt. Ihr Jungs habt wahrscheinlich gar nicht bemerkt, dass ich weg war. Es ist ja auch schwer, den Überblick zu behalten, wer wo ist, wenn man entweder betrunken oder high ist.«

Sie wirft Dane einen Blick zu, der sich mit der Hand den Nacken reibt und nervös auflacht. »Ich nehme an, du hast meine Posts gelesen.«

»Klar, und ich wette, die Zulassungskommission bei der NCU hat das ebenfalls getan«, warnt sie.

In diesem Moment fällt mir wieder ein, weshalb es eine Kluft zwischen den beiden gibt, die sie davon abhält, die Grenzen einer Freundschaft zu überschreiten. Joss konzentriert sich nur auf ihre Bücher, Noten und Extraunterricht auf College-niveau, während Dane nie auf Spaß verzichtet. Sie sind absolute Gegensätze, was bei manchen Menschen funktioniert, bei ihnen aber nicht so richtig.

»Hast du dir überhaupt die Praktikumsprogramme angeschaut, die ich dir gemailt habe?«, fragt sie. »Sie sind perfekt für den Bereich digitales Marketing.«

Danes Blick ruht einen Moment auf ihr, und ich weiß ganz sicher, dass er ihr Temperament liebt, wie sie ihn mit Blicken tadelt und bei jeder Gelegenheit zurechtweist.

»Hab ich. Hab sogar eine Tabelle mit den Anforderungen bei jedem Einzelnen angelegt«, antwortet er, nachdem er sie erneut mit den Augen verschlungen hat.

Joss gelingt es beinahe, sich ein Lächeln zu verkneifen. »Gut. Denn das mit meinem Onkel ist nicht garantiert. Du brauchst auf alle Fälle einen Plan B.«

»Ja, Ma'am«, sagt Dane und legt den Kopf schräg.

Joss erwidert seinen Blick, solange sie kann, wobei sie ein leises »Klugscheißer« murmelt und grinst. Dann seufzt sie und lässt den Blick über den Parkplatz wandern.

»Abgesehen davon, dass du wieder hier bist, um mir die gute Laune zu verderben, wie war deine Reise?«, fragt Dane.

Das Lächeln, das Joss sich zu verkneifen versucht hat, erstrahlt jetzt auf ihrem Gesicht.

»Großartig, wirklich. Wenn man davon absieht, dass mein Dad mich nichts hat machen lassen, ohne mir auf Schritt und Tritt zu folgen«, seufzt sie. »Aber ich habe es geschafft, mich ihm zu entziehen und wenigstens ein bisschen Spaß zu haben.«

Dane runzelt die Stirn und verzieht einen Mundwinkel, was er hinter einem Lächeln aber gut versteckt. »Kann ich mir vorstellen. Hat ›ein bisschen Spaß‹ auch einen Namen? Oder … sogar mehrere Namen?«

Joss beißt sich erneut auf die Unterlippe, senkt aber dann den Blick, anstatt zu antworten.

»Also, ich geh dann mal rein«, verkündet sie und wirft einen Blick in Danes Richtung. »Ruf mich später an. Es gibt eine Menge zu erzählen.«

Sein Blick folgt ihr, während sie sich entfernt. Bei der Energie, die zwischen den beiden herrscht, werden Sterling und ich vielleicht noch vor der Abschlussprüfung herausfinden, wer die Wette gewinnt.

Langsam steuern wir drei mit der restlichen Menge auf das Gebäude zu. Ein paarmal werden wir auf dem Weg angesprochen, aber die meisten wissen, dass sie es nicht einmal versuchen sollten. Es ist allgemein bekannt, dass wir nicht einfach so »freundlich« sind. Unser Kreis ist klein, und wir haben die Absicht, es dabei zu belassen.

Die Schlangen vor den Tischen, an denen die Schulmitarbeiter sitzen, sind bereits wahnsinnig lang. An einem bekommt man aktualisierte Schülerausweise, am nächsten Stundenpläne und Schließfächer und an einem weiteren einen Stellplatz auf dem Schülerparkplatz.

Ich muss hier sein, aber mich interessiert all das definitiv nicht. Während ich gelangweilt in der Schlange warte, sehe ich mich im Atrium um, als jemand meine Aufmerksamkeit erregt.

Und zwar meine *volle* Aufmerksamkeit.

»Heilige Scheiße!«

Sterling folgt meinem Blick zu der Person, die anscheinend vom Schicksal hierhergeführt wurde, an den Ort, wo ich herrsche, wo mein Wort Gesetz ist.

»Kennst du sie etwa?«

»Ja. So was in der Art.« Ich bin extrem vorsichtig mit meiner Wortwahl.

Er erkennt sie nicht, was keine Überraschung ist. Von uns dreien war ich der Trottel, der sie beim Lagerfeuer die ganze Zeit anschauen musste. Ich bin auch derjenige mit einem kompromittierenden Foto von ihr auf meinem Handy.

Meine Brüder wissen nicht, was ich im Safe unseres Vaters gefunden habe, und ich werde es wahrscheinlich für mich behalten, solange es keinen guten Grund gibt, zu verraten, was ich weiß.

Mit ein paar Sekunden Verzögerung erstarrt Dane mit halb offenem Mund, als er sie schließlich bemerkt. Dann schnellen seine Augenbrauen nach oben, und er sieht genau hin und registriert die Details, die ich an ihr einfach nicht anziehend finden *will:* schmale Taille, sonnengebräunt, endlos lange Beine, nette Körbchengröße, hübsches Gesicht. Kein typisches Magazingesicht, sondern einzigartig und ätherisch, man möchte es die ganze Zeit anschauen. Man möchte es aus der Nähe betrachten.

Wunderschön.

Zart.

Gefährlich.

Meine Gefühle sind völlig widersprüchlich und tendieren in zwei entgegengesetzte Richtungen. Der Mann in mir findet sie heiß, sogar megaheiß. Aber da ist noch etwas anderes, und es ist diese verborgene Wahrheit, die meinen Zorn entfacht.

Wenn dieses Foto von ihr irgendetwas beweist, dann, dass sie möglicherweise mit meinem Vater in unzählige kompromittierende Dinge verstrickt ist. Sie sieht aus wie eine Frau, die jeden schrägen Scheiß mitmacht, den er verlangt. Alles, um dafür zu sorgen, dass er nicht seine Brieftasche zuklappt mit ihren gierigen kleinen Fingern drin.

Sie ist nicht die Erste. Mein Dad hat eine bestimmte Vorgehensweise, wenn es um solche Dinge geht, und es ist absolut vorhersehbar. Er mag seine Gespielinnen jung, vorzugsweise blond, leicht zu manipulieren, schnell mit Diamanten und schicken Urlauben zu blenden, die er meiner Mom gegenüber »Geschäftsreisen« nennt.

Ich beobachte sie, überzeugt davon, dass sie nicht einmal den richtigen Namen des Arschlochs kennt. Er ist beinahe zu einem Geist geworden, sein Truck hat schwarz getönte Scheiben, und er lehnt jegliche Fernsehinterviews mit sämtlichen Lokalsendern ab. Für manche Leute ist Vin Golden das Phantom, das diese Stadt wie eine Marionette manipuliert. Für mich ist er einfach ein Arschloch mit Geld.

Wie auch immer, es gibt nur einen Fakt, der eine Rolle spielt. Dieses Mädchen hat entschieden, das Spielzeug meines Vaters zu sein, bis er ihrer überdrüssig wird, was sie offiziell zu meiner Feindin macht.

Ich beuge mich nach vorn, damit meine Brüder meine Worte auch deutlich verstehen: »Ich garantiere euch, was ich gleich sagen werde, ergibt keinen Sinn, aber hört mir trotzdem zu.«

Mein Kommentar wird mit fragenden Blicken quittiert.

»Was ist los?« Sterling sieht mich mit ernster Miene an, bevor er die Arme vor der Brust verschränkt.

Ich zweifle einen Moment an mir, aber ich weiß, ich kann das, was ich plane, ohne ihre Mithilfe nicht durchziehen.

»Dieses Mädchen ist nicht halb so unschuldig, wie es aussieht«, erkläre ich.

Dane lacht und wirft noch einen Blick in ihre Richtung. »Gut. Unschuld wurde meiner Meinung nach schon immer überbewertet.«

Ich schüttle den Kopf, noch bevor er zu Ende gesprochen hat. »Nein, glaubt mir. Ihr wollt mit ihr nichts zu tun haben.«

Ich verziehe mein Gesicht zu einer wütenden Miene, als ich erneut zu ihr hinschaue. Ich habe genug davon, um den heißen Brei herumzureden, und sage es ihnen direkt ins Gesicht.

»Wir müssen sie fertigmachen. Und ich meine damit nicht nur, sie zum Weinen zu bringen, damit sie über uns in ihrem Tagebuch schreibt. Ich will, dass sie am Ende am Boden zerstört ist, dass nichts von ihr übrig bleibt.«

Ich habe ihre volle Aufmerksamkeit und sehe ihre fragenden Blicke.

»Du weißt, wir stehen immer hinter dir, aber …«

»Keine Fragen«, sage ich barscher als beabsichtigt, aber ihr Anblick gibt mir das Gefühl, gleich auszurasten.

Eine solche Gelegenheit hatte ich noch nie zuvor: mich um eine von Dads Geliebten zu kümmern, wie es mir gefällt. Entweder war ich zu jung, um etwas zu unternehmen, oder er hatte seine Spuren zu gut verwischt. Diesmal war er nicht so vorsichtig.

Mom von nächtlichen Telefonaten zu erzählen, die ich belauscht habe, oder von anderen eindeutigen Spuren, die ich über die Jahre gefunden habe, war nie eine Option. Ihre Welt würde zusammenbrechen, wenn man sie mit der Nase auf seine Untreue stoßen würde. Völlig. Es ist der Grund dafür, dass sie alle Anzeichen ignoriert, den Kopf in den Sand steckt und weiter putzt und backt, als hätte ihr Ehemann nicht schon die halbe Stadt gevögelt.

Dane mustert mein neues Ziel erneut. Sie tritt mit einem nervösen Lächeln vor, um einem von Direktor Harrisons Administratoren einen Stapel Unterlagen zu reichen.

»Ihr müsst nur wissen, dass sie verdient, was sie bekommen wird«, versichere ich ihnen.

Ein bedeutungsvolles Schweigen zwischen uns hält unangenehm lang an, aber sie müssen das erst einmal verdauen. Wir sind nicht die nettesten Typen auf dem Planeten, aber wir machen anderen normalerweise nicht einfach so das Leben schwer. Ich weiß, es ist viel verlangt, aber meine Brüder wissen hoffentlich, dass ich ohne guten Grund nicht so weit gehen würde.

»In Ordnung«, stimmt Sterling zu, und Dane nickt resigniert.

»Ich bin dabei.«

Wir schauen alle in ihre Richtung, fokussiert auf unser ahnungsloses Ziel. Ich bin überzeugt davon, dass das Schicksal sie hierhergeführt hat. Ich habe keine Ahnung, was sie sonst in ihrem Leben angestellt hat, aber eines ist glasklar für mich: Das Universum will, dass sie leidet. Es kann nicht anders sein. Wenn das nicht der Fall wäre, hätte sie nicht erneut meinen Weg gekreuzt.

Die gesamte Welt dieses Mädchens wird demnächst in Dunkelheit versinken, und ich werde jede Sekunde davon genießen.

#FollowMe

@QweenPandora

Was haben wir denn da, meine Lieben? Meine Quellen sagen, dass die kluge Lieblingsschönheit von North Cypress, Josslyn »Joss« Francois, endlich von ihrer großen Reise zurück ist. Aber … ist sie unbefleckt zurückgekommen? Oder hat die heiße Jungfrau – wie ich sie gern nenne – schließlich nachgegeben? Ein paar von den IG-Fotos zeigen deutlich, dass sie aus Kuba mehr mitgebracht hat als die Kiste Zigarren, die sie persönlich Direktor Harrison überreicht hat. Wird es PrettyBoyD das Herz brechen, wenn die Wahrheit herauskommt?

Und nebenbei bemerkt, lasst euch das eine Lehre sein: Es gibt einen Grund für unsere Gefühle, Leute. Wartet ihr zu lange damit, den Mund aufzumachen, findet vielleicht derjenige, den man nicht mehr aus dem Kopf bekommt, den Weg in ein anderes Bett. Stimmt's, PrettyBoyD?

Bis dann, Leute! *~P.*

5

BLUE

Ich hätte Jules mitnehmen sollen. Wenigstens hätte ich dann jemanden zum Reden, während ich warte.

Die Schlangen waren enorm, aber ich bin einigermaßen schnell drangekommen. Jetzt warte ich zusammen mit allen anderen im Auditorium, wo wir uns versammeln sollten.

Die gesamte Reihe neben mir ist leer, was wahrscheinlich damit zu tun hat, dass ich in dem Bereich sitze, der am weitesten von der Bühne entfernt ist. Trotzdem macht es mir meine Einsamkeit noch einmal bewusst, weil ich hier völlig fehl am Platz bin. Und vor mir liegt ein ganzes Jahr. Es wird die reine Hölle, aber ich weiß, warum ich es tue.

Für Scar.

Für mich.

Für eine Veränderung.

Lebst du noch, Preppy?

Ich lächle über die Textnachricht von Jules und fühle mich nicht mehr ganz so unsichtbar.

Kaum. Muss noch eine langweilige Versammlung durchstehen, dann geht's nach Hause. Gott sei Dank!

Die Lichter werden ein wenig heruntergedimmt, und eine Frau mittleren Alters in einem für diese Jahreszeit zu warmen karierten Blazer über einer cremefarbenen Bluse betritt die Bühne. Als sie das Mikrofon nimmt, schreibe ich Jules rasch *Muss Schluss machen* und stecke das Telefon in meine Tasche.

Die Dame redet über den üblichen Kram: ein bisschen Blabla, dass sie hofft, wir hätten einen bereichernden Sommer gehabt, warum sie in diesem Jahr auf Schuluniformen verzichten und welche Kleidung auf dem Campus erlaubt ist und welche nicht.

Gleich danach kriege ich nichts mehr mit.

Natürlich bin ich nicht plötzlich taub und blind geworden. Es liegt vielmehr an der Person, die von der anderen Seite in meine Reihe gleitet, als wäre sie *nicht* das attraktivste männliche Wesen, das ein Mädchen je zu Gesicht bekommen hat.

Eine umgedrehte Baseballkappe verbirgt sein zerzaustes dunkles Haar, durch das ich, wie ich mich erinnere, am liebsten mit den Fingern gefahren wäre, aber … es ist eindeutig er. Seine tätowierten Arme sind von den Schultern abwärts nackt. Das Muskelshirt, das er trägt, verstößt höchstwahrscheinlich gegen den Dresscode, den die Frau auf der Bühne gerade vorgetragen hat, doch ich vermute, dass er hier nichts und niemanden fürchtet.

Sein ziemlich großspuriger Gang verrät es mir.

Der weiße Rippenstoff schmiegt sich an seine Brustmuskeln und sein Sixpack, und ich beiße mir auf die Unterlippe. Aber auch der Rest haut mich um: seine gewaltige Größe, das kleine Lächeln, das perfekte weiße Zähne hinter vollen Lippen entblößt.

Doch er lächelt nicht *mich* an. Ich bin mir nicht einmal sicher, ob er mich überhaupt gesehen hat. Er lächelt *sie* an, die beiden, mit denen er sich unterhält. Sie müssen seine Brüder sein, oder vielleicht sind sie sogar Drillinge, wenn man bedenkt, dass sie alle hier bei der Einführung sind. Sie sind nicht völlig identisch, aber beinahe. Und jeder von ihnen ist sich der Tatsache völlig bewusst, dass er jedes beliebige Mädchen der Welt haben könnte, auch wenn sie den Eindruck erwecken, als wäre ihnen das egal.

Was natürlich nicht stimmt.

Ich bin in Gesellschaft von Jungs nervös. Das war ich schon immer. Um also meine Hände zu beschäftigen, als mir klar wird, dass sie nicht am anderen Ende der Reihe bleiben, sondern zu mir aufrücken, stecke ich den Berg Unterlagen, den ich heute bekommen habe, in meine Tasche.

Dann blickt er auf, und dieses *Bekomme meine Babys*-Lächeln entfaltet seinen Zauber.

Einen Moment lang frage ich mich, ob er mich vom Lagerfeuer wiedererkennt, aber das ist unwahrscheinlich, denn es ist schon ein paar Wochen her.

Ich lächle, aber es fühlt sich seltsam an, so als würde ich zu viel darüber nachdenken, was mit meinem Gesicht passiert. Er kommt noch immer in meine Richtung, und ich denke so langsam, dass er mich schon entdeckt hat, bevor ich ihn bemerkt habe. Tatsächlich frage ich mich, ob er mich gesehen und dann beschlossen hat, mich anzusprechen.

Sag nichts Dummes, Blue. Es sind nur Jungs. Schon klar, es sind wirklich superhübsche Jungs, aber trotzdem Jungs.

Ich nehme mir vor, nicht aufzuschauen, als er stehen bleibt und über mir aufragt, aber das wäre noch seltsamer, als seine Anwesenheit zu bemerken. Also gehe ich das Risiko ein, nur um festzustellen, dass ich nicht annährend bereit dafür bin.

Er befeuchtet seine Lippen, und ich halte den Atem an, als er spricht.

»Sitzt hier jemand?« Sein Blick gleitet zu dem Platz neben mir, und ich versuche mich vom Klang der extrem tiefen Stimme zu erholen, die aus seinem Mund kommt. Sie ist weich und melodisch. Wahrscheinlich perfekt, um Mädchen zu Dingen zu überreden, die sie nicht tun sollten.

Meine Kehle ist staubtrocken. »Äh, n-nein! Ich bin allein hier.«

Ich klinge furchtbar beflissen, was ich hasse. Aus diesem Grund reduziere ich mein Lächeln.

»Cool. Was dagegen, wenn wir uns setzen?«

Ich blinzle und schüttle dann den Kopf. »Nein. Natürlich nicht.«

Ich drehe mich weg, als sich alle drei auf den Plätzen neben mir niederlassen. Dabei werde ich mir der vielen Augenpaare bewusst, die plötzlich auf mich gerichtet sind. Selbst bei gedimmtem Licht scheint jeder bemerkt zu haben, dass diese drei mich ins Visier genommen haben.

Na großartig!

Das ist nicht gerade hilfreich dabei, unter dem Radar zu fliegen.

Als ich mich umwende, habe ich das Gefühl, dass mich der, den Jules als King Midas identifiziert hat, anstarrt. Sein Blick wandert langsam aufwärts, von meinen Schuhen, die gegen den Sitz vor mir gestemmt sind, zu meinen Knien und Oberschenkeln, die meine Brust berühren. Unter seinem aufmerksamen Blick stelle ich beide Füße auf den Boden. Bei der plötzlichen Bewegung schnellt sein Blick zu meinen Augen – die perfekte Farbe, die Mom »Herzensbrechergrün« genannt hat. Sie hat den Begriff geprägt, noch bevor ich eine Ahnung hatte, was Herzensbrecher bedeutet, und hat damit eine Iris, die von so tiefem Grün ist, dass sie wie ein echter Smaragd aussieht, beschrieben.

»Ich bin West. Das sind meine Brüder – Dane und Sterling«, fügt er hinzu.

»Hallo.«

»Was geht ab?«

Ich winke den beiden Brüdern, nachdem sie mich knapp begrüßt haben, und stelle eine Frage, auf die ich die Antwort bereits weiß. »Also … ihr seid wohl Drillinge, oder?«

West nickt, und mein Magen verknotet sich, als er lächelt. »Ist das so offensichtlich?«

»Irgendwie schon«, bringe ich mit einem lächerlichen Grinsen heraus. »Ich meine, ihr seid offensichtlich verwandt, aber weil ihr alle zur Einführung hier seid, habe ich mir den Rest zusammengereimt.«

Er nickt erneut, und mir wird klar, dass ich noch immer nicht meinen Namen genannt habe.

»Oh, ich bin Blue. Blue Riley«, sage ich. Er schaut mich genauso an wie jeder andere, wenn ich ihn nenne.

»Ist das eine Kurzform für etwas? Oder ein Spitzname?«

Meine Wangen fühlen sich warm an, und ich bin froh, dass es dunkel ist, weil ich wahrscheinlich rot geworden bin.

»Äh, nein«, gestehe ich. »Meine Mom dachte, es wäre cool, meine Geschwister und mich nach Farben zu benennen. Sie ist … ein wenig exzentrisch, könnte man sagen. Also hat sie uns Blue, Scarlett und Hunter genannt.«

Als er nickt und sein Lächeln breiter wird, weiß ich nicht genau, wie ich das interpretieren soll. Entweder versucht er, ein Lachen zu unterdrücken, oder er denkt, meine Mom ist ein wenig irre.

Was nicht ganz falsch ist.

»Ich habe ihn lange Zeit gehasst, aber inzwischen ist er ein Teil von mir«, erzähle ich.

Er denkt kurz nach, und in diesem Moment spüre ich seine intensive Energie noch stärker. Er hat Selbstvertrauen, weshalb er den Blick nicht abwendet, während ich mich bemühe, nicht herumzuzappeln.

»Blue.« Er scheint tief in Gedanken zu sein, als mein Name über seine Lippen kommt. Dann senke ich den Blick zu seinem Mund, als er hinzufügt: »Gefällt mir.«

»Danke.« Das Brennen in meinen Wangen nimmt zu.

Diese Herzensbrecheraugen bleiben noch ein paar Sekunden auf mich gerichtet, bevor sie wieder zur Bühne zurückkehren. Während der restlichen Versammlung sind wir still, doch es ist ein *unbehagliches* Schweigen. Das Verlangen, mich in Wests Richtung zu drehen, nur um zu sehen, ob das hier real ist, ist überwältigend.

Endlich werden die Lichter wieder heller, und ich greife nach meiner Tasche, die zwischen uns auf dem Boden steht. Ich ziehe die Unterlagen heraus, die man mir vorhin gegeben hat, und stehe auf. Als ich das tue, bin ich Auge in Auge mit West. Irgendwie jedenfalls, wenn man bedenkt, dass er so viel größer ist.

Weil ich das Bedürfnis habe, ein bisschen Abstand zwischen uns zu bringen, trete ich in den Gang, und die Jungs folgen mir. Noch mehr durchdringende Blicke von Fremden werden mir zugeworfen, und ich vermute, dass ein paar von den Mädchen jetzt gern an meiner Stelle wären, aber ich verdränge den Gedanken.

Es sind nur Jungs, Blue.

Ein Blatt rutscht aus der Mappe, die ich in der Hand halte, und bevor ich mich hinunterbeugen kann, geht West in die Hocke und hebt es auf. Er steht auf und liest dabei laut die Überschrift vor.

»Sportuntersuchung. Was spielst du?« Er reicht es mir.

»Basketball. Ich habe die letzten drei Jahr an der South Cypress gespielt.«

Er zieht die Brauen hoch und antwortet nicht gleich, aber als er es tut, bemerke ich einen gewissen Unterton. »Du bist von der South Side?«

Ich bin mir nicht sicher, ob es abwertend ist oder nur überrascht.

»Äh, ja. Ich bin dort aufgewachsen«, sage ich munter und weigere mich, beschämt zu klingen. Ich bin, wer ich bin, ob er das nun akzeptiert oder nicht.

»Lebst du noch dort?«

Ich nicke. »Tatsächlich lebe ich seit meiner Geburt im selben Haus.«

Die Gesichter der drei sind jetzt schwer zu deuten.

»Du bist also eine von denen mit Stipendium.«

Bei Danes Wortwahl runzle ich die Stirn. *Eine von denen mit Stipendium* klingt abgestempelt. Wie eine typische Beleidigung dieser reichen Kids, während sie einen arrogant angrinsen.

»Nicht ganz«, lüge ich. »Meine Schulgebühren sind bereits bezahlt.«

West mustert mich neugierig, und ich habe mir noch nie so sehr gewünscht, die Gedanken von jemandem lesen zu können, wie in diesem Moment. Vielleicht weiß er, dass ich nicht die Wahrheit sage, aber es geht niemanden etwas an, dass ich Empfängerin eines Stipendiums bin. Es werden jedes Jahr nur wenige vergeben, als Gemeindehilfsprogramm des Schulgremiums. Trotzdem werden nur Schüler oder Schülerinnen mit einem sehr guten Notendurchschnitt in Betracht gezogen, und diese müssen sich zudem an ziemlich strenge Vorschriften halten. So wird zum Beispiel die ohnehin herrschende Null-Toleranz-Politik für Fehlverhalten noch strenger für diejenigen verfolgt, die von außerhalb kommen.

Daher kann ich mich glücklich schätzen, trotzdem zugelassen worden zu sein, wenn man bedenkt, dass ich zum Ende des letzten Schuljahrs in Handgreiflichkeiten verwickelt war.

Kurz gesagt, das hier ist eine Gratwanderung für mich, und

meine Beraterin Dr. Pryor wird sich bestimmt vergewissern, dass alles korrekt verläuft.

West schweigt einen Augenblick und nickt dann in Richtung Ausgang. »Da du hier neu bist, könnte ich dich herumführen.«

Ich atme nervös ein, bevor ich nicke. »Ja, okay. Ich könnte wahrscheinlich ein wenig Hilfe brauchen, meinen Spind zu finden. Danke.«

Er hebt die Mundwinkel zu einem lässigen Lächeln. »Kein Problem.«

Fast alle gehen schnurstracks auf den Ausgang zu, jetzt, wo die Versammlung vorbei ist, und nur ein paar wenige Schüler bleiben noch. Wir vier treten als Gruppe auf den Gang – West zu meiner Rechten, Dane und Sterling zu meiner Linken. Ich fühle mich zwischen ihnen eingeklemmt, aber das ist kein schlechtes Gefühl. Die bewundernden Blicke der Jungs, die vorbeigehen, und das regelrechte Fangirl-Getue vom weiblichen Teil der Schülerschaft sind faszinierend.

Ich hatte eindeutig recht mit meiner Annahme, dass die drei diese Highschool beherrschen.

Ein paarmal nach links und nach rechts, und wir sind da. Ich habe West meine Spindnummer genannt, daher wusste er genau, wohin er gehen musste. Laut meinem Stundenplan und der kleinen, oben aufgedruckten Karte, ist der Klassenraum für meinen ersten Unterricht zum Glück nicht weit entfernt.

»Wir haben fünf Minuten zwischen den Stunden, also ist es keine schlechte Idee, so viel wie möglich in deine Tasche zu packen«, erklärt Sterling. »Die Lehrer hier sind wahrscheinlich nicht so nachsichtig wie dort, wo du herkommst. Einmal zu spät, und du darfst nachsitzen.«

Oberflächlich betrachtet ist das, was er sagt, nett gemeint, aber es ist der Teil mit dem »wo du herkommst«, der mich nervt.

Was zum Teufel weiß er schon von den Regeln an meiner alten Schule? Sie denken wahrscheinlich, dass jeder, der aus den südlichen Stadtvierteln kommt, irgendwie ein Dieb oder Krimineller ist. Typisch. Es würde ihn wohl umhauen, wenn er wüsste, dass mehrere Kids aus meiner alten Klasse gute Aussichten auf Vollstipendien für ein paar sehr begehrte Universitäten haben.

Kurz gesagt, ich fühle mich beurteilt.

Ich zwinge mich zu einem Lächeln, sage jedoch nichts.

»Wir sollten in die Cafeteria gehen«, schlägt West vor und führt uns durch einen Flur mit Fenstern auf beiden Seiten.

Wir biegen einmal scharf links ab, und ich entdecke die Mensa am Ende des Gangs. Durch die Doppeltüren können wir hineinschauen, und nach dem, was ich bisher sehen kann, ist sie ziemlich durchschnittlich.

»Wenn das Wetter es zulässt, essen die meisten von uns draußen«, sagt West.

Ich bin mir nicht sicher, ob das eine Einladung ist, doch als er sie nicht ausspricht, bin ich noch verwirrter. Wir setzen unseren Weg fort, und ich bekomme nicht den kleinsten Hinweis, wohin wir als Nächstes gehen, aber meine Begleiter sind auf einmal verstummt, was mich gelinde gesagt nervös macht.

Wir laufen einen weiteren Gang entlang, mit ein paar leeren Klassenzimmern links und rechts, der sich jedoch als Sackgasse herausstellt. Verwirrt blicke ich auf meinen Stundenplan, um zu sehen, ob irgendeine Raumnummer passt, aber leider nicht.

»Wie sind denn die Lehrer hier so?«, frage ich. Jemand muss *irgendwas* sagen.

Dane schaut kurz zu mir, aber er blickt rasch wieder geradeaus. »Wie überall sonst auch, nehme ich an. Blödmänner.«

Ein nervöses Lachen entschlüpft ihm, aber die anderen sind still. Diesen plötzlichen Stimmungsumschwung bilde ich mir nicht ein, und als wir mitten in diesem ausgestorbenen Gang stehen bleiben, habe ich Gewissheit.

West dreht sich zu mir um, und ich bin von seiner schieren Größe überwältigt, als er näher tritt und mit einem finsteren Blick auf mich herunterschaut. Die Hoffnung, dass dieser Moment vorübergeht, stirbt auf der Stelle. Ganz sicher bilde ich mir nicht ein, dass mir die kalte Schulter gezeigt wird, aber wie es aussieht, habe ich die Freundlichkeit, die die drei bis eben noch an den Tag gelegt haben, völlig falsch gedeutet.

Irgendetwas an der ganzen Situation ist ausgesprochen merkwürdig, und als im nächsten Moment barsche Worte aus Wests Mund kommen, ist keinerlei Missverständnis mehr möglich.

»Ich frage mal ganz direkt.« Er lacht leise und boshaft. Und als er die Schultern strafft, fühle ich mich genauso eingeschüchtert, wie er es beabsichtigt hat. »Wie genau kannst du dir das alles hier leisten? Deine Eltern müssen ja 'ne Tonne Meth verhökert haben, denn Cypress Prep ist nicht billig.«

Die Schüsse wurden abgefeuert.

Ich spüre, wie mich seine Worte direkt in die Brust treffen, und es gibt keinen Zweifel. Ich habe sein gesamtes Verhalten falsch interpretiert. Völlig. Und natürlich ärgert es mich umso mehr, weil ich Idiotin geglaubt habe, zwischen uns würde die Chemie stimmen.

»Wie zum Teufel redest du denn mit mir? Ich muss mir das nicht anhören.« Die Worte kommen unsicher aus meinem Mund. Als ich einen Schritt an ihm vorbei machen will, packt West meinen Arm. Sein Griff ist fest, aber nicht schmerzhaft. Trotzdem bin ich mir seiner Stärke nur allzu deutlich bewusst.

Dane und Sterling flankieren ihn, während er auf mich herunterblickt und keiner spricht. Mein Blick schnellt von ihnen zu West, als ich mit dem Rücken an der Ziegelwand stehe und von seinen langen Armen neben meinem Kopf in Schach gehalten werden. Er ist von beeindruckender Größe, aber es ist auch seine Präsenz, die ich nicht ignorieren kann, während er meine persönliche Sphäre verletzt.

Sie haben mich gründlich in die Enge getrieben, und ich hasse das.

»Komm schon, Southside«, sagt er barsch, als wäre das mein Name. »Du kannst mir nicht vorwerfen, dass ich neugierig bin, wie sich jemand aus der Gosse von Cypress Pointe diese Schule leisten kann. Wenn deine Eltern also keine Bank ausgeraubt haben, musst du dir die Kohle selbst besorgt haben.« Er tritt näher, und bei jedem Atemzug, den ich nehme, drückt meine Brust gegen seine. »Wem hast du einen geblasen, um an so viel Geld ranzukommen?«

Die grausamen Worte verletzen mich emotional, und weil es noch immer so surreal ist, dass er sich plötzlich gegen mich gewendet hat, kann ich das nicht so schnell verarbeiten. Das habe ich nicht erwartet. Ganz und gar nicht.

Zorn in seiner reinsten Form schießt durch meine Adern, aber ich unterdrücke ihn, als ich daran denke, dass ich überhaupt nur knapp durch die schmiedeeisernen Tore dieser Schule eingelassen wurde, was bedeutet, dass ich diesem Mistkerl nicht geben kann, was er verdient. Ich bin im wörtlichen und im übertragenen Sinne gefangen.

»Für dich ist nur wichtig zu wissen, dass ich nicht auf deine Kosten hier bin, Vollidiot.«

»Ganz sicher?« Er ist so nah, dass die Wärme seines Atems über meinen Mund streicht.

Mein Herz rast. Nur dass es diesmal nicht wegen der fehlgeleiteten Schwärmerei ist, die mich in diese Schwierigkeiten gebracht hat – diese Gefühle sind schon so lange verschwunden, dass ich schwören könnte, ich habe sie nie gehabt. Jetzt pocht es in meiner Brust, weil ich plötzlich innerlich koche.

»Was zum Teufel soll das heißen?«

»Es heißt, dass es eine Menge blinder Flecken wie diesen hier gibt an einer so großen Schule«, warnt er mich. »Viele Orte, um in Schwierigkeiten zu kommen für jemanden, der nicht hierhergehört.«

Woher kommt nur diese Wut in ihm?

Mein gesamter Körper bebt von Kopf bis Fuß. Ich habe weder den drei Brüdern noch sonst jemandem etwas getan. Ist meine Anwesenheit hier eine solche Beleidigung? Kränkt es sie so sehr, jemanden um sich zu haben, der nicht mit einem silbernen Löffel im Mund geboren wurde?

Ich balle die Fäuste und bin stark versucht, sie auch zu benutzen, aber dann denke ich an Scarlett. Ich erinnere mich daran, wie ich letztes Jahr Mist gebaut habe, als alles aus dem Ruder gelaufen ist, und jetzt darf ich diese Chance einfach nicht verspielen. Ich muss dafür sorgen, dass das hier funktioniert. Ich muss alles tun, was ich kann, um meiner Schwester das Leben zu schenken, das sie verdient. Das Leben, das uns unsere beschissenen Eltern bisher vorenthalten haben.

Also löse ich die Fäuste und lasse meine Hände sinken.

West sieht, wie ich den Kampf aufgebe, und ich weiß, dass er das als Zeichen der Schwäche wertet, denn er lächelt. Ich presse mich noch fester an die Wand, weil ich es vorziehe, dass die raue Wand die Rückseite meiner Oberschenkel zerkratzt, als ihm zu nahe zu sein.

»Ich habe allen möglichen Scheiß gehört über Mädchen aus eurem Ghetto. Es geht das Gerücht, du tust praktisch alles, wenn das Geld stimmt. Ist das wahr, Southside? Ich habe nämlich ein paar Dollar in der Tasche, wenn du mitmachst.«

Sein Blick ist böse und verströmt fehlgeleiteten Hass. Aber jetzt bin ich ebenfalls wütend.

»Ich sag dir was«, zische ich und beiße beim Sprechen die

Zähne zusammen. »Falls du irgendwie deinen Stummelschwanz finden solltest, sehen wir weiter, Arschloch.«

Er keucht mir regelrecht ins Gesicht, während Zorn in seinen Augen lodert.

»Das würde dir gefallen, was?«, kontert er und beugt sich so weit nach vorn, dass seine Lippen mein Ohrläppchen berühren. »Aber sei gewarnt: Das Einzige, was an mir kurz ist, ist mein Geduldsfaden. Probier's gern aus.«

Mein Atem zittert. Ich weiß, dass er es spürt, und ich hasse es. Ich habe keine Angst *vor* ihm, sondern ich habe Angst *um* mich. Das Schuljahr hat noch nicht einmal angefangen, und ich darf es nicht damit beginnen, dass ich die Erwartung der anderen erfülle, die denken, dass meine Herkunft automatisch Ärger bedeutet.

Ich habe gesehen, welchen Einfluss West hier hat und welchen Respekt er bei allen, die an uns vorbeigegangen sind, genießt. Womöglich reicht seine Macht sogar über die Schülerschaft hinaus und bis zu den Angestellten.

Ich habe genug von der Welt gesehen, um zu wissen, wie diese Dinge funktionieren. Die Schecks der Familien dieser Kids sind das Fundament, auf dem diese Schulen erbaut sind. Die Reichen, die Mächtigen, sie verteidigen ihresgleichen. Es wäre sein Wort gegen meins, und das darf ich nicht riskieren.

»Soooo ist gut. Komm zur Besinnung wie ein braves kleines Miststück«, knurrt er an meinem Hals. Seine tiefe Stimme ist leise und ohne Emotion, ruhig, weil er weiß, dass er mich genau dort hat, wo er mich haben will.

»Ich gebe nicht wegen dir nach«, bringe ich mühsam heraus. »Ich werde nie wegen dir nachgeben. Das verspreche ich dir.«

Das veranlasst ihn zu einem dunklen Lachen, und er presst sein volles Gewicht gegen mich, bis ich seinen ganzen Körper spüre.

»Sag niemals nie. Wir haben noch ein ganzes Jahr vor uns. Alles Mögliche könnte geschehen.«

Er hat recht, und ich weiß, dass ich hier zahlenmäßig unterlegen bin, aber es liegt mir nicht nachzugeben. Mein Stolz ist das Einzige, was mir noch bleibt.

Ich spüre, wie sich seine langen, warmen Finger um meinen Hals schlingen, und genau in dem Moment, als er sie auf meine pochende Halsschlagader legt, lässt er los.

»Wir sehen uns, Southside.« Seine Lippen verziehen sich zu einem trügerisch freundlichen Lächeln, während er zurückweicht. Es klingt wie eine Drohung, als er hinzufügt: »Willkommen auf der Cypress Prep!«

#FollowMe

@QweenPandora:

Gerüchte bestätigt. Cypress Prep hat eine neue blonde Attraktion auf dem Schulgelände. NewGirl wurde zum ersten Mal vor ein paar Monaten beim Bellvue-Lagerfeuer gesehen. Laut meiner Quellen wurde sie heute ebenfalls gesichtet, wobei sie einen Ausweis der Cypress Prep besaß. Die Spekulationen sind damit noch nicht beendet. Denn sie war in Begleitung des Goldenen Trios, und einer der Brüder schien besonders angetan zu sein. Könnte das das Jahr werden, in dem sich der König festlegt? Machen wir uns nicht zu früh Hoffnungen.

Bis dann, Leute! *~P.*

6

BLUE

Das Radio aufzudrehen, hilft nicht, einen klaren Kopf zu bekommen, und ich bin mir sicher, Mrs Levinson würde dem zustimmen. Sie sieht mir von ihrer Veranda aus zu, wie ich werfe, und obwohl ich nicht hinschaue, weiß ich, dass sie wegen der lauten Musik ein finsteres Gesicht macht.

Normalerweise bin ich ein wenig rücksichtsvoller, aber ich koche noch immer vor Wut – nicht weniger als in dem Moment, als ich diesem Mistkerl Auge in Auge gegenüberstand. Eigentlich allen dreien.

Es ist unglaublich, dass es solche Menschen überhaupt gibt.

Der Ball verlässt meine Fingerspitzen und prallt vom Korbrand ab. West hat sogar meine Treffsicherheit versaut.

Noch ein Grund, den Blödmann zu hassen.

»Verdammt, Blue. Ist dein Finger noch immer nicht in Ordnung? Das war schlecht.«

Ich erkenne die Stimme, auch ohne mich umzudrehen. Er muss lachen, als ich seufze.

»Was … willst du, Ruiz?«

»So nennst du mich nur, wenn du sauer bist, aber das ist unmöglich. Ich hatte gar keine Gelegenheit, dich zu verärgern, weil du mir seit Monaten aus dem Weg gehst.«

Ich werfe erneut … und treffe wieder nicht, woraufhin ich leise fluche.

»Du hast den Hinweis eindeutig nicht verstanden«, sage ich laut und dribble den Ball zwischen meinen Beinen. Das Unkraut, das in den Ritzen im Zement wächst, macht es schwieriger, aber ich habe das im Griff. Hoffentlich finde ich bald meinen Rhythmus wieder.

»Und was, wenn ich dir sagen würde, dass ich Geschenke habe? Würde das deine Meinung ändern?«

Beinahe hätte ich mich aus Neugier umgedreht. »Kommt darauf an, was es ist.«

Ich sollte ihm besser sagen, dass er sich verkrümeln soll, aber ich bin aus offensichtlichen Gründen heute nicht ich selbst.

»Ich hab meiner Tante gesagt, dass ich herkomme, um zu reden, und dass ich dich vorher besänftigen müsse. Also hat sie das für dich gemacht.«

Mist … er weiß, dass das Essen von Tante Carla meine Schwachstelle ist. Als wir noch Kinder waren, hat sie alle meine Geburtstagskuchen gebacken, weil Ricky immer rechtzeitig daran gedacht hat.

Ich beschließe, seiner Bitte nachzukommen, und drehe mich zu ihm um. Doch ich bereue es augenblicklich. Ein Blick, und ich weiß wieder, warum ich mich von ihm fernhalte.

Aus den Augen, aus dem Sinn.

Es erinnert mich außerdem daran, warum ich ihn an jenem Abend vor etwas über einem Jahr ins Haus gelassen habe. Er war vorbeigekommen, um Hunter zu besuchen, aber ich war allein zu Hause. Es war nicht ungewöhnlich, dass er blieb, um mir Gesellschaft zu leisten. Aber irgendwann begannen die Dinge in unserer ansonsten harmlosen Freundschaft … seltsam zu werden.

Die kurzen Umarmungen wie zwischen Geschwistern, die

wir uns seit der Grundschule manchmal gaben, dauerten immer ein bisschen länger. Dann war da dieser »unbeabsichtigte« Kuss, als ich vierzehn und er sechzehn war. Dann ein weiterer unbeabsichtigter Kuss zwei Jahre später. Und ehe ich michs versah, hatte ich meine Jungfräulichkeit an Ricky verloren, und nach dem *ersten* Mal geschah es noch *viele* weitere Male.

Wirklich … *viele* Male.

Oh ja, ich hätte mich wirklich nicht umdrehen sollen.

Er hat nichts von seiner Attraktivität eingebüßt. Sein dunkles Haar ist frisch geschoren, und er trägt jetzt einen Kinnbart. Er steht ihm, was ich nur ungern zugebe.

Sein eng anliegendes T-Shirt und die dunklen Jeans sehen genauso neu aus wie die blütenweißen Sneaker an seinen Füßen, was allerdings nicht ungewöhnlich für ihn ist. Er hat mehr als genug Geld, um sie sich leisten zu können. In dem Moment fängt der Diamantknopf in seinem Ohr die Sonne ein, und das Funkeln reißt mich aus meiner Benommenheit.

»Brownies«, sagt er lässig.

Ich zwinkere ein paarmal, bevor ich sage: »Kann ich nicht …«

»Ich habe sie an die Nussallergie erinnert«, unterbricht er mich und verdreht scherzhaft die Augen. »Ich vergesse so was nicht.« Er streckt mir abwartend eine Plastikdose entgegen. Ich schwöre, er hat ein Gedächtnis wie ein Elefant.

»Danke.«

Ich zögere nicht, den Deckel abzunehmen, mir einen herauszunehmen und reinzubeißen, was ihm ein Lachen entlockt. Als Nächstes fällt mein Arm herab, weil mir der Ball, den ich darunter festgeklemmt hatte, weggenommen wird und ich nichts dagegen unternehme, weil … Brownies.

Die Ringe der Kette, mit der seine Brieftasche an seiner Gürtelschlaufe befestigt ist, machen ein klirrendes Geräusch, als er wirft. Natürlich fliegt der Ball beim ersten Versuch in den Korb. Verdammter Angeber.

»›Arbeitest‹ du heute nicht?« Die Frage kommt spöttisch über meine Lippen, was ihm nicht entgeht.

Noch ein Treffer landet im Korb, dann wirft er mit wissendem Lächeln einen Blick über seine Schulter. Unsere Vorstellungen von »Arbeit« sind meilenweit voneinander entfernt. Und genau das hat zu unserem Bruch geführt und wird auch dafür sorgen, dass wir nicht noch einmal an das anknüpfen werden, was wir hatten.

»Nö, ich habe heute frei. Zahlt sich aus, den Chef zu kennen«, bemerkt er in Anspielung auf seinen Onkel Paul.

Ricky macht seit seinem dreizehnten Lebensjahr »Besorgungen« für den Typen. Zu der Zeit nahm Onkel Paul auch Hunter unter seine Fittiche, nachdem sich unser Vater als nutzlos erwiesen hatte. Doch leider ist Paul nicht das, was man einen aufrechten Bürger nennt. Ein paar behaupten sogar, dass er im Zentrum von allem steht, was in South Cypress schiefläuft. Nun, er und seine Leute, die er überall in der Stadt hat.

Er versenkt noch einen Ball, und ich schnappe ihn mir wieder, während ich das letzte Stück Brownie schlucke.

»Wie schön für dich«, sage ich mit einem desinteressierten Seufzen. »Dann solltest du jetzt wahrscheinlich verschwinden. Du weißt schon, den Tag genießen. Wir sehen uns …«

Bevor Ricky auch nur einen Satz herausbringt, gehe ich auf die Verandastufen zu, um zum Hintereingang zu gelangen. Als ich jedoch den leichten Griff um mein Handgelenk spüre, bleibe ich stehen. Die Berührung ist sanft, aber trotzdem eine Erinnerung daran, wie West mich zuvor gepackt hat. Ich reiße mich los, und mein Blick schnellt zu Ricky, wobei ich mir vollkommen bewusst bin, dass ich meinen Zorn an der falschen

Person auslasse. Doch ich bin zu stolz, um mich zu entschuldigen.

Er legt den Kopf schräg, und ich weiß bereits, was er gleich sagen wird. »Alles okay? Ich wollte dich nicht verärgern. Ich wollte nur, dass du noch einen Moment bleibst.«

Ein erschöpfter Seufzer entschlüpft mir, und ich verdränge meinen Ärger – zumindest für den Moment.

»Es war nur ein langer Tag«, erkläre ich, was die größte Untertreibung ist, die ich je gehört habe.

Ich blicke zu dem rostigen Garagentor, wo mein Korb hängt, und lehne mich ans Geländer. Ricky sieht mich an, doch ich weiche seinem Blick aus. Stattdessen konzentriere ich mich auf das schwarze Netz aus Telefon- und Elektrokabeln, die im Zickzack vom Dach des Hauses zu den Holzpfosten führen, die die Gasse überragen.

»Ich denke …«

»Ich bin nicht in der Stimmung, mir anzuhören, was du denkst«, falle ich ihm ins Wort und weigere mich noch immer, ihn anzuschauen.

»Du weißt nicht einmal, was ich sagen wollte«, gibt er mit einem Lachen zurück.

Es ist so schwer, ihn aus dem Konzept zu bringen, was ich früher geliebt *und* gehasst habe. Aber wenn man ihn bedrängt, gibt es auch eine rücksichtslose Seite an ihm, die man nicht erleben will.

Als ich nicht anbeiße, versucht er eine andere Taktik – eine, mit der ich nicht rechne.

»Ich hätte nicht gedacht, dass ein Mädchen, das sich gerade den König des Nordens krallt, so schlechte Laune hat.« Sein Tonfall hat etwas Amüsiertes, was mir furchtbar auf die Nerven geht. Er grinst, als ich ihm schließlich einen Blick zuwerfe.

»Was soll *das* denn heißen?« Die Worte fliegen wie brennende Pfeile aus meinem Mund und sind voller Misstrauen.

Bevor er antwortet, zieht er sein Telefon aus der Hosentasche und scrollt. Als er das Display zu mir umdreht, wird mir beim Anblick des rosa-schwarz getigerten Icons flau im Magen.

»Die Leute denken wohl, dass du bald eine Affäre haben wirst«, fügt Ricky hinzu.

Allerlei Gedanken wirbeln mir durch den Kopf, von denen die meisten zu einem wütenden Ausbruch führen könnten über das, was mir heute nach der Einführung passiert ist. Aber derlei Dinge will ich Ricky nicht erzählen. Wir sind keine Freunde. Er ist mein Ex, und deshalb werde ich das alles für mich behalten.

Jules hingegen wird sich mit Sicherheit eine Menge anhören müssen, sobald ich es ins Haus geschafft und ihre Nummer gewählt habe.

»Du folgst seit Neuestem Klatsch-Apps, Ruiz? Ist das nicht unter deinem Niveau?«

Er lacht, doch es ist kleinlauter als vorhin. Vermutlich ist sein Ego ein wenig angekratzt wegen dem, was er über die ganze West-Sache zu wissen glaubt. Ich bin in den letzten Monaten Ricky gegenüber extrem frostig gewesen, also lauern ein paar Schuldgefühle unter der Oberfläche, die mich dazu veranlassen, einen Gang runterzuschalten.

»Es ist nicht so … wie sie es darzustellen versuchen. Glaub mir«, versichere ich ihm und lasse den Teil weg, als mich die Mistkerle in eine ruhige Ecke gelockt haben, um mir zu drohen.

Ich brauche Rickys Mitleid nicht – oder welche Reaktion er sonst zeigen würde. Meine Probleme sind nicht seine, egal, was er denkt.

»Wenn du meinst«, erwidert er mit einem wissenden Lächeln, so als glaubte er, dass an der Geschichte mehr dran ist. Das ist es wohl, aber nicht so, wie er denkt.

»Ich werde nicht mit dir darüber reden«, sage ich und beende den Teil des Gesprächs.

Es gibt einen kurzen Moment der Unentschlossenheit, und ich spüre, dass er gerne weitergebohrt hätte, aber er lässt es zum Glück. Stattdessen wechselt er das Thema, kommt allerdings auf die *eine* andere Sache zu sprechen, die ich ebenfalls nicht mit ihm diskutieren will.

»Dein Bruder fragt noch immer nach dir. Jedes Mal, wenn wir reden«, fügt er hinzu. »Er sagt, es sei wichtig, aber er will nicht am Telefon oder in Briefen darüber sprechen. Er sagt, das muss persönlich geschehen.«

Seufzend richte ich den Blick zum Himmel. »Ich habe dir schon mehrmals gesagt, dass Hunter sich das selbst eingebrockt hat, und er wird die Suppe auch allein auslöffeln. Schlimm genug, dass er mich mit allem allein lässt. Ich muss mich um Scar kümmern, außerdem arbeiten, und in ein paar Tagen beginnt die Schule wieder«, schimpfe ich. »Er sollte hier sein. Er weiß, wie unsere Eltern sind, also hätte er wenigstens an mich und Scar denken sollen.«

»Sag das nicht«, wirft Ricky ein. »Du weißt, dass er *immer* an euch gedacht hat.«

Mein Blick wird abweisend. Jedes Mal verteidigt er Hunter, egal, worum es geht. Man kann loyal sein, man kann aber auch derjenige sein, der Dinge ermöglicht. Manchmal weiß ich nicht genau, welche Rolle Ricky in Hunters Leben häufiger spielt.

»Wenn es ihn kümmern würde, wenn er wirklich das Beste für uns wollte, dann wäre er hier«, fasse ich zusammen. »Punkt.«

Ich darf das nicht laut sagen, aber ich bin mir zudem hundertprozentig sicher, dass ich es nicht ertragen könnte, meinen Bruder so zu sehen – eingesperrt an diesem Ort in dem Wissen, dass er jahrzehntelang keine Chance hat, dort rauszukommen. Ich ziehe die guten Erinnerungen vor, die ich mir bewahrt habe.

Mein Herz krampft sich zusammen, aber ich zeige nicht, wie weh es tut.

»Ich will ihn so nicht sehen, Ricky. Es ist mir egal, was er zu sagen hat, ich muss das hinter mir lassen.«

Eine warme Hand legt sich auf meine, die auf dem Geländer liegt, und ich rühre mich nicht, obwohl ich weiß, dass ich es tun sollte.

»Ich weiß, dass du wütend bist, aber es ändert nichts an der Tatsache, dass er zu deiner Familie gehört. Ob nun hier draußen oder dort drin, ihr seid blutsverwandt.«

Eine Träne rollt über meine Wange, doch ich wische sie nicht sofort weg.

»Ich habe mich entschieden, Ricky. Es gibt nichts weiter zu bereden.«

Ich spüre seinen Blick auf mir, doch ich gebe nicht nach.

»Wenn es das ist, was du möchtest, kann ich dich nicht zwingen.« Seine Hand gleitet von meiner herunter, und er steckt beide in die Taschen seiner Jeans.

Das Dröhnen eines Basses aus den Lautsprechern eines Passanten durchbricht das Schweigen zwischen uns. Doch gerade als ich ihn anschauen will, zeigt er auf etwas hinter mir.

»Was ist das?«

Ich bekomme weiche Knie, als ich mich umdrehe und hineile, um die rosafarbene Abmeldungsmitteilung von der Fliegengittertür zu rupfen. Doch es spielt keine Rolle, weil er sie bereits gesehen hat.

»Wie viel brauchst du?«

Ich ignoriere seine Frage und konzentriere mich stattdessen auf die beiden Kinder, die auf ihren Rädern durch die Gasse fahren.

»Bin ich denn so ein schrecklicher Mensch, dass ich nicht einmal gut genug bin, um dir zu helfen?«, fragt er und zeigt erste Anzeichen von Verärgerung.

»Tu das nicht«, kontere ich.

»Was soll ich nicht tun? Die Wahrheit sagen? Warum gibst du nicht einfach zu, was wir beide wissen? Du hältst dich für was Besseres.«

Es war bereits ein schrecklicher Tag, und ich brauche das nicht. Nicht nach allem, was heute schon passiert ist.

Ich strecke die Arme aus in Richtung meines Zuhauses und dann in Richtung meiner Schrottkarre und stoße ein freudloses Lachen aus. »Ja, in diesem Palast zu leben, ist mir wirklich zu Kopf gestiegen, Ruiz. Danke für die Zurechtweisung.«

»Du weißt, was ich meine.«

»Ich will dein Geld nicht, weil ich weiß, wie du es verdienst«, rufe ich aus und korrigiere seine verquere Logik, wobei ich auch Mrs Levinsons Aufmerksamkeit auf mich ziehe. »Wie kommst du darauf, dass ich schmutziges Geld von dir nehmen würde, wenn ich es nicht mal von meinem Bruder akzeptiere? Das Problem war nie, dass ich zu gut für dich bin. Das Problem ist, dass du zu gut bist, um wie dein Onkel Paul zu werden, und wir beide wissen das.«

»Wie auch immer«, seufzt er und winkt ab, während er die Nasenflügel bläht – ein sicheres Zeichen, dass ich ihn wütend gemacht habe. »Ich habe deine Adresse. Der Stromversorger braucht nicht mehr. Bis morgen ist die Sache erledigt«, erklärt er.

»Kümmere dich um deinen eigenen Kram, Ricky.« Meine

Worte sind nutzlos, denn er ist bereits in der Gasse hinter Mrs Levinsons Garage verschwunden.

Ich schwöre, jeder Typ, dem ich heute begegnet bin, braucht einen kräftigen Tritt in die Eier.

Jeder. Einzelne.

7

BLUE

Kopf hoch, die Augen auf das Gebäude gerichtet.

Nachdem ich meine Schlüssel in die Hosentasche gesteckt habe, drücke ich die Ohrstöpsel rein und blende alles andere aus.

Der heutige Tag muss nicht schlimm werden, Blue. Du musst diesen Höhlenmenschen nicht zwangsläufig begegnen. Denk positiv. Denk … positiv.

Der Parkplatz ist voll. Auf fast jedem Platz steht irgendein teurer Wagen oder ein überdimensionierter SUV – mit mehr Platz, als ein Teenager tatsächlich benötigt. Meine neuen Klassenkameraden lehnen aufgedonnert an diesen Monstern mit Lenkrad. Die Musik in meinen Ohren blendet ihre Gespräche und ihr Lachen aus, aber nicht meinen Neid. Sie haben eine Menge Dinge, die ich nicht habe, aber wonach ich mich am meisten sehne, ist ihr Seelenfrieden.

Sie passen hierher und haben Allianzen geschmiedet, die ihnen helfen, den Alltag zu bewältigen. Sogar diejenigen, die nicht zum angesagten Haufen gehören, haben wahrscheinlich ihren Platz gefunden, kleine Cliquen gebildet, die als Puffer zur manchmal rauen Umgebung einer Highschool dienen. Die meisten gehen wahrscheinlich schon ihr Leben lang gemeinsam zur Schule. Und dann bin da ich – NewGirl, wie Pandora mich genannt hat.

Ich muss leider zugeben, dass ich am Ende den Schritt getan habe und mich von Pandora und ihren Spekulationen habe mitreißen lassen. Nach dem Gespräch mit Ricky blieb mir keine andere Wahl. Nachdem er erwähnt hatte, wie sie die Dinge zwischen West und mir interpretiert, konnte ich nicht anders.

Zudem wurde mir während des Gesprächs mit Jules klar, dass ich es nicht fertigbringen würde, ihr zu erzählen, was West, Dane und Sterling mir angetan haben. Also habe ich das Telefonat beendet und die App durchforstet.

Stundenlang.

Das Leben dieser Leute ist chaotischer als jede Soap, die ich je gesehen habe, und jetzt kenne ich eine Handvoll ihrer Geheimnisse. Schade, dass ich nicht die richtigen Namen hinter all diesen Spitznamen weiß.

Was ich allerdings weiß, ist, dass KingMidas – Anführer des Rudels – zweifelsohne West ist; Sterling – die Stimme der Vernunft – ist MrSilver; und Dane – der Eitle mit einem Faible für Selfies – ist PrettyBoyD. Zusammen sind sie TheGoldenBoys.

Außerdem sind die drei echte Arschlöcher.

Ich meine ja nur.

Ich stelle die Musik laut und blicke an meiner abgewetzten Jeans hinunter. Zum Glück sieht das Loch im Knie stylish aus. Und schließlich weiß niemand, dass ich es bekommen habe, während ich um mein Leben gerannt bin, als der Hund von Familie Huong beschlossen hat, über den Zaun zu springen und mich zu jagen. Dieses Abenteuer endete damit, dass ich auf dem Gehsteig ausgerutscht bin.

Dann ist da mein graues T-Shirt. Besser gesagt, das graue T-Shirt, das ich Scar stibitzt habe. Es reicht nur knapp bis über meinen Bauchnabel. Hoffentlich bemerkt die selbst ernannte Dresscode-Polizei das nicht.

Eine Gruppe Mädchen läuft an mir vorbei, und wir blicken uns an. Eine wirft den Kopf zurück und lacht, während die anderen beiden miteinander flüstern. Wahrscheinlich bin ich bloß paranoid, aber ich könnte schwören, sie lachen über mich.

Das Gefühl wird stärker, als ich über die Schulter blicke und alle drei mich anstarren und dabei lächeln, als wüssten sie etwas, das ich nicht weiß.

Meinetwegen.

Während ich die Riemen meines Rucksacks festhalte, gehe ich rasch die Steinstufen hinauf und schlüpfe hinter einem anderen Schüler durch die Tür. Die Lautstärke hat deutlich zugenommen, weshalb ich die Geräusche der Umgebung trotz des Songs in meinen Ohren höre.

Und dann dringt die Realität in mein Bewusstsein.

Alles sieht so anders aus als in South Cypress. Hier gibt es gediegenes dunkles Holz anstelle der großen braunen Fliesen in den Gängen, und die wenig schmeichelhaften Neonleuchten sucht man hier ebenfalls vergeblich – stattdessen findet man moderne Leuchten in gleichmäßigen Abständen. Kombiniert mit dem gelben Fensterglas im Atrium fühlt es sich eher an, als befände man sich in einer Kirche anstatt in einer Schule, auch wenn die Flure mit den Klassenzimmern viel schlichter sind.

Diesmal gehe ich an zwei kichernden Neuntklässlern vorbei – jedenfalls sind sie jung genug, um Neuntklässler zu sein –, und nun weiß ich, dass ich nicht verrückt bin. Sie halten ein Blatt Papier in der Hand, und als sie aufblicken und mich entdecken, reißen sie die Augen auf, als hätten sie einen Geist gesehen.

Ganz ruhig! Es ist wahrscheinlich nichts. Geh einfach zu deinem Spind und dann in deinen Unterricht. Du schaffst das.

Ich habe vor, mich an den Plan zu halten und den Kopf gesenkt zu lassen, um Ärger zu vermeiden, aber plötzlich merke ich, dass der Ärger *mich* gefunden hat.

Eine Gruppe Jungs am Ende des Flurs überragt beinahe alle anderen, die vorbeigehen. Sie sehen aus wie Riesen, aber es sind nicht nur die Golden Boys. Es ist ein ganzer Tross, der sich wie eine Einheit durch die Flure bewegt, mit West an der Spitze.

Es ist keine Überraschung, dass er mich bereits bemerkt hat. Die durchdringenden grünen Augen sind auch aus der Ferne zu erkennen, ebenso wie der Zorn darin. Ein Zusammentreffen ist unvermeidlich, aber er soll nicht denken, ich wäre eingeschüchtert, das bin ich nämlich nicht.

Er schiebt den Riemen seines Rucksacks höher auf seine Schulter hinauf, wobei sich sein Bizeps anspannt. Wir sind jetzt fast auf gleicher Höhe, aber ich weiche im letzten Moment aus und entgehe so knapp einem Frontalzusammenstoß, weil er eindeutig dazu bereit ist, mich über den Haufen zu rennen. Meine Schulter streift seinen Arm, und er blickt mit diesem teuflischen Lächeln zu mir herunter.

»Willkommen zurück, Southside«, knurrt er leise und drohend, als wir aneinander vorbeigehen.

Ich erwidere nichts.

Der Moment ist rasch vorbei, wofür ich dankbar bin. Doch als ich in den Flur einbiege, wo sich mein Spind befindet, wird mir flau.

Fast alle Augenpaare sind auf mich gerichtet. Die restlichen blicken auf das Blatt in den Händen. Die gleichen Blätter, die wie eine Tapete überall auf den Spinden kleben. Nur dass anstelle eines Blumenmusters oder dummer Entlein ein Zeitungsartikel zu sehen ist. Tatsächlich immer der gleiche Artikel.

Die Blätter, die keinen Platz mehr an den Wänden und Spinden gefunden haben, wurden anscheinend in die Luft geworfen und sind auf dem Boden gelandet. Ich bücke mich, um eins aufzuheben, und spüre sofort, wie mir die Luft wegbleibt.

Die Flugblätter sind ein ausführlicher Zeitungsbericht über Hunters Verbrechen, sogar mit blutrünstigen Details, die ihn als das Monster beschreiben, als das er sich erwiesen hat. Die Macher hatten außerdem die Idee, mein Schulfoto vom letzten Jahr zu ergänzen, nur um dafür zu sorgen, dass niemand die Verbindung übersieht: Ich bin die Schwester eines Mörders.

»Oh mein Gott! Ist sie das wirklich?«

»Ich wette, sie wusste davon und hat geholfen, es zu vertuschen.«

»Wahrscheinlich sind das alles Psychos in der Familie.«

Das hässliche Flüstern kommt von allen Seiten, aber ich versuche erst gar nicht herauszufinden, wer was gesagt hat. Es spielt wirklich keine Rolle. Jeder denkt das Gleiche. Ich kann es spüren.

In meinen Augen brennen Tränen, doch nicht vor Trauer, sondern vor Wut.

Keuchend reiße ich die Blätter herunter, die ich erwische, aber es sind furchtbar viele. Hunderte, vielleicht sogar Tausende. Ich habe nicht den geringsten Zweifel daran, wer dahintersteckt, und ich muss an den ganzen Aufwand denken, den er getrieben hat, um mich so zu demütigen: die Nachforschungen, um herauszufinden, wer mein Bruder ist und was er getan hat, und die Mühe, die Informationen, die er gefunden hat, überall zu verbreiten.

Als die Blicke der Gaffer auf einmal zum Ende des Flurs wandern, schnellt mein Kopf herum, und ich stelle fest, dass dort die Golden Boys stehen, hochzufrieden mit ihrer Aktion. Sie haben kehrtgemacht, um diesen Augenblick mitzuerleben. Natürlich wollten sie die Früchte ihrer Arbeit genießen, oder etwa nicht?

Bevor ich darüber nachdenken kann, was ich tun werde, wenn ich bei ihnen bin, stürme ich bereits in ihre Richtung. West zuckt nicht mit der Wimper, sondern lächelt einfach, als wäre er stolz darauf. Stolz darauf, der gesamten Schule mein verborgenes, dunkles Geheimnis offenbart zu haben.

Dieser Schandfleck war auch der Grund für den Kampf, der mich beinahe meine Chance auf die Zulassung hier gekostet hätte. Das falsche Mädchen sagte das Falsche über diese Sache, und ich verlor die Kontrolle.

Völlig.

Mein Trost dafür, sie blutig zu schlagen, war ein gebrochener Fingerknöchel und ein Rauswurf.

Niemand weiß besser als ich, dass meine Familie kaputt ist, aber das gibt keinem das Recht, darauf herumzureiten.

Oder … es schriftlich zu enthüllen mit dem ausdrücklichen Ziel, mich zu demütigen.

Ich habe ihn fast erreicht und werde ihm sein selbstgefälliges Grinsen gleich aus dem Gesicht schlagen, doch ein vertrautes Gesicht streckt den Kopf aus dem Beratungsbüro und bildet eine Barriere zwischen West und mir.

»Ms Riley? In mein Büro, bitte.« Ihr Timing ist perfekt, und ich frage mich, ob es nicht genau darum geht. Vielleicht versucht Dr. Pryor, mich vor mir selbst zu schützen.

Ich halte inne und brauche einen Moment, um das zu tun, worum sie mich gebeten hat, aber ich rufe mir in Erinnerung, warum ich hier bin, warum ich diesen degenerierten Loser mit diesem Scheiß davonkommen lasse.

Wenn es nicht genügt, das für dich selbst zu tun, dann tu es für Scar.

»Ms Riley?« Dr. Pryor tritt aus dem Türrahmen, schaut zwischen mir und den Kerlen hin und her und sieht mich anschließend durchdringend an, während sie die Arme vor der

Brust verschränkt. Ihr Blick ist ernst, und mir ist klar, dass mit ihr nicht zu spaßen ist.

Nachdem ich West einen Blick zugeworfen habe, der töten könnte, rausche ich an Dr. Pryor vorbei und durchquere den kleinen Wartebereich, bevor ich mich auf den Stuhl vor ihrem Schreibtisch fallen lasse. Sie geht darum herum, sieht mich strafend an und nimmt dann ebenfalls Platz.

Sie streicht ihre langen dunklen Dreadlocks über die Schulter ihres grauen Blazers. Sie ist immer sehr ernst, hat aber auch mehr als eine Ausnahme für mich gemacht, weshalb ich sie ganz gut leiden kann.

Zorn rauscht durch meine Adern und lässt mein Knie wie verrückt wippen. Mehr als alles andere möchte ich West die Augäpfel ausstechen. Das ist das Einzige, was mich beruhigen kann.

»Würde es Ihnen etwas ausmachen, mir zu sagen, worum es bei dem Ganzen geht?«

»Kurzversion?«, fauche ich. »Dieses Arschloch, W…«

Ich bringe seinen Namen nicht über die Lippen. Nicht weil ich ihn schützen wollte, sondern wegen meines Verdachts, wie die Dinge hier laufen. Wenn West oder seine Familie genug Einfluss haben, kann ich es nur noch schlimmer machen – egal, was ich sage oder tue.

Dr. Pryor runzelt die Stirn. »Es sah so aus, als wären sie eben noch bereit gewesen, sich auf West Golden zu stürzen. Muss ich ihn hereinbitten, um ein paar Antworten zu bekommen?«

Obwohl ich nichts lieber möchte, als den Arsch zu verpetzen, halte ich mich zurück.

»Nein, Ma'am«, murmle ich leise.

Die Art, wie Dr. Pryor ihre Lippen zusammenpresst, lässt vermuten, dass sie das nicht witzig findet, aber sie kann mich nicht zwingen, mehr dazu zu sagen.

»Ich habe den Überwachungsbericht vom frühen Morgen gelesen. Wie es aussieht, ist eine Gruppe von zehn Leuten in dunklen Hoodies hier eingedrungen und hat diese Zettel überall hingeklebt. Sie waren nicht besonders groß, weshalb ich annehme, dass die Schuldigen entweder eine Gruppe Mädchen sind oder einfach nur Schüler aus unteren Klassen.«

Diese Mistkerle sind schlau. Er und seine Jungs sind riesengroß, was bedeutet, dass man sie auf den Überwachungsvideos augenblicklich erkennen würde. Also hat er seinen Status hier zu seinem Vorteil genutzt und andere dazu gebracht, für ihn die Drecksarbeit zu erledigen.

»Einige Kollegen von der Hausverwaltung sind unterwegs, um das … *Kunstwerk* im Flur zu entfernen. Und da Sie entschlossen zu sein scheinen, nicht zu erzählen, was Sie wissen, können wir uns auch über eine andere dringende Angelegenheit unterhalten.«

Als sie die Hände auf dem Schreibtisch verschränkt, wird mir übel.

Ein gutes Gespräch beginnt niemals so.

»Der Zwischenfall an der South Cypress macht es ein bisschen schwierig, Ihnen dabei zu helfen, Ihre Zukunft zu sichern, aber es ist nicht aussichtslos.«

Bei der Erinnerung daran beuge und strecke ich den gebrochenen Knöchel und sehe zu, wie Dr. Pryor nach einer Akte mit meinem gedruckten Vor- und Nachnamen auf dem Schildchen greift. Sie blättert den Stapel Unterlagen darin durch, während ich mich frage, worum es geht.

»Ich weiß, das muss schon vorher thematisiert worden sein, aber ich habe nichts in Ihrer Akte bezüglich Ihrer Finanzierungspläne für das College. Sie wurden an der Cypress Valley University, einer hervorragenden Institution, angenommen, aber ich kann nichts finden, was die Ausgaben decken soll, die jenseits der finanziellen Unterstützung liegen. Habe ich etwas übersehen?«

Ihre Frage verdient eine Antwort, nur dass ich leider keine habe.

Als sich das Schweigen zwischen uns hinzieht, seufzt Dr. Pryor und klappt die Mappe schließlich zu.

»Hören Sie, Ms Riley. Ich bin mir bewusst, dass Sie einen etwas schwierigen Start im Leben hatten, aber ich kenne mich vielleicht ein bisschen besser aus, als Sie denken«, erzählt sie. »Ich bin in der Branch Street geboren und dort aufgewachsen.«

Ich werfe ihr einen neugierigen Blick zu. »Das ist nur ein paar Blocks von mir entfernt. Sie kommen von dort?«

Sie nickt, und der ernste Blick wird ein wenig weicher. »Ich war die Erste in der Familie, die aufs College gegangen ist, und ich habe mir geschworen, gleich nach dem Abschluss einen Weg zu finden, etwas in der Community zu ändern, den Kids von der South Side eine Chance zu geben, die ihnen sonst niemand bieten würde. Das ist der Grund, warum ich dieses Programm gestartet habe.«

Ich weiß, dass sie daran beteiligt ist, hatte aber keine Ahnung, dass sie sogar die Gründerin des Programms ist.

»Auch wenn Sie sich hier vielleicht ein wenig fehl am Platz fühlen, sollten Sie wissen, dass Sie damit nicht allein sind. Ich tue alles in meiner Macht Stehende, um Ihnen zu helfen, aber Sie müssen mir auf halbem Weg entgegenkommen.«

Ein weiteres kleines Lächeln erhellt ihr Gesicht, und da merke ich, dass sie im Grunde wunderschön ist und überhaupt nicht die böse Hexe, für die ich sie gehalten habe, basierend allein auf der Tatsache, dass ich wie selbstverständlich davon ausgehe, dass Autoritätspersonen das immer sind.

»Ich sehe, dass Sie die letzten drei Jahre Basketball gespielt haben.«

Ich nicke. »Das stimmt.«

»Ich nehme an, Sie wollen sich auf der Cypress Prep ebenfalls für das Team bewerben.«

Ich öffne den Mund, bringe aber die Worte nicht heraus. Eigentlich will ich nicht noch zusätzlich Zeit außer Haus verbringen, weg von Scar. In der letzten Saison waren Mom und Hunter noch da, was einen kleinen Unterschied gemacht hat. Doch jetzt, wo sie weg sind und ich so oft wie möglich arbeite, wäre mein Terminplan noch voller, wenn ich in das Team eintreten würde.

»Ich wollte dieses Jahr eigentlich pausieren und …«, beginne ich, kann den Satz aber nicht beenden.

»Das wird nicht funktionieren. Sie müssen es versuchen«, versichert sie mir. »Sie müssen sich an so vielen Aktivitäten wie möglich beteiligen, um die Anforderungen zu erfüllen. Ich habe ein paar Tipps für Stipendien, für die Sie sich qualifizieren könnten, aber die Anforderungen sind streng«, sagt sie. »Es sind keine großen Beträge, aber vielleicht genug, um im ersten Jahr das noch fehlende Geld für die Studiengebühren und Ihre Lehrbücher aufzubringen. Also abgesehen davon, dass Sie nicht in weitere Schwierigkeiten geraten dürfen, müssen Sie sich bei mindestens zwei außerschulischen Aktivitäten engagieren. Basketball wäre eine, aber Sie brauchen noch eine zweite.«

Noch ein weiterer Punkt auf meiner Liste.

Perfekt.

»Und was schlagen Sie vor?«, frage ich und versuche, mir meine Frustration nicht anmerken zu lassen.

Sie greift in ihre Schublade und zieht einen Flyer heraus. »Die Schülerzeitung hat zu wenig Unterstützung dieses Jahr. Ich habe Mr Dansk bereits gesagt, dass Sie nach dem Unterricht vorbeischauen, um sich vorzustellen.«

Ich konnte meine zukünftige Langeweile bereits riechen. »Gibt es nicht etwas anderes? Etwas, das weniger Zeit in Anspruch nimmt? Etwas weniger … Ödes?«

Sie runzelt die Stirn. »Bei den Matheleten ist noch Platz. Ist Trigonometrie an den Wochenenden weniger öde?«

Jetzt weiß ich, dass sie auf Sarkasmus zurückgreift, wenn sie provoziert wird. Zur Kenntnis genommen.

»Dann die Schülerzeitung«, lenke ich ein.

Sie schiebt den Flyer über den Schreibtisch. »Nicht vergessen: Mr Dansk nach dem Unterricht. Dann die Basketball-Tryouts im November. Brauchen Sie ein Formular für Ihre ärztliche Sportuntersuchung?«

Ich schüttle den Kopf. »Ich habe eins bei der Einführung mitgenommen. Wahrscheinlich aus Gewohnheit.«

Sie nickt und wendet sich dann dem Riesenstapel Papierkram auf ihrem Schreibtisch zu. Auf halbem Weg zur Tür werfe ich einen Blick zurück.

»Sie hätten sich nicht um all das für mich kümmern müssen«, sage ich. »Also … vielen Dank.«

Ein kleines Lächeln spielt um ihre Mundwinkel. »Schließen Sie die Tür hinter sich.«

#FollowMe

@QweenPandora:

Oha! Wo wir gerade davon geredet haben, dass das Jahr mit einem großen Knall beginnt! Für NewGirl hat es das jedenfalls. Obwohl ich vielleicht zweimal darüber nachdenken würde, die Schwester eines bekannten Mörders zu provozieren. Bestimmt gibt es Statistiken, die belegen, dass die Veranlagung dazu, einen Mord zu begehen, in den Genen liegt. Oder ... vielleicht habe ich das alles auch nur erfunden. Ganz egal, wir behalten NewGirl auf jeden Fall im Auge. Man kann gar nicht vorsichtig genug sein, oder?

Bis dann, Leute! ~*P.*

8

BLUE

»Du bist also diejenige, über die Pandora die ganze Zeit redet. Auf die KingMidas abfährt. OMG, Blue, du bist berühmt!«

Ich verdrehe die Augen über Scars Text und stecke das Handy in meine Hosentasche. Sie hat die Verbindung wahrscheinlich erst wegen des Posts von heute Morgen mit dem Hinweis auf Hunter hergestellt. Ich überlasse es meiner Schwester, die gute Seite an diesem Fiasko zu sehen.

Ich überlasse es ihr, zu denken, West Golden wäre ein Gott.

Dämon würde besser passen.

Das Sprichwort stimmt. Wenn man vom Teufel spricht … Oder in diesem Fall, wenn man an den Teufel denkt …

Ich entdecke ihn im Innenhof. Es ist nicht zu leugnen, wie gut es sich anfühlen würde, über den Rasen zu seinem Tisch zu laufen und ihm die gesamte Dose Limonade über den Kopf zu gießen. Stattdessen denke ich an Dr. Pryors Worte von vor ein paar Stunden und sehe lediglich dabei zu, wie er sie hinunterkippt. Dieser Typ hat keinerlei Sorgen.

Als er grinsend die Dose absetzt und in meine Richtung nickt, ist es, als wollte er mich verhöhnen. King Midas weiß, dass er unantastbar ist. Er weiß, dass ich hier ganz allein dastehe.

Ich umklammere die Kanten meines Lunch-Tabletts so fest, dass ich es in zwei Hälften zerbrechen könnte, und gehe zurück in die Cafeteria, um dort zu essen. Das ist besser, als seine hasserfüllte Visage anglotzen zu müssen, während ich esse.

Ich greife gerade nach dem Türgriff, als mein Name gerufen wird. Na ja … eine Version meines Namens.

»New Girl.«

Als ich aufblicke, ist nur eine Person nah genug. Ein Mädchen, das an einem Baum lehnt und keinen Blickkontakt aufnimmt, während sie beiläufig Rauch aus ihrem Mundwinkel bläst.

»Redest du … mit mir?«, frage ich. Vielleicht irre ich mich, weil ich keine Ahnung habe, wer sie ist.

»Du bist diejenige, die von Pandora New Girl genannt wird, nicht wahr? Die von den Postern.«

Großartig. Genau deswegen möchte ich erkannt werden. »Ja, leider.«

Sie schnippt Asche von ihrer Zigarette, die sie hinter ihrem Oberschenkel versteckt, außerhalb des Sichtbereichs der Lehrer und Überwachungskameras, die überall hängen. Dunkle, neugierige Augen betrachten mich, während ein Windstoß ihre langen schwarzen Locken zerzaust, die ihr Gesicht einrahmen.

»Wen hast du denn gleich am Anfang so gegen dich aufgebracht?« Ein Lächeln begleitet ihre Frage. Es wirkt nicht bedrohlich.

Ich halte noch immer mein Tablett, als ich langsam auf sie zugehe und seufze. »Ach, du weißt schon. Anscheinend alle ein bisschen.« Mehr will ich nicht sagen in der Hoffnung, mich nicht noch mehr zur Zielscheibe zu machen.

Ein entspanntes Lachen kommt aus ihrem Mund, bevor sie

die Kippe ins Gras fallen lässt und mit ihrem schweren Stiefel austritt. Dann nimmt sie mich erneut prüfend ins Visier.

»Hast du auch einen richtigen Namen?«

»Ja, klar«, ist alles, was ich zur Antwort gebe, und das scheint sie zu amüsieren.

»Genau, was die Welt braucht. Noch eine Klugscheißerin«, stellt sie fest. »Na schön. Mein Name ist Lexi Rodriguez. Und du bist?«

Angesichts ihrer gespielten Höflichkeit muss ich ebenfalls lachen. »Warte. Hast du nicht das Flugblatt gelesen? Jemand hat doch dafür gesorgt, dass *jeder* hier weiß, wer ich bin.«

Sie zuckt gleichgültig die Achseln. »Ich hab's überflogen, mich aber nicht weiter dafür interessiert, als mir klar wurde, dass es nicht mehr als der übliche toxische Schwachsinn ist, der hier zirkuliert. Diese armen Würstchen blühen auf, wenn sie die Selbstachtung anderer mit den Füßen treten können.«

Lexis perfekte Beschreibung von West bringt mich dazu, ihm erneut einen Blick zuzuwerfen, und natürlich beobachtet er uns.

»Ich bin Blue«, sage ich schließlich. »Und bevor du fragst, das ist keine Abkürzung. Es ist einfach Blue.«

»Ich hatte nicht vor zu fragen«, erwidert sie.

So, wie jeder hier mit den Angelegenheiten der anderen beschäftigt ist, kommt diese Äußerung überraschend. Doch sie hat eine gelassene Art, die echt zu sein scheint.

Ich lasse ein wenig nach in meiner Wachsamkeit und setze mich in den Schatten des dichten Blätterdachs. Ich sterbe vor Hunger, also fange ich mit dem Apfel und Jogurt an, die ich mir bei der Essensausgabe genommen habe. Natürlich war ich vorsichtig bei der Auswahl, um keine allergische Reaktion zu riskieren.

Als ich aufblicke, lässt sich Lexi am Baumstamm hinabgleiten, um sich ebenfalls zu setzen. Sie scheint nur eine Tüte M&Ms zum Knabbern zu haben, also halte ich ihr meine Tüte Chips hin, die ich noch nicht angerührt habe.

»Ich esse die nicht. Nimm sie ruhig«, sage ich.

Ich bin mir ziemlich sicher, dass sie nicht auf einen richtigen Lunch verzichtet, weil sie ihn sich nicht leisten kann, weiß aber auch, wie es sich anfühlt, hungrig zu sein, weshalb ich sie trotzdem anbiete.

Ihr widerspenstiges, wunderschönes Haar wippt, als sie den Kopf schüttelt. »Ich brauche nichts«, sagt sie und hält mir ihre Tüte hin. »Möchtest du welche?«

»Würde ich gern, aber ich reagiere allergisch auf Nüsse.«

Als sie lächelt, weiß ich, dass sie gleich etwas Krasses sagen wird. Jules tut das immer, wenn ich nicht auf meine Wortwahl achte.

»Auf Nüsse kann man auch nur allergisch reagieren. Ich bin mir ziemlich sicher, dass es etwas mit den Typen zu tun hat, die sie besitzen.«

Mein Lächeln wird breiter. »Stimmt.«

Sie schweigt einen Moment, schnaubt dann aber verächtlich, so als hätte sie einen schlechten Geschmack im Mund. Doch als ich ihrem Blick folge, betrachtet sie Wests Tisch, und ich verstehe.

Er und seine Brüder sitzen wie Könige am vorderen Ende, umgeben von zahlreichen Untertanen, die um das kleinste bisschen Aufmerksamkeit des Trios buhlen. Es ist widerlich, wie sie sich vor Begeisterung überschlagen, nur um eine Chance zu bekommen, in ihrer Welt akzeptiert zu werden.

Erbärmlich.

»Sie sind alle so … gekünstelt«, bemerkt Lexi, und ich widerspreche nicht.

»Das sind die zukünftigen Führungskräfte von Cypress Pointe«, ergänze ich resigniert. »Wir Glücklichen.«

»Die Sache ist, einige von denen waren nicht immer solche Angeber. Wie es scheint, haben sich die Mädchen in dem Moment, als wir auf die Highschool kamen, in Vollidiotinnen verwandelt, die nur noch die Aufmerksamkeit irgendeines Kerls auf sich ziehen wollen. Und die Kerle, die sich für den Mittelpunkt der Welt halten, waren auf einmal nur noch verrückt nach Pussys.«

»Diese Epidemie ist wohl weitverbreitet, sogar über die Cypress Prep hinaus. Leider«, füge ich hinzu. »Jungs nerven im Allgemeinen.«

Sie nickt und hat nichts dagegen einzuwenden. »Weißt du schon, wer die alle sind?«

Ich schüttle den Kopf, anstatt mit vollem Mund zu sprechen.

Sie zeigt mit dem Finger auf sie, und ich richte erneut den Blick auf West und seine Crew.

»Die große Brünette ist Parker Holiday – Kopf der Cheerleader, Vorsitzende der Groupies der Golden Boys. Sie steht vor allem auf West«, fügt Lexi hinzu. »Ihr Daddy besitzt ein paar Autohäuser für Luxuskarossen im ganzen Bundesstaat.«

Die Designerhandtasche, die vor Parker auf dem Tisch steht, scheint auf einmal sehr passend zu sein, wenn man bedenkt, welches Vermögen ihr Vater wahrscheinlich angehäuft hat.

»Die beiden Blondinen neben ihr sind Ariana und Heidi. Beide reich. Beide im Cheerleading-Team«, fährt Lexi fort. »Die andere Brünette und der Rotschopf sind ebenfalls Cheerleaderinnen, aber ich erinnere mich nicht an ihre Namen, was zeigt, wie wichtig die beiden sind.«

Lachend lehne ich mich zurück und stütze mich auf meine Handflächen, während ich das Tablett auf meinem Schoß balanciere.

»Die drei, die den Drillingen direkt gegenübersitzen, sind Austin, Trip und Ryder – noch mehr Athleten-Neandertaler. Und die Tussi, die beinahe zu hübsch zum Anschauen ist, die mit den Zöpfen neben Dane, ist Joss Francois«, erklärt sie.

»Noch ein Groupie?«

Ich erwarte, dass Lexi meine Vermutung bestätigt, doch das tut sie nicht.

»Ganz und gar nicht. Schau dir diesen gleichgültigen ›Ich wäre lieber am Strand‹-Blick auf ihrem perfekt geschminkten Gesicht an«, erwidert Lexi. »Ich würde sogar wetten, dass sie das einzige Mädchen ist, das *eingeladen* wurde, sich an den Tisch zu setzen.«

Ich bin zugegebenermaßen fasziniert. »Wie lautet ihre Geschichte?«

»Na ja, sie ist hochintelligent. Kandidatin für Jahrgangsbeste«, erzählt Lexi. »Daddy ist Politiker, und Mom Verwaltungschefin am Cypress Pointe Memorial Hospital. Sie hat außerdem diesen stinkreichen Onkel, der ein hohes Tier bei einer großen Marketingfirma ist. Als hätten sie nicht schon genug Geld, sind ihre Eltern Anteilseigener von ein paar Start-ups, die schnell gewachsen sind. Zusammengefasst, Joss ist das, was ich gern *stink*reich nenne«, scherzt Lexi.

»Klingt treffend«, sage ich und betrachte die Besetzung des Tischs. Ihr sorgloses Verhalten, ihre äußerliche Perfektion.

»Sie und ihre Eltern haben den ganzen Sommer damit verbracht, Familie in Haiti und Kuba zu besuchen«, fährt Lexi fort. »Und wer würde je ihren sechzehnten Geburtstag auf ihrer Yacht vor zwei Jahren vergessen? Ich war nicht eingeladen, aber Pandora hat Fotos gepostet. Es wird gemunkelt, sie habe eine Büste von sich aus massivem Gold in ihrem Schlafzimmer, aber das stimmt wahrscheinlich nicht«, murmelt sie. »Aber ja, sie gehört tatsächlich auch zum Cheerleading-Team. Trotzdem ist sie nicht wie die anderen Mädchen. Jedenfalls nicht in den Augen der Golden Boys. Sie respektieren sie. Deshalb wird sie auch vom gesamten Football-Team respektiert, was bedeutet, dass alle anderen es ebenfalls tun, weil wir offensichtlich letzten Endes alle nur hirnlose Drohnen sind.«

Nun, wenigstens ist damit *eine* meiner Fragen beantwortet. Ich wusste, dass die Typen Sportler sind, aber jetzt ist klar, dass Football ihr Sport ist. Ich verstehe aber immer noch nicht, warum Joss so ein hohes Ansehen bei ihnen genießt. Ich betrachte sie einen Moment lang. Sie ist außergewöhnlich attraktiv, ja, aber das sind die anderen Mädchen auch. Außerdem weiß ich genau, dass gutes Aussehen kein Garant für Respekt ist.

»Was ist also der Deal? Ist sie mit einem von ihnen zusammen oder so?«

Lexi zieht die Brauen hoch. »Nein, aber sie und Dane sind beste Freunde, was wohl beinahe das Gleiche ist. Sie sind schon seit Beginn der Mittelstufe eng befreundet. Jeder weiß, dass er sich ganz darauf einlassen würde, wenn sich die Gelegenheit ergäbe, aber das wird nie passieren. Sie sind völlig verschieden.«

Nachdem ich einen Schluck getrunken habe, senke ich die Wasserflasche, bevor ich spreche. »Inwiefern?«

»Nun, er hat mehr Mädchen flachgelegt, als sämtliche Gynäkologen im gesamten County auf ihren Untersuchungsliegen hatten. Gleichzeitig ist Joss eine aktenkundige Jungfrau. Der verwegene Playboy und der Engel ergeben nicht gerade das perfekte Paar«, stellt sie fest.

Ich muss lachen, als mir klar wird, wie lächerlich das Ganze klingt. »Tut mir leid, aber eine ›aktenkundige Jungfrau‹? Was soll das überhaupt bedeuten? Woher soll irgendjemand so etwas mit Sicherheit von einer anderen Person wissen?«

Lexi grinst, während sie es erklärt. »Sie hat tatsächlich einen

Eid geschworen, bis zur Hochzeit zu warten. Zugegeben, wahrscheinlich haben ihre Eltern sie dazu überredet, aber sie trägt diesen symbolischen Ring und alles. Nach dem, was ich so höre, nimmt sie das ziemlich ernst.«

Die Dynamik dieser Gruppe ist wirklich interessant, aber ich sehe in ihnen noch immer einen Haufen arroganter Handlanger, die einen gesamten Flur mit meinem dunklen Geheimnis gepflastert haben.

»Doch genug vom Königshof der Cypress Prep«, sagt Lexi mit einem Seufzer. »Wie gefällt dir der Unterricht so weit?«

Ich zucke die Achseln und beiße erneut in den Apfel. »Okay. Der gleiche Kram wie auf der anderen Seite der Stadt.«

Obwohl ich heute Morgen einen besonders miesen Anfang erwischt habe.

»Ich habe tatsächlich ein paar ziemlich gute Lehrer dieses Jahr«, sagt sie. »Die meisten *wirken* zumindest entspannt.«

Ich nicke und beschließe, dafür zu sorgen, keine Kurse mit den Drillingen zu haben. Bisher hatte ich Glück, aber es gibt noch drei Fächer, bei denen sich das ändern könnte.

»Was ist dein Wahlfach?«, fragt sie.

»Mm … ich bin dieses Semester bei Sport gelandet, aber nicht freiwillig. Bestimmt haben sie mir gegeben, was noch übrig war.«

So läuft das wahrscheinlich für *Kids mit Stipendium* wie mich.

»In welcher Stunde?«

Ich brauche einen Moment, bis es mir wieder einfällt, weil ich meinen Stundenplan noch nicht auswendig kenne. »In der sechsten, glaube ich.«

»Toll. Dann werden wir das wohl gemeinsam durchleiden«, erwidert sie.

»Cool! Das sollte es erträglicher machen.«

Sie nickt beiläufig, bevor sie ihr Telefon checkt. »Mist! Ich muss mich beeilen, um meinen Grastypen noch zu erwischen. Er verlässt seinen üblichen Posten fünf Minuten vor dem Klingeln.« Ich sehe zu, wie sie rasch aufsteht. »Pass auf, dass dir in der Zwischenzeit dieser Ort nicht die Seele raubt«, warnt sie mich. »Das passiert schneller, als man denkt.«

Sie geht davon und verschwindet im Innern des Gebäudes auf der Suche nach ihrem »Grastypen«. Ich bin wieder allein, obwohl ich spüre, dass mich jemand beobachtet. Noch bevor ich mich nach seinen herzensbrechergrünen Augen im Innenhof umsehe, weiß ich, dass es West ist. Ich kann nicht anders, als meinen Blick schweifen zu lassen, bis ich seinem begegne.

Nur dass er näher ist als erwartet, weil er direkt auf mich zukommt. Wie ein Stalker.

Weil ich plötzlich keinen Appetit mehr habe und allem aus dem Weg gehen will, was der Fiesling womöglich plant, werfe ich den Rest meines Essens in die Mülltonne. Meine Hoffnung ist, dass ich es hineinschaffe, wenn ich direkt zur Tür gehe. Doch gerade als ich die Tür aufreiße, wird sie wieder zugeknallt, und eine große Hand schlingt sich um meinen Oberkörper.

Warme, lange Finger spreizen sich auf meiner Haut, als seine Handfläche direkt unter dem Saum meines bauchfreien T-Shirts landet. Ich werde herumgewirbelt, um ihn anzuschauen, und dann halten mich die tätowierten Arme zwischen seinem imposanten Körper und der Glastür gefangen. Bei der Erinnerung daran, erst vor wenigen Tagen so in die Enge getrieben worden zu sein, balle ich eine Faust an meiner Seite, während ich erwäge, ihm mit dem Tablett in der anderen Hand eins überzuziehen.

»Wie ich sehe, hast du eine Freundin gefunden«, stichelt er und grinst wie das Arschloch, das er ist. »Das ergibt Sinn, dass zwei wie ihr euch zusammentut.«

Ich kämpfe gegen das Bedürfnis an, zu fragen, was das bedeutet, weil ich weiß, dass er es nicht erklären wird.

»Was willst du, West?«

Nachdem ich die Frage gestellt habe, verschwindet der winzige Zwischenraum zwischen uns.

»Ich wollte mich nur vergewissern, dass dir die kleine Überraschung gefallen hat, die wir dir heute Morgen bereitet haben«, knurrt er an meinem Ohr, und eine meiner Haarsträhnen bewegt sich in seinem Atem. »Ich hab sie auf jeden Fall genossen.«

Ich zittere, während mein Blick hin- und herschnellt und ich mich frage, warum niemand von der Aufsicht eingreift. Aber aus der Ferne ist es wahrscheinlich schwer zu sagen, was genau hier los ist. West wendet keine Gewalt an, und wegen des coolen Lächelns, das er aufgesetzt hat, könnte das hier etwas ganz anderes sein. Etwas viel weniger Hässliches, als es in Wahrheit ist.

Bestimmt ist Pandora auf Erkundungstour und nennt die Sache später Vorspiel.

»Lass mich in Ruhe!« Meine Stimme ist nicht laut, aber sie ist bestimmt und lässt keinen Raum für Missverständnisse.

»Dich in Ruhe lassen?«, fragt er ungläubig und lehnt sich zurück, während er eine Braue hochzieht. »Ich fange doch gerade erst an.«

Diese Worte beinhalten ein Versprechen und erfüllen mich mit Angst. Denn ich bin mir sicher, dass er es ernst meint.

»Es wäre schlau von dir, auf der Hut zu sein«, warnt er mich in tiefem, heiserem Flüsterton. »Ich habe die Hunde auf dich gehetzt, weshalb du nicht nur auf mich aufpassen musst. Ich habe vorerst nur die Mädchen auf Trab gebracht, aber das wird mit Sicherheit nicht harmlos.«

Meine Angst wächst bei der Vorstellung, was das bedeuten soll, und bestimmt bemerkt er das. Unsere Blicke werden intensiver, und ich möchte ihm am liebsten in die Eier treten. Vor allem als sein finsterer Blick von meinen Lippen hinunter zu meinem Hals gleitet, wo mein Puls pocht, und schließlich bis zu meinen Brüsten.

Sein Ausdruck ändert sich, aber sein Blick ist fest auf mich gerichtet und zeigt eine seltsame Mischung aus roher Lust und Hass, was anscheinend ansteckend ist.

Denn ich spüre sie jetzt auch.

Seine herzensbrechergrünen Augen schnellen wieder hoch zu mir, und sein sichtbares Verlangen erlischt, als wäre es nie da gewesen. Es bleibt nur der Zorn, den ich bereits gewohnt bin.

»Du hättest in der Gosse bleiben sollen, aus der du herausgekrochen bist«, knurrt er, »aber wo du nun mal hier bist, bedeutet das wohl, dass ich das Vergnügen haben werde, dich zu zerstören«, verspricht er.

Ich habe das arrogante Arschloch und seine fiesen Drohungen satt. So sehr, dass ich vor Wut beinahe Schaum vor dem Mund habe.

Weil ich mich ein bisschen mutiger fühle als sonst, recke ich mich zu *seinem* Ohr, damit er mich auf jeden Fall gut versteht.

»Es gibt Grenzen, die du nicht übertreten willst«, warne ich ihn. »Bestimmt hat dich noch nie jemand für deinen Schwachsinn zurechtgewiesen, aber ich bin nicht wie die anderen. Ich bin nicht hier, um herumkommandiert zu werden wie einer deiner Lakaien.«

Ein leises Lachen kommt über seine Lippen, als er den Kopf senkt. Der kranke Mistkerl mag es tatsächlich, herausgefordert zu werden. Ich kann es in seinen Augen erkennen und an dieser dicken Ader, die an seinem Hals pulsiert.

»Genau das möchte ich hören, Southside. So bleibt es interessant für mich«, sagt er.

Damit rückt er von mir ab, und mit einem Mal ist zwischen

uns wieder Platz. Als mir klar wird, dass er geht, atme ich erleichtert auf. Er ist noch immer ganz auf mich fokussiert, während er ein paar Schritte rückwärts macht, bis er sich schließlich umdreht und zu seinem Tisch zurückkehrt mit diesem überheblichen *Die Welt gehört mir*-Gang, den ich mal so unglaublich sexy fand.

Zumindest bevor ich sein wahres Ich erkannt habe.

Ich muss mich zusammenreißen, um ein Knurren zu unterdrücken. Anfangs dachte ich, bei dieser Fehde zwischen uns ginge es um Status, um seine Überzeugung, dass ich nicht in seine Schule gehöre. Aber angesichts der Nummer, die er heute Morgen abgezogen, und der Art, wie er sich mir gerade genähert hat, fühlt es sich persönlicher an.

Die Sache geht *tiefer*.

Es ist, als hätte ich ihn verletzt, ohne es zu wissen, und als wollte er, dass ich seinen Schmerz fühle.

Den ganzen Schmerz.

Seine Obsession, mich zu zerstören, reicht tiefer, als ich dachte, was das Bedürfnis in mir weckt, zu verstehen, worum es hier wirklich geht. Dann weiß ich wenigstens, womit ich es zu tun habe, was mir die Chance gibt, mich zu verteidigen.

Oder … vielleicht betrachte ich das Ganze auch aus dem falschen Blickwinkel. Vielleicht sollte ich mich bemühen, ihn seinerseits anzuschwärzen – das Feuer mit Feuer bekämpfen.

Der schwierige Teil wird sein, einen Weg zu finden, um gleiche Verhältnisse zu schaffen, ohne meine Chancen auf Erfolg hier an der Cypress Prep zu ruinieren.

Es ist eine fast unlösbare Aufgabe, aber ich muss es versuchen.

Angesichts seiner letzten Drohung hängt alles, was mir wichtig ist, davon ab. Ich werde nicht zulassen, dass West Golden gewinnt.

Jedenfalls nicht kampflos.

#FollowMe

@QweenPandora:

Was ist das denn? Sind wir etwa Zeugen einer unheiligen Allianz? Sieht so aus, als hätten NewGirl und die von allen verstoßene LostAngel Freundschaft geschlossen. Lexi lässt nicht jeden in ihre Nähe, aber auf einem Foto scheint sie heute sogar zu lächeln! Ich weiß, ich bin auch überrascht, aber die Bilder lügen nicht. Vielleicht brauchte es ja nur eine verwandte Seele, einen ebenfalls getriebenen Geist, um sie aus ihrem Schneckenhaus zu locken. Siehst du, NewGirl? Als Mitglied der berüchtigten Riley-Familie geoutet zu werden, war doch gar nicht so schlecht, oder? Und jetzt haben du und LostAngel etwas, worauf ihr eine Beziehung aufbauen könnt ... wie zum Beispiel, dass eure Geschwister Zellennachbarn sind.

Ohhh ja, natürlich musste ich das erwähnen.

Bis dann, Leute! ~*P.*

9

BLUE

Zwei eintönige Stunden vergehen. Sie lullen mich in ein trügerisches Gefühl von Sicherheit, und dann BAMM! Sechs Stunden sind vorbei, ich bin nicht mehr wachsam und sitze in der Mitte des gold-schwarzen Logos auf der Tribüne der Turnhalle und tue so, als würden sie nicht zwei Reihen hinter mir sitzen.

Sie alle – West, Sterling und Dane. Zusammen mit Parker und ihrer Clique, die mir Lexi während des Lunchs gezeigt hat. Sie wiederum ist *nicht* da, was bedeutet, dass ich auf mich gestellt bin.

Nachdem ich an mir hinuntergeblickt habe, wünschte ich, ich hätte mir hübschere Sportklamotten angezogen. Doch weil ich erst im letzten Moment daran gedacht habe, sie einzupacken, habe ich einfach genommen, was mir als Erstes in die Finger kam: ein verblasstes rosa T-Shirt und schwarze Basketball-Shorts. Aber es sind nicht die Sachen von der letzten Saison, wie ich dachte, sondern aus der Neunten, die ich schon vor einer Ewigkeit hätte entsorgen sollen. Ich bin seither zehn oder zwölf Zentimeter gewachsen und habe ein bisschen zugelegt. Sie sitzen also lächerlich eng und passen nicht mehr so richtig.

Witzig.

Ein plötzlicher Ausbruch schrillen Gekichers hinter mir hat vielleicht gar nichts mit mir zu tun, aber ich würde trotzdem wetten, dass es so ist. Einer der Vollpfosten hat wahrscheinlich gerade eine Attacke gegen mich geritten. Der Gedanke, dass sie da rumsitzen und sich einen Spaß daraus machen, über mich herzuziehen, macht mich wütend.

Es hilft auch nichts, dass ich noch immer spüren kann, wie sich West an mich gepresst und mich gegen die Glastür gedrückt hat. Ihm gefällt diese Position, wenn er seine Macht über mich ausüben kann. Ich hingegen hasse es. Abgrundtief.

Ich tippe angespannt mit dem Fuß auf den Boden, blicke hinauf zur Uhr über den Doppeltüren und bete, dass Lexi jeden Moment hereinkommt, aber der Unterricht hat schon vor sechs Minuten begonnen. Ich frage mich, ob ihre Abwesenheit etwas mit Pandoras jüngster Enthüllung zu tun hat. Ich weiß jetzt, was West damit gemeint hat, es »ergebe Sinn«, dass sie und ich uns verbünden. Es war schon schlimm genug, dass man mich wegen meines Familiendramas geoutet hat, aber Lexi wurde jetzt anscheinend ebenfalls zur Zielscheibe.

Nur weil sie es gewagt hat, sich mit mir zu unterhalten.

Wenn sie klug ist, nimmt sie das als Zeichen, nie wieder mit mir zu reden, um nicht gemeinsam mit mir durch den Dreck gezogen zu werden. Doch meine egoistische Seite hofft, dass sie trotz des Risikos zu mir hält. Wobei ich mir nicht so sicher bin, ob ich das Gleiche tun würde.

Durch eine Glasscheibe sehe ich eine Frau, die, schon seit wir hereingekommen sind, an ihrem Schreibtisch sitzt. Jetzt endlich steht sie auf und kommt mit federndem Gang durch die Tür, die das Büro von der eigentlichen Turnhalle trennt. Sie überquert das Spielfeld und lächelt uns an, als gäbe es keinen Ort, an dem sie lieber wäre, um sich um einen Haufen hormongesteuerter Teenager zu kümmern.

»Guten Tag, Kiddos! Ich bin Mrs C, euer Drill-Sergeant in diesem Quartal«, neckt sie uns. »Wie es aussieht, habt ihr den Tag bisher heil überstanden. Hoffentlich hatten alle einen erholsamen Sommer, und ihr seid voll einsatzfähig. Den Rest der Woche verbringen wir auf der Laufbahn.«

Ich folge ihrem Finger, als sie nach oben zeigt, zu der Bahn oberhalb des Spielfelds.

»Montag beginnen wir dann mit unserer ersten Einheit. Schwimmen«, fügt sie begeistert hinzu und streicht ihr kurz geschnittenes Haar hinter die Ohren.

Ein Stöhnen ist zu hören, wahrscheinlich weil meine Klassenkameradinnen fürchten, jeden Tag ihre Haare und ihr Make-up zu ruinieren, aber meine Angst hat einen anderen Grund.

Ich kann nämlich nicht schwimmen.

Vor über einem Jahrzehnt, nachdem sich Mom und Dad gestritten hatten, nahm Dad Hunter und mich übers Wochenende mit auf einen spontanen Trip zum Haus eines Freundes an einem See. Wie üblich, lag er gegen acht Uhr abends stockbetrunken auf dem Sofa, und der Fernseher passte auf ihn auf. Hunter und ich, uns selbst überlassen und gelangweilt, beschlossen, das kleine Ruderboot zu nehmen, das am Steg lag.

Wir waren sechs und neun Jahre alt.

Kurz gesagt, aus einem Boot zu kippen in stockfinsterer Nacht, wenn man sich kaum über Wasser halten kann, genügt, um ein Kind zu zeichnen. Zum Glück gelang es Hunter, mich herauszuziehen und zum Steg zurückzubringen, doch der Schaden war angerichtet. Bis zum heutigen Tag spiele ich nicht einmal mit dem Gedanken, tiefer als bis zur Taille ins Wasser zu gehen.

Damit ist es wohl nun vorbei.

»Geht rauf und dreht ein paar Runden. Einfach nur laufen,«

lautet Mrs Cs Ansage, bevor sie nach einem Klemmbrett in der ersten Reihe greift.

Ich stehe auf und kann es mir nicht verkneifen, ein letztes Mal zur Tür zu schauen, ob Lexi kommt.

Anscheinend bin ich tatsächlich auf mich gestellt.

Ein Schritt, und eine knochige Schulter knallt gegen meine. Ich blicke nach oben und stelle fest, dass niemand anders als Parker mich wütend anstarrt, während sie die Stufen hinuntergeht. In ihren Augen lodert es, als ich den Mund aufmache, um sie anzumotzen.

»Was soll das?«

»Pass besser auf, wo du hinläufst, kleine Manson«, warnt sie mich in gehässigem Tonfall.

Kaum habe ich mich von ihrer Attacke ein wenig erholt, trifft der nächste schwere Schlag meinen Rücken. Diesmal ist es mehr als bloß ein Rempler. Die blöde Kuh schubst mich mit voller Kraft. So heftig, dass ich beinahe das Gleichgewicht verliere und zehn Sitzreihen hinunterfalle.

»Hoppla! Wie ungeschickt von mir«, sagt sie mit einem Grinsen – Ariana, eine von Parkers Lakaien, die wahrscheinlich nur einen Befehl von Queen Bitch ausgeführt hat.

Zuerst richte ich meine Aufmerksamkeit auf die beiden, die mich gerade angegriffen haben, und dann auf denjenigen, der wirklich dafür verantwortlich ist – West.

Was für eine Überraschung … er sieht gemeinsam mit seinen beiden Brüdern zu, und sie lachen ein weiteres Mal auf meine Kosten. Er tut so, als würde er mich gar nicht bemerken, während er die Tribüne zwei Stufen auf einmal nehmend hinabstürmt. Ich koche innerlich unter dem plötzlich aufmerksamen Blick von Mrs C, bewahre äußerlich aber die Ruhe und sehe dabei zu, wie ihre Truppe gemeinsam zu der Laufbahn hinaufgeht und dabei noch immer über meine Nahtoderfahrung lacht.

Ich lasse mir Zeit, doch als ich die zweite Ebene erreiche, tauche ich rasch in der Menge unter. Während ich mir einen Weg zwischen den Körpern hindurch bahne, richte ich meine Aufmerksamkeit auf diejenigen, die mich zuvor nur deshalb ins Visier genommen haben, weil sie es können. In ihren Augen bin ich schwach, was sie veranlasst, mich herumzuschubsen, ohne Konsequenzen fürchten zu müssen.

Nur dass ich ihnen das nicht durchgehen lassen will.

Ich mache Parker mit ihrem übereifrigen Laufstil ausfindig und beschleunige. Sie merken nicht einmal, dass ich mich nähere, sondern werden es erst dann tun, wenn es zu spät ist.

Nachdem ich den perfekten Moment abgepasst habe, strecke ich den Fuß aus und schiebe ihn vor Parkers. Sie gerät ins Straucheln und kämpft um ihr Gleichgewicht, während ich dabei zusehe. Ich kann mir ein Lächeln nicht verkneifen, als sie schließlich stürzt.

Schwer.

Ein markerschütternder Schrei erklingt in dem hohen Raum, und ich tauche wieder in der Menge unter. Parker umfasst ihren zarten Fußknöchel, und ihr perfekt gebräuntes Gesicht ist plötzlich puterrot.

»Macht Platz«, ruft Mrs C und drängt sich durch den dichten Kreis, der sich auf der Laufbahn gebildet hat. Sie ist kaum bei Parker angelangt, als diese auch schon petzt.

»Sie war das!« Parker zeigt auf mich. »Sie hat mich absichtlich zum Stolpern gebracht!«

Ich setze meine unschuldigste Miene auf und blicke sogar in die Runde, um anzudeuten, dass sie jemand anderen gemeint haben *muss*.

»Wieso sollte ich so etwas tun?« Die Worte klingen aus meinem Mund absolut glaubwürdig und beweisen, dass meine schauspielerischen Fähigkeiten viel besser sind als gedacht.

»Versuch es nicht einmal, du Miststück«, faucht Parker und beginnt leicht zu schwitzen.

Wahrscheinlich setzt gerade der Schmerz ein. Als Mrs C mir den Rücken zudreht, verstecke ich mein Grinsen nicht mehr. Ich *will*, dass sie es sehen, *will*, dass sie wissen, dass ich keine Angst habe zurückzuschlagen. Ihre gesamte Truppe.

Mein Blick wandert hinauf zu West, der zu mir herunterschaut, die Arme vor der Brust verschränkt, als wünschte er, er könnte mir wehtun.

Tut mir leid, Arschloch. Das wird nicht passieren.

»Ich bin der Captain des Cheerleading-Teams! Hast du eine Vorstellung davon, was du gerade getan hast?«, ruft Parker ziemlich schrill aus.

Wie dramatisch!

»Entspann dich«, wirft Mrs C ein. »Wir bringen dich hinunter zur Krankenstation, damit das untersucht wird. Bestimmt ist es nur halb so schlimm.«

Mrs Cs Blick richtet sich auf mich, aber ich habe meine spöttische Miene längst durch einen besorgten Blick ersetzt.

»In der Zwischenzeit werden wir uns unterhalten«, befiehlt sie. »In mein Büro. Jetzt.«

Die Menge löst sich rasch auf, als klar ist, dass sich hier kein Drama entspinnt. Jedenfalls keins, dessen sie sich bewusst wären. Sie haben überhaupt nicht mitbekommen, dass West keinen Finger gerührt hat, seit seine kleine Freundin verletzt wurde. Erst als Sterling Parker hochhilft und sie den einen Arm um seinen Hals legt und sich mit dem anderen an West klammert, wirft er mir einen flüchtigen Blick zu.

Es ist mir unmöglich, ein Lächeln zu unterdrücken. Ich hatte ihm ja gesagt, er soll sich nicht mit mir anlegen.

*

»Sie sind mit einem Stipendium hier, richtig?« Mrs C lehnt sich auf ihrem Stuhl zurück, als sie fragt. Ich wüsste gern, was das für eine Rolle spielt.

»Ja, Ma'am«, antworte ich in dem Wissen, dass man gutes Benehmen von mir erwartet. Mein idiotisches Temperament hat mir diese Sache eingebrockt, weshalb ich jetzt meinen Charme spielen lassen muss, um da wieder rauszukommen.

»Nun, Ms Riley, kennen Sie die Verhaltensrichtlinien, die bei einer Aufnahme hier in Cypress Prep gelten?«

Ich nicke, bevor sie überhaupt die Frage beendet hat.

»Ja, Ma'am«, wiederhole ich. »Aber ich schwöre Ihnen, ich habe Parker nichts getan. Und falls doch, dann war es nicht mit Absicht. Vielleicht war ich zu dicht an ihr dran«, erkläre ich, um der Wahrheit wenigstens ein kleines Stück näher zu kommen für den Fall, dass jemand den Vorfall beobachtet und beschlossen hat, sich erst später dazu zu äußern.

Ihr ernster Blick ist fest auf mich gerichtet. »Ich habe von dem kleinen Streich heute Morgen gehört. Hatten Parker und ihre Freundinnen irgendwas damit zu tun? Geht es darum?«

Ja! Sie sind alle schuldig.

Ich möchte diese Worte herausschreien, aber ich weiß, dass mir das ein Motiv gibt, was es viel einfacher machen würde, mir etwas anzuhängen. Also lüge ich.

»Ehrlich gesagt weiß ich nicht, wer dahintersteckt, aber ich habe keinen Grund zu glauben, dass Parker darin verwickelt ist.«

Das Herz klopft mir bis zum Hals, während ich die Worte ausspreche.

Sie sieht mich noch einen Moment lang an, bevor sie etwas auf ihrem Klemmbrett notiert.

»Betrachten Sie das als Warnung, Riley«, bemerkt sie trocken. »Falls mir zu Ohren kommt, dass zwischen Ihnen und Parker noch etwas gelaufen ist, werde ich umgehend aktiv.«

»Natürlich. Ich verstehe.«

Sie lässt mich nicht aus den Augen, als ich aufstehe und in die Turnhalle zurückkehre. In dem Moment, als ich die Stufen erreiche, um wieder hinaufzusteigen, geht plötzlich die Tür vom Haupteingang auf. Ich rechne fast damit, dass es West und Sterling sind, nachdem sie Parker auf der Krankenstation abgeliefert haben, aber ich liege falsch. Gott sei Dank!

»Ich dachte schon, du kommst nicht.«

Lexi schenkt mir ein entspanntes Lächeln und vergewissert sich dann, dass Mrs C sie nicht bemerkt hat.

»Ich war auf der Toilette, um noch einen Anruf zu machen«, erzählt sie. »Pandoras Posting hat meine Mutter in Aufruhr versetzt. Also musste ich dieses Feuer erst einmal löschen, bevor ich nach Hause gehe. Besser gesagt, damit ich entscheiden kann, ob ich überhaupt nach Hause gehen will.«

Mein Herz setzt einen Schlag aus. »Ach ja … das. Ich hätte wohl erwähnen sollen, dass ich hier Persona non grata bin. Offensichtlich kommt es einem sozialen Selbstmord gleich, wenn man nur mit mir redet.«

Lexi winkt ab, bevor ich den Satz zu Ende gesprochen habe. »Mach dir keine Gedanken. Mein Ruf ist bereits ruiniert. Mom reagiert nur empfindlich, wenn der Name meiner Schwester tiefer in den Dreck gezogen wird«, erklärt sie. »Obwohl ein Großteil des Schadens daher rührt, dass sie bereits dreimal betrunken Auto gefahren ist und eine vierköpfige Familie angefahren hat, also …«

Ich weiß nicht, was ich sagen soll.

»Es ist Jahre her, aber Pandora vergisst nie etwas. Denk daran«, warnt sie mich. »Sie sorgt dafür, dass uns noch der kleinste Fehler wieder einholt.«

Ich nicke, während ich darüber nachdenke. »Geht's deiner Mom jetzt gut?«

»Sie kriegt sich wieder ein. Sie wollte sich nur vergewissern, dass ich nicht in schlechter Gesellschaft rumhänge«, sagt Lexi mit einem Lachen. »Anscheinend kennt sie ihr eigenes Kind nicht richtig«, scherzt sie. »Ich *bin* die schlechte Gesellschaft.«

Es gelingt mir zu lächeln, obwohl ich ein schlechtes Gewissen habe, weil ich Unruhe in ihr Zuhause gebracht habe.

»Mach dir keine Sorgen«, versichert sie mir. »Es braucht mehr als ein dummes Posting, um mich abzuschrecken, New Girl.«

Sie ist tough, und solche Freunde braucht man, um einem Sturm standzuhalten. Unsere Herkunft mag ganz unterschiedlich sein, aber wir sind trotzdem aus demselben Holz geschnitzt. West hat sich vielleicht große Mühe gegeben, mir das Gefühl zu vermitteln, eine Außenseiterin zu sein, aber ich habe ihm gesagt, dass er nicht gewinnen würde.

Und das meine ich ernst.

#FollowMe

@QweenPandora:

Ashes, ashes, we all fall DOWN! So früh, PrincessParker? Hoffen wir, dass der böse Sturz nicht das vorzeitige Ende deiner Saison bedeutet. Aber weine nicht zu bitterlich, Prinzessin. Wie ich gehört habe, hat KingMidas dafür gesorgt, dass du Erste Hilfe bekommst. Hoffentlich nimmt es sich NewGirl nicht zu Herzen, dass ihr Liebling noch immer eine Schwäche für seine alte Flamme hat. Ihr wisst, was man sagt: Ein König mit zwei Königinnen kann seinen Palast auch gleich niederbrennen.

Tatsächlich hat das niemand gesagt, aber ich sollte das auf ein T-Shirt drucken lassen.

Bis dann, Leute! *~P.*

10

WEST

Wir sind alle in Bestform dieses Jahr, gut trainiert und hoch konzentriert. Mit jedem Training werden wir besser. Wir werden mindestens das Halbfinale unseres Bundesstaates erreichen, was *definitiv* meine Chancen fürs College im nächsten Herbst erhöht.

Weil der Star-Quarterback der NCU nächstes Frühjahr seinen Abschluss macht, bin ich garantiert beim Rennen um die Position des Nummer-eins-Quarterbacks dabei. Mit etwas Glück wird mein zukünftiger Coach, Coach Wells, mich dafür aufstellen.

»Pandora liegt also richtig, was?«

Die neugierige Frage reißt mich aus meinen Gedanken, und als ich über die Schulter blicke, sehe ich Austin, der auf eine Antwort wartet.

»Wovon redest du?« Ich klinge absichtlich desinteressiert, während ich den Helm zusammen mit der restlichen Ausrüstung in den Spind werfe. Doch irgendwie bekommt er das nicht mit. Ich schlüpfe aus meinem Trikot und trage nur noch die Hose, bereit zum Duschen.

»Sie sagt, dass ihr aufeinander steht, du und diese neue Tussi«, erklärt Austin, um mich über das ins Bild zu setzen, was die

Königin des Klatschs über meine Zusammenstöße mit Southside zu sagen hat.

»Wie heißt sie noch?«, fragt Trip. »Blue oder so ähnlich?«

»Schon seltsam, aber sie ist so scharf, dass es mir eigentlich egal ist.« Jetzt klinkt sich Ryder ebenfalls ein, und dieses Gespräch entwickelt sich rasch in die falsche Richtung.

Bislang wissen nur meine Brüder sowie Parker und ihre Truppe, dass Southside eine Zielscheibe auf dem Rücken hat, aber ich sollte vielleicht ein größeres Netz spannen. Ich hätte wissen müssen, dass meine Jungs ein paar hübsche Titten und einen niedlich anzusehenden Hintern nicht ignorieren würden.

Aber das ist irrelevant.

»Machst du das also klar, West?« Austin kommt endlich zum eigentlichen Punkt.

Diese Unterhaltung dauert vielleicht ein Weilchen, also mache ich es mir auf der Bank bequem.

»Kommt darauf an«, sage ich ruhig. »Gibt es einen Grund dafür, dass du so viele Fragen stellst?«

Als ich zu ihm hinaufblicke, sieht es aus, als bereute er es, das Thema angeschnitten zu haben.

»Ich will nur sagen, es würde Sinn ergeben, dass sie Parker beim Sport ein Bein gestellt hat. Falls ihr zwei was am Laufen habt, meine ich«, erklärt er.

Die Tatsache, dass er nicht einmal anwesend war und trotzdem genau Bescheid weiß, ist keine Überraschung. Nicht an dieser Schule. Nicht in dieser Stadt.

Ich stoße einen frustrierten Seufzer aus. Ich bin müde, verschwitzt, und dieser Idiot will mit mir tratschen, als wären wir ein paar alte Grandmas, die auf der Veranda Tee trinken.

»Sagen wir's doch ehrlich«, mischt sich Trip erneut ein, »die Tussi ist wahnsinnig sexy. Mit so einem Körper könnte ich jede Menge Spaß haben«, fügt er hinzu. »Du weißt schon, natürlich nur, wenn du nicht schon was mit ihr angefangen hast.«

Das ist sein Versuch, Respekt zu zeigen, falls ich tatsächlich bestätigen sollte, dass Blue und ich was miteinander haben.

Gedämpftes Lachen ist von allen Seiten zu hören, nachdem er das gesagt hat und sich wahrscheinlich gerade vorstellt, welche Art von Spaß er mit Southside haben könnte.

Ich hatte nicht damit gerechnet, dass einer der Jungs Blue sehen und das als Option in Betracht ziehen könnte. Aber ich werde unter gar keinen Umständen zulassen, dass sie in ihre Nähe kommen. Das wäre das Letzte, was ich brauchen kann, dass sie einem von ihnen den Kopf verdreht, weil sie glaubt, ihn auf ihre Seite ziehen zu können. Der einzige Grund, weshalb ich ihre Verbindung zu Lexi Rodriguez noch nicht gekappt habe, ist wohl, dass diese nicht zählt. Diese absolute Katastrophe hat sich vor langer Zeit schon selbst zerstört.

»Sie ist tabu«, knurre ich, ohne jemanden anzuschauen.

Ich spüre Danes und Sterlings Blicke, die fragen, was eigentlich mit mir los ist. Doch sie würden es nicht verstehen, solange ich nicht Dinge über meinen Vater enthülle, die ich seit meiner Kindheit für mich behalten habe. Dinge, die sich nicht geändert haben, wie mir das Bild auf dem Handy im Safe bestätigt hat.

Das kann ich nicht kontrollieren. Aber an der Cypress Prep geschieht nichts ohne mein Einverständnis. Zu allererst einmal muss Southside wissen, dass es eine Grenzlinie gibt und dass meine Leute nie ihre Leute werden können. Sie muss wissen, wem deren Loyalität gilt.

Mir nämlich.

Unter meinen Teammitgliedern herrscht bedeutungsvolles Schweigen, als meine Bemerkung in der Umkleide nachhallt.

»Heißt das also, die Antwort ist Ja? Du hast sie gevögelt?«, hakt Austin nach.

Ich werfe ihm einen wütenden Blick zu und hätte ihm das selbstgefällige Grinsen am liebsten aus dem Gesicht geschlagen.

»Es bedeutet, du sollst dich um deinen eigenen Kram kümmern«, antworte ich lediglich.

Ich bin mir sicher, er weiß noch immer nicht, was er mit der Situation anfangen soll, aber er zieht sich zurück, und das genügt mir. Die Jungs zerstreuen sich, und die Gespräche wenden sich rasch anderen Themen zu. Kurz darauf geht es um einen Jungen aus dem Basketballteam, der im Sommer angeblich die Mutter eines Mitschülers geschwängert hat.

Schräge Geschichte.

Ich stehe auf, um die kleine Flasche Duschgel von der oberen Ablage meines Spinds zu nehmen, doch meine Brüder stellen sich mir in den Weg, bevor ich einen weiteren Schritt machen kann. Sterling blickt mich durchdringend an, sagt jedoch nichts. Es ist Dane, der schließlich seine Gedanken äußert.

»Es gibt offensichtlich eine Menge Dinge, die du nicht erzählen willst«, beginnt er. »Denkst du nicht, es ist an der Zeit, uns zu verraten, was mit dir und diesem Mädchen los ist?« Er zögert kurz, bevor er weiterspricht. »Ich erwähne es nicht gern, aber hat das etwas mit der ganzen Casey-Sache zu tun? Gibt es da irgendeine Verbindung?«

Bei seiner Frage winde ich mich innerlich und ziehe eine finstere Miene, sodass sich die Anspannung in meinen Schultern nach einem anstrengenden Training noch verstärkt.

»Nein, darum geht es nicht«, antworte ich, womit ich vage die letzte Frage meine. »Aber es ist todsicher auch nicht das, was alle denken. Das weißt du genau«, erinnere ich ihn. »Meine Antwort an Austin war kein halbherziger Versuch, seinen

Schwanz in die Schranken zu weisen. Ich will nur nicht, dass die Grenzen verschwimmen. Southside muss kapieren, dass sie hier allein ist. Wenn die Jungs damit anfangen, sich an sie ranzumachen, schlägt der Plan fehl.«

Sie schweigen jetzt beide, was ich nicht erwartet habe.

»Und du bist … dir sicher, dass du damit weitermachen willst?«, fragt Sterling ernst und mit so leiser Stimme, dass niemand außer uns ihn hören kann.

Ich bin versucht, ihnen zu sagen, warum dieses Mädchen diesen Anflug von Mitgefühl nicht verdient, unterlasse es jedoch. Es ist schon schlimm genug, dass ich weiß, was ich weiß. Es gibt keinen Grund, sie ebenfalls mit diesem Scheiß zu belasten.

Das könnte ich nie.

»Ganz sicher«, antworte ich zwischen zusammengebissenen Zähnen hindurch und versuche, die Nerven zu bewahren, als ich mich an ihnen vorbeischiebe und in Richtung Duschen gehe. Sie halten mich nicht auf, aber mir entgeht nicht, dass sie es gerne tun würden.

Die kleine Unterhaltung hat mir mehrere Dinge klargemacht. Wenn man sie sich selbst überlässt, vögeln meine Teammitglieder alles, was sich bewegt, was bedeutet, dass ich aufpassen muss wie ein Schießhund, um sie von Southside fernzuhalten.

Aber die Plauderei hat mir noch etwas anderes gezeigt. Nämlich dass meine Brüder nicht richtig mitziehen. Sie sind im Grunde wirklich gute Menschen, hauptsächlich weil sie nicht die Dinge sehen mussten, die ich gesehen habe. Weil sie nicht so gefühlskalt sind. Ich werde sie nicht zwingen, bei meinem Plan mitzumachen, wenn sie nicht wollen, aber es gibt eine Sache, bei der ich mich nicht erweichen lasse.

Ich will die Sache auf Teufel komm raus durchziehen.

Selbst wenn ich allein dafür sorgen muss, dass Southside ihre Scheiße um die Ohren fliegt.

#FollowMe

@QweenPandora:

Das Football-Training war explosiv! Weil das für viele unserer aufsteigenden Stars die letzte Saison ist, könnt ihr davon ausgehen, dass sie jedes Mal ein Spitzenspiel abliefern werden. Die meisten glauben, dass sie es dieses Jahr bis zu den Landesmeisterschaften schaffen werden, aber wie ich höre, hat South Cypress eine Geheimwaffe. Am Freitag ist der erste Showdown, und den will bestimmt keiner verpassen.

Bis dann, Leute! ~P.

11

BLUE

»Habt ihr gehört?«

Ich kann Scarletts Worte kaum verstehen, weil sie sich noch ein paar Fritten in den Mund stopft.

Jules blickt von ihrem Burger auf. »Was gehört?«

»Blue ist NewGirl! Die, von der Pandora denkt, dass sie etwas mit KingMidas am Laufen hat!«

Es trifft mich schmerzlich, die Begeisterung in der Stimme meiner Schwester zu hören. Sie lebt für die Vorstellung, die gesellschaftliche Leiter zu erklimmen, und daher klingt es für sie wie ein wahr gewordener Traum, mit West zusammen zu sein.

Shane spitzt die Ohren, widmet sich aber weiterhin seinen Spaghetti und tut so, als wäre er nicht interessiert.

»Das einzige Update, das *ich* diese Woche bekommen habe, war, dass du dem Journalismusklub beigetreten bist«, bemerkt Jules und blickt mich an.

Einen Schluck Wasser zu trinken gibt mir Zeit, mir eine passende Antwort zu überlegen. »Ich bin in der Tat dem Journalismusklub beigetreten. Und ich kann dir sagen, dass es sehr erfüllend ist«, lüge ich.

Tatsächlich ist Mr Dansk ätzend, und zu allem Übel muss

ich mich auch noch um den Sportteil kümmern, was bedeutet, dass ich noch mehr Zeit mit West und Co. verbringen darf.

Da stehen mir wirklich spaßige Zeiten bevor, nicht wahr?

»Erzähl keinen Quatsch. Ist das wahr?« Jules singt praktisch. »Hast du mir etwas vorenthalten?«

»So ist das nicht …« Eine bessere Antwort fällt mir nicht ein.

Ihre Brauen schnellen nach oben, was bedeutet, sie nimmt mir das nicht ab. »Wir werden ein wirklich ernstes Gespräch führen müssen«, stellt sie fest.

Das werden wir sicher nicht. Es sei denn, ich würde mich plötzlich dazu entschließen, ihr zu erzählen, dass ich eine ganze Woche lang von der Elite der Cypress Prep gemobbt worden bin. Aber das wird nicht passieren, denn ich kenne Jules, und ich kenne auch Ricky. Ich lasse sie absichtlich im Dunkeln über das, was an der CPA wirklich läuft. Da sie so einen starken Beschützerinstinkt besitzen, würden sie das niemals dulden. Bei der erstbesten Gelegenheit, die einer von ihnen bekäme, würden sie West und die anderen zur Rede stellen, was dazu führen würde, dass die Welt über mir zusammenstürzt. Und nicht über denen, die es verdient hätten.

Nein danke.

Ihren Schwachsinn zu ertragen ist nicht nur peinlich, sondern passt auch nicht zu mir. In meinem Stadtteil steht der Name Riley dafür, eine kurze Lunte zu haben und sich mit jedem anzulegen, der einem irgendwie in die Quere kommt. Ich bin von Natur aus eine Kämpferin. Bis zu dem Punkt, dass es mich beinahe meine Zulassung zur CPA gekostet hätte. Doch der Unterschied ist, dass mir völlig klar ist, was dieses Mal auf dem Spiel steht. Und das ist der Grund dafür, dass ich den Kopf einziehe und wenigstens *versuche*, mich um meinen eigenen Kram zu kümmern.

Allerdings funktioniert das mit West nicht so richtig.

Allein in dieser Woche – zusätzlich zu der Sache mit den Flugblättern – wurde ich von Fremden auf dem Flur geschubst, die ich noch nie gesehen hatte, in eine Toilettenkabine eingesperrt, und während des Sportunterrichts verschwand mein Rucksack aus meinem Spind, nur um auf dem Rand des Basketballkorbs wieder aufzutauchen.

Das meiste davon ist Kinderkram, aber trotzdem absolut nervig.

Ich blicke hinauf zu Onkel Dusty, der an unserer Sitznische auftaucht und die Melodie eines Oldies mitpfeift, der aus den Lautsprechern zu hören ist. Er ist erschöpft, weil er den ganzen Tag schon auf den Beinen ist und gekocht hat. Trotzdem hat er jedem von uns sein Lieblingsgericht zum Abendessen gemacht. Meins befindet sich in einer Tüte neben Scar, sodass ich es später essen kann. Wenn ich mich jetzt darüber hermachen würde, würde ich meine Schicht in einem Fresskoma beenden. Niemand will das.

»Habt ihr genug?«, fragt er.

Shane rülpst in seine Faust, bevor er antwortet. »Ich bin pappsatt.« Dann lehnt er sich zurück, legt eine Hand auf seinen Bauch und sieht dabei Ricky auf beängstigende Weise ähnlich.

»Das höre ich doch gern«, fügt mein Onkel hinzu und schaut auf die Uhr, bevor er den Blick erneut auf mich richtet. »Ich brauch dich gleich wieder in deinem Bereich, Schätzchen. Du weißt, um diese Zeit ist ganz schön was los. Außerdem haben sich Becca *und* Joanne für heute Abend krankgemeldet.«

»Bin schon unterwegs«, sage ich und rutsche aus der Nische.

Scar, Jules und Shane folgen, wobei sie ihre Handys vom Tisch nehmen. Als Scar sich die Tüte mit meinem Abendessen darin schnappt, nicke ich in dessen Richtung.

»Pass auf, dass Mike nicht mein Sandwich isst«, warne ich sie.

»Falls doch, sag mir Bescheid«, wirft Onkel Dusty ein. »Das

wäre ein guter Grund, ihm in den Hintern zu treten. Ist schon fast zehn Jahre her, dass ich die Gelegenheit dazu hatte.«

Nach dieser Bemerkung geht er und lässt uns vier lachend zurück, doch er hat jedes einzelne Wort ernst gemeint. Er ist der ältere Bruder meiner Mutter und hat meinen Vater nie besonders gemocht – aus gutem Grund.

»Hausaufgaben, danach räumst du dein Zimmer auf«, sage ich zu Scar, als sie sich zur Tür wendet.

»Aber ich muss heute Abend mit dem Backen anfangen!«, faucht sie. »Oder hast du das Straßenfest morgen vergessen?«

Natürlich habe ich das vergessen, aber das sage ich ihr nicht, da ihr der Kuchenverkauf so wichtig ist.

»Das Fest ist erst recht ein Grund, dass du heute Abend deine Aufgaben erledigst. Wenn ich zulasse, dass du sie vor dir herschiebst, fängt du damit erst Sonntag kurz vor Mitternacht an. Also zuerst die Hausaufgaben, dann backen. Deal?«

Diesmal bekomme ich ein Augenrollen, als ich an ihrem rosa Pferdeschwanz ziehe, doch sie erwidert nichts.

»Wenn es um die Matheaufgaben geht, kann ich dir helfen«, bietet Shane an. »Ich hab meine schon im Unterricht gemacht.«

Allein die Vorstellung, dass die beiden allein bei uns zu Hause sind, verursacht mir Herzrasen, und ich frage mich, wie ich vom Diner aus verhindern soll, dass sie sich zu nahe kommen.

Jules sieht, wie ich mit mir ringe, und greift ein. »Weißt du was? Ich geh so lange mit zu euch, bis du von der Arbeit kommst. So kann ich Scar helfen … und du bekommst keinen Herzinfarkt«, fügt sie nur so laut hinzu, dass ich es hören kann.

Ich forme stumm ein »Danke schön«.

»Einen Moment noch.«

Wir drehen uns alle zu Onkel Dusty um, der aus der Küche kommt.

»Fast hätte ich vergessen, dass ihr das hier zu Ricky und deiner Tante Carla bringen sollt«, sagt er mit einem warmen Lächeln, als er Shane zwei Boxen zum Mitnehmen in die Hand drückt. »Falls du noch was vorhast, fahr vorher zu Hause vorbei, um sie dort abzuliefern. Sind ganz frisch gemacht.«

»Ich bring sie vorbei«, verspricht Jules.

»Danke, Dusty.« Shane nickt höflich, während mein Onkel schon wieder auf dem Weg in die Küche ist.

»Wir sehen uns nach Feierabend. Wird wohl nicht zu spät werden«, füge ich hinzu.

Sie winken, und ich schaue ihnen nach, bis sie vom Parkplatz gefahren sind. Dann schlüpfe ich hinter den Tresen. Onkel Dusty macht gerade eine telefonische Bestellung fertig, während ich mich auf die Durchreiche zwischen Küche und Restaurant stütze.

Er bemerkt mich und verzieht seinen Mund, den ein goldener Bart umrahmt, zu einem Lächeln. Er ist so groß und kräftig, dass er falls nötig einen Kerl durch eine Wand werfen könnte, doch wenn es um mich, Scarlett und sogar Hunter geht, ist unser Onkel ein echter Softie. Er ist der Typ Mensch, der tatsächlich schon einmal einem Fremden das Hemd gegeben hat, das er am Leib trug.

»Kann ich was für dich tun, Blue-Jay?«, fragt er und wirbelt den Pfannenheber durch die Luft, weil er ein Angeber ist.

Ich zucke die Schulter und erwidere das Lächeln. »Falls du Aufträge annimmst, ich hätte gerne eine Yacht mit einer Million Dollar in bar in der Kajüte.«

Sein Lächeln verwandelt sich in ein leises Lachen. »Dann mach mal zwei daraus. Wenn du den Geist in der Flasche findest, der Wünsche erfüllt, schick ihn zu mir.«

Die Türglocke klingelt erneut und beendet unsere Unterhaltung. Dusty blickt über meine Schulter und füllt dann weiter Kartoffelpüree in eine Box zum Mitnehmen.

Ich binde mir die Schürze um und wende mich zur Tür, um die Gäste zu begrüßen, die hereingekommen sind, aber ich erstarre, als ich sehe, um wen es sich handelt.

Instinktiv balle ich die Fäuste und hätte sie am liebsten auch eingesetzt, als West mir sein boshaftes Grinsen zuwirft.

Woher zum Henker weiß er, wo er mich finden kann?

Die mehr als zwanzigköpfige Gruppe marschiert zu den Nischen entlang des Fensters, nur West nicht. Seine Schritte sind ruhig und selbstsicher, als er zu mir herüberkommt und erst dreißig Zentimeter vor mir stehen bleibt. Mein Körper versteift sich unwillkürlich im Angesicht des Feindes.

Zu den vielen Dingen, die ich innerhalb der ersten Sekunden an ihm bemerke, gehört sein Haar. Die widerspenstigen Locken sind heute Abend gebändigt, feucht und dunkler als sonst. Das Muskelshirt unter seinem weißen T-Shirt ist sichtbar und betont seine breiten Schultern. Ich hasse es, dass mir der Geruch gefällt, den er verströmt. Er ist sauber und frisch und kein bisschen penetrant.

Wests Körpergröße bietet ihm einen Vorteil, den er nutzt, indem er auf mich herabblickt, wie er es immer gerne macht. Und wie immer kann ich in seiner Gegenwart kaum atmen, doch ich tue mein Bestes, um keine Schwäche zu zeigen.

»Ihr müsst wieder gehen.« Die Worte sind schneidend und so beleidigend wie nur möglich. »Zwei von unseren Kellnerinnen haben sich krankgemeldet, wir sind also unterbesetzt. Wir können unmöglich euch alle bedienen.«

Er legt den Kopf schräg, und seine Augen verdunkeln sich. »Und ich bin hierhergekommen in dem Glauben, dass du dich geehrt fühlen würdest, mich bedienen zu dürfen, Southside.« Mit der Zungenspitze befeuchtet er seine Lippen, und mein Blick folgt der Bewegung, bevor ich ihn wieder auf seine Augen richte.

»Du verwechselst mich wohl mit einem deiner Groupies.«

Ich nicke zu der Handvoll Mädchen, die das Team heute Abend begleiten – ein Gefolge unerträglicher weiblicher Perfektion.

Sie sind alle aus dem Cheerleading-Team, nehme ich an, doch die Einzigen, die ich erkenne, sind Joss, Ariana und Heidi. Parkers Sturz hat sich als schlimmer erwiesen, als alle gedacht haben. Der verstauchte Knöchel würde sie zwingen, ein paar Wochen an der Seitenlinie zu verbringen.

Hoppla! Meine Schuld.

Wie auf Kommando kommt überschäumendes Gelächter von ihren mit rosa Gloss geschminkten Lippen, und ich stemme beide Hände in die Hüften.

West folgt der Bewegung und lässt seinen Blick Zentimeter für Zentimeter an mir hinabgleiten. Als mir klar wird, dass er mich abcheckt, schlucke ich schwer und spüre eine unerwartet starke Spannung zwischen uns explodieren. Sie wirbelt wie ein warmer, dichter Nebel durch die Luft.

Ich kann nicht ignorieren, wie attraktiv er ist, auch wenn ich es leicht übersehe, sobald er seine Lakaien dazu auffordert, mir das Leben zur Hölle zu machen.

Als er sich unvermittelt zusammenreißt, schnellt sein Blick zu meinem.

»Wir werden wohl bleiben«, erklärt er. »Und ich erwarte, dass du dich von deiner besten Seite zeigst, Southside. Wir wollen doch nicht, dass irgendjemand eine Szene macht?«

12

BLUE

»Blue-Jay?«

Ich schließe die Augen, als sich Onkel Dusty von hinten nähert.

Na schön, so viel dazu, West aus meinen Angelegenheiten rauszuhalten. Er sollte nicht unbedingt wissen, dass das Diner einem Verwandten von mir gehört. Je weniger dieser Arsch von mir weiß, desto besser. Ein Feind sollte nie deine Schwachstellen kennen.

In diesem Fall ist meine Familie meine einzige verwundbare Stelle.

»Ist das einer deiner neuen Freunde, Schätzchen?« Dusty kommt näher und wischt sich die Hände an dem Geschirrtuch über seiner Schulter ab.

»Ja, Sir. Mein Name ist West.«

Als ich höre, wie er statt meiner antwortet, werfe ich ihm einen wütenden Blick zu. Ich wünschte, er würde auf der Stelle tot umfallen. Wir sind nicht annähernd das, was man als Freunde bezeichnen könnte.

»Nett von dir vorbeizukommen, Sohn. Was führt euch heute Abend hierher?«

Sohn? In was für einer verkehrten Welt lebe ich gerade?

»Cypress Prep hat heute Abend gegen South Cypress gespielt«, antwortet West und tut sein Bestes, um meinen Onkel um den Finger zu wickeln. »Wir sind hier, um einen Happen zu essen.«

»Ah, Football am Freitagabend. Das weckt Erinnerungen.« Die raue Stimme meines Onkels ist voller Nostalgie. »Ich hoffe doch, ihr habt unseren Jungs nicht zu sehr den Hintern versohlt?«

Mir wird ganz schlecht, als die beiden lachen.

»Genug, um einen Sieg einzufahren, Sir«, antwortet West superfreundlich. »Es war knapp, aber wir haben das Spiel im letzten Viertel gedreht.«

»Schön für euch. Und versteh mich nicht falsch, denn auch wenn du sympathisch rüberkommst, hoffe ich trotzdem, wir können euch in dieser Saison noch die Hölle heißmachen.«

Bei Wests falschem Lachen möchte ich mich am liebsten in den fließenden Verkehr vor der Tür stürzen.

»Möge das bessere Team gewinnen«, antwortet er mit einem Grinsen.

»Absolut«, stimmt Dusty zu und wirft um West herum einen Blick auf das restliche Team. »Wie ich sehe, hast du Freunde mitgebracht.«

West spielt weiter den netten Kerl und grinst. »Ja, ein paar. Ich hoffe, es ist okay, dass wir hier sind. Blue hat gerade erzählt, dass Sie knapp mit Personal sind heute Abend. Wir wollen Ihnen keine Unannehmlichkeiten bereiten.«

Dusty wirf West einen ungläubigen Blick zu und winkt ab. »Ach was, meine Nichte hier wird sich gut um euch kümmern. Nicht wahr, Blue-Jay?«

Er schubst mich zum Spaß an, aber weil ich so verkrampft dastehe, verliere ich mein Gleichgewicht, falle nach vorne und lande fast mit dem Gesicht mitten auf Wests Brust.

Seine Handflächen verströmen durchdringende Wärme, die ich durch den Stoff meiner Uniform spüre, als er mich um die Taille fasst. Seine Hände gleiten tiefer, in Richtung meiner Hüften, doch ich gehe rasch wieder auf Abstand.

Mein Blick begegnet seinem, und ich streiche über das taubenblaue Ungetüm, das alle Kellnerinnen bei Onkel Dusty tragen müssen.

»Wir versorgen euch in null Komma nichts. Okay?«, verspricht er.

»Danke, Sir«, erwidert West und klingt, als wäre er nicht ganz bei der Sache.

Dusty lässt uns allein. Verdammt, was für ein Schlag in die Magengrube! Mein Onkel hat gerade praktisch aus der Hand meines Erzfeindes gefressen.

»Setz dich einfach hin«, fauche ich, als mir klar wird, dass das sowieso passieren wird, ob es mir gefällt oder nicht. Ich will an ihm vorbeigehen, bleibe jedoch stehen, als sich seine Finger um meinen Arm schließen.

Ich blicke zu ihm auf, und die tiefe Zornesfalte zwischen seinen Brauen macht deutlich, dass ihm mein scharfer Ton nicht gefällt. Er scheint sogar seine Wut aufs Neue angefacht zu haben.

»Provozier mich nicht, Southside«, knurrt er. »Du hast mich noch nicht erlebt, wenn ich von der Leine bin.« Seine tiefe Stimme fährt mir bis ins Mark.

Ich habe seine ungeteilte Aufmerksamkeit, was ich ausnutze, indem ich mich weit zu ihm nach vorn beuge. Sein Blick gleitet hinunter zu meinen Lippen, als ich zu sprechen beginne.

»Vorsicht, King Midas«, warne ich ihn. »In den falschen Händen kann eine Leine schnell zu einem Strick werden.«

Ich spüre seinen Blick unverwandt auf mir, während ich ihn stehen lasse und den Notizblock aus meiner Tasche ziehe.

»Wollt ihr schon mal was trinken?«, frage ich, als ich auf die erste Nische zutrete.

Aus dem Augenwinkel bekomme ich mit, wie West sich an den Tisch von Dane und Sterling setzt. Ich ignoriere ihn größtenteils und notiere die Bestellungen, bevor ich zum nächsten Tisch gehe.

Erst als ich an seinen Tisch komme, kann ich nicht länger so tun, als existierte er nicht.

Mit einem Stirnrunzeln frage ich kurz angebunden: »Getränke?«

Die Brüder beschränken sich auf Limonade, aber nicht West. KingDick beschließt, es kompliziert zu machen.

»Ich nehme ein Eiscreme-Soda. Halb Rootbeer, halb Ginger Ale.«

Ich verdrehe die Augen, behalte aber meine Gedanken für mich. Stattdessen gehe ich zur Zapfanlage und fange an. Ich arbeite die Bestellungen nach Tischen ab und serviere anschließend die Getränke, doch für West lasse ich mir etwas Besonderes einfallen. Nur für ihn.

Ich versichere mich, dass es keine Zeugen gibt, dann lecke ich meinen Finger ab und rühre damit seine Eiscreme-Soda um. Er wird es nie erfahren, aber ich fühle mich schon viel besser angesichts der Tatsache, dass ich ihn heute Abend ertragen muss.

So gern ich ihm sein Glas mit einem Lächeln servieren würde, halte ich mich zurück, weil er sonst wüsste, dass irgendwas nicht stimmt. Dane und Sterling bedanken sich sogar bei mir, als ich ihnen ihre Getränke hinstelle. Das höfliche Verhalten bringt ihnen einen durchdringenden Blick von West ein.

Erst dann schaut er auf sein hohes Glas hinunter, das ich vor ihm auf den Tisch gestellt habe, und dann wieder zu mir.

»Du hast irgendwas damit gemacht, stimmt's?« Seine Stimme ist ganz ruhig, jedoch misstrauisch.

Ich tue so, als wäre er derjenige, der überreagiert, stemme das Tablett gegen meine Hüfte und spiele die Unschuldige.

»Wovon redest du? Ich hab ihn genau so gemacht, wie du ihn wolltest.«

Sein Blick ist ernst und unnachgiebig, aber ich knicke nicht ein. Nicht einmal, als er aufsteht und so dicht vor mich tritt, dass seine breite Brust und sein Oberkörper gegen meine Schulter drücken.

»Mach … ihn neu«, verlangt er leise. »Und diesmal sehe ich zu.«

Aus irgendeinem Grund fühle ich mich beleidigt. Obwohl ich zu hundert Prozent schuldig bin.

»Etwas paranoid, was?«, frage ich mit einem Grinsen.

»Verarsch mich nicht, Blue.«

Seine rasche Antwort überrascht mich. »Nur Blue?«, frage ich. »Nicht Southside«?

Ich bin ihm noch nie so unter die Haut gegangen, und ich muss sagen, es gefällt mir.

»Ich sag dir was.« Ich beuge mich nach vorn. »Wenn du unbedingt einen anderen Drink willst, beweg deinen arroganten Arsch hinter den Tresen und mach ihn dir selbst.«

»Verdammt!«, ist Sterlings hilfreicher Einwurf. Währenddessen verschluckt sich Dane vor Lachen an seinem Getränk.

Ich kann wahrscheinlich froh sein, dass niemand außer seinen Brüdern mich gehört hat. Ich glaube nicht, dass West es tolerieren würde, öffentlich bloßgestellt zu werden.

In seinen Augen lodert ein Feuer, das mich reizt. Ich meine, so richtig reizt. Ich fühle mich mutig und unantastbar, was, historisch gesehen, eine tödliche Kombination sein kann.

»Beweg deinen Hintern auf die Toilette«, knurrt er.

Ich stehe erhobenen Hauptes da und erwidere seinen Blick. »Nein.«

»Habe ich dir nicht gerade erst gesagt, du sollst mich nicht provozieren?«

Wir versuchen, uns gegenseitig zum Wegsehen zu zwingen, und ich verschränke trotzig die Arme vor der Brust. »Und wenn ich nicht gehe?«

Er bläht die Nasenflügel vor Zorn. »Wenn nicht, könnte es sein, dass der Laden hier über Nacht abbrennt, und niemand würde es einen Dreck interessieren. So etwas passiert andauernd.«

Sein Blick flackert, und es liegt abgrundtiefe Dunkelheit darin.

»Es wäre wirklich schade«, höhnt er. »Wo dein Onkel doch so ein netter Kerl ist.«

Die Drohung schwebt zwischen uns, bevor er zur Rückseite des Diners stürmt. Ich zögere einen Moment und werfe einen Blick zwischen seinen Brüdern hin und her.

Dane blickt auf, als ich mich nicht sofort in Bewegung setze.

»Vielleicht solltest du tun, was man dir sagt«, empfiehlt er und warnt mich mit seinem Blick. »West ist nicht gerade dafür bekannt zu bluffen.«

Ein Bild, wie das Diner meines Onkels in Flammen aufgeht, schießt mir durch den Kopf. Ganz zu schweigen von dem kleinen Zimmer darüber, wo er wohnt. Eine solche Katastrophe würde ihn ruinieren, wenn nicht umbringen, was genau der Grund dafür ist, weshalb ich West von mir fernhalten wollte. Je weniger er weiß, desto weniger kann er mir antun oder den Menschen, die ich liebe.

Ich spüre Danes und Sterlings Blicke auf meinem Rücken, als ich zur Toilette marschiere, um ihren bösen Drilling zu treffen.

Ich stürme in die Herrentoilette, wo West vor Wut kochend auf und ab geht. Mein Herz rast doppelt so schnell und wird noch schneller, als er mich ganz hineinzieht und das Schloss verriegelt.

Ich bin gefangen. In vielerlei Hinsicht.

Direkt über der Tür plärrt ein Oldie aus einem Lautsprecher, den ich schon immer gemocht habe – *Time of the Season* von den Zombies. Er hallt laut durch den kleinen Raum, und ich habe das Gefühl, ihn nach heute Abend nie wieder auf die gleiche Weise hören zu können.

»Was willst du?«, frage ich so herausfordernd wie möglich.

Ein kalter, einschüchternder Blick schnellt zu mir. »Du kapierst es noch immer nicht, oder?«

Bei der Frage liegen meine Nerven blank.

»Natürlich kapier ich es nicht!«, schreie ich. »Das sage ich doch schon die ganze Zeit! Bei jeder sich bietenden Gelegenheit drohst du mir und machst mir das Leben schwer, hast aber noch immer nicht die Eier, mir zu sagen, was ich getan habe, um das zu verdienen.«

Und da ist es wieder, das dämliche Zittern in meiner Stimme, das West bestimmt fälschlicherweise für Schwäche hält anstatt für das, was es *wirklich* ist.

Zorn.

Frustration.

»Alles, was du zu wissen brauchst, ist, dass du mir gehörst. Wenn ich also sage, spring, dann fragst du höchstens, wie hoch«, brüllt er, während er rasch auf mich zutritt.

Erschrocken weiche ich bis zu der grün gefliesten Wand zurück. Aber er bleibt nicht stehen. Er kommt näher, bis wir den Atem des anderen spüren, und plötzlich finde ich keine Worte mehr.

»Versuch ruhig, mir Widerworte zu geben«, warnt er mich.

»Wenn ich mit dir fertig bin, wirst du dir wünschen, nicht aus der Reihe getanzt zu haben.«

Ich habe Mühe, ihm in die Augen zu schauen, aber ich zwinge mich dazu. Ich bin nicht sein Schoßhund oder eine seiner hirnlosen Anhängerinnen.

»Hältst du dich vielleicht für unwiderstehlich, weil dir all diese Arschlöcher zu Füßen liegen? Weil du Cypress Prep mit eiserner Hand regierst? Na schön, hier kommt eine Neuigkeit für dich: Ich habe mein Leben lang mit einem Mistkerl wie dir zusammengelebt, West. Einem, der denkt, je lauter er bellt und je mehr er im Zorn kaputtschlägt, desto mehr macht ihn das zum Mann. Und damit du's weißt: Ich habe auch vor *ihm* keine Angst«, fauche ich. »Was auch immer ich *deiner* Meinung nach getan habe, du kannst deinen Mann stehen und sagen, was du zu sagen hast, oder darüber hinwegkommen«, erkläre ich. »Aber mich herumschubsen? Deine Groupies die Drecksarbeit erledigen lassen? Damit drohen, den Laden hier abzufackeln? … Das ist feiges Arschlochverhalten, West.«

Ich habe gerade einen Nerv getroffen. Die pochende Ader auf seiner Stirn verrät es mir.

»Wie soll es also weitergehen?«, frage ich. »Bist du bereit, mir zu sagen, was ich getan habe, dass du so sauer auf mich bist? Oder sollen wir die Spielchen weiterspielen, weil du *schwach* bist?«

Dem durchdringenden Blick, den er auf mich gerichtet hat, ist schwer zu entfliehen. *Ihm* ist schwer zu entfliehen.

»Schwach?«, knurrt er und fordert mich mit seinem Tonfall heraus. »Das denkst du von mir?«

Seine tiefe, raue Stimme lässt mich erstarren. Auch wenn da plötzlich keine Lücke mehr zwischen seinem Körper und meinem ist, rühre ich mich nicht.

Starke Hände packen mich an den Hüften, aber ich sage nichts, lasse mir nicht anmerken, ob mir seine Berührung etwas ausmacht. Vor allem zeige ich ihm nicht, dass ein kranker, verdrehter Teil von mir sie nicht völlig hasst.

Ich bin sogar immer noch still, als sein sadistisches Machtspielchen noch zu etwas anderem wird.

Zu etwas, das ich nicht habe kommen sehen.

Die dunklen Punkte in seinen Augen verdunkeln sich, als ein Grinsen plötzlich um seine sexy, vollen Lippen spielt ... bevor er sie auf meine presst.

Eine Welle der Erregung durchströmt mich, verbrennt mich, und mir bricht ein wenig der Schweiß aus. Es gelingt mir, meine Hände schlaff herabhängen zu lassen, was aber nicht einfach ist. Sie zucken vor Lust, sehnen sich danach, jeden Zentimeter dieses Monsters zu berühren, das ich mehr hasse, als ich es in Worte fassen kann.

Und er riecht so verdammt gut, frisch geduscht, nachdem er auf dem Football-Feld den Ton angegeben hat. Nein, ich war nicht persönlich dort, aber ich weiß, dass er etwas anderes nicht akzeptieren würde.

Ich atme ihn tief ein, und das ist mein Verhängnis. Es ist der Grund dafür, dass ich nicht klar genug denken kann, um zu protestieren, als er seine Zunge zwischen meine Lippen gleiten lässt. Er schmeckt leicht nach Minze, und mir ist bewusst, dass das etwas ist, das ich nicht über ihn wissen sollte. Es ist in so vielerlei Hinsicht falsch, aber es nützt nichts zu kämpfen. Es ist aussichtlos. *Ich* bin ein aussichtsloser Fall.

Das fieberhafte Saugen an meinen Lippen vernebelt meine Sinne, bis ich kaum noch weiß, wer ich bin. Er hat sämtliche Geschmacksspuren meines Gloss weggeküsst und ist noch immer nicht mit mir fertig. Ein gefährliches Gefühl wächst in mir – und mir wird klar, dass ich mehr davon will.

Mehr von dem Wolf, der deutlich gemacht hat, dass er die Absicht hat, mich zu zerstören.

Er will meine gesamte Welt in Schutt und Asche legen.

Ein langsamer, intensiver Stoß seiner Hüften gegen meine offenbart mir noch etwas. Er ist steinhart und macht sich nicht die Mühe, es zu verbergen, schämt sich nicht, dass ich jetzt sicher weiß, dass es nicht nur eine Art von Spannung zwischen uns gibt. Sie ist da, sie ist wahr, und innerhalb von Sekunden … nimmt er mir alles weg.

Alles.

Unsere heftigen Atemgeräusche sind das Einzige, was ich höre. Er presst sich noch immer an mich und ist weiter erregt. Der Ausdruck in seinen Augen hat sich allerdings verändert. Sie schauen sanfter, freundlicher, während er in meinem Gesicht nach etwas sucht, von dem ich mir nicht sicher bin, ob er es findet. Eine Erklärung für die Energie, die uns beide vor einem Moment überrascht und dann vernichtet hat.

Meine Brust hebt und senkt sich schwer an seiner, und keiner von uns macht Anstalten, sich zu rühren, was an sich schon verräterisch ist. Aber dann legt er einfach so den Schalter wieder um und tut so, als hätte er nichts empfunden. In dem Augenblick, als mir klar wird, dass er wieder in den Idiotenmodus wechselt, streiche ich ebenfalls meine Uniform glatt und bin zurück in der Realität, während er zurückweicht.

Er ist noch immer West – mein Peiniger, mein schlimmster Albtraum.

Als ich mit dem Handrücken über meine heißen, feuchten Lippen streiche, schließe ich die Augen. Obwohl ich alles, was er getan und gesagt hat, noch frisch in Erinnerung habe, lasse ich es trotzdem geschehen. Wie es scheint, ähnle ich meiner Mutter von Tag zu Tag mehr, obwohl ich alles versuche, nicht wie sie zu werden. Jahrelang habe ich dabei zugesehen, wie mein Vater sie schikaniert hat. Und jetzt erlaube ich West, genau das Gleiche mit mir zu tun.

Er tritt noch weiter zurück, und ich schaue ihn nicht an. Ich hasse mich selbst jetzt schon genug.

»Du hattest recht; einer von uns ist schwach«, sagt er mit rauer Stimme. »Aber bist du dir immer noch sicher, dass ich das bin?«

Der Türknauf wird gedreht, und mein Kopf ist klar genug, um genau zu begreifen, was gerade passiert ist – die Übertragung von Macht. Indem ich ihm erlaubt habe, mich auf diese Weise zu behandeln, habe ich ihm unfreiwillig klargemacht, dass ich mich trotz allem, was er getan hat, zu ihm hingezogen fühle.

Er öffnet die Tür, und dann bin ich allein.

Wenn es sein Ziel war, mir begreiflich zu machen, dass ich diese eine Beleidigung meinem Spiegelbild hätte entgegenschleudern sollen, dann hat er seine Mission erfüllt.

*

WEST

»Du hast jetzt die dritte rote Ampel überfahren«, stellt Sterling fest, während er sich mit einer Hand am Armaturenbrett abstützt.

Seine Worte dringen allerdings kaum zu mir durch, weil … was zum Teufel ist da gerade passiert?

Meine Absichten waren eindeutig. Ich hatte ein Ziel vor Augen: Southside eine Lektion zu erteilen. Aber jetzt schwitze ich Blut und Wasser und hoffe, dass sie keinen falschen

Eindruck bekommen und es nicht missverstanden hat, dass ich sie auf diese Art berührt habe.

So … als hätte es mir gefallen.

Das ist der einzige verdammte Grund, weshalb ich Mädchen nie küsse. Sie interpretieren viel zu viel hinein. Ich hätte schlauer sein sollen, die Sache besser durchdenken müssen.

Ganz zu schweigen davon, dass ich einen Steifen hatte – ein Zeichen dafür, dass ich sie in meinen Kopf gelassen habe. *Und jetzt kriege ich sie nicht mehr raus.* Ich habe beinahe auf der Stelle die Kontrolle verloren, nachdem ich den klebrigen Gloss mit Orangenaroma auf ihren verdammten Lippen geschmeckt habe. Sosehr ich mich auch über mich ärgere, bin ich mir doch der Tatsache bewusst, dass es heute Abend viel weiter gegangen wäre, wenn ich ihr Geheimnis nicht kennen würde. Ich hätte sie direkt dort an die Wand gepresst, in dem Wissen, dass ihr Onkel und die anderen Gäste nur ein paar Meter entfernt gewesen wären und zugehört hätten.

»Du schuldest mir ein Abendessen.« Sterlings Beschwerde reißt mich aus meinen Gedanken. »So wie du ausgetickt bist, noch bevor wir überhaupt bestellen konnten«, fügt er leise hinzu.

Ich weiß, ich habe gerade eine Szene gemacht, als ich meine Brüder ohne jede Erklärung dazu aufgefordert habe, das Diner zu verlassen – aber es war keine Option zu bleiben. Wäre ich nicht auf der Stelle gegangen, hätte sie womöglich bemerkt, was es mit mir angerichtet hatte, sie zu küssen.

Ich habe sie richtig eingeschätzt – sie ist reines Gift. Aber ich habe das perfekte Gegenmittel.

»Ich schreibe Joss«, mischt sich Dane ein. »Sie sagt, ihre Mom hat ein riesiges Abendessen zubereitet, und wir sind herzlich willkommen.«

Ich höre ihn, habe aber etwas anderes vor.

Ich schreibe selbst eine Nachricht, bevor ich ihm antworte. »Ich kann nicht. Hab mich gerade verabredet«, erwidere ich. »Abgesehen davon hasst dich ihr Dad. Schon vergessen?«

Er lacht nicht, als ich es tue.

»Hass ist ein sehr starkes Wort«, kontert er.

»Schon möglich, aber ganz bestimmt nicht das falsche«, erwidere ich. »Ihr seid heute Abend auf euch gestellt. Ich setze euch ab, damit ihr einen von euren Wagen nehmen könnt.«

»Was hast du vor?«

Ich lächle Dane über den Rückspiegel an, während ich antworte: »Parker.«

Er und Sterling lachen. »Wie soll das funktionieren? Sie geht an Krücken«, bemerkt Sterling.

Ich biege ab und zucke mit den Achseln. »Mit ihrem Mund ist alles in Ordnung.«

Stimmt schon, ihre Blowjobs sind mies, aber Übung macht den Meister. Selbst der Schlechteste kann mit dem richtigen Lehrer irgendwann glänzen.

Zehn Minuten später haben meine Brüder das Auto verlassen, und ich bin auf dem Weg, um den Geschmack von Southside in meinem Mund loszuwerden.

Auf die bestmögliche Weise, die ich kenne.

#FollowMe

@QweenPandora:

Achtung, Northsider! Bereit für ein kleines Abenteuer? Also, packt die Kinder auf den Rücksitz und fahrt morgen Abend quer durch die Stadt zum jährlichen Straßenfest der South Side! Nie dort gewesen? Jetzt könnte ein guter Zeitpunkt sein, um sich einen Eindruck zu verschaffen, wo wir doch neuerdings eine Verbindung zur Southside haben. Man weiß ja nie … Es könnte interessant werden in NewGirls Viertel.

Bis dann, Leute! *~P.*

13

WEST

»Erklär mir noch mal, wieso wir einen schönen Samstagabend dort verbringen sollten?«, fragt Sterling, der ein Paar brandneue Sneakers anzieht.

»Wen interessiert das schon? Denk nur an die vielen guten Selfies, die man machen kann«, wirft Dane ein, der damit Sterlings Frage beantwortet, bevor ich eine Gelegenheit dazu habe.

Und überhaupt nicht so, wie ich sie beantwortet hätte.

Joss verdreht die Augen. Sie sitzt im Sessel unter meinem Fenster und schüttelt den Kopf über Danes eitle Art.

»Triffst du überhaupt irgendwelche Lebensentscheidungen, ohne an Selfies zu denken?«, fragt sie.

Er betrachtet sich in dem mannshohen Spiegel gegenüber meinem Bett und streicht sich über die Augenbrauen. »Ich muss den Leuten geben, was sie wollen«, sagt er scherzhaft, weil er weiß, dass er Joss damit auf die Nerven geht.

Und wie. Sie steht auf, steckt die Hände in die Taschen ihrer Jeans-Shorts und beschließt, dass sie genug von uns hat.

»Ich werde im Wagen warten, bis ihr drei Primadonnen endlich für den Ball fertig seid«, sagt sie mit einem übertriebenen Seufzer. »Nicht das hübscheste Mädchen im Raum zu sein, ist irgendwie langweilig.«

Wir lachen, doch in dem Moment, als sie auf den Flur geht, kleben Danes Augen sehnsüchtig an ihren winzigen Shorts.

»Ich weiß nicht, wieso du sie nicht endlich klarmachst«, sage ich seufzend.

Er blickt erneut in den Spiegel und streicht seinen Kragen glatt.

»Das ist ganz einfach«, sagt er. »Ich weigere mich, das Arschloch zu sein, das etwas so Perfektes ruiniert.«

Seine Offenheit erwischt mich kalt, und ich halte inne, bevor ich die Ärmel meines schwarzen Hemds weiter aufrolle. »Verdammt noch mal. Das ist wohl das Ehrlichste, was du je zu mir gesagt hast.«

»Und das ist verdammt traurig«, stimmt Sterling zu, während er sein Portemonnaie in die Tasche seiner Jeans schiebt.

Dann sind wir startklar.

Auf dem Weg zum Aufzug schalte ich das Licht in unserem Penthouse aus. Erst als sich die Türen schließen, kommt Sterling auf seine Frage von vorhin zurück.

»Wir schauen uns also mal auf der runtergekommenen Seite der Stadt um … aus welchem Grund noch mal? Sorry, aber ich hab's noch immer nicht kapiert.«

Ich lehne mit dem Rücken an der Wand, während wir über zwanzig Stockwerke hinunterfahren. »Weil ich eine Nachricht zu überbringen habe«, erkläre ich. »Southside darf nicht glauben, dass sie mir entkommt. Sie muss wissen, dass ich überall sein werde, bis *ich* sage, dass es genug ist. Bei ihrem Job, in ihrem Viertel, überall«, füge ich hinzu.

Ich erwähne es nicht, aber aufzukreuzen und ihr auf die Nerven zu gehen, dient einem weiteren Zweck: eine Wiedergutmachung des Aussetzers von gestern Abend, als ich sie angefasst habe. Ich muss einfach daran denken, dass ich sie um jeden Preis am Boden sehen will, und alles ist wieder in Ordnung.

Meine Brüder schweigen, wahrscheinlich weil ich noch nie etwas so Gemeines getan habe. Aber wenn sie wüssten, was ich gefunden und in der Vergangenheit entdeckt habe, würden sie ebenfalls toben vor Zorn.

Meinen Dad und mich verbindet etwas – das Wissen, das nur wir beide teilen. Na ja, wir und die Schlampe, die ich vor genau einem Jahrzehnt mit ihm erwischt habe. Er hatte schon immer eine Schwäche für junge Blondinen, und das Foto von Blue in seinem Telefon zu sehen, war nur der Beweis dafür, dass er sich nicht geändert hat. Der Unterschied zum ersten Betrug ist jedoch, dass ich alt genug bin, um etwas dagegen zu unternehmen: Ich kann auf der Seele seiner neuesten Eroberung herumtrampeln.

»Man kann einen Gegner nicht besiegen, solange man nicht weiß, wie er tickt«, erkläre ich. »Um also deine Frage zu beantworten: Das ist der Grund, warum wir heute Abend dorthin fahren. Sobald ich weiß, was ihr wichtig ist … kann ich zum entscheidenden Schlag ausholen«, füge ich hinzu.

Und für den Fall, dass das nicht klar sein sollte, ich werde es genießen.

14

BLUE

Musik, Tanzen, gutes Essen.

Die Stadtteilfeste der South Side enttäuschen nie.

Ich sehe an Scars und Shanes Kuchenstand vorbei und betrachte von meinem Liegestuhl aus die glitzernden Lichter, die im Zickzack von einer Straßenseite zur anderen gespannt sind. Sie leuchten hell gegen den dunklen Himmel. Ein Nachbarschaftskomitee hat sie heute Nachmittag sorgfältig aufgehängt und damit die Herausforderung angenommen, das diesjährige Fest noch ein bisschen festlicher als das letzte zu gestalten.

Die Lichter, die engagierten Clowns und Porträtmaler, ein professioneller DJ, der sein Equipment am Ende der Straße aufgebaut hat. Er spielt vor allem Hip-Hop aus den Neunzigern und frühen Nullerjahren, was die Nachbarn zum Tanzen unter den Lichtern animiert. Jung und Alt. Alle Hautfarben.

Eine Menge Arbeit ist in die ganze Sache geflossen, und das kann man sehen.

»Halt die bloß fern von mir«, wehre ich ab und drehe das Gesicht weg, als Jules mit der letzten Ladung Erdnussbutter-Cookies aus ihrem Ofen zum Tisch marschiert. Sie hat sich bereit erklärt, sie anstelle von Scar zu backen, weil es für mich schlecht enden könnte, wenn meine Schwester das bei uns zu Hause täte.

»Oh, entspann dich«, zieht sie mich auf. »Ich habe sogar die Dose außen abgewischt und mir die Hände gewaschen, bevor ich hergekommen bin, also …«

Sie umfasst mein Gesicht und gibt mir einen dicken Kuss auf die Stirn.

»Lass das sein! Ich weiß, wo diese Lippen überall gewesen sind!«, scherze ich.

Sie schubst mich zum Spaß, und ich tue das Gleiche mit ihr, sobald sie den Platz neben mir einnimmt.

»Hoffentlich haben wir genug gemacht«, stöhnt Scar, während sie die zahlreichen Cookies und Brownies betrachtet, für die sie sowohl gestern Abend als auch heute Morgen und am Nachmittag geschuftet hat.

»Wir haben viel mehr als letztes Jahr«, versichert ihr Shane. »Du wirst einen Haufen Kohle einnehmen.«

Ich blicke auf beim Klang seiner tiefer werdenden Stimme. Er ist kein Kind mehr, was irgendwie seltsam ist, weil ich ihn schon sein Leben lang kenne.

Von Jahr zu Jahr sieht er seinem großen Bruder immer ähnlicher: rabenschwarzes Haar, graue Augen, Grübchen, die mich um die Keuschheit meiner Schwester bangen lassen. Gott weiß, dass ich sie seinem Bruder mit Freuden geschenkt habe. Sie lachen zusammen wie ganz normale Freunde, aber ich habe das einmal mit einem Ruiz-Bruder erlebt, und wir wissen alle, wie das endete.

»Alles ist perfekt«, strahlt Jules, während sie das Fest beobachtet. »Mr Huang hat sogar eine Hüpfburg spendiert.« Ich folge ihrem Blick, als sie auf eine lange Warteschlange von Kids zeigt, die darauf warten, auf dem großen aufgeblasenen Schloss ein paar Türen weiter hüpfen zu dürfen.

»Bei den vielen Keimen möchte ich am liebsten in einem Fass Desinfektionsmittel baden«, scherze ich, was mir ein Augenrollen einbringt. »Ernsthaft, das beschert uns noch einen Ausbruch von Krätze.«

»Pessimistin.«

»Realistin.«

Ihr Telefon summt, und ich habe nicht länger ihre Aufmerksamkeit.

»So langsam wird es wirklich interessant«, sagt sie mit einem Lächeln. »Ein Haufen Kids von der North Side sind auf dem Weg hierher. Pandora postet schon den ganzen Tag über das Stadtteilfest.«

Mir waren die Updates nicht entgangen, zumal mein Spitzname in den meisten erwähnt wurde. Während manche vielleicht behaupten, dass Pandora ihre und unsere Seite zusammenbringen wolle, empfinde ich das anders. Beinahe so, als wären wir von der South Side eine kleine Attraktion, wie eine Ausstellung, die die Reichen für ein paar Stunden besuchen und anglotzen, um dann wieder in ihre Villen zurückzukehren.

Unnötig zu erwähnen, dass ich heute Abend hoffentlich in der Menge untertauchen kann und unter dem Radar von jedem von der Cypress Prep fliege.

»Ist dieser Platz besetzt?«

Ich blicke auf und sehe Ricky mit dem gleichen entwaffnenden Lächeln zu mir herunterschauen, das sein Bruder bei meiner Schwester einsetzt.

»Dies ist ein freies Land« erwidere ich, was ihm ein Lachen entlockt, als er es sich auf dem Platz neben mir bequem macht.

»Für die Bemerkung hast du wohl den ganzen Tag gebraucht«, neckt er mich.

Es ist etwas mehr als eine Woche her, seit wir gesprochen

haben, und wir sind nicht im Guten auseinandergegangen, aber dank ihm haben wir immer noch Strom. Ich lächle unwillkürlich, als er mich mit dem Knie anstößt, obwohl ich es zu unterdrücken versuche.

Die Fliegengittertür von meinem Haus geht hinter uns auf, und ich schaue nicht einmal hin, um zu sehen, wer herausgewankt kommt.

Verdammter Mike – allerliebster Daddy.

»Wenn wir ihm nicht direkt in die Augen schauen, geht er vielleicht weg«, scherzt Jules leise, und ich verschlucke mich an meinem Lachen.

»Das versuche ich seit Jahren. Funktioniert nicht«, erwidere ich flüsternd.

»Wenn ihr dummes Zeug reden wollt, dann tut das vor dem Haus von jemand anderem«, beschwert sich Mike, undeutlich wegen der Zigarette, die von seinen Lippen herabhängt. Sein Feuerzeug klickt ein paarmal, und ich wünsche mir, wir hätten den Stand tatsächlich vor einem anderen Haus aufgebaut.

Als ich mich schließlich umdrehe, tritt seine große, magere Gestalt in mein Sichtfeld, noch immer mit denselben Jeans und demselben Muskelshirt bekleidet wie die vergangenen vier Tage. Seine Finger gleiten durch sein strähniges, schulterlanges Haar, während er grimmig die Straße entlangschaut.

»Die verdammte Musik ist so laut, dass meine Fenster klappern«, grummelt er, bevor er einen heftigen Hustenanfall bekommt.

Er tritt zu Scars Stand, und ich bin in höchster Alarmbereitschaft. Natürlich greift er mit seiner schmutzigen Hand nach einem Stapel Zimtplätzchen, was ich nicht dulden werde.

»Hast du einen Dollar?«, frage ich, während ich mich erhebe und ihn durchdringend anschaue. »Denn nur dann wirst du etwas von diesem Tisch nehmen.«

Sein hasserfüllter Blick begegnet meinem, und ich erwidere ihn.

»Was glaubst du, woher das Zeug kommt? Aus meiner verdammten Küche«, erklärt er, was mein Blut zum Kochen bringt.

»Mike, du hast seit Jahren keinen Cent für Lebensmittel ausgegeben, und wir beide wissen das«, sage ich schneidend. »Wenn du also nicht mit der Kohle rüberkommst, kriegst du gar nichts.«

Und ich meine das bitterernst. Alles, was er je getan hat, ist nehmen, und ich lasse nicht zu, dass er Scars Bemühungen hier schlechtmacht. Sie versucht bei den Rechnungen zu helfen, nicht weniger als das.

Eine lange, intensive Stille entsteht zwischen uns, und ich bin hundertprozentig dazu bereit, ihm eine zu verpassen, wenn er auch nur einen Krümel anrührt.

Sein Blick gleitet erneut zu Scars Keksen und dann zu mir.

»Du bist wie deine Mutter, weißt du das?«, sagt er. »Ein erstklassiges Miststück.«

Er wendet sich zum Gehen, und ich springe auf, ohne über meine Handlungen nachzudenken. Hätte mich nicht ein Arm an der Taille gepackt, hätte ich Mike zu Boden geworfen.

»Ganz ruhig«, sagt Ricky in mein Ohr und drückt mich fest an seine Brust, bis Mike wieder im Haus ist. »Du weißt, dass er dummes Zeug redet. Wenn er nüchtern ist, hat er alles wieder vergessen.«

Das Problem ist allerdings, dass *ich* es nicht vergesse. Ich trage jede gehässige Tat und jedes gehässige Wort von ihm mit mir herum wie einen alten Koffer, der mich herunterzieht.

»Mir geht's gut«, fauche ich und befreie mich aus Rickys Umklammerung. Aber er weiß, dass ich nur auf meinen Dad wütend bin, nicht auf ihn.

Scar versucht so zu tun, als würden sie die fiesen Aktionen

unseres Dads nicht berühren, aber ich weiß es besser. Ich weiß, dass Shane es ebenfalls mitbekommen hat, als ich sehe, dass seine Hand die meiner Schwester hält.

»Warum gehen wir nicht ein bisschen herum, bis du dich wieder beruhigt hast?«

Ricky hat den Satz kaum ausgesprochen, als Jules auch schon zustimmt. »Jawohl, geht. Ich passe auf die Kids auf.«

»Wir sind keine Kinder«, sagt Scar empört.

»Du bist, was ich sage«, neckt Jules sie mit dem gleichen empörten Tonfall.

Mir ist am ganzen Körper heiß, und ich glühe vor Zorn, als ich zum Haus blicke. Bei der Vorstellung, dass er dort drin ist, würde ich das ganze Ding am liebsten bis auf die Grundmauern niederbrennen.

»Weißt du, was noch besser ist als spazieren gehen?«, fragt Ricky. »Tanzen.«

Ich werfe den Kopf zurück. »Auf keinen Fall.«

Trotz meines Protests zerrt er mich auf die Straße, näher hin zu den riesigen Lautsprechern, die neben dem DJ aufgebaut sind. Weil ich mich weigere, mich zu bewegen, nimmt Ricky meine Hände und wiegt mich im Rhythmus der Musik hin und her. Es ist nur eine Frage der Zeit, bis ich es nicht länger aushalte und lachen muss.

Ich begegne seinem Blick, und die negative Energie verpufft nach und nach. Diese Wirkung hat er oft auf mich. Er merkt, dass sich meine Stimmung aufhellt, lässt meine Hände los und legt seine auf meine Taille.

Zu viel. Viel zu viel.

»Wir sollten zurückgehen.« Es klingt locker, obwohl ich im Moment alles andere bin als das.

Er grinst und zieht mich fester an sich, um die laute Musik zu übertönen. »Wieso? Weil uns dein Freund beobachtet?«

Zuerst weiß ich nicht, wie ich das verstehen soll, aber dann zähle ich zwei und zwei zusammen und schaue mich um.

Die Golden Boys.

Sie stehen auf der anderen Straßenseite, wobei Dane und Sterling auf ihre Unterhaltung mit Joss und zwei aus dem Team konzentriert sind. Es gibt jedoch keinen Zweifel daran, auf wen Wests Aufmerksamkeit gerichtet ist.

Was bin ich doch für ein Glückspilz!

15

BLUE

Wests düsterer Blick brennt sich durch mich hindurch.

Ich kann ihm nicht entkommen.

Sein angespannter Kiefer und seine geblähten Nasenflügel verdeutlichen nur, was ich bereits weiß. Er ist noch immer so gemein wie bei unserer ersten Begegnung.

Und obwohl ich das weiß, sehe ich ihn mit anderen Augen als früher. Seit dem Kuss.

Die feuchte Wärme seines Mundes auf meinem, sein Geschmack … ich kann diese Erinnerung nicht abschütteln. Ich habe versucht, sie aus meinem Kopf zu verbannen, weil ich genau weiß, mit wem ich es zu tun habe.

Aber das ist leichter gesagt als getan.

Er ist nicht der nette Nachbarjunge oder der Typ, dem man blind vertrauen kann. West Golden ist ein Teufel in Designerjeans, mit dem typischen Charme eines Psychopathen. Trotz des ganzen Hasses, den ich für ihn empfinde, kann ich ihn überall auf mir fühlen.

Wie einen Geist.

»Soll ich gehen?« Ricky lässt sich nicht so leicht einschüchtern, daher weiß ich, dass er nur mir zuliebe fragt.

»Schon okay«, antworte ich locker, aber Hitze kriecht meinen Rücken hinauf, als mein Blick dem von West begegnet. Ich schaue rasch weg.

»Bist du dir sicher?«, fügt Ricky amüsiert hinzu, »denn er kommt hier rüber.«

Nicht kneifen.

Ich blicke wieder in seine Richtung, und ein leises Stöhnen dringt aus meiner Kehle angesichts seines selbstsicheren Gangs und der rhythmischen Bewegungen seiner breiten Schultern.

»Naaa ... Hast du Spaß, Southside?«

Er hat ein selbstgefälliges Grinsen auf den Lippen, als er beide Hände in die Hosentaschen schiebt. Zuerst sieht er mich durchdringend an, dann lässt er den Blick zu Ricky wandern. Das gewohnte leuchtende Grün seiner Iris scheint sich zu verdunkeln, als sich die beiden mustern.

Meine Finger ballen sich dort, wo sie auf Rickys Schultern liegen, zu Fäusten, aber wir tanzen nicht mehr. Er scheint zu spüren, dass ich mich im Augenblick höchst unwohl fühle, und missversteht das völlig. Ich fürchte, er könnte besorgt sein, dass West einen falschen Eindruck von uns bekommt, während mir das völlig egal ist.

»Ich äh ... ich schau mal nach Shane und Scar«, bietet Ricky an, aber etwas an seinem Tonfall stimmt nicht.

Ganz und gar nicht.

Anders als die meisten anderen Typen zeigt sich Ricky in Wests Gegenwart nicht im Geringsten eingeschüchtert, was bedeutet, dass er sich nur mir zuliebe zurückzieht. Dank Pandoras irreführender Posts scheint die Welt – zumindest die außerhalb von Wests Zirkel – zu glauben, ich gehöre ihm.

Doch das tue ich definitiv nicht.

Die beiden Jungs tauschen angespannte Blicke, bis sich Ricky abwendet und in Richtung meines Vorgartens geht, ohne sich noch einmal umzusehen. Mein Blick schnellt erneut zu West, und ich hoffe, er kann den Hass spüren, der darin brennt.

»Wieso bist du hier?«, knurre ich.

»Ist das dein neues Spielzeug?« Er weist mit dem Kinn in Rickys Richtung und stellt die Frage mit zusammengebissenen Zähnen. In diesem Moment wird mir klar, dass nicht ich seine volle Aufmerksamkeit habe.

Ricky hat sie.

»Du gehörst nicht hierher«, fauche ich.

Ein wütender Blick trifft mich. »Was ist los, Southside? Kein gutes Gefühl, wenn sich jemand in deine Welt schleicht, nicht wahr?«

Ich hasse ihn. Ich meine absolut und zu hundert Prozent. Aus tiefstem Herzen.

Ich balle die Fäuste an der Seite, und zum zweiten Mal an diesem Abend möchte ich jemanden schlagen.

Da dämmert mir etwas. Anders als in der Schule – Wests Königreich – muss ich mir seinen Scheiß hier nicht gefallen lassen. Ich kann einfach gehen, also tue ich das.

Er scheint den Hinweis nicht zu kapieren, denn er folgt mir. Als ich auf den Gehsteig trete, entdeckt Scar ihn, und ihre Miene hellt sich auf.

Jules bemerkt West ebenfalls und vergisst zu kauen, wobei ihr ein Stück Cookie an der Lippe kleben bleibt. Es erinnert mich daran, dass sie am Abend des Lagerfeuers gesagt hat, sie würde ihre eigene Grandma verkaufen, wenn sie ihn nur lecken könnte.

Offenbar bin ich die Einzige, die kein Fan von ihm ist.

»Wohnst du hier?« Wests Stimme ist tief und leise, als er sich nach vorn beugt, um zu fragen. Dabei stößt er mit der Brust gegen meine Schulter.

Verärgert schubse ich ihn weg, doch er lacht nur. Plötzlich wird mir klar, was ich gerade in dem dringenden Wunsch, von ihm wegzukommen, getan habe. Ich presse die Augen zusammen.

»Nein«, lüge ich. »Das ist das Haus eines Nachbarn.«

Er erwidert nichts, und ich gebe keine weiteren Details preis. Hoffentlich hat er mir das abgenommen.

»Brownie?« Scars Stimme ist fröhlich und munter, während sie den Teufel angrinst.

Er genießt es natürlich. »Klar. Wie viel?«

Scar winkt ab, was ich vorausgesehen habe. »Für dich ist er umsonst.«

Shane und ich werfen ihr einen bösen Blick zu.

»Sie wollte eigentlich sagen, es sind fünf Dollar«, mische ich mich ein und schenke West ein hinterhältiges Lächeln. Er kann sich den Aufpreis leisten.

Weil er so ein Freak ist, erwidert er das Lächeln, und es kotzt mich an.

Ohne zu protestieren, zückt er seine Brieftasche und lässt einen Hundertdollarschein in das Goldfischglas fallen, in dem Scar ihre Einnahmen sammelt.

»Ist das genug?«, fragt West.

Scar macht große Augen, und ich hasse die Vorstellung, dass sie ihn anhimmelt – genauso wie die Vorstellung, dass er ein weiteres Familienmitglied von mir auf seine Seite zieht.

»Oh mein Gott! Du bist großartig!«

Bevor ich sie daran hindern kann, kommt sie um den Tisch herum und schlingt ihre Arme um Wests Taille. Überrascht von dem Angriff, umarmt er flüchtig ihren Rücken.

»Ich bin übrigens Scarlett«, sagt sie freimütig, und damit stürzt mein kleines Kartenhaus einfach so ein. Er wird es mir auf keinen Fall abnehmen, dass ich nicht hier wohne.

»Scarlett«, wiederholt West und blickt mich direkt an. »Deine Schwester, stimmt's?«

Er erinnert sich an das, was ich ihm dummerweise nach der Einführung über mein Leben erzählt habe. Bevor ich wusste, dass er der Wolf im Schafspelz ist.

Ich antworte nicht. Ein brennender Blick ist meine einzige Erwiderung.

»Jawohl! Genau die«, bestätigt Scar erfreut, streicht sich eine rosa Haarsträhne hinters Ohr und kehrt auf ihren Posten zurück.

Sie versucht, sich cool zu geben, aber ich kenne meine Schwester. Sie wird gleich in irgendein Fettnäpfchen treten, und ich sehe es schon aus einer Meile Entfernung kommen.

»Ähm … ihr zwei datet also?« In ihren Augen liegt so viel Hoffnung bei der Vorstellung, dass ich jemanden date, der eine Art Promi ist. »Ich frag nur, weil Pandora das zu glauben scheint.«

Natürlich tut sie das …

Aus dem Augenwinkel sehe ich Wests aalglattes Grinsen, bevor er die forsche Frage meiner Schwester beantwortet.

»Ja«, lügt er. »Das könnte man so sagen.«

Mir rutscht das Herz in die Hose, und mein Fokus richtet sich augenblicklich auf Ricky, der alles mit angehört hat. Ich hatte Pandoras Gerücht abgetan, als er gefragt hat, und noch einmal vorhin, als wir getanzt haben. Nur dass er jetzt bestimmt denkt, ich sei eine Lügnerin, nachdem West sein großes Mundwerk aufgemacht hat.

Na großartig!

Ricky dreht sich zur Straße, anstatt mich anzuschauen. Er ist sauer, das kann ich ihm ansehen.

Meine Haut erwacht beim Gefühl warmer Finger auf meinem Rücken zum Leben. Ich spüre sie auf dem schmalen

Hautstreifen zwischen meinen hoch geschnittenen Shorts und dem T-Shirt, das ich über meinen Rippen geknotet habe. West zieht mich in einer geschmeidigen Bewegung an seinen steinharten Körper.

Einen Moment lang vergesse ich, dass ich ihn hasse, aber diese Gefühle kehren sofort zurück, als er zu mir herunterblickt.

»Du hast mir versprochen, mir dein Zimmer zu zeigen, stimmt's?« Er formuliert die Frage so beiläufig, dass ich nicht gleich kapiere.

»Was? Ich …«

Bevor ich überhaupt eine Antwort formulieren kann – was ein lautes »Um Gottes willen, nein!« gewesen wäre –, schiebt er seine Hand in meine Gesäßtasche, und ich werde zur Eingangstür geschoben.

Mach keine Szene, Blue. Du kannst ihn attackieren, sobald du über die Türschwelle bist, aber … mach … keine Szene.

Ich habe Wests Drohung vom Vorabend nicht vergessen. Ihn vor seinen Brüdern herauszufordern, hatte genügt, um damit zu drohen, das Diner meines Onkels abzufackeln. Ich konnte mir ausmalen, wie viel schlimmer seine Reaktion wäre, wenn ich ihn hier und jetzt zur Rede stellen würde, vor allen anderen.

Die Angst davor, wie weit er es treiben würde, ist das Einzige, was mich davon abhält, diese Hand zu brechen, die jetzt meinen Hintern umfasst, während meine Schwester und Freunde uns dabei zusehen, wie er mit mir ins Haus geht.

In dem Moment, als die Tür sich hinter uns schließt, stoße ich ihn kräftig weg. Ich empfinde echte Genugtuung, als er mit dem Rücken gegen die Wand knallt und die Bilder, die neben dem Fenster hängen, klappern.

Obwohl er völlig unbeeindruckt ist und lacht.

»Fühlst du dich jetzt besser?«

»Was bildest du dir eigentlich ein? Wieso lügst du sie an?«, sage ich und ignoriere seinen höhnischen Kommentar völlig.

Er tritt von der Wand weg und streicht sein Hemd glatt, während er zu mir herunterblickt. »Eine *noch* bessere Frage wäre, wieso du mich nicht korrigiert hast.«

Ich sehe rot. »Glaubst du, ich weiß nicht, wie das enden würde?«

Das boshafte Lächeln auf seinem Gesicht wird breiter. »Nun, da lernt jemand dazu«, sagt er sanft, und ihm scheint die Vorstellung zu gefallen, dass ich endlich verstanden habe, wo mein Platz ist.

»Glückwunsch!«, rufe ich laut. »Du bist reich, und ich bin arm. Du hast die gesamte Stadt auf deiner Seite, und ich bin für dich ein Nichts. Kapiert, Arschloch.«

Ich verschränke die Arme vor der Brust, nachdem ich gesprochen habe, und kann ihn nicht einmal ansehen. Erst jetzt, in diesem Moment der Stille, sehe ich mich um. Das Haus ist ein Saustall. Scar hat den ganzen Tag gebacken, während ich eine Frühschicht bei Dusty hatte. Es war keine Zeit, um aufzuräumen, und wegen des Unterrichts, der Arbeit und des Journalismusklubs die ganze Woche, ist es schon ein paar Tage her, dass jemand für Ordnung gesorgt hat.

Die Verärgerung, die eben noch meine Stimmung dominiert hat, wird von etwas anderem ersetzt.

Scham.

Wegen des alten Sofas, das in der Mitte eingesunken ist – dank der vielen Nächte, die Mike dort anstatt in seinem richtigen Bett geschlafen hat –, wegen des Bergs leerer Bierdosen und des überquellenden Wäschekorbs, und wegen der beiden faustgroßen Löcher in der Wand von einem kürzlichen Vorfall, bei dem mein Vater sein Temperament nicht zügeln konnte.

West schleicht sich in Bereiche meines Lebens, die kaum jemand zu sehen bekommt, dem ich vertraue, von meinem Feind ganz zu schweigen.

»Geh … einfach«, sage ich leise, und das erdrückende Gewicht der Scham macht es mir unmöglich, mich zu rühren.

Bevor er etwas Hässliches erwidern kann, quietscht eine Tür am Ende des Flurs, und mir wird flau im Magen.

»Was ist denn das für ein verdammter Krach?«

Mike schwankt noch mehr als vorhin, vermutlich hat er seitdem ein oder zwei weitere Flaschen geleert.

»Nichts, Mike«, sage ich so fest wie möglich, aber meine Stimme ist leiser als sonst und angespannt. »West wollte gerade gehen.«

Wenigstens hoffe ich, dass er das tun wird.

Vor allem weil ich das Brennen in meinen Augen spüre, das normalerweise Tränen ankündigt. Ich kann mir nichts Schlimmeres vorstellen, als dass jemand mich weinen sieht, der mich ohnehin für schwach hält und glaubt, ich gehöre ihm.

»Ich dachte, ich hätte euch gesagt, dass ihr keinen von diesen Unruhestiftern, die ihr Freunde nennt, in mein verdammtes Haus lassen sollt. Bist du schwer von Begriff, oder was?«

Ich bin gegenüber den Beleidigungen meines Vaters und seiner Gleichgültigkeit, was meine Geschwister betrifft, seit Langem immun, aber es ist schmerzhaft, so vor West behandelt zu werden. Vor jemandem, der mich sowieso für wertlos hält.

Ich antworte wohl nicht schnell genug für Mike, denn im nächsten Moment torkelt er durch das Wohnzimmer direkt auf mich zu. Überraschenderweise hat er noch nie jemanden unter diesem Dach geschlagen, also wappne ich mich nicht dafür, aber … West tut es.

Es ist wohl eine reflexartige Reaktion, dass er auf einmal zwischen Mike und mir steht, wie eine Festung, die mich vor dem herannahenden Sturm schützt. Erschrocken und völlig verwirrt bin ich mir nicht sicher, was ich tun oder sagen soll. Also sehe ich stumm dabei zu, wie die zwei sich mit Blicken einzuschüchtern versuchen.

»Versuch's nur, Junge«, grunzt Mike, der kaum nüchtern genug ist, um aufrecht zu stehen.

West lässt sich nicht aus der Ruhe bringen, aber seine Bizepse spannen sich an, als er die Fäuste hebt. Nur für den Fall, vermute ich.

»Sie sollten zurückgehen«, warnt er meinen Vater kühl. »Vielleicht schlafen Sie Ihren Rausch aus, bevor Sie etwas tun, was Sie bereuen … Sir.«

Mike nimmt Drohungen nicht gut auf, aber wahrscheinlich verwirrt ihn Wests höflicher und doch bestimmter Tonfall. Er kapiert nicht wirklich, was eigentlich vor sich geht.

Sie befinden sich in einer Sackgasse, und keiner von beiden hat in den letzten Sekunden auch nur ein Wort gesagt. Und als wäre die Situation nicht schon verrückt genug, zieht sich Mike tatsächlich zurück. Ja, er grummelt und flucht vor sich hin, aber er geht langsam in sein Schlafzimmer zurück.

Eine seltsame Stille entsteht zwischen West und mir, während ich auf seinen Rücken starre. Bei jedem tiefen Atemzug, den er macht, heben und senken sich seine Schultern. Aber er sieht mich noch nicht an.

Vielleicht kann er es nicht.

Eine Wand ist eingestürzt, die er eigentlich nicht einreißen wollte. *Niemals*. Aber es ist nun einmal passiert. Und ich kann nicht ungeschehen machen, was ich weiß – dass er sich wegen mir in Gefahr gebracht hat. Bei jedem anderen hätte ich nicht gezögert, meine Dankbarkeit zum Ausdruck zu bringen, aber … nicht bei ihm.

Niemals.

Stattdessen bin ich verbittert darüber, dass er sich überhaupt in diesen Bereich meines Lebens hineingedrängt und die dunklen Seiten gesehen hat, die ich um jeden Preis verbergen will.

Wütend, wie ich bin, bringe ich nur ein Wort heraus. »Geh!«

Ich bereue die Kälte in meinem Tonfall nicht. Kein bisschen. Er hat kein Recht, hier zu sein.

Was eine mutige Tat hätte sein können, fühlt sich lediglich an wie eine Verletzung meiner Privatsphäre, und ich will, dass er verschwindet.

Um zu verdeutlichen, dass ich meine, was ich gesagt habe, öffne ich die Haustür. Und ich atme erst wieder, nachdem West an mir vorbeigegangen ist, ohne dass einer von uns beiden versucht hätte, Blickkontakt herzustellen. Dann stürmt er die Stufen meiner Veranda hinunter und ist hoffentlich nicht so dumm, jemals wieder hierherzukommen.

#FollowMe

@QweenPandora:

Moment … Alarmstufe Rot: Freunde, versteckt eure Ladys, wenn ihr sie behalten wollt. Wie es aussieht, gibt es einen neuen Mitspieler. Meine Quellen haben den heißen Kerl als Ricky Ruiz identifiziert. Doch sein offizieller, von Pandora gewählter Spitzname verrät euch alles, was ihr über ihn wissen müsst – SeXy-BeAsT.

Wenn meine Spione draußen recht haben, hat er seine Beute bereits anvisiert. Vielleicht … eine Beute, die für das Königtum der North Side bestimmt ist.

Ja, ich sehe dich an, KingMidas.

Ein kleiner freundschaftlicher Rat für unseren geliebten QB-1: Vielleicht ist es an der Zeit, diese Energie zu kanalisieren, die du auf dem Spielfeld zeigst, denn von dort aus betrachtet, wo der Rest von uns steht, hat NewGirl Optionen. Und weil es mein Job ist, meine absolut unparteiische Meinung zu sagen, werde ich sie kundtun.

Der King kommt vielleicht zu spät.

Bis dann, Leute! ~*P.*

16

BLUE

Heute ist es ruhiger als erwartet. Natürlich haben die Golden Boys noch immer viele Fans, die mir Beleidigungen zuflüstern und mich absichtlich auf den Fluren anrempeln, aber von den Jungs selbst kommt überhaupt nichts.

Das sollte eine Erleichterung sein, lässt mich aber völlig paranoid werden.

Ich überstehe die Mittagspause ohne Drama und bin deswegen zugegebenermaßen verwirrt. Es gibt keinerlei Kommentare über mein Zuhause oder meine Nachbarschaft, keine Spitzen gegen meinen sturzbetrunkenen Vater. Unter dem Strich bleibt nur, dass das Wochenende extrem merkwürdig war.

Am Freitag zuerst der Kuss, der praktisch meine Unterwäsche in Flammen gesetzt hat.

Und am Samstag beschützt West mich dann vor meinem Dad.

Weil ich Mike schon mein Leben lang um mich habe, weiß ich, dass er sich nur wegen seiner bescheuerten Regeln über mich aufgeregt hat. Und natürlich ist das nicht okay, aber ich wusste, dass ich nicht in Gefahr war. Doch für West sah es ganz anders aus. Er dachte, dass dieser tobende Irre von Vater gleich ausholen und mich schlagen wollte. Zumindest, bis mein Ritter in blendend weißen Nikes dazwischenging.

Offenbar darf mich kein anderer außer ihm herumschubsen. Aber wer weiß schon, was in seinem Kopf vor sich geht?

Ich bin die Letzte, die in die Mädchenumkleide kommt, um sich umzuziehen, und sämtliche Augenpaare richten sich auf mich. Ich ignoriere das Geschnatter und steuere direkt auf Lexi zu, die am Ende einer Bank sitzt und bereits ihren Badeanzug trägt.

Mir graut vor dieser Stunde aus diversen Gründen, aber ich brauche die Note. Scheitern ist also keine Option.

»Ich bin dafür, wir schwänzen und rauchen hinter der Sporthalle einen Joint«, schlägt sie vor.

»Bring mich nicht in Versuchung.«

Dann nehme ich den Badeanzug aus meiner Sporttasche. Jules hat mir ihren geliehen, weil sie versteht, warum ich mir nie einen gekauft habe.

Ich verschwinde in einer Kabine, um mich umzuziehen, und komme zurück, um meine Sachen einzuschließen. Mir entgeht nicht, dass mich Parkers Freundinnen keine Sekunde aus den Augen lassen, und ich bin mir ziemlich sicher, dass es bei ihren Gesprächen um mich geht.

Trotzdem kann ich nicht behaupten, dass ich bereue, was ich ihrer Königin angetan habe. Sie hat versucht, mich fertigzumachen, also schien es nur fair zu sein, es ihr heimzuzahlen.

Ist ja nicht meine Schuld, dass *ich* Erfolg hatte und sie nicht.

Lexi steht auf, als ich zur Tür gehe. Allein der durchdringende Chlorgeruch macht mich wahnsinnig. Ich habe solche Situationen mein Leben lang gemieden, aber Cypress Prep hält lauter unerwünschte Herausforderungen für mich bereit.

Die schwere Tür fällt hinter Lexi und mir zu, und ich blicke mich um. Blasstürkise Fliesen und riesige Fenster in der oberen Hälfte der hohen Wände dominieren diesen Anbau neben dem Hauptgebäude der Schule. Strahlend helle Lampen hängen von den Stahlträgern über uns, und ich akzeptiere, dass das hier der Schauplatz meines Albtraums ist.

»Alles okay?«, fragt Lexi. »Du zitterst ja.«

Ich blicke auf meine Hände, bevor ich beide Arme fest vor der Brust verschränke.

»Alles bestens«, lüge ich.

Sie schenkt mir einen zweifelnden Blick und lächelt dann. »Wenn du es sagst.«

Unsere Blicke wandern zu Mrs C, die zu erklären beginnt, was von uns erwartet wird. Doch sie hat meine Aufmerksamkeit nur für den Bruchteil einer Sekunde, denn dann fliegt die Tür der Jungsumkleide auf.

Als wäre der feuchte Traum einer jeden Teenagerin gerade wahr geworden, tauchen mehr gebräunte Haut, Tattoos und Muskeln in der Halle auf, als irgendein Mädchen verkraften könnte. Die Golden Boys und eine Handvoll anderer Teammitglieder stellen sich auf der gegenüberliegenden Seite des Pools auf, und ich schwöre, die Temperatur steigt um drei Grad. Ihre leise Unterhaltung wird zu einem Murmeln, jetzt, wo sie mit uns zusammen sind, aber ein Lächeln umspielt Wests Lippen.

Natürlich ist mein Blick wie gebannt auf ihn gerichtet.

Sein dunkles Haar ist wie immer leicht zerzaust. Doch ohne ein T-Shirt, das seine perfekte Physis mit den dunklen Tattoos, die seine Arme und Brust schmücken, bedeckt, nehme ich kaum noch etwas anderes wahr.

»Siehst du etwas, das dir gefällt?«, neckt mich Lexi und teilt mir auf diese Weise mit, dass ich nicht so diskret bin, wie ich mir einbilde.

»Überhaupt nicht«, lüge ich. Die Wahrheit ist, ich sehe eine *Menge*, was mir gefällt. Es ist echt ein Jammer, dass sein Inneres so hässlich ist.

Bevor ich den Blick abwende, bemerke ich, wie West die Reihe von uns Mädchen absucht. In meiner Magengrube lodert ein Feuer, und ich muss unbedingt wissen, ob er nach mir Ausschau hält. Es ist krass und dumm, diese Bestätigung zu brauchen, aber ich kann es nicht ändern. In dem Moment, als er tatsächlich seinen Blick auf mich richtet, schaue ich weg, zufrieden, dass ich richtiggelegen habe.

Ihn zu küssen, hat mir offensichtlich den Kopf verdreht. Ich habe mehr als einmal darüber nachgedacht, obwohl ich weiß, dass der Kuss keinem von uns etwas bedeutet hat. Es war ein Machtspiel, das ihm mehr Recht gegeben hat, als ich je zugeben würde.

Mein Blick ist jetzt voll auf Mrs C konzentriert, was mir nicht leichtfällt. Nicht mit *ihm* auf der anderen Seite.

»Okay, springt rein und wärmt euch auf«, verkündet Mrs C, woraufhin eine Kakofonie von Schreien und Spritzern folgt. Lexi gesellt sich zu den anderen, ich hingegen habe beschlossen, dass es nun wohl an der Zeit ist, über meine Einschränkung zu sprechen.

Das ganze »Ich kann nicht schwimmen« könnte ein paar Probleme mit sich bringen.

Weil die meisten im Becken sind, ist die Gruppe ausgedünnt genug, um Parker zu bemerken, die an der Wand auf einem Stuhl sitzt. Ihr Knöchel ist bandagiert, ihre Krücken stehen neben ihr, und sie starrt mich an. Wahrscheinlich sollte ich das nicht tun, aber ich grinse sie an, um ihr zu zeigen, dass ich absolut gar nichts bereue.

Mrs C blickt auf, als ich zu ihr komme, und ich bemerke das matte Lächeln auf ihrem Gesicht. Wahrscheinlich ist sie noch immer unschlüssig, ob sie Parkers Unfall für einen halten soll oder nicht.

Nervös greife ich nach dem Ende meines Zopfes, als ich zu sprechen beginne.

»Haben Sie … einen Moment Zeit?«, zwinge ich mich zu sagen.

Sie zieht die Brauen hoch. »Natürlich. Jederzeit.«

Ich hole tief Luft und spucke es einfach aus. »Ich kann nicht schwimmen. Es gab … einen Vorfall, als ich ein Kind war, also habe ich es nie gelernt.«

Sie legt langsam den Kopf schräg. »Sie sind nicht der erste Anfänger, den ich habe«, erzählt sie. »Es bedeutet lediglich, dass Ihre Leistungsstufen ein wenig anders sind als die der anderen. Anstatt am Timing und der Technik zu arbeiten, werden Sie bis zum Ende der Einheit lernen, richtig zu schwimmen. Ich muss sehen, dass Sie es von einem Ende des Beckens bis zum anderen schaffen, um Ihnen eine ausreichende Note zu geben. Ich kann mit Ihnen trainieren, oder soll ich vielleicht lieber einen Klassenkameraden auswählen, der Ihnen stattdessen hilft?«

Ich hasse die Vorstellung, dass überhaupt jemand den Babysitter für mich spielen muss – erst recht, wenn es ein Klassenkamerad ist.

»Ich überleg's mir«, antworte ich und schenke ihr ein angespanntes Lächeln.

Ihr Blick ist noch immer verhalten, dann geht sie zu ihrem Tablet, um die Anwesenheitsliste auszufüllen. Währenddessen laufe ich rasch zum flachen Ende und versuche, mich darauf einzustellen, dass ich mich gleich meiner größten Furcht stellen muss. Mein Blick ist auf die Fliesen gerichtet, und ich zähle die Ziffern runter, die darauf gedruckt sind.

Vier Meter.

Drei Meter fünfzig.

Drei M…

»Rache, Miststück.«

Ein kräftiger Stoß gegen die Schultern bringt mich aus dem Gleichgewicht, und das sind die letzten Worte, die ich höre. Es bleibt keine Zeit, mich zu fangen oder gar zu schreien, bevor ich untergehe. Als Erstes spüre ich das überraschend kalte Wasser auf meiner Haut, aber dann überkommt mich Panik, während ich mich bemühe, wieder an die Oberfläche zu gelangen.

Doch meine Anstrengungen sind vergeblich. Ich rudere wild um mich, als ich versuche, etwas oder jemanden zu packen, doch ohne Erfolg. Mit jeder Bewegung sinke ich tiefer und tiefer. Es bringt nichts, dass ich von Körpern umgeben bin, die sich ebenfalls in dieser Todesfalle bewegen, weil keiner von ihnen nah genug ist.

Und niemand bemerkt, dass ich in Schwierigkeiten stecke.

Wasser dringt in meine Lungen, und ich kämpfe noch mehr, weil ich spüre, dass die Situation immer brenzliger wird.

Ich werde hier sterben, in diesem gigantischen Pool, und niemand wird etwas merken, bis es zu spät ist. Ich verliere allmählich das Bewusstsein, und Scar kommt mir in den Sinn. Es ist mein einziger Trost.

Mir wird schwarz vor Augen, doch dann spüre ich einen Arm, der sich um meine Rippen schlingt. Plötzlich bin ich wie schwerelos, und werde in Richtung Oberfläche gezogen.

Meine Verabredung mit dem Tod ist offensichtlich verschoben.

»Weg da! Aus dem Weg, verdammt!«

Die tiefe Stimme dröhnt nur wenige Zentimeter von meinem Ohr entfernt. Und tatsächlich weicht die Menge zurück, die sich am Rand des Schwimmbeckens versammelt hat.

Jemand packt meine Hände und zieht daran. Währenddessen hat derjenige, der mich aus dreieinhalb Metern heraufgeholt hat, um mich zu retten, seine Hände auf meinem Hintern und schiebt mich über die Kante. Dort auf den Fliesen breche ich zusammen und huste mir die Lunge aus dem Leib, wobei ich das Wasser ausspucke, das ich zuvor geschluckt habe.

»Was ist hier los?« Mrs C kommt angerannt und sinkt auf die Knie, um mich zu untersuchen, während das Wassergeräusch mir signalisiert, dass mein Retter aus dem Becken klettert.

Ich muss noch immer zu stark würgen, um sprechen zu können, weshalb das jemand für mich übernimmt.

»Sie ist ausgerutscht«, antwortet die tiefe Stimme atemlos.

Widerstrebend drehe ich den Kopf, um meinen Verdacht zu bestätigen, dass es sich tatsächlich um Wests Stimme handelt.

Er ist ziemlich nah, sitzt direkt seitlich hinter mir, sein Knie leicht gegen meinen Rücken gedrückt. Langsam, als würde er sich plötzlich bewusst werden, dass ich ihn ansehe, hebt er seinen Blick. In seinen Augen sehe ich zwei widersprüchliche Gefühle, die miteinander kämpfen. Da ist eindeutig Besorgnis, doch gleichzeitig auch Zorn, als wäre er wütend, weil es ungelegen kommt, dass ich beinahe ertrunken wäre.

Ich blicke wieder geradeaus und atme noch immer schwer.

»Ich habe geschaut, ob sie wieder auftaucht, aber … das ist sie nicht«, fährt er fort, was eine faustdicke Lüge ist. Entweder hat er gerade eine schreckliche Vermutung angestellt, oder … beschützt er sie vielleicht? Lügt er, um diese blöde Zicke zu schützen?

»Gut gemacht, Golden«, erklärt Mrs C. »Du hast ihr wahrscheinlich gerade das Leben gerettet.«

Lexi setzt sich vor mich hin, und in diesem Moment wird mir klar, dass sie diejenige war, die mich aus dem Wasser gezogen hat.

»Scheiße, Blue! Geht's dir gut?«

»Sprache, Rodriguez«, mahnt Mrs C.

»Mein Fehler, aber … Mann, du wärst fast gestorben«, spricht Lexi das Offensichtliche aus.

Ihre akkurate Darstellung dessen, was gerade geschehen ist, veranlasst mich, die Menge abzusuchen. Und direkt links und rechts von Parker stehen Heidi und Ariana. Alle drei grinsen, zufrieden damit, mich beinahe getötet zu haben.

Ein Wort, das jemand gesagt hat, als ich in den Pool geschubst wurde, kommt mir in den Sinn.

Rache. Die Angreiferin hat *Rache* gesagt.

Ariana zeigt mir den Mittelfinger, und ihr hämisches Lachen wird lauter, aber anscheinend nicht laut genug, um Mrs Cs Aufmerksamkeit auf sich zu ziehen. Sie ist stattdessen damit beschäftigt, im Büro anzurufen und die Krankenschwester herzubitten, damit sie mich durchcheckt.

»Es geht mir gut«, versichere ich. »Wirklich. Das ist nicht nötig.«

Sie wirft mir einen zweifelnden Blick zu, lenkt jedoch ein, nachdem sie mich eindringlich gemustert hat.

»Ist Ihnen schwindlig? Fühlen Sie sich unwohl?«

Ich schüttle den Kopf. »Nein. Nichts davon.«

Diese Antwort befriedigt sie offensichtlich, weil sie die Nummer einen Moment später noch einmal wählt und die Krankenschwester darüber informiert, dass ihre Hilfe nicht gebraucht wird. Dann wirft sie West einen Blick zu.

»Golden, ich habe dieses Semester einen Spezialauftrag für Sie«, sagt sie mit einem Grinsen. »Ms Riley muss bis zum Ende dieser Einheit schwimmen lernen. Und weil Sie gerade bewiesen haben, dass Sie mit ihr umgehen können, sind Sie meines Erachtens der richtige Mann für den Job. Was meinen Sie?«

»Warten Sie? Was?«, krächze ich.

»Sie müssen das bis zur Notenvergabe auf die Reihe kriegen, und ich vertraue darauf, dass West auf Sie aufpasst. Er ist ein guter Junge«, fügt sie hinzu, während ich mürrisch die Mundwinkel herunterziehe.

»Was meinen Sie dazu, West?«, fragt Mrs C.

Ich sehe ihn an, während er nach einer Antwort sucht.

»Geht klar«, sagt er widerwillig und ist eindeutig nicht froh über seine neue Aufgabe.

»Gut. Dann wäre das geklärt«, fügt Mrs. C hinzu und steht auf. »Können Sie sich ein paar Minuten um Ms Riley kümmern und sich vergewissern, dass sie sich berappelt?«

Als ich ihre Bitte höre, frage ich mich, wie sehr West mich in diesem Moment hasst. Er antwortet schließlich mit einem höflichen »Sicher«, aber es liegt eine Spur Verärgerung darin.

Mrs C wendet sich an die Gaffer und zeigt auf den Pool. »Okay, die Vorstellung ist beendet. Springt wieder rein und legt los.«

Einen Augenblick später sind es nur noch wir zwei. Die Menge hat sich aufgelöst, und zwischen West und mir herrscht ein seltsames Schweigen. Und weil ich versuche, *nicht* an den Kuss zu denken, ist das jetzt *alles*, woran ich denken kann.

Er zieht die Knie an die Brust, stützt beide Ellbogen darauf und blickt zum Becken, während ich mich neben ihm ebenfalls aufsetze. Nicht mehr so nah wie eben, aber immer noch nah genug.

»Willst du mir danken? Oder sitzen wir hier einfach nur herum und tun so, als hätte ich dir nicht gerade das Leben gerettet?«

Ein kleines Lächeln zupft an meinem Mundwinkel, als er wieder sein wahres Wesen zeigt.

»Vielleicht bedanke ich mich bei dir, wenn du deine Meute zurückrufst«, kontere ich. »Schließlich ist jemand aus deiner

Bande der einzige Grund dafür, dass du mich, wie du es nennst, hast *retten* müssen.«

Er grinst nun ebenfalls. »Ich habe diesmal jedenfalls nicht das Okay gegeben.«

»Ah, dann sind sie also abtrünnig geworden. Ein verräterisches Zeichen für schwache Führung«, schlussfolgere ich in der Hoffnung, er bekommt mit, wie selbstgefällig ich gerade bin.

»Vielleicht«, sagt er mit einem Schulterzucken. »Aber sagen wir, ich tue, was du sagst, und rufe sie zurück, wer würde mich dann den ganzen Tag unterhalten?«

Ich schwör's, würde ich nicht glauben, dass er meine Faust mitten in der Luft aufhalten würde, dann würde ich ihm dieses Grinsen aus dem Gesicht schlagen.

»Abgesehen davon«, fährt er fort, »kennst du doch sicher das Sprichwort: Was einen nicht umbringt, macht einen nur härter. Wenn man es so betrachtet, tue ich dir sogar einen Gefallen, Southside.«

Da ist wieder das kaltschnäuzige Arschloch, das ich so inbrünstig hasse.

Mein Blick folgt ihm, als er aufsteht, und ich bin noch immer sprachlos angesichts seiner Logik – oder ihres Fehlens.

»In diesem Sinne bin ich raus«, verkündet er, während er unsere Klassenkameraden beobachtet, anstatt Blickkontakt mit mir zu suchen. »Und falls du wieder in Schwierigkeiten kommen solltest, bist du von jetzt an auf dich allein gestellt.«

»Ich habe überhaupt nicht um deine Hilfe gebeten«, fauche ich.

Selbstverständlich hatte ich auch nicht um seine Hilfe gebeten, als er sich zwischen mich und Mike gestellt hat.

Beim Klang meiner Worte legt West den Kopf zurück und blickt zur Decke. Er stößt ein selbstgefälliges Lachen aus, das an meinen Nerven zerrt.

»Nun, wenn du dich damit besser fühlst«, spottet er, »ich war so kurz davor, dich ertrinken zu lassen. Also sind wir beide ein wenig enttäuscht darüber, wie sich die Dinge entwickelt haben.«

Mein Blut pumpt schneller und rauscht wie ein ansteigender Fluss durch meinen Körper.

»Das ist also dein Plan? Du deckst sie, nachdem ich beinahe ertrunken bin?«, rufe ich. »Es ist okay für dich, dass es eins deiner Mädchen war, das mich gestoßen hat?«

»Hast du einen Beweis dafür?«

»Nein, aber ich habe ein Hühnchen zu rupfen mit diesen drei Bitches. Genügt das?«

Er steht ungefähr einen halben Meter entfernt, halb mit dem Rücken zu mir, trotzdem sehe ich sein Lächeln. Bei dem Anblick zieht sich mein Magen auf eine Weise zusammen, die mir nicht gefällt, weil sie nicht voller Hass ist.

»Tu, was du nicht lassen kannst«, sind seine letzten Worte, bevor ich dabei zusehen muss, wie er anmutig ins Wasser springt und vor denjenigen von uns angibt, deren Schwimmstil weniger elegant ist.

Mrs Cs Entschluss, mich in dieser Einheit mit West zusammenzustecken, ist das Tüpfelchen auf dem i. Je mehr ich mich von dem Kerl fernzuhalten versuche, desto mehr zieht uns das Universum offenbar in das Umfeld des anderen hinein. Ich weiß nicht, wie das kommt, aber ich muss diesen Zyklus auf jeden Fall durchbrechen.

Und zwar schnell.

#FollowMe

@QweenPandora:

Es mögen ja alle Hunde in den Himmel kommen, aber NICHT alle blonden Sexbomben im Badeanzug KÖNNEN schwimmen. »Baywatch« ist verantwortlich für diese Falschinformation. Aber keine Sorge, meine Lieben. Cypress Preps beliebtester South-Side-Import lebt noch und ist wohlauf. Und wem haben wir das zu verdanken? Jawohl, KingMidas. Kein schlechter Deal, wenn du mich fragst. Wir wären wohl alle bereit, einen Vorgeschmack auf den Tod zu bekommen für die Gelegenheit ... nun ja, ihr wisst schon.

Bis dann, Leute! ~P.

17

BLUE

Danke, Dr. Pryor. Echt vielen Dank dafür, dass Sie mich in den Journalismusklub gesteckt haben.

Hier bitte Sarkasmus einfügen.

Ich mag die Lady wirklich, aber da hat sie etwas völlig Unpassendes für mich ausgesucht. Es ist schon schlimm genug, dass meine Mitschüler kein Zeitgefühl besitzen und unsere halbstündigen Treffen nach dem Unterricht an den meisten Tagen eine ganze Stunde dauern. Aber dass mir Mr Dansk in diesem Semester den Sportteil übertragen hat, ist mein Tod.

Ich musste Onkel Dusty im Stich lassen, um hier zu sein und Fotos von Cypress Preps erstem Heimspiel der Saison zu machen. Freitagabends ist immer am meisten los in unserem Diner, aber er hat mir versichert, er komme auch ohne mich zurecht. Doch das ändert nichts an der Tatsache, dass ich viel lieber dort wäre, um zu kellnern, als hier auf der kalten Tribüne zu sitzen.

Jules und Scar hingegen finden es toll. Scar hat sogar Shane mitgeschleppt. Wie es aussieht, bin ich die Einzige, die schlecht drauf ist. Als könnte ich das Wochenende nicht auf bessere Art einläuten, als im eisigen Regen Bilder von meinem Erzfeind schießen zu müssen.

Zum Glück habe ich den Wetterbericht gehört und mir eine von Mikes riesigen Jacken aus dem Schrank genommen, als ich zwischen dem Unterricht und dem Spiel schnell nach Hause gefahren bin. Scar und Jules haben mich dabei überrascht und darum gebettelt, King Midas und dem Team dabei zusehen zu dürfen, wie sie wahrscheinlich einen weiteren Sieg einfahren.

Es ist nicht leicht, in diesen Gewässern zu navigieren. Bisher habe ich die wahre Natur meiner Beziehung zu West erfolgreich verborgen. Das Letzte, was ich brauche, ist, dass sich Scar und Jules einmischen. Dabei bemühe ich mich so sehr darum, an der Schule unter dem Radar der Verwaltung zu bleiben. Das rührt vielleicht von einem tief sitzenden Misstrauen gegenüber Autoritäten, aber ich kann mir nur allzu gut vorstellen, wie es ablaufen würde: Ich prangere West an, seine Eltern schlagen zurück, und ehe ich michs versehe, beende ich das Schuljahr an irgendeiner alternativen Schule für Schwererziehbare.

Lebt wohl, Collegepläne.

Kurz gesagt, ich habe mich dafür entschieden, die restliche Zeit hier in aller Stille zu leiden.

Es hilft, dass West offenbar den Rest der Welt Pandoras Vermutung glauben lassen will – nämlich dass es irgendeine romantische Beziehung zwischen uns gibt. Er wird seine Gründe dafür haben. Wahrscheinlich, weil er weiß, wie mich die Vorstellung anwidert. Abgesehen davon, dass er die Mädchen auf mich hetzt, scheint sonst niemand von unserem toxischen Verhältnis zu wissen. Das erinnert mich an einen Kommentar, den er letztes Wochenende gemacht hat. Darüber, dass meine einzige Antwort auf den Befehl, zu »springen«, die Frage sein sollte, »wie hoch«. Weil die Mädchen die Wahrheit nicht in der Schule herumerzählt haben, erkennen sie seine verdrehte Rhetorik wahrscheinlich an.

Aber ich schweife ab. Ich muss mich um die Fotos kümmern.

West wirft einen Pass übers Feld, und ich fange die Bewegung mit meinem Telefon ein, als der Ball seine Hand verlässt. Das Schlussviertel läuft, und ich gebe nur ungern zu, dass er es heute Abend geschafft hat, mich zu beeindrucken – wenn auch nicht so sehr wie Jules und Scar. Beide werden morgen früh heiser sein, so sehr haben sie das Team angefeuert.

Vor allem West.

Diese Verräterinnen. Auch wenn sie keine Ahnung davon haben, dass ich ihn hasse.

Mein Telefon summt, und als ich aufs Display schaue, sehe ich den Beginn der zehnten Nachricht, die Ricky mir während der letzten Stunde geschickt hat. Ohne sie zu öffnen, bin ich mir trotzdem sicher, dass sie nichts damit zu tun hat, dass Shane bei mir ist. Denn wenn es darum ginge, würde er ihm direkt schreiben. Hier geht es um etwas anderes.

Vermutlich will er die Unterhaltung mit mir führen, die er schon seit Wochen anzustoßen versucht.

Ich bin ganz in Gedanken versunken, als Scar aufspringt und mir ins Ohr kreischt. Dane – der wirklich ein Ausnahme-Wide-Receiver ist, wie ich feststellen musste – ist heute Abend in Hochform. Er hat Wests Pass so anmutig in der Luft gefangen, dass es wie ein choreografierter Tanz aussah. Sie sind elegant und kraftvoll zugleich, im Einklang mit dem Spiel und im Einklang miteinander, während sie sich über das Feld bewegen. Kein Wunder, dass sie letzte Saison unbesiegt geblieben sind.

»Denkst du, du bringst die Golden Boys dazu, mein T-Shirt zu signieren?«, fragt meine Schwester, die Verräterin. »Ich meine, wo West und du doch im Prinzip zusammen seid«, fügt sie hinzu. »Ihre Autogramme werden eines Tages auf jeden Fall etwas wert sein. Schau sie dir nur an!«

Sie will mich umbringen. Ganz bestimmt.

Jules begegnet meinem Blick und lacht sich kaputt, aber Shane findet Scars neue Obsession mit den Drillingen nicht annähernd so witzig. Wenn ich mich nicht irre, stört es ihn sogar gewaltig. Der Ärmste.

Als Scar sich wieder dem Spielfeld zuwendet, entgeht mir nicht, dass dieses Funkeln zurück ist. Das gleiche Funkeln, das ich jahrelang in den Augen unserer Mutter gesehen habe und das bei mir die Sorge auslöst, dass Scar in die gleichen Fallen tappen könnte.

Die Menge bricht in ohrenbetäubenden Jubel aus, als Cypress Press einen weiteren Touchdown erzielt und das Endergebnis auf ein beschämendes achtundvierzig zu zwölf erhöht.

Nun, beschämend für das andere Team natürlich.

Doch unsere Jungs feiern den Sieg nicht so, wie ich es erwartet hätte. Stattdessen sind sie überraschend verhalten, während sich die Ränge leeren und die Fans zur Seitenlinie laufen. Im Mittelpunkt ihres Interesses scheint QB-1 zu stehen. West.

Wegen meines Jobs bei der Zeitung richte ich die Linse meiner Kamera auf ihn, zoome ihn heran und mache genau in dem Moment ein Bild, als er einem Jungen zulächelt, der seinen Football zum Signieren aufs Spielfeld gebracht hat.

»Siehst du? Ich bin nicht die Einzige!«, bettelt Scar. »Selbst der Kleine weiß, dass hier gerade Geschichte geschrieben wird.«

Ich schaffe es kaum, die Augen zu verdrehen, als eine weitere Textnachricht ankommt. Diesmal lese ich sie, und Jules scheint zu bemerken, wie sich meine Miene ändert, denn sie fragt: »Alles in Ordnung?«

Ich antworte nicht gleich, weil ich auf einmal vom Lärm eines Motorrads abgelenkt werde. Ricky lässt den Motor aufheulen, als er mich vom Parkplatz aus entdeckt, und gibt mir zu verstehen, dass die Nachricht, in der er erklärt, dass er keine

Angst hat, hier aufzutauchen, wenn ich nicht antworte, keine leere Drohung war. Er scheint heute nicht in Stimmung dafür zu sein, ignoriert zu werden.

Jules erhebt sich ein paar Zentimeter von ihrem Platz, nur um zu sehen, was ich sehe – einen ziemlich frustrierten Ricky Ruiz, der seinen Helm abnimmt und wahrscheinlich zur Tribüne kommt, um mir die Meinung zu sagen.

»Ähm … brauchst du mich, um ein Auge auf die beiden zu haben, während du dich darum kümmerst?«

Genervt stoße ich einen Seufzer aus. »Bitte.«

Im nächsten Moment stürme ich die Tribüne hinunter, wovon King Midas natürlich Notiz nimmt. Umgeben von einem Meer bewundernder Fans ist sein Blick auf mich gerichtet. Genervt und in Gedanken bereits bei Ricky und der Frage, was er will, lasse ich meinen Unmut an West aus, indem ich ihm den Mittelfinger zeige. Natürlich findet der Mistkerl das witzig und senkt grinsend den Kopf.

Egal.

Ich fluche, denn ich habe wirklich die Nase voll von eingebildeten, herrschsüchtigen Männern in meinem Leben.

Rickys Blick ist unverwandt auf mich gerichtet, während ich über das Gras marschiere, und durchbohrt mich, als ich bei ihm ankomme.

»Was zum Teufel willst du hier?«

»Hast du meine Nachrichten nicht bekommen?«, faucht er.

Seufzend verschränke ich die Arme vor der Brust. »Ich war beschäftigt.«

Er schnaubt verächtlich und weist mit dem Kinn auf das Spielfeld.

»Ja, kann ich mir vorstellen.«

Erst als ich seinem Blick folge, verstehe ich, was er meint. Wir genießen Wests ungeteilte Aufmerksamkeit, und er kommt auch in unsere Richtung – schweißüberströmt, den Helm in der Hand.

»Nicht das. Nicht … *er*«, sage ich leise. »Ich bin hier wegen der Schule und … warte, wieso erkläre ich dir das überhaupt?«, frage ich, als mir bewusst wird, dass ich Ricky keinerlei Rechenschaft schuldig bin. Schon lange nicht mehr.

West kommt näher, und ich halte den Atem an, weil ich mir nicht sicher bin, was er vorhat. Doch dann rauscht er an uns vorbei wie ein Sturm, dem ich nur knapp entkomme. Allerdings entgeht mir nicht sein wütender Blick – der jedoch nicht mir gilt.

Sondern Ricky.

Und es ist kein Blick, den man mal schnell jemandem zuwirft. Er hält an, bis West das Gebäude erreicht und die Tür hinter sich zuknallt.

Es wundert mich nicht, dass Ricky den Kiefer und die Schultern anspannt. Ich sehe es durch sein dunkles T-Shirt hindurch, und die Adern auf seinen Armen treten hervor.

Er schaut mich nicht einmal an.

»Ich bin nicht hier, um Ärger zu machen«, bemerkt er. »Ich dachte nur, du solltest wissen, dass Hunter verlegt wird. Er kommt in ein Gefängnis im Norden des Staates.«

Ich mache bei der Neuigkeit große Augen, während mich ein Gefühl von Traurigkeit erfüllt. Nein, ich habe noch nicht den Mut aufgebracht, ihn zu besuchen, seit er eingesperrt ist, aber es ist ein kleiner Trost, dass er zumindest in der Nähe ist. Doch eine Verlegung in ein Gefängnis im Norden? Das fühlt sich an, als würde man ihn uns noch einmal wegnehmen.

Ich bin mir bewusst, dass meine Miene meine Emotionen verrät, also kriege ich sie in den Griff, bevor Ricky es womöglich bemerkt. Denn in Wahrheit ändert das nichts. Hunter ist noch immer weg, und ich mache das alles hier allein und bin noch immer nicht bereit, ihn so zu sehen.

»Okay«, sage ich schließlich. »Danke, dass du mich darüber informiert hast.«

Ricky zieht die Brauen zusammen, als er meine Antwort hört. »Darüber informiert? Das ist alles, was du zu sagen hast, B? Danke, dass du mich darüber informiert hast?«

»Was willst du denn sonst noch von mir?«, fauche ich.

»Ich will, dass du aufhörst, so egoistisch zu sein!« Diese Worte treffen mich ins Mark wie ein glühendes Messer.

»Egoistisch?« Ich fühle mich, als hätte mir jemand in die Magengrube geboxt. »Nenn mir eine Sache in meinem Leben, bei der es nur um mich geht.«

Als sein Gesichtsausdruck weicher wird, nehme ich an, dass er seine Wortwahl bereut, aber er kann sie nun mal nicht zurücknehmen.

»Du weißt, dass ich es nicht so gemeint habe. Du tust eine Menge für Scar. Ich wollte nur sagen …«

»Das geht dich nichts an«, erinnere ich ihn. »Nichts, was mich oder meine Familie betrifft, geht dich etwas an. Du hast bereits genug getan, oder nicht?«

Meine Worte scheinen ihn zu treffen, wie mich seine getroffen haben.

»Was soll das denn heißen?«

Ein paar Mädchen lachen, als sie an uns vorbeigehen, und ich schweige, bis niemand mehr in Hörweite ist.

»Das soll heißen, dass du Hunter in das alles reingeritten hast. Du warst es doch, der den Kontakt zu deinem Onkel Paul hergestellt und ihn auf diesen Weg geführt hast.«

Ich kämpfe gegen die Tränen an, aber ich bin mir nicht sicher, ob ich gewinne.

»Denkst du das wirklich?«

»Ich weiß nur, dass Hunter ein guter Kerl war«, rufe ich aufgebracht. »Er war früher mal verantwortungsbewusst, und dann hat er sich mit dir angefreundet …«

»Du denkst, so ist es gelaufen?« unterbricht er mich erneut. »Erst einmal kenne ich deinen Bruder seit unserer Kindheit, Blue. Also funktioniert deine Logik überhaupt nicht. Ich bin nicht erst dann aufgetaucht, als Hunter anfing, Mist zu bauen.«

Da ist ein vertrauter Schmerz in meiner Brust, den ich nur zu gut kenne. Es ist ein brennendes Gefühl von Verlassenheit. Das scharfe Stechen von Einsamkeit.

»Ich bin bestimmt kein Engel«, fährt er fort, »aber ich habe mich immer um Hunter gekümmert. Er ist genauso ein Bruder für mich wie Shane.«

Schuldgefühle. Sie treffen mich mit voller Wucht, weil ich weiß, dass stimmt, was er sagt.

Als sich meine Augen mit Tränen füllen, wende ich mich zum Gehen, bleibe dann jedoch wieder stehen, weil Ricky mich plötzlich leicht am Handgelenk zurückhält. Bevor ich etwas sagen kann, bemerke ich West, der zurück ist und die Stelle fixiert, wo Ricky mich festhält.

Er trägt noch immer sein schwarzes Trikot mit der in Gold geprägten Nummer mitten auf der Brust und rührt sich nicht. Ich vermute, dass er eigentlich zurück auf das Spielfeld will, wo sich sein Team noch immer feiern lässt. Doch im Augenblick nimmt er nur mich wahr.

Er ist wegen irgendetwas sauer, und ich wüsste nicht, was das sein sollte. Ist es, weil er jedes Anzeichen von Glück in meinem Leben auslöschen will und in seiner Vorstellung Ricky ein möglicher Quell dafür sein könnte? Muss er sofort alles vernichten, bevor ich zu übermütig werde, weil ich womöglich auch nur eine gute Sache in dieser Welt habe, die er nicht kaputtmachen kann?

Das ist das Einzige, was einen Sinn ergibt.

Ich bin in Gedanken versunken, als Ricky seine Hand an meinem Handgelenk hinabgleiten lässt und seine Finger mit meinen verschränkt. Kühle graue Augen halten meinen Blick fest, und ich schiebe die Gedanken an den grausamen Typen hinter mir beiseite.

»Ich sage nicht, dass Hunter kein guter Mensch war. Ich sage nur, dass ich nicht derjenige war, der aus ihm einen schlechten Menschen gemacht hat«, erklärt Ricky. »Vielleicht solltest du dich eher in eurer Familie umschauen, wenn du einen Schuldigen brauchst.«

Ich bin mir nicht ganz sicher, was das bedeutet, doch mein Stolz und der Schmerz erlauben es mir nicht, nachzufragen. Wir schweigen uns einen Moment an, doch dann wirft er einen kurzen Blick über meine Schulter und ich weiß genau, wen er anschaut.

Frustriert entreiße ich ihm meine Hand und wische mir eine Träne ab.

»Ich muss nach Scar und Shane schauen. Sonst noch was?«, frage ich und zwinge mich zu einem kühlen Tonfall.

Er schweigt, als wäre da noch etwas, was er sagen möchte. »Nein, richte Shane bloß aus, dass ich nachher nicht zu Hause sein werde. Ich muss mich um ein paar Sachen kümmern.«

Ich nicke, sage jedoch kein Wort mehr.

Dabei bin ich mir der beiden Augenpaare, die auf mich gerichtet sind, überdeutlich bewusst, weigere mich jedoch, auch nur einem von ihnen meine Aufmerksamkeit zu schenken. Ricky lässt den Motor aufheulen, als er wieder auf sein Motorrad steigt. Dann verschwindet er genauso schnell, wie er gekommen ist. Ich habe bereits beschlossen, später anzurufen und mich zu entschuldigen, weil er viele Gemeinheiten von mir abgekriegt hat, aber ich muss zuerst runterkommen. Selbst wenn ich weiß, dass er es stets gut meint, scheint er nie irgendwelche guten Nachrichten zu bringen.

Niemals.

#FollowMe

@QweenPandora:

Was für ein Spiel! Wie erwartet, haben unsere Jungs einen großartigen Saisonstart hingelegt. Mit ein bisschen Glück steuern wir auch in diesem Jahr auf die Landesmeisterschaft zu. Falls ihr das Spiel heute Abend verpasst habt, macht den Fehler kein zweites Mal.

Bis dann, Leute! *~P.*

18

BLUE

Ich habe Scar seit Wochen nicht so glücklich gesehen. Ja, es hat ihr wirklich gefallen, beim Spiel zuzusehen, aber mir ist auch klar, dass wir die gemeinsame Zeit gebraucht haben. Sie vermisst mich und hasst es, dass ich so selten zu Hause bin, aber ich zweifle nicht daran, dass sie es versteht. Sie kapiert schon, dass ich öfter da wäre, wenn ich könnte.

Morgen früh muss ich wieder im Diner arbeiten, aber heute Abend dreht sich alles um sie.

Ein Anruf von Onkel Dusty veranlasst uns, einen kleinen Umweg zu machen. Er braucht nur zu sagen, dass er Abendessen für uns gemacht hat, und wir fahren bereitwillig vorbei. Obwohl er in meiner Abwesenheit wahrscheinlich alle Hände voll zu tun hat, nimmt er sich die Zeit, sich um uns zu kümmern.

Wie immer.

Ich habe weder für mich noch für Scar einen richtigen Lunch gemacht und hatte auch kein Geld, um irgendetwas beim Spiel zu kaufen, weshalb wir natürlich am Verhungern sind, als wir unsere Seite der Stadt erreichen.

Wir setzen Shane und Jules ab, und ich fahre, so schnell es mir das Gesetz erlaubt, nach Hause. In dem Moment, als Scar und ich lachend durch die Hintertür stürmen, rennen wir zur Küchenspüle.

»Respekt vor den Älteren«, rufe ich und reiße sie an ihrem Shirt zurück.

Sie stößt einen Schrei aus und schubst mich im Spaß zur Seite. Es ist ein Kampf um Leben und Tod, und wir ringen miteinander darum, wer sich als Erste die Hände waschen und über das Essen von Onkel Dusty herfallen kann.

Ein kräftiger Hüftstoß schubst Scar gegen den Küchenschrank, und ich gehe in Führung. Sie ist vor Lachen ganz außer Atem, und bis sie sich beruhigt hat, bin ich fertig mit Händewaschen und nehme zwei Gabeln aus der Schublade.

»Du hast betrogen!«, ruft sie. »Keiner hat gegen diese Hüften eine Chance.«

»Hey! Sei nicht so frech!«, warne ich sie lachend.

Sie ignoriert mich und lässt sich auf den Platz mir gegenüber plumpsen.

»Ah, Burger«, seufzt sie, nachdem sie den Deckel ihrer Takeaway-Schachtel aufgeklappt hat. Eine Sekunde, bevor sie hineinbeißt, atmet sie dramatisch den Duft ein.

»Ich weiß, dass du dich bei ihm bedankt hast, als wir im Diner waren, aber vergiss nicht, Dusty nachher noch eine Nachricht zu schicken«, bitte ich sie.

»Mach ich immer.«

Das Einzige, was mich davon abhält, mein Essen hinunterzuschlingen, ist, dass ich ganz gefangen davon bin, meine Schwester zu beobachten. Sie ist nicht nur atemberaubend schön, sie ist auch das beste Kind, das ich kenne – gute Noten, verantwortungsvoll. Ich sollte mir das nicht unbedingt zuschreiben, aber ich habe schon das Gefühl, daran beteiligt zu sein, dass sie so großartig ist. Mich um sie zu kümmern, ist das Bedeutungsvollste, was ich je in meinem Leben getan habe.

»Ich war so hungrig, dass sich mein Magen beinahe selbst verschlungen hätte«, sagt sie mit vollem Mund. »Es fehlt nur noch Ketchup.«

Sie hüpft aus ihrem Sitz, und ich sehe dabei zu, wie sie sich vor dem Kühlschrank hinunterbeugt. Die Bodendielen am Ende des Flurs knarren, nachdem Mike die Tür zugeschlagen hat, und jetzt kommt er in unsere Richtung.

Scar sagt kein Wort, verdreht jedoch die Augen bei der Aussicht, dass sich unser alter Herr gleich zu uns in die Küche gesellt.

»Wieso sagt mir niemand, dass es Zeit zum Abendessen ist?« Seine Sprache ist undeutlich, was keine wirkliche Überraschung ist.

»Weil es für *dich* kein Abendessen gibt«, antworte ich.

Scar setzt sich wieder auf ihren Platz, und wir blicken einander über den Tisch hinweg an.

Mein Bauch sagt mir, dass es an der Zeit ist, unsere Schachteln mit dem Essen zu nehmen, uns eine Decke zu schnappen und auf meinem Schlafzimmerfußboden zu picknicken. Als wir klein waren, haben wir das immer dann getan, wenn unsere Eltern es miteinander getrieben haben. Ich schloss die Tür ab und schaltete das Radio ein, um ihre Geräusche zu übertönen. Scar war so jung, dass es funktionierte – aus den Augen, aus dem Sinn –, aber Hunter und ich wussten nur zu gut, was hinter der Schlafzimmertür vor sich ging.

»Gib mir 'ne Pommes«, knurrt Mike und greift nach Scars Essen, ohne zu fragen.

»Wenn du irgendwas auf dem Teller anfasst, wirst du nicht mehr erleben, wie es schmeckt.« Meine Warnung bringt mir einen wütenden Blick meines Vaters ein.

Er stößt ein hochmütiges Lachen aus und verschränkt die Arme über seinem CPPD-T-Shirt – eine Erinnerung an die

Zeiten, als er noch bei der Polizei und ein respektierter Bürger dieser Stadt war.

»Du denkst wohl, du bist die Größte, was?«, fragt er. »Stolzierst hier herum, als wärst du was Besseres, wo du in Wahrheit …«

»Bitte«, bettle ich. »Bitte erzähl mir, was du von mir zu wissen glaubst. Wo du dich doch in deinem ganzen Leben noch nicht für eins deiner Kinder interessiert hast, Mike.«

Er richtet seinen glasigen Blick auf mich, und ich sehe Gereiztheit in seinen Augen. Er stößt ein weiteres humorloses Lachen aus, das mich für die Gemeinheiten, die er mir gleich mit Sicherheit an den Kopf werfen wird, wappnen lässt.

»Du bist genau wie deine Mutter, weißt du?«

Das ist sein Lieblingsvorwurf, und so wie die Worte aus seinem Mund klingen, ist nicht zu überhören, dass er fest daran glaubt, mich damit besonders verletzen zu können. Was mehr als deutlich zeigt, wie er für sie empfindet. Jedenfalls im Augenblick. Würde sie nach Hause kommen, würde er sie mit offenen Armen empfangen. Ohne Fragen zu stellen.

»Vielleicht liegt es ja daran, dass Mom und ich *eine* Sache gemeinsam haben«, erwidere ich und blicke ihn dabei direkt an. »Wir hassen dich beide, du Verlierer.«

Der Muskel in seinem Kiefer spannt sich an, weil ihn meine Worte offenbar härter treffen, als mir bewusst war. Und um mich zu provozieren, wischt er mit der Hand mein und Scars Abendessen vom Tisch.

»Da!«, schnauft er mit einem breiten, zufriedenen Grinsen. »Jetzt könnt ihr zwei Miststücke es vom Boden essen wie die Hunde, die ihr seid.«

Ich koche vor Zorn. Ich bin schon genug schikaniert worden. Der Unterschied ist, dass ich in der Schule nichts gegen West Golden unternehmen kann. Aber hier, auf der South

Side, unter diesem Dach, kann ich tun und lassen, was ich will.

»Blue, nein!«

Ich höre Scars Stimme nur entfernt, als ich von meinem Stuhl aufspringe. Mike versucht abzuhauen, als ihm klar wird, dass ich mich auf ihn stürzen will, aber ich bin zu schnell, und er ist zu betrunken.

»Lass sie los!«, schreit Scar und beobachtet mit aufgerissenen Augen, wie Mike hinter sich greift und mich am Hals packt. Ich klammere mich an ihn, während er herumwirbelt, um mich abzuwerfen. Aber ich lasse nicht los. Vor allem jetzt nicht, wo ich meinen Unterarm um seinen Hals geschlungen habe.

Ich habe keinen bestimmten Plan. Vielleicht sollte ich ihn erwürgen? Ich sollte ihn zu einer Entschuldigung zwingen, weil meine Schwester wegen ihm ohne Essen ins Bett gehen muss. Ich bin mir nicht sicher, aber ich weiß genau, dass ich ihn so leiden sehen will, wie wir jeden Tag unseres Lebens leiden, nur weil wir damit gestraft sind, seine Kinder zu sein.

»Ich bringe dich um«, würgt er, wobei die Spucke in seinem Mund gurgelt. Er umklammert jetzt meinen Arm, doch trotz der tiefen Kratzspuren, die er hinterlässt, bin ich weit davon entfernt aufzugeben.

»Sag ihr, dass es dir leidtut«, brülle ich. »Und gib mir deine Brieftasche, damit ich ihr etwas anderes zu essen kaufen kann. Sei endlich der Vater, der du nie warst.«

Meine Forderung scheint ihn nur noch wütender zu machen. Sauer und nach Luft schnappend bäumt er sich auf und knallt mich mit aller Kraft gegen die Wand.

»Hör auf!«, schreit Scar. Sie ist jetzt völlig hysterisch, und ich kann nur beten, dass Ms Levinson sie nicht hört.

»Wieso schreist du *mich* an?«, bringt Mike mühsam heraus. »Dieses irre Miststück hat doch mich angegriffen!«

Zum ersten Mal bin ich nicht gänzlich anderer Meinung als er. Ich *bin* ein irres Miststück, und er hat mich dazu gemacht.

Ich verstärke meine Umklammerung, was seine Reaktion weiter anfacht. Mir bleibt die Luft weg, und ein scharfer Schmerz jagt durch meine Schulter, als Mike mich mit letzter Kraft nach hinten gegen die Wand und direkt gegen die scharfe Kante rammt.

So gern ich ihn fertigmachen würde, bin ich diejenige, die nun locker lassen muss.

Mein Arm löst sich, und mit einem lauten Plumpsen lande ich auf dem Boden. Er taumelt davon und fasst sich an den Hals, als wäre er nur knapp dem Tode entronnen. Schließlich lässt er sich auf einen Stuhl fallen.

»Du hast echt den Verstand verloren!«, krächzt er heiser. Zu wissen, dass ich ihm wehgetan habe, ist ein kleiner Trost für den Schmerz, der sich in meinem Rücken und meiner Schulter ausbreitet. Wenn es jetzt schon so wehtut, ahne ich, wie es sich morgen erst anfühlen wird.

»Geht's dir gut?« Tränen laufen über Scars Gesicht, und ich bekomme Schuldgefühle.

Sie braucht die Bestätigung, dass alles okay ist, also nicke ich, obwohl ich mich am liebsten überhaupt nicht bewegen würde.

Ein rosa Pferdeschwanz fliegt durch die Luft, als sie Mike einen wütenden Blick zuwirft.

»Was stimmt nicht mit dir?«, schreit sie, und die Tränen fließen noch schneller. Ich hebe eine Hand, um sie wegzuwischen, aber sie weint zu heftig.

Mike schaut zwischen uns hin und her, während er sich wütend das Kinn reibt, und steht dann auf. Er wirft einen Blick durch die Küche und tritt dann in einer letzten erbärmlichen Geste gegen seinen Stuhl, sodass der umfällt.

»Reißt euch zusammen und räumt das Durcheinander auf.«

Mit diesen Worten lässt er uns allein, und ich spüre eine Wut, von der ich nicht einmal wusste, dass ich sie in mir habe. Obwohl ich mich am liebsten erneut auf ihn stürzen würde, konzentriere ich mich auf Scar. Sie ist ein schluchzendes Häuflein Elend, und ich muss das wieder in Ordnung bringen.

Mike hat ein Talent dafür, meine Versuche zu vereiteln, die Illusion eines normalen Lebens aufrechtzuerhalten. Der heutige Abend ist das beste Beispiel dafür.

Als Scar ihr Telefon aus der Tasche zieht, bin ich zuerst verwirrt, sehe jedoch, dass die ersten zwei Ziffern, die sie wählt, neun und eins sind.

»Scar, nein!« Meine Stimme ist barsch.

»Er darf so etwas einfach nicht tun«, stößt sie zittrig hervor.

Das stimmt natürlich, doch es gibt Dinge, die sie nicht versteht. So ruhig wie möglich lege ich eine Hand auf ihr Handy.

»Scar, wenn du die Polizei rufst, werden sie Mike nicht einfach verhaften und dann ihrer Wege gehen«, erkläre ich ihr. »Sie werden zuerst ihn mitnehmen, dann werden sie *dich* mitnehmen, und … das darf nicht passieren.«

So gern ich glauben würde, dass *sie* mich braucht, bin ich mir doch bewusst, dass es auf Gegenseitigkeit beruht. Ich brauche meine Schwester ebenfalls. Wegen ihr bleibe ich geistig gesund, sie gibt mir etwas, wofür ich kämpfe, wofür ich *lebe*.

Eine kurze Pause entsteht, die mich beunruhigt. Scar ruft vielleicht nicht jetzt die Cops wegen Mike an, aber was, wenn sie in der Schule der falschen Person etwas erzählt und …

»Versprich es mir, Scar«, bitte ich sie, als ich mir die Konsequenzen vorstelle, »versprich mir, alles, was hier passiert, für dich zu behalten.«

Sie blickt nach unten, als ich ihr Handy zur Seite lege und ihre beiden Hände in meine nehme. Ich kann nicht mit hundertprozentiger Sicherheit sagen, ob sie wirklich versteht, wie diese Dinge funktionieren, aber ich glaube daran, dass sie die Verzweiflung in meinen Augen sehen kann. Der Beweis dafür ist, dass sie einmal energisch nickt, nachdem die hilflose Emotion aus ihrer Miene verschwunden ist.

Ich kenne diesen Gesichtsausdruck – weil ich ihn selbst schon öfter aufgesetzt habe. Es ist die Miene eines Kindes, das zu viel gesehen hat.

»Ich verspreche es«, sagt sie schließlich, und ich umarme sie ganz fest.

Sie ist meine Verantwortung und mein Halt. Bei allem, was ich tue – auch bei den Dingen, die mich wie eine Verrückte aussehen lassen –, geht es letzten Endes um die eine Wahrheit, der ich nicht entkommen kann: Von allen Dingen, die ich je geliebt habe, ist Scarlett das Einzige, was mir geblieben ist.

19

WEST

Kratzspuren auf einem Arm.

Eine dicke Prellung an der Schulter.

Was zum Teufel ist nur los mit diesem Mädchen?

Sie bemerkt meinen Blick und rückt den Träger ihres Badeanzugs zurecht.

Als würde der irgendwas verbergen.

So ein Blödsinn.

Ich bin von dem dunkelvioletten Fleck so abgelenkt, dass ich Mrs Cs Belehrung über Sicherheit im Schwimmbecken und darüber, auf unsere Umgebung zu achten, kaum mitbekomme. Selbst als sie uns entlässt, damit wir ins Wasser springen, bin ich einer der Letzten, der sich rührt.

Noch zögerlicher als ich ist nur Southside selbst. Wahrscheinlich wegen des Zwischenfalls letzte Woche, bei dem sie beinahe ertrunken wäre.

»Bereit?«, fragt Mrs C, als sie sich mir von hinten nähert. Ich schaue sie an und folge dann ihrem Blick zu Southside. »Sie braucht eine Menge Training, aber Sie sind wahrscheinlich der beste Schwimmer, den ich habe.«

Ich versuche, nicht länger eine besorgte Miene zu machen, und nicke. »Kein Problem.«

Mrs C zeigt ein schmales Lächeln. »Gut. Heute ist der erste Tag in Ihrem neuen Job.«

Sie wendet sich ab, und mir ist bewusst, was für eine großartige Gelegenheit das ist, Southside auf die Pelle zu rücken, aber aus irgendeinem Grund ist mir heute nicht danach. Vielleicht sind es die blauen Flecken und Kratzer, die sie so gerne verstecken würde. Wie auch immer, ich werde den Eindruck nicht los, dass ihr das Wochenende wahrscheinlich schon genug zugesetzt hat.

Während ich näher komme, wirft sie mir einen müden Blick zu, der ein Gefühl weckt, das ich nicht erwartet habe.

Schuld.

In ihrem Blick spiegeln sich Angst und Misstrauen, und ich habe alles dafür getan, dass das so ist.

»Nicht heute, West«, stöhnt sie. »Ich weiß, was Mrs C gesagt hat, aber ich werde die Stunde über nur hin- und hergehen, sodass du von deinen Pflichten entbunden bist.«

Mein Blick folgt ihr, als sie die Stufen hinunterschreitet und angesichts der Kälte des Wassers erschauert. Da ich ihre Figur insgeheim bewundere, bemerke ich, wie der Schauer ihre Brüste erreicht und ihre Nippel unter dem Badeanzug hart werden.

Konzentrier dich, Arschloch.

»Das ist nicht meine Entscheidung«, antworte ich und verberge sämtliche Spuren von Mitgefühl und Verlangen in meinem Tonfall. »Ich werde nicht einen meiner einfachsten Kurse vermasseln, weil du dich nicht anstrengen willst.«

Ihr Blick verdunkelt sich, als ich ebenfalls ins Wasser gehe, aber ein wenig Abstand zwischen uns lasse. Hauptsächlich, um dafür zu sorgen, dass ich sie nicht mit Blicken vernasche, wie ich es eben schon getan habe.

»Wie schlecht bist du eigentlich wirklich hierbei?«, frage ich. »Kannst du wenigstens auf dem Wasser treiben?«

Jetzt starrt sie mich wütend an. »Hm … mal sehen. Hat es letzte Woche so ausgesehen, als könnte ich auf dem Wasser treiben? Du weißt schon, als ich fast ertrunken bin?«

Ein Grinsen huscht über ihre Lippen. Sie ist aufsässig, und in einer Welt, in der mir jeder in den Arsch kriecht, um bei mir gut dazustehen, ist es auf überraschende Weise erfrischend. Sie bleibt sich treu, wo kein anderer die Eier dazu hätte.

»Klugscheißer«, murmle ich.

»Vollidiot«, kontert sie.

Sie kämpft dagegen an, doch ein Mundwinkel hebt sich leicht. Sie möchte lächeln, auch wenn ihr Stolz es ihr verbietet.

»Lass uns das einfach hinter uns bringen«, seufzt sie. »Was soll ich zuerst tun?« Ihr Tonfall ist kalt und gleichgültig, aber ich habe Grund zu der Annahme, dass sie das nicht ist.

»Da du anscheinend auf dem Niveau eines Kleinkinds bist, müssen wir mit den Grundlagen beginnen. Du musst dich damit vertraut machen, die Luft unter Wasser anzuhalten.«

Ein Ausdruck puren Entsetzens erscheint auf ihrem Gesicht.

»Ist das … ein Problem?« Ich runzle die Stirn.

Eine kurze Pause entsteht, in der sie nichts sagt. Dann stößt sie die Luft scharf zwischen ihren rosa Lippen hervor, an die ich zu meinem Verdruss immer wieder denken muss.

»Es ist okay«, behauptet sie. »Erklär mir nur, was ich tun soll.«

Ich unterdrücke ein Lachen. »Da gibt es nichts zu erklären. Atme einfach tief ein, halte die Luft an und tauche deinen Kopf unter Wasser. Ich zähle bis zehn, dann kommst du wieder hoch.«

Das Misstrauen in ihren Augen wächst.

»Das ist nicht witzig, West. Im Ernst. Wenn ich das Gefühl habe, du drückst mich unter Wasser, werde ich dir so schnell in die Eier boxen, dass du …«

»Entspann dich, Southside. Meine Note hängt schließlich auch von dem hier ab.«

Misstrauisch mustert sie mich, aber dann beruhigt sie sich ein wenig.

»Zehn Sekunden«, mahnt sie mich. »Keine Sekunde länger.«

»Das ist der Plan.«

Noch einer ihrer tödlichen Blicke, und sie befolgt meine Anweisung.

Ich zähle wie versprochen herunter, und sie taucht wieder auf, wobei sie dramatisch die Luft einsaugt, als wäre sie minutenlang unter Wasser gewesen.

Nicht über sie zu lachen wird mich vermutlich umbringen.

»Entspann dich«, sage ich erneut zu ihr. »Alles okay.«

Ohne nachzudenken, lege ich ihr die Hände an die Taille, um sie daran zu erinnern, dass sie in Sicherheit und nicht allein ist. Doch in dem Moment, als mir bewusst wird, was ich da tue, lasse ich wieder los.

»Versuch's noch mal.«

Sie wirft mir einen ihrer vertrauten *Bist du irre?*-Blicke zu, und ich nicke nachdrücklich.

»Komm schon. Wir verdoppeln die Zeit.«

Sie schüttelt bereits den Kopf, bevor ich den Satz beendet habe. »Auf keinen Fall. Ich habe es kaum die zehn Sekunden geschafft«, protestiert sie.

Dieses Mädchen, das buchstäblich vor nichts Angst hat, fürchtet sich vor einen Meter zwanzig tiefem Wasser.

»Was ist los? Bist du als Kind in den Pool gefallen, um eine deiner Barbies zu retten?«

Ich lache, sie aber nicht. Und nach ihrem strafenden Blick zu urteilen, gibt es vermutlich tatsächlich eine Geschichte, die nicht annähernd so lustig ist, wie ich vermutet habe.

»Du hast gesehen, wo ich lebe, und du bist meinem Vater

begegnet. Wenn du also denkst, da ist was anderes als Unkraut und zwei kaputte Liegestühle hinter unserem Haus, dann liegst du leider falsch.«

Die gewohnte Aufsässigkeit ist noch immer da, nur verbirgt sie sich jetzt hinter jeder Menge emotionalem Ballast. Ihre Mauern waren stets hoch genug, um es nicht zu bemerken, aber jetzt kann ich es erkennen. Ich sehe genug, um zu wissen, dass sie ein Mädchen ist, das eine Menge mit sich herumschleppt und mit ziemlich leeren Händen dasteht.

Die perfekte Beute für einen Mann wie meinen Vater.

Ein Funken Mitgefühl erwacht in mir, doch ich ersticke ihn sofort. Es gibt keine Entschuldigung dafür, sich mit einem verheirateten Mann einzulassen. Nicht einmal, wenn man ein wirklich beschissenes Leben hat, dem man unbedingt entkommen will.

»Noch einmal«, befehle ich ihr kühl und rufe mir in Erinnerung, wer genau sie ist und warum ich das nie vergessen darf.

Sie verdreht die Augen und stöhnt, tut aber, was ich ihr gesagt habe. Die zwanzig Sekunden gehen schnell vorbei, und wie ich gesagt habe, stirbt sie nicht.

»Besser«, gestehe ich ihr zu. »Und jetzt versuch mal, an der Oberfläche zu treiben. Dann haben wir vielleicht noch Zeit, es mit ein paar Bein- und Armbewegungen zu versuchen.«

Ihr Blick wandert zum Wasser, aber sie protestiert nicht unmittelbar, was nicht zu ihr passt.

Ihre mangelnde Kooperation ärgert mich so langsam. »Was ist jetzt schon wieder, Southside?«

Ihr Blick huscht zu meiner Brust, als ich die Arme verschränke.

»Nichts«, bringt sie mühsam heraus. »Ich … ich habe nur was an der Schulter und kann sie nicht wirklich gut bewegen.«

Ein wenig überrascht, dass sie es überhaupt erwähnt, wandert mein Blick dorthin. Obwohl die Prellung aus diesem Winkel nicht sichtbar ist, habe ich sie nicht vergessen, und ich frage mich die ganze Zeit, was ihr passiert ist.

Ich schaue ihr in die Augen und denke an die Situation am Freitagabend, als ich sie auf dem Parkplatz mit diesem Typen auf dem Motorrad entdeckt habe. Beim Stadtteilfest hat er regelrecht an ihr geklebt, also ist anzunehmen, dass zwischen ihnen etwas läuft.

»Hat dein Freund dir das angetan?«

Sie sieht verwirrt aus. »Welcher Freund?«

Ich runzle die Stirn. »Derjenige, der immer da zu sein scheint, wo du auch bist.«

Verdammt … ich klinge total verbittert. Pass gefälligst auf.

Als sie ein paar Sekunden braucht, um zu antworten, frage ich mich, ob sie nicht zu viel in meinen Tonfall hineininterpretiert.

»Meinst du Ricky?«

»Woher soll ich den verdammten Namen wissen«, fauche ich. »Das Arschloch, das dich am Handgelenk gepackt hat, als du nach dem Spiel geweint hast.«

Sie scheint erschrocken zu sein, dass ich mich so genau an jedes Detail erinnere, aber ich ignoriere, was das möglicherweise bedeuten mag. Stattdessen bin ich weiterhin distanziert, während ich auf eine Antwort warte.

Sie schließt die Augen und verharrt einen Moment lang so. »Nein, Ricky würde mich nie anrühren.«

Was ist mit seinem Schwanz? Würde er dich damit anrühren?

Ich reiße mich zusammen, damit mir die Worte nicht aus Versehen rausrutschen, und halte mich stattdessen an das Drehbuch.

»Wenn nicht er, wer dann?«, frage ich. »Weil wir beide wissen, dass du dir das nicht selbst angetan hast. Bevor du mir also irgendeinen Scheiß erzählst von wegen gegen den Schrank geknallt oder die Treppe hinuntergefallen, sei versichert, dass ich dir das nicht abkaufe.«

Wir sind in einer Pattsituation, und sie ist unglaublich schwer zu durchschauen.

»Warum tust du das?«, fragt sie, während sie sich eine nasse Strähne hinters Ohr streicht. »Wir wissen beide, dass es dir so oder so egal ist, was mit mir passiert. Wieso sollte ich dir also antworten?«

Meine Brust hebt und senkt sich gleichmäßig mit den tiefen Atemzügen, die ich mache. Diese Unterhaltung gibt mir das Gefühl, ungeschützt zu sein, so als würde ich ihr den Mann hinter der Maske zeigen. Diese Erkenntnis ist die perfekte Gelegenheit, mein eigenes Unrecht zu korrigieren, aber ich verzichte darauf, um ihr eine andere Frage zu stellen.

»Dein Dad. War er es?«

Ihre Miene wirkt ein wenig überrascht, was mir nicht entgeht. Ich habe den Nagel offenbar auf den Kopf getroffen. Sie nimmt ihn auch nicht in Schutz, wie sie es mit diesem Ricky-Typen getan hat.

»Macht er so was öfter?«

Sie verdreht die Augen, bevor sie antwortet. »Er war es nicht«, behauptet sie. »Könntest du jetzt bitte damit aufhören?«

Ich betrachte sie einen Moment lang und wünschte, ich hätte ihre wahre Geschichte bereits herausgefunden und könnte die Signale lesen, die sie aussendet, wenn sie lügt. Aber so gut kenne ich sie nicht.

»Dann dreißig Sekunden?«, fragt sie und versucht das Thema wieder auf den Schwimmunterricht zu lenken. Sie sieht mich ungeduldig an, und ich verkneife mir weitere Fragen.

»Ich zähle«, sage ich stattdessen und denke über die wenigen Informationen nach, während Southside untertaucht.

Die Unterhaltung hat nicht dazu beigetragen, ihre Geheimnisse zu lüften, aber ein Licht auf ein paar von meinen geworfen. Wie zum Beispiel, dass ich ein wenig zu besorgt bin wegen dem, was ihr am Wochenende passiert ist. Als derjenige, der geschworen hat, ihr Leid zuzufügen, sollte es nicht so schwer sein, sich um das hier nicht weiter zu kümmern.

Ich sollte mich darüber freuen, dass jemand anders ihr das Leben zur Hölle macht und die Lücke füllt, wenn ich nicht in der Nähe bin, aber es fällt mir heute schwer, mich an ihrem Elend zu erfreuen. Noch vor knapp einer Woche hatte ich damit kein Problem. Irgendwie geht sie mir unter die Haut, und das passt mir nicht. Überhaupt nicht.

Sie taucht wieder auf und keucht erneut auf diese übertriebene Weise. Während ich sie dabei beobachte, wie sie überreagiert und dabei fast einem ahnungslosen Mädchen ins Gesicht schlägt, das vorbeischwimmt, wird mir bewusst, dass ich eine Schwäche für diejenige entwickle, die ich unbedingt zerstören wollte.

Es war nie ein Geheimnis, dass es zwischen uns seit dem Moment, als ich sie beim Lagerfeuer das erste Mal gesehen habe, heftig knistert. Doch eine unerwünschte Überraschung ist, dass ich mich von mehr als ihrem Äußeren angezogen fühle. Sogar das lädierte Häuflein Elend, das ich gerade anschaue, berührt mich.

Etwas an dem Mädchen … bringt mich dazu, dass ich sie an mich ziehen und vor all den schlimmen Dinge beschützen will, die sie anzuziehen scheint. Vor Leuten wie mir, vor ihrem Dad.

Vor meinem Dad.

Lass dich nicht ablenken. Das ändert nichts. Sie ist noch immer der Feind.

Die kurze Zurechtweisung, die ich mir selbst erteile, bringt mich wieder zur Vernunft. Ich habe vor Wochen entschieden, auf welcher Seite ich stehe, als ich das Foto im Safe entdeckt habe. Ich habe beschlossen, sie zu finden und fertigzumachen. Es ist eine Möglichkeit, meine eigenen Fehler der Vergangenheit wiedergutzumachen, angefangen damit, dass ich zu jung war, um etwas gegen die *erste* Affäre meines Dads zu unternehmen, als ich von ihr erfuhr.

Wenn meine Anziehung zu Southside das Einzige ist, was zwischen mir und meiner Entscheidung steht, die Dinge geradezurücken – ohne gleichzeitig das Leben meiner Mutter zu zerstören –, kriege ich das hin.

Von jetzt an stelle ich mich blind. Ihre Probleme sind genau das – *ihre* Probleme nämlich. Mich eingeschlossen, das größte und hartnäckigste von allen.

Und Gott ist mein Zeuge … ich gehe nirgendwohin.

#FollowMe

@QweenPandora:

Offensichtlich hat sich das Schwimmbecken an der Cypress Press in einen Whirlpool verwandelt. Die Sache zwischen QB-1 und NewGirl hat sich heute Nachmittag offenbar aufgeheizt. Wenn euch öffentliche Liebesbekundungen gegen den Strich gehen, solltet ihr eine Augenbinde anlegen, bevor ihr die Bilder checkt. Ich weiß nicht, was die anderen sagen, aber ich verstehe die beiden Turteltauben aus verschiedenen Lebenswelten sehr gut. Doch man muss sich schon fragen: Sind KingMidas' Eltern ebenso offen wie der Rest von uns für diese unter einem schlechten Stern stehende Liebesgeschichte?

Bleibt dran, Leute. Die Zeit wird es zeigen. ~P.

20

WEST

»Und habt ihr Jungs schon Dates für den Homecoming-Ball?«

Mom lächelt strahlend, als sie fragt, was einen ziemlichen Kontrast zu der angespannten Atmosphäre beim Abendessen darstellt. Wir leisten ihr und Dad nicht oft Gesellschaft bei diesem Glückliche-Familie-Blödsinn, aber sie hat so lieb gefragt.

Abgesehen davon braucht sie wahrscheinlich eine Ablenkung, weil sie tagtäglich mit meinem Vater zu tun hat.

»Dates?« Sterling reagiert mit einem Lachen. »Das tut doch keiner mehr, Mom. Man geht allein hin und gabelt dann dort jemanden auf.«

Unsere Mutter legt sich ihre zarte, manikürte Hand auf die Brust. Die Südstaatenschönheit unserer Familie scheint über die Antwort ehrlich entsetzt zu sein.

»Machst du Witze? Ein Teil des Spaßes, zu solchen Veranstaltungen zu gehen, war immer, darauf zu warten, dass der richtige Junge schließlich den Mut aufbringt, zu fragen«, erzählt sie. »Ich kann nicht glauben, dass eure Generation das alles abgeschafft hat. Ein paar Traditionen sind es wert, bewahrt zu werden.«

»Und ein paar sind nur hübsche, kleine Fantasien, die in den Köpfen von euch Frauen herumschwirren«, wirft Dad mit einem rauen Lachen ein. »Das ist Unsinn, und *du* solltest es am besten wissen.«

Er bemerkt kaum, wie wir ihn alle anstarren, als er sich Kartoffeln auf die Gabel lädt.

Er hat noch nie eine Gelegenheit ausgelassen, sie herabzusetzen, die Frau, die ihm seine Söhne geboren und ihm stets zur Seite gestanden hat, während er sein Imperium aus dem Nichts aufgebaut hat. Anscheinend ist sie für ihn inzwischen nur noch eine hübsche Begleitung für offizielle Anlässe.

Ansonsten hat er ja irgendeine minderjährige Goldgräberin, die seine Eier krault.

»Nun, es scheint einfach eine verpasste Gelegenheit zu sein. Es ist die perfekte Chance zu zeigen, auf welche junge Dame ihr ein besonderes Auge geworfen habt«, fügt Mom hinzu. Dann senkt sie den Blick auf ihren Teller und belässt es dabei.

»Ach bitte, Pam. Die Jungs sind tolle Sportler. Sie können jedes Mädchen in dieser verdammten Stadt haben. Es wäre dumm, mit irgendeinem Mädchen am Arm auf einer Tanzveranstaltung aufzutauchen. Das ist wie Eulen nach Athen tragen«, sagt er und stößt ein bellendes Lachen aus.

Es folgt eine unbehagliche Stille, aber meinem Dad entgeht völlig, dass er wie üblich die Stimmung gekillt hat.

»Wie lautet das Urteil über South Cypress?«, wechselt er das Thema, während er einen Schluck Wein trinkt.

»Wir sind stabil dieses Jahr«, antwortet Sterling. »Wir haben sie vor ein paar Wochen wie erwartet besiegt.«

»Wohl kaum«, schießt Dad zurück. Die zwei Worte haben einen scharfen Klang, und ein missbilligender Blick fällt auf meine Brüder und mich.

»Es war ein klarer Sieg, und …«

»Ihr seid Goldens«, schneidet er Dane das Wort ab. »Ihr Jungs seid gut. *Verdammt* gut«, fügt er hinzu. »Das ist der

Grund dafür, dass ihr ein Vollstipendium für die NCU bekommen habt. Wie denkt wohl der Coach über seine zukünftigen Stars, die sich den Sieg gegen eine armselige, heruntergekommene Schule wie die South Cypress hart erkämpfen mussten?«

Mom blickt ihn wütend an, wagt es aber nicht, ihn zu unterbrechen.

»Wer auch immer diese kleine Ratte ist, auf die sie setzen, macht sie platt«, verlangt er. »Das nächste Mal, wenn ihr gegen ihn antretet, zeigt ihm, warum er in Ohio hätte bleiben können. Oder woher auch immer er kommt. Verstanden?«

Dane und Sterling werfen einander frustrierte Blicke zu, äußern sich aber nicht zu seiner schwachsinnigen Logik.

Ich hingegen bin nicht in der Stimmung, den Mund zu halten oder Zustimmung vorzutäuschen. Ich weiß, wer und was er wirklich ist, und kenne zu viele seiner Geheimnisse.

»Wir haben gewonnen. Beruhig dich mal«, knurre ich. »Für jemanden, der seit drei Jahren bei keinem einzigen Spiel anwesend war, hast du wirklich eine Menge zu sagen.«

Angespanntes Schweigen liegt über dem Raum, und ich spüre den Blick meines Vaters auf mir. Trotzdem schaue ich nicht auf, um mich zu vergewissern.

»Was hast du gerade zu mir gesagt?«

»Vin, Schatz, entspann dich«, sagt Mom zuckersüß und versucht so, ein Problem zu beseitigen, über das sie längst keine Kontrolle mehr hat.

Er richtet sich nicht direkt an sie, hält jedoch eine Hand hoch, was sie augenblicklich verstummen lässt. Ich hasse es, wie er sie gebrochen und ein Nichts aus ihr gemacht hat. Dane, Sterling und mich versucht er auf die gleiche Weise zu kontrollieren, nur sind wir drei zu sturköpfig, um uns von jemandem herumkommandieren zu lassen.

Genau wie er.

»Sonst noch was, das du mir gern sagen würdest?«, fragt er und durchbohrt mich mit seinem Blick. »Jetzt ist der richtige Moment, um es loszuwerden.«

»Wenn es etwas gäbe, würdest du es schon merken.« Ich stecke mir eine Gabel grüner Bohnen in den Mund und mache mir nicht die Mühe, meinen Tonfall zu mäßigen.

Hätte ich ihn angeschaut, hätte ich vermutlich gesehen, wie sein Gesicht knallrot anläuft. Er toleriert Respektlosigkeit nicht im Geringsten, weshalb ich kaum überrascht bin, als mir mein Teller weggezogen wird.

»Du bist fertig. Komm mit«, befiehlt er mir in seiner üblichen Arschlochmanier.

»Vin, er hat kaum etwas gegessen«, mischt sich meine Mutter ein.

Noch einer dieser selbstgefälligen Lacher kommt aus dem Mund meines Vaters.

»Dann habe ich ihn ja im schlimmsten Fall nur davor bewahrt, den Rest dieses zähen Steaks runterwürgen zu müssen«, fügt er herzlos hinzu, um dann aufzustehen und mir noch einen wütenden Blick zuzuwerfen. »Wir gehen. Jetzt.«

Ich könnte mich sträuben, aber es ist sinnlos. Der Typ findet immer einen Weg, von den Leuten zu bekommen, was er will.

Also gehorche ich ihm – hungrig und wütend. Innerhalb weniger Minuten sitzen wir in seinem SUV, und ich blicke im Vorbeifahren hinauf zu den Lichtern der Wolkenkratzer. Zuerst schweigen wir, doch dann will er sich plötzlich unterhalten.

Leider.

»Ist dir eigentlich klar, wie viel ich für euch Jungs tue? Ist dir klar, welche Opfer ich bringe, um sicherzustellen, dass ihr drei und eure Mutter alles habt, was ihr wollt und braucht? Derweil meckerst du darüber, dass ich nicht zu euren Spielen komme«, tobt er. »Ich sag dir was. Gib dein Bestes, damit du ins Team kommst, und ich verspreche dir, bei jedem einzelnen Spiel da zu sein.«

Zuerst versucht er, Mitgefühl zu wecken, um sich dann übergangslos wieder wie ein Arschloch zu verhalten. Nichts davon ist überraschend. Also starre ich unbeeindruckt aus dem Fenster.

»Du hast wirklich Mumm, mich so respektlos zu behandeln, nachdem ich das teure, kleine Spielzeug auf meiner Kreditkartenabrechnung diesen Monat entdeckt habe.«

Ich sollte ein schlechtes Gewissen haben oder zumindest besorgt sein, dass er mich erwischt hat, aber ich empfinde nichts dergleichen. Ich fühle mich nur völlig leer im Innern.

»Wo versteckst du den Wagen? In irgendeiner Hinterhofgarage?«

Er befindet sich in Trips Garage, du Blödmann, aber das wirst du nie erfahren.

Sein Blick wandert zwischen mir und der Straße hin und her. »Immer noch nichts zu sagen? Kein ›Sorry, dass ich wieder Mist gebaut habe, Dad‹?«

»Goldens sind nicht gut im Entschuldigen«, stelle ich nüchtern fest. »Aber das weißt du ja bereits.«

Aus dem Augenwinkel sehe ich, wie er das Lenkrad fester umklammert. Als Nächstes fährt er an den Straßenrand. Die Autos brausen vorbei, und ich spüre schon das Gewicht des Kommentars, der folgt.

»Du hast meine Karte benutzt«, bemerkt er, »was bedeutet, du warst an meinem Safe.«

Da haben wir's. Das Arschloch weiß, dass er aufgeflogen ist. Er versucht, ruhig und gefasst zu klingen, aber er ist weit davon entfernt, es auch zu sein. Ich würde sogar Geld darauf verwetten, dass es bei diesem kleinen Ausflug nur darum geht, was ich womöglich in seinem Safe gefunden habe. Meine aufsässigen

Kommentare haben es ihm leicht gemacht, mich vom Tisch wegzuholen, ohne dass Mom Verdacht schöpft.

Bei ihm gibt es immer ein Eigeninteresse.

»Wie hast du den Code geknackt?«

Ich zucke die Achseln. »Du bist schlau, wenn es ums Geschäft geht, aber nicht so sehr, wenn es um gesunden Menschenverstand geht.«

Er lacht schnaubend. »Na schön.«

Die lang anhaltende unbehagliche Stille, die folgt, bedeutet lediglich, dass er noch mehr sagen möchte, aber nicht so recht weiß, wie.

»Mein Sohn, du weißt, dass meine Geschäfte ziemlich komplex sind«, beginnt er. »Das bedeutet, dass es Aspekte gibt, die du nicht verstehst. Wenn du also …?«

»Ich habe das Telefon gesehen«, verrate ich ihm, um ihn aus seinem Elend zu befreien.

»Und?«

Es ist selten, Vin Golden demütig zu sehen, aber genau das höre ich gerade in seiner Stimme. Demut.

»Ich habe nicht darin herumgeschnüffelt.« Diese Lüge auszusprechen ist besonders einfach, weil es mir entgegenkommt, wenn er glaubt, ich wäre unwissend.

»Es gibt nichts darauf, das ich verstecken müsste. Ich wollte nur …«

»Spar's dir.«

Beim Klang meiner Stimme belässt er es dabei, und ich bin erleichtert, mir seinen Schwachsinn nicht länger anhören zu müssen.

Eine schwere Hand landet auf meiner Schulter, und ich blicke in ihre Richtung und nicht zu dem Mann, den ich gerade belogen habe.

»Ich liebe dich und deine Brüder gleichermaßen«, erzählt

er, »aber ich habe von dir stets ein wenig mehr erwartet, West. Weil du der Älteste bist und so.«

»Ich glaube nicht, dass zwei Minuten früher geboren zu sein, mir unendliche Weisheit verliehen hat«, fauche ich.

Er reagiert nicht umgehend auf den Ton, den ich anschlage, wahrscheinlich, weil er sich gerade auf dünnem Eis bewegt, da ich weiß, dass er ein geheimes Telefon hat.

»Es ist mehr als das«, fährt er fort. »Du bist einfach der geborene Anführer. Ich habe das vom ersten Tag in dir gesehen.«

Meine Aufmerksamkeit ist auf seinen Hemdärmel gerichtet, und ich höre kaum, was er als Nächstes sagt.

»Du weißt, dass alles, was ich tue, für euch Jungs und eure Mutter ist, nicht wahr?«

Die Frage hallt in meinem Kopf wider, und er runzelt die Stirn, als ich nach dem diamantbesetzten Manschettenknopf an seinem Handgelenk greife. Sein Blick folgt meiner Bewegung, als ich ein langes blondes Haar davon wegziehe.

»Was ist mit ihr?«, frage ich und lege das Haar auf das Armaturenbrett. »Ist sie auch etwas, das du für uns tust?«

Seine Hand gleitet von meiner Schulter, und er lässt sich in den Sitz sinken.

»Wie es aussieht, weiß ich jetzt, warum du eine Stunde zu spät nach Hause gekommen bist«, füge ich hinzu.

Von allen Reaktionen, die der Mann hätte zeigen können, entscheidet er sich dafür zu lachen. Weil unsere Familie für ihn ein solcher Witz ist. Das Geräusch eines resignierten Seufzers folgt, was bedeutet, dass er nicht den üblichen Weg beschreiten würde – nämlich zu lügen –, sondern dass er sich für die Wahrheit entschieden hat. Also wappne ich mich.

»Hör zu, ich habe nie so getan, als wäre ich perfekt, West. Keiner von uns ist perfekt. Ich bin ein Mann und tue, was alle Männer tun«, behauptet er. »Ist das in Ordnung? Nein. Aber so ist es nun einmal. Wenn du lang genug gelebt hast, wirst du es irgendwann begreifen.«

Eine Erinnerung schießt mir durch den Kopf, und ich muss die Augen schließen. Es ist ein Bild aus der Zeit, als ich seinen vierzigsten Geburtstag mit ihm verbringen wollte – als ich noch glaubte, er wäre der großartigste Dad der Welt. Ich war erst acht, erinnere mich aber ganz genau daran. Bis ins letzte Detail. Selbst an den Moment, als ich auf den Rücksitz seines Trucks geklettert bin und sein Eau de Cologne gerochen habe, das noch immer in der Luft hing. Doch wichtiger ist, dass ich mich an die Tussi erinnere, zu der er gefahren ist, ohne zu bemerken, dass ich mich auf dem Rücksitz versteckt hatte.

Sie redeten eine Weile. Lang genug, dass ich kapierte, dass sie schon länger etwas miteinander hatten. Lang genug, um zu erfahren, dass sie eine Anwältin war, die irgendetwas mit der Firma meines Vaters zu tun hatte.

Ich war zu schockiert und emotional zu aufgewühlt, um wegzuschauen, also saß ich dabei, während sie ihm auf dem Vordersitz einen blies.

Ich sah stumm aus der Dunkelheit heraus zu, lauschte der Mischung aus seinem lusterfüllten Stöhnen und ihrem lauten Schmatzen. Währenddessen versuchte mein achtjähriges Ich verzweifelt zu begreifen, wie er so etwas tun konnte. Mom liebte ihn so sehr, schon immer.

Natürlich habe ich nie eine Erklärung dafür bekommen.

Als die Frau fertig war, spuckte sie in einen leeren Fast-Food-Becher, den sie aus dem Becherhalter genommen hatte. Dann, nachdem sie versucht hatte, ihn zu küssen und zurückgewiesen worden war, stieg sie aus und verschwand in einem hohen Bürogebäude.

Ich wurde entdeckt, als ich mich bewegte und aus Versehen den Scheibenkratzer gegen die Seitenverkleidung kickte. Plötzlich wurde ihm bewusst, dass ich die ganze Zeit da gewesen war und mit eigenen Augen gesehen hatte, wie er meine Mutter betrogen hatte. Und vielleicht wurde ihm auch klar, dass er den Sockel, auf den ich ihn gestellt hatte, nicht verdiente.

Seine Reaktion auf diesen abscheulichen Absturz?

Seine Reaktion darauf, dass ich mir die Augen ausheulte?

Eine Predigt.

Vor allem darüber, dass es unsere Familie zerstören und ihr das Herz brechen würde, wenn ich es meiner Mutter erzählen würde. Er überzeugte mich davon, dass *ich* allein an ihrem Schmerz schuld wäre. Laut ihm war unsere Familiendynamik etwas komplizierter, als ich begriff, und wenn ich erzählte, was ich gesehen hatte, würde das alles zerstören. Mit acht glaubte ich den Scheiß, und der Mistkerl kaufte mir Eiscreme, bevor er mich nach Hause fuhr. Als wäre damit alles wieder in Ordnung.

Bis zum heutigen Tage trage ich tiefe Verletzungen in mir, die wahrscheinlich niemals heilen werden, und habe Schuldgefühle, weil ich damals nicht mehr getan habe. Doch eine Sache, die mein Vater an jenem Abend sagte, war keine Lüge: Meine Mutter ist genauso fragil, wie er behauptete. Nur ändert das nichts an der Tatsache, dass jemand dafür bezahlen muss.

Wenn also nicht mein Vater – aus Angst davor, ungewollt meine Mutter zu zerstören, wenn seine Indiskretionen ans Licht kommen –, dann muss es eben die Frau sein.

Jede einzelne, von der ich erfahre, wenn ich dazu in der Lage bin. Jetzt, wo ich älter bin, kann ich zumindest das tun. Es ist das wenigste, was meine Mutter verdient.

»Ich sag dir was«, meldet er sich erneut zu Wort. »Wie wär's, wenn wir die ganze Sache gleich hier und jetzt beilegen, indem wir sagen, wir sind quitt. Du behältst die kleine Unterhaltung für dich, und ich mache keinen Aufstand, weil du meine Kreditkarte benutzt hast. Klingt das wie ein Plan?«

Ich sage nichts, weil ich nichts zu sagen habe.

»Ich nehme das als ein Ja«, sagt er, und ich höre die Selbstsicherheit in seiner Stimme.

Als wäre heute Abend nichts passiert, dreht er das Radio lauter. Dann, nachdem er einen Blick auf die Straße geworfen hat, fädelt er sich wieder in den Verkehr ein.

Er war heute Abend mit Southside zusammen, bevor er sich an den Esstisch gesetzt und sich so verhalten hat, als hätte er nichts Falsches getan. Um uns vorzuspielen, er wäre ein Familienmensch. Dabei habe ich ihm das noch nie abgekauft.

Ich kann mir vorstellen, was ihn aufgehalten hat, weshalb er eine Stunde zu spät nach Hause gekommen ist. Ich weiß, dass ich damit nicht falschliege, denn ich weiß einiges über Mädchen von der South Side.

Sie taugen nur für eine Sache.

Und offensichtlich weiß auch mein Vater das nur zu gut.

21

BLUE

»Ich hasse alles an dieser Schule. Wirklich *alles*«, füge ich hinzu, damit Jules es versteht.

»Du hast was mit einem der heißesten Jungs an der Cypress Prep am Laufen«, argumentiert sie dagegen. »Wie schlimm kann es also sein?«

»Du hast keine Vorstellung.«

Ihre Sicht auf meine Erlebnisse hier ist aus einer Reihe von Gründen wahnsinnig verzerrt.

Angefangen bei Pandora, die die Gerüchteküche über mich und West weiter anheizt. Dann hat er die Dinge auch noch verschlimmert, als er ungebeten bei unserem Stadtteilfest vorbeigekommen ist. Niemand weiß, was er mir in Wahrheit gerade antut.

»Und um dem Ganzen die Krone aufzusetzen«, beklage ich mich weiter, »muss ich mich auch noch mit diesem blöden Journalismuskram beschäftigen, der mich übrigens *null* interessiert. Also ist mein Tag an den Nachmittagen, an denen wir uns treffen, noch länger.«

»Zumindest musst du heute nicht auch noch im Diner arbeiten, stimmt's?«

Ich weiß, dass sie es gut meint, aber ich bin gerade nicht in der Stimmung für ihre optimistische Sicht auf die Dinge. Also ist »Stimmt wohl« meine einzige Antwort.

Die Flure sind verwaist, als ich auf dem Weg zu meinem Spind um die Ecke biege, um meinen Rucksack zu holen. Ich will nur noch nach Hause, etwas essen und mich dann hinhauen.

»Bist du noch immer dort?«, fragt Jules, als ich die Stahltür aufstoße, die auf den Parkplatz hinausführt.

»Nicht mehr lange«, sage ich mit einem erschöpften Lachen, während ich die Schlüssel aus meiner Jeanstasche ziehe.

»Es wird auch wieder besser«, versichert sie mir, was genau die Bemerkung ist, die ich brauche. Doch dann sehe ich auf halbem Weg zu meinem Parkplatz eine Gruppe Footballspieler, die um meinen Wagen herumsteht, und meine Alarmglocken schrillen.

»Ich ruf dich später noch mal an, Jules«, sage ich eilig, beende das Gespräch und beschleunige meine Schritte.

Die Müdigkeit, die ich noch vor einer Sekunde gespürt habe, ist wie weggewischt, Adrenalin schießt durch meine Adern. Ich renne in vollem Tempo über den Asphalt und höre dabei das Gelächter der Typen. Erst als ich nur noch wenige Meter entfernt bin, sehe ich, was sie so lustig finden.

Ein paar von ihnen treten beiseite, und Austin reckt die Hände in die Luft. »Hey, wir waren das nicht«, sagt er abwehrend. »Du und Golden habt wohl angebändelt.«

Ich mache mir nicht die Mühe, zu antworten, sondern betrachte meinen Wagen – ein gebrauchter von Onkel Dusty, und das Einzige in diesem Leben, das ausschließlich mir gehört. Er ist auf Ziegelsteinen aufgebockt, und um sicherzugehen, dass ich die Nachricht mitbekomme und das hier nicht für eine Straftat halte, sind alle vier Reifen auf dem Kofferraum aufgestapelt. Daneben liegen fein säuberlich geordnet die Radmuttern. Der Mistkerl hat mir sogar einen Wagenheber und einen Kreuzschlüssel hingelegt, damit ich die Räder wieder anmontieren kann.

Mir wird ganz heiß, zuerst im Brust- und Halsbereich und dann auch im Gesicht. Ich sehe rot, während ich mir das Ganze anschaue und überlege, wie viel Zeit und Energie das Arschloch in diese Nummer gesteckt hat. Noch dazu nach dem Football-Training.

»Wo … ist er?«, frage ich mit zusammengebissenen Zähnen.

Ich entdecke fünf der Spieler vor der Trainingshalle, aber nicht Dane und Sterling. Kaum nähere ich mich dem Gebäude, um West zu töten, kommt Sterling angerannt und tritt mir in den Weg. Wie sein Bruder ragt er über mir auf und blickt sogar mit den gleichen grünen Augen zu mir herunter. Es macht mich nur noch wütender, dass er ihm so ähnlich sieht.

Wir sind jetzt außer Hörweite, weshalb niemand mitbekommt, dass ich ihn anfauche.

»Aus dem Weg!«

»Ich denke, es ist keine gute Idee, wenn du da jetzt reingehst«, warnt er mich mit einem Grinsen. Er hat die Ruhe weg und spielt damit die Tatsache herunter, dass mein Wagen gerade auf beschissenen Ziegelsteinen steht.

Es liegt auf der Hand, dass es ihn nicht kümmert und er keine Ahnung hat, wie erschöpft ich bin. Ich habe letzte Woche fast jeden Tag nach der Schule gearbeitet, also an den Tagen, an denen ich nicht im Journalismusklub war. Obendrein musste ich am vergangenen Freitag zu einem weiteren Spiel gehen, um Fotos für die Zeitung zu machen. Dazu die beiden Doppelschichten, die ich am Samstag und Sonntag gearbeitet habe, und ich fühle mich, als hätte ich seit einer Ewigkeit keine Pause mehr gehabt.

Ich starre ihn wütend an, als seine riesigen Hände auf meinen Schultern landen und mich festhalten.

»Wenn du Wert darauf legst, dass deine Eier nicht gleich über den Parkplatz rollen, nimmst du besser deine Pfoten weg und gehst mir aus dem Weg«, fahre ich ihn an.

Er runzelt die Stirn auf die gleiche selbstgefällige Weise wie West, und ich möchte ihm körperliche Schmerzen zufügen. Aber er lässt mich los, sodass ich meine Drohung nicht auf der Stelle wahr machen muss.

»Ich behalte dich im Auge«, fügt er hinzu. »Du scheinst nicht zu kapieren, wie die Dinge hier laufen. Je mehr du dich mit West anlegst, desto schlimmer machst du alles für dich.«

»Dein Bruder ist kein Gott«, erinnere ich ihn. »Ich habe keine Angst vor ihm.«

Ich hoffe, er kauft mir das ab, denn an manchen Tagen bin ich mir nicht so sicher, ob das der Wahrheit entspricht.

»Ich mein ja nur … Wenn du klug bist, baust du diese Todesfalle da drüben wieder zusammen und fährst dorthin zurück, wo du hergekommen bist«, fügt er hinzu und zeigt dabei auf meinen Wagen.

Diese Arschlöcher sind echt unverschämt. Glaubt er wirklich, dass ich seinen Bruder damit davonkommen lasse? Auf keinen Fall.

Sterling erstarrt, als ich mich zu ihm vorbeuge und in seinen persönlichen Bereich eindringe, wie es sein Psychobruder so gerne tut. Sosehr ich es auch hasse, der Machtrausch, den ich in diesem Augenblick verspüre, erklärt, warum West diese Taktik so oft anwendet.

»Ich weiß nicht, mit wem dein Bruder glaubt, es zu tun zu haben, aber eins ist sicher«, warne ich ihn. »Wenn sich jemand mit mir anlegt, kann er davon ausgehen, dass ich es ihm heimzahle. Und das gilt *vor allem* für deinen Bruder.«

Ich stoße mit meiner Schulter gegen die von Sterling und dränge mich an ihm vorbei. Diesmal versucht er nicht, mich aufzuhalten, aber mir entgeht auch nicht das kleine Lächeln auf seinen Lippen.

Ich stürme auf die Sporthalle zu und lasse meinen Rucksack an der Tür fallen, als ich eintrete. Meine Sneakers quietschen auf dem weißen Boden, und ich steigere mich in meine Wut hinein, während ich an Bank- und Spindreihen vorbeistürme, wo sich noch immer ein paar vom Team aufhalten, nicht aber West. Ich reagiere nicht auf die Seitenblicke und fragenden Mienen, denn ich habe nur ein Ziel.

Ich will West Golden finden und ihm wehtun.

Während ich zur Rückseite der Umkleide marschiere, versuche ich die Tatsache zu ignorieren, dass ich laufendes Wasser höre. Es ist ein Wunder, dass ich überhaupt so weit gekommen bin, ohne dass mich ihr Coach von seinem Büro aus entdeckt hat. Wahrscheinlich hat er seine Nase in seinem Taktikbuch und bemerkt mich nicht.

Für den Bruchteil einer Sekunde bin ich versucht umzukehren, als ich mir vorstelle, was mich wohl erwartet, wenn ich mein Ziel erreiche, aber zum Teufel damit.

Ich zwinge mich weiterzugehen, bin aber zugegebenermaßen nicht annähernd so selbstsicher wie noch kurz zuvor. Aus irgendeinem Grund ist es mir nicht in den Sinn gekommen, dass die Jungs nicht angezogen sind. Doch es gibt jetzt kein Zurück mehr für mich.

Bald wird mir allerdings klar, dass ich meinem Bauchgefühl hätte folgen und auf dem Parkplatz warten sollen. Denn als ich um die Ecke biege, überrasche ich mehrere Teammitglieder, die noch immer duschen. Doch obwohl sie alle splitternackt sind, nehme ich nichts anderes mehr wahr ab dem Moment, da ich West entdecke.

Alles … von West.

Er hat mir den Rücken zugekehrt, doch ich sehe genug. Haut, die noch immer von der Sonne gebräunt ist, Tattoos, die sich über seine kräftigen Bizepse und seine Schulterblätter erstrecken. Überall feste Muskeln. Ich seufze ein wenig und baue so den Druck ab, der sich in mir aufgestaut hat. Doch das ändert nichts daran, dass ich weiterstarre.

Er ist nass und von Kopf bis Fuß eingeschäumt, wie ein feuchter Traum, der in Echtzeit vor meinen Augen abläuft. Ein kurzer Moment vergeht, bevor ich mich zusammenreiße und daran erinnere, warum ich hier bin. Dann platschen meine Schuhsohlen durchs Wasser, das sich am Abfluss sammelt, und in dem Moment, als er in Reichweite ist, nehme ich all meine Wut und Frustration der letzten Wochen und schlage die Faust direkt zwischen Wests Schulterblätter. Weil ich gelernt habe zu kämpfen, weiß ich, dass ich keinesfalls schwach bin, doch er schwankt kaum bei dem Schlag.

Sauer und verwirrt wirbelt er zu mir herum. Ich weiß, dass er meinen Zorn wahrnimmt.

»Das geht zu weit!«, kreische ich, und bevor ich mich zurückhalten kann, hole ich erneut aus, ziele aber diesmal auf sein Gesicht.

So schnell, wie ich zuschlage, packt er meine Hand mitten in der Luft, und ich bin mir nicht sicher, was mich wütender macht: dass ich ausgeholt habe und ausgebremst wurde oder dass ich mich wahnsinnig zusammenreißen muss, um den Blick nicht nach unten wandern zu lassen. Ich sehe auch so schon mehr, als ich sollte.

Seine Brust hebt und senkt sich vor Zorn, der sich ebenfalls in seinen Augen widerspiegelt. Ein heftiges Zucken in seinem Kiefer verrät mir, dass er genauso wütend und aufgebracht ist wie ich.

»Raus hier, verdammt noch mal«, knurrt er, doch der Befehl gilt nicht mir, sondern seinen Untergebenen, die friedlich geduscht haben, bevor ich hereingestürmt kam. Sie befolgen den Befehl ihres Königs und lassen mich mit ihm allein.

Seine Nasenflügel blähen sich vor Wut, die meiner ebenbürtig ist.

»Du hast meinen Wagen ruiniert!«, rufe ich.

Ein krankes, perverses Grinsen erscheint auf seinen Lippen, doch er lässt meine Faust nicht los.

»Was ist los? Hat dir meine kleine Überraschung nicht gefallen?«, neckt er mich. »Wenigstens habe ich dir das Werkzeug dagelassen, das du brauchst, um die Schrottmühle wieder auf die Straße zu bringen.«

Meine Brust zieht sich zusammen, und ich bin mir sicher, dass ich noch nie jemanden so sehr gehasst habe wie ihn. Das macht die Tatsache jedoch in höchstem Maße verwirrend, dass ich es immer schwieriger finde, nicht nach unten zu schauen. Um das Bedürfnis zu bekämpfen, schlucke ich schwer und starre stattdessen auf die Rinnsale, die ihm über Brust und Gesicht laufen und die Seife abspülen.

Dunkle Haarsträhnen bedecken seine Stirn und lenken meine Aufmerksamkeit auf das Augenpaar, das ein Loch in mich hineinbrennt.

»Du musst so etwas doch gewöhnt sein«, sagt er mit rauer Stimme, »dass du auf einen Parkplatz kommst und deinen Wagen auf Ziegelsteinen vorfindest. So was ist doch ganz normal in deiner Nachbarschaft, oder nicht?«

Er ist so verdammt abfällig und arrogant. Erstaunlich, dass er sich selbst erträgt.

»Du hast eine Grenze überschritten«, fauche ich.

Sein Griff wird fester, und bevor ich reagieren kann, hat er auch mein anderes Handgelenk gepackt und zerrt mich zu sich unter das heiße Wasser. Es läuft an meinen Armen hinunter, durchnässt mein Haar und meine Kleidung, aber ich zucke nicht einmal mit der Wimper.

»Sehe ich so aus, als würde mich interessieren, was du denkst?«, fragt er wutschnaubend.

»Fick dich, West«, kontere ich heftig.

Es liegt so viel Hass in diesen Worten – meinen und seinen. Aber aus irgendeinem Grund verliere ich mitten in diesem Chaos aus Anspannung und negativer Energie den Kampf, und mein Blick wandert an den Wölbungen seiner Bauchmuskeln hinab, während ich die Wassertropfen von meinen Wimpern blinzle.

Ich wende den Blick sofort wieder ab, doch natürlich hat er es bemerkt und grinst mich an. Ich verdrehe die Augen, bevor er etwas sagen kann.

»Siehst du irgendwas, das dir gefällt?«

Seine tiefe Stimme ist leise und eindringlich. Ich spüre sie überall, als er sich nach vorn beugt.

Ich zische nur: »Fahr zur Hölle!«

Er steht dicht vor mir und blickt auf mich herunter, und ich kann den Kampf sehen, der in ihm tobt. Er hasst mich genauso sehr, wie ich ihn hasse. Aber es steckt mehr dahinter.

Bei *uns* steckt mehr dahinter.

Allein das Wort – *uns* – zu denken, bereitet mir Unbehagen, aber es passt. Denn es gibt ein *uns*. Auch wenn das, was wir sind, verdreht und hässlich ist, ist da Begierde in eine so intensive Verachtung gehüllt, dass es mir bis ins Mark geht.

Aber … trotzdem ist es real.

So real wie das Monster, das vor mir steht und mich noch ein Stück näher zu sich heranzieht. Der verbleibende Abstand zwischen uns ist so gering, dass ich das Gefühl habe zu ersticken.

»Du hast meine Frage nicht beantwortet«, sagt er knurrend. »Siehst du irgendwas, das dir gefällt?«

Ich öffne die Lippen, bringe jedoch kein Wort heraus.

»Oder ist ›gefallen‹ das falsche Wort?«, fragt er. »Vielleicht siehst du ja etwas, das du *willst*.«

Die Worte strömen aus ihm heraus, und ich schwöre, das Wasser wird heißer, während wir darunter stehen. Weil ich auf eine so dreiste Bemerkung nicht vorbereitet bin, habe ich keine Antwort. Das Gefühl, provoziert zu werden, geht jedoch rasch vorbei, und ich kontere mit einem verächtlichen Kommentar.

»Ich habe nicht geantwortet, weil es nicht viel zu sehen gibt, King Midas.« Ich hebe eine Augenbraue, während ich diese Lüge von mir gebe.

Sein selbstgefälliges Grinsen zeigt mir jedoch, dass er weiß, dass ich lediglich meinen Stolz wahren will.

»Komm schon, Southside«, sagt er an meinem Ohr, »gib's zu. Dir *gefällt* das hier.«

Ich schnaube, und weil er mir so nahe ist, berühre ich mit dem Mund beinahe seine Schulter.

»Welcher kranke Mensch mag es, gequält zu werden? Wer mag es schon, seinen Wagen auf dem Parkplatz in Einzelteilen vorzufinden?«

Ein leises, tiefes Lachen vibriert in seiner Brust, und bei dem Klang läuft mir ein Schauer über den Rücken.

»Die Sorte Mädchen, die genauso kaputt ist wie ich«, antwortet er. »Die Sorte, die immerzu den und das Falsche will.«

Ich fühle mich bloßgestellt, als wäre er zum Kern meiner selbst vorgedrungen, hätte dort Teile meiner DNA gefunden, die ich von meiner Mutter habe, und mich gezwungen, diese anzuerkennen. Aber seine Bemerkung hat den gegenteiligen Effekt von dem, was er beabsichtigt. Sie reißt mich schmerzhaft aus der Trance, in die uns unsere seltsame Energie stets versetzt, wenn wir den Fehler machen, einander zu nahe zu kommen. Ausnahmsweise bin ich diejenige, die den Bann bricht, indem ich auf Abstand gehe.

Ich bemerke den Anflug von Enttäuschung in seiner Miene, auch wenn er so rasch wieder verschwindet, wie er gekommen ist. Er ist ein Genie darin, die Maske einzusetzen, die ihn als eindimensionalen Muskelprotz zeigt, doch sie kann mich nicht länger täuschen. Wäre da nur böses Blut zwischen uns, würde das nicht fortwährend passieren. Diese Momente, wo wir unachtsam werden. Diese Momente, in denen wir uns nach etwas vom anderen sehnen, mit dem wir nicht umgehen können.

Doch ich bin klug. Ich kenne meine Grenze, und ich habe sie erreicht. Anstatt also erneut meine Faust einzusetzen, um meinen Standpunkt klarzumachen, weiche ich zurück. Seine Schutzwände sind ein wenig heruntergefahren, seit ich hier hereingeplatzt bin, doch sie sind noch immer vorhanden. Und weil ich weiß, dass ich dazu neige, mich zu anderen verwundeten Kreaturen hingezogen zu fühlen, lasse ich mich nicht wieder in seine Nähe locken. Ich bin weise genug anzuerkennen, dass er eine gewisse Macht über mich hat – mehr, als ich zugeben möchte.

Er blickt auf meine Füße, als der Abstand zwischen uns wächst. Sein Blick flackert zu meinem hinauf, und obwohl er mich davon überzeugen möchte, dass er nur aus kalten, bösen Blicken und einem heißen Temperament besteht, weiß ich es besser.

Er reckt selbstbewusst das Kinn vor und steht einfach so da, wie eine gottgleiche Statue. Das Wasser läuft über seine Schultern und dann an seinem nackten Körper hinab.

»Du gehst dann wohl besser«, zieht er mich auf. »Hast noch eine Weile mit deinem Wagen zu tun, was?«

Seine Zähne blitzen auf, als er finster lächelt, aber ich finde es schwierig, das gleiche Level an Wut aufrechtzuerhalten wie in dem Moment, als ich hereingestürmt bin. Denn mit einem Blick habe ich auf einmal eine klarere Vorstellung davon, wer von uns hier die Oberhand hat.

Ich zeige auf ihn und werfe ihm ein hinterhältiges Lächeln zu. »Wie's aussieht, haben wir beide etwas, worum wir uns kümmern müssen.«

Er senkt den Blick nicht zu seinem Schwanz und ist nicht im Geringsten peinlich berührt davon, dass er vor mir einen Ständer hat. Zum zweiten Mal.

»Du darfst gern bleiben und zuschauen«, sagt er. »Ich mag so etwas.«

Ich muss unfreiwillig lächeln. »Sicher nicht«, gebe ich zurück und gehe, bevor ich es mir anders überlege.

Er hat eine Schwäche für mich und hasst es, dass ich es sehe, aber ich werde ihn das niemals vergessen lassen. In diesem kleinen Teil der Hölle, in dem er mich gefangen hält, muss ich nehmen, was ich kriegen kann. Wenn mein einziger Trost also ist, dass mein Feind mir an die Wäsche will … dann nehme ich das.

#FollowMe

@QweenPandora:

Hoppla, meine Lieben. Gibt es Ärger im Paradies?

Es existieren Gerüchte auf beiden Seiten. Es scheint sicher zu sein, dass der König heute Nachmittag die Räder vom Streitwagen seiner Königin entfernt hat. Ich weiß nicht genau, was passiert ist, aber wir denken wahrscheinlich alle das Gleiche: Es wäre weise von QB-1, vor dem Homecoming-Spiel in zwei Wochen die Kurve zu kriegen. Cypress Prep soll schließlich seine Siegesserie fortsetzen.

Bis dann, Leute! ~*P.*

22

BLUE

Dank Onkel Dusty bin ich nicht völlig unwissend, was Autopannen betrifft. Zum Beispiel bin ich kein verzweifelter, ahnungsloser Fall, wenn es um das Montieren von Reifen geht, nachdem irgendein Arschloch es für eine originelle Idee gehalten hat, sie abzuschrauben.

Ich war sogar ein wenig beeindruckt, dass Dane und Sterling bereits beide Hinterräder anmontiert hatten, als ich zurückkam von … von *was auch immer* das gerade mit West war. Natürlich habe ich sie trotzdem angeschrien. Denn wenn sie das Richtige hätten tun wollen, hätten sie gegenüber ihrem dämlichen Bruder den Mund aufmachen müssen, als er angefangen hat, sich an meinem Wagen zu schaffen zu machen.

So gern ich es also jemand anders überlassen hätte, die Arbeit zu beenden, habe ich es nicht zugelassen. Sollen sie sich ruhig schuldig fühlen. Sie verdienen es.

Ich denke noch immer über ihren schwachen Versuch nach, ihre Fehler wiedergutzumachen, als ich in unsere Auffahrt einbiege. Zum Glück steht Mikes Wagen nicht wie üblich am Straßenrand, was bedeutet, dass er in seinem *wahren* Zuhause ist.

In der Kneipe.

Sosehr ich seine Trinkerei auch verabscheue, ist es mir doch lieber, er ist dort als hier. In Anbetracht der letzten Wochen ist ein kleines bisschen Frieden viel wert.

Ich greife nach meiner Tasche im Fußraum des Beifahrersitzes, und der scharfe Schmerz, der in meine Schulter schießt, dient als Erinnerung an meine letzte Begegnung mit diesem Mann. Der Bluterguss ist zu einem hässlichen Fleck in Gelb, Grün und Blau verblasst, aber West hat nicht mehr danach gefragt. Gott sei Dank!

Ich hasse seine gespaltene Persönlichkeit. Neunundneunzig Prozent der Zeit ist er ein Albtraum, doch hin und wieder blitzt dieser merkwürdige Retterkomplex auf, wenn es um mich geht. Seine Stimmungsschwankungen sind unberechenbar, und ich versuche es nicht einmal.

Der Bewegungssensor, den Onkel Dusty über der Hintertür installiert hat, schaltet das Verandalicht an, und ich drehe den Schlüssel im Schloss um. Instinktiv horche ich nach Scar, aber ich höre nichts. Sie macht üblicherweise ein Nickerchen, wenn sie mit den Hausaufgaben fertig ist, weshalb ich versuche leise zu sein, als ich an der Spüle stehen bleibe, um mir ein Glas Wasser einzuschenken.

Ich bin kurz versucht, mir ein Bier von Mike zu nehmen – eins der wenigen Dinge, die wir im Kühlschrank haben –, aber es ist schon schlimm genug, die schlechten Gewohnheiten *eines* Elternteils zu schultern. Ich muss das Laster meines Vaters nicht auch noch übernehmen.

Also lasse ich meine Sachen auf einen der Küchenstühle fallen und nehme einen Schluck Wasser, bevor ich den Flur entlanggehe, um nach Scar zu schauen.

Leise Musik dringt unter der Tür hervor, und ich lächle darüber, wie ähnlich sie mir ist. Musik hilft mir ebenfalls gut zu schlafen. Noch immer leise, um sie nicht zu wecken, öffne ich die Tür. Ich erwarte meine entzückende Schwester mit den rosa Haaren schlafend und auf ihr Kissen sabbernd, womit ich sie ständig aufziehe, doch stattdessen empfängt mich ein ganz anderer Anblick.

»Was zum Teufel tut ihr da?«

Zwei splitternackte Gestalten springen aus ihrem Bett und kriechen auf der Suche nach ihren Kleidungsstücken über den Boden. Völlig geschockt weiß ich kaum, wie ich darauf reagieren soll, meine vierzehnjährige Schwester im Bett mit einem Jungen anzutreffen, von dem sie geschworen hatte, er sei nur ein guter Freund.

»Es tut mir so leid. Ich schwöre, es passiert nie wieder«, stammelt Shane, als er an mir vorbei in den Flur schlüpft. Er hält ein Paar Jeans und ein T-Shirt über seinen Schritt und liefert mir einen unverstellten Blick auf seinen schmalen Brustkorb, der mich daran erinnert, wie jung sie noch sind.

Zu jung, um *das* zu tun.

Viel zu jung.

Tränen schießen mir in die Augen, und ich keuche, als wäre *ich* diejenige, die ertappt wurde. Mir wurde schon mal das Herz gebrochen, aber keine Trennung und keine Enttäuschung haben sich so angefühlt.

Das ist mein Fehler. Ich bin die ganze Zeit unterwegs. Mir ist doch klar, was für ein mieser Vater Mike ist, daher hätte ich hier sein müssen, um ein Auge auf Scar zu haben. Sie fühlt sich einsam, und ich weiß das. Das ist der Grund dafür, dass sie Shane die ganze Zeit um sich haben will, damit sich das Haus nicht ganz so einsam anfühlt angesichts der Abwesenheit von Mom, Hunter und mir.

Es ist mein Fehler. Ich bin schuld.

Die Hintertür fällt zu, nachdem Shane in seine Kleider gesprungen und davongestürmt ist.

Ich weiß nicht, was ich sagen soll, und auch Scar bleibt stumm. Sie schlüpft in T-Shirt und Shorts und setzt sich auf ihre Bettkante. Nach ein paar Sekunden überkommen sie vermutlich Schamgefühle, denn sie legt sich die Hände vors Gesicht. Ich höre ihre stummen Schluchzer, aber ich kann mich nicht dazu durchringen, zu ihr zu gehen.

Ich betrachte sie: ihren zerzausten Pferdeschwanz, den abgeplatzten Nagellack, meine mit Steinen besetzten Ohrringe, die ich ihr zu Weihnachten geschenkt habe, weil ich kein Geld für etwas Neues hatte. Wenn ich sie anschaue, sehe ich nur meine kleine Schwester. Sie hat keine Ahnung, in was sie sich da hineinmanövriert, und so sehr ich mir selbst die Schuld dafür gebe, dass sie viel zu früh erwachsen wird, beschuldige ich auch die anderen Mitglieder dieser Familie.

Schniefend wische ich mir die Tränen von den Wangen und schiebe meine Emotionen beiseite. Ich kann mich später damit beschäftigen, allein hinter meiner verschlossenen Zimmertür. Doch erst mal muss ich eingreifen und die Mutter sein, die keine von uns je hatte.

»Habt ihr euch geschützt?«, frage ich, und mir ist übel dabei, diese Worte auszusprechen.

Sie braucht einen Moment für die Antwort, nickt jedoch schließlich. »Ja.«

Dankbar schlucke ich den Kloß in meinem Hals herunter. »War es das erste Mal?« Diesmal halte ich den Atem an, unsicher, ob ich hören will, wie sehr ich sie vernachlässigt habe. Möglicherweise läuft das ja schon seit Monaten.

Sie holt tief Luft und legt schließlich die Hände in den Schoß. »Nein«, sagt sie, und die Antwort reißt mir das Herz aus der Brust. »Das dritte Mal.«

Mir kommt die Galle hoch, und ich lasse erschöpft die Schultern sinken bei dem Gedanken, häufiger anwesend sein zu müssen, während ich mich um die vielen anderen Dinge kümmere, die auf meinen Schultern lasten.

Doch von allem ist Scar das Wichtigste.

»Dreimal«, zwinge ich mich zu sagen. »Warst du die anderen Male ebenfalls vorsichtig? Hat er ein Kondom benutzt?«

»Herrgott, Blue!«, faucht sie, während sie noch immer die Tränen zurückdrängt. »Muss das wirklich sein?«

»Wenn du nicht reif genug bist, um dieses Gespräch zu führen, dann bist du bestimmt nicht reif genug, um Sex zu haben.«

Sie verdreht die Augen, als ich das Wort ausspreche. »Du tust ja so, als wärst du ein Engel, bist du aber nicht«, kontert sie und wirft mir einen hasserfüllten Blick zu.

»Das habe ich auch nie behauptet, aber das ändert nichts an der Tatsache, dass du nicht alt genug bist, um damit umgehen zu können, Scar.«

Ein frustriertes Stöhnen kommt aus ihrem Mund. »Ja, wir waren alle drei Male vorsichtig. Bist du jetzt zufrieden? Können wir das Thema jetzt lassen?«

»Nein«, rufe ich aus. »Hat er dich dazu gezwungen?«

Meine Fragen lassen sie aufspringen und im Zimmer herumlaufen.

»Das kann einfach nicht dein Ernst sein«, murmelt sie vor sich hin.

»Das ist mein voller Ernst. Also antworte mir!«

Wieder schaut sie mich böse an. »Nein, ich bin nicht gezwungen worden. Wir haben den ganzen Sommer darüber gesprochen, weshalb es keine spontane Entscheidung war. Und wir haben nichts gemacht, bis wir beide bereit dazu waren«, faucht sie. »Und fürs Protokoll, ich bin kein Kind mehr.«

Über diesen Punkt sind wir eindeutig unterschiedlicher Meinung, aber es bringt nichts, jetzt deswegen Streit anzufangen.

»Was ist aus eurer Freundschaft geworden?«, frage ich.

Ich fühle mich verletzt, weil ich von der Person belogen wurde, die ich liebe und der ich auf der ganzen Welt am meisten vertraue.

»Wir *sind* bloß Freunde«, betont sie. »Das ist nur … etwas, das wir tun wollten. Viele Kids in unserer Klasse haben es bereits gemacht, also haben wir beschlossen, dass das erste Mal mit jemandem sein sollte, dem wir vertrauen.«

Mir dreht sich der Kopf. Obwohl mir klar ist, dass das in ihrer Logik völlig Sinn ergibt, kann ich es nicht verstehen.

»Das erste Mal sollte nicht sein, weil du es endlich hinter dich bringen willst.«

Sie schweigt und hat mir nun offenbar tatsächlich zugehört. Sie geht eine ganze Zeit einfach hin und her, aber ihr Kampfgeist scheint sie ein wenig verlassen zu haben, und sie setzt sich wieder.

Mir ist klar, wie unangenehm das für sie sein muss, aber das ist es auch für mich.

Da ist etwas, das sie mich fragen möchte. Ich erkenne es daran, wie sie den Blick auf ihre Fingernägel senkt und an ihnen herumspielt.

»Ich höre zu«, sage ich in der Hoffnung, sie damit zum Sprechen zu ermuntern.

Sie zögert ein paar Sekunden, gibt jedoch nach.

»Wie alt warst du bei *deinem* ersten Mal?«

Ich blicke zu Boden, unfähig, die Bilder dieser Nacht zu unterdrücken.

»Sechzehneinhalb«, antworte ich. »Vor fast zwei Jahren.«

Sie nickt, und ein Teil der Anspannung verschwindet aus ihren Schultern. »Und … hast du es seither mit vielen Jungs getan?«

Ein kleines Lachen entschlüpft mir trotz meiner Tränen. »Nein. Nur mit einem.«

Endlich sieht sie mir in die Augen. »Ricky?«

Ich nicke nachdenklich. »Ja.«

Sie nickt ebenfalls, weil meine Antwort ihre Vermutung bestätigt. »Warst du in ihn verliebt?«

Ein kurzes Schnauben kommt über meine Lippen.

»Ja«, gestehe ich, »aber das zwischen uns wird nie funktionieren. Er hat seine Gewohnheiten, einen bestimmten Lebensstil, und ich bin nicht bereit, das zu akzeptieren, weil ich gesehen habe, wie schnell die Dinge eine schlechte Wendung für Hunter genommen haben.«

Anstatt mir weitere Fragen stellen, sitzt Scar einfach da und denkt einen Moment lang nach, was mir die Zeit gibt, mich für die nächste Frage zu wappnen.

»Was ist mit West?«

Ihr Tonfall wird jedes Mal sanft, wenn sie ihn erwähnt. Es ist unschuldig und im Grunde harmlos, dass sie ihn so vergöttert, doch ihre schlechte Menschenkenntnis beunruhigt mich.

»Was ist mit ihm?«, kontere ich.

Sie zuckt die Achseln. »Ich weiß nicht. Denkst du, ihr zwei werdet vielleicht … du weißt schon.«

In ihrem Tonfall ist keine Spur von Lachen, nur ehrliches Interesse und Neugier. Wir reden nicht häufig über solche Dinge, also möchte sie die Gelegenheit wohl nutzen, mir auf den Zahn zu fühlen.

»Die Dinge mit West sind … kompliziert«, antworte ich ehrlich. »Ich kann also mit Gewissheit sagen, dass die Antwort auf deine Frage Nein ist.«

Als ich sie anlächle, lächelt sie ebenfalls. Fragen über Ricky und mich zu beantworten, waren nicht das, womit ich den heutigen Abend verbringen wollte, aber wenn Offenheit es ihr leichter macht, sich zu öffnen, dann werde ich darauf eingehen.

»Was ist mit dir?«, frage ich. »Denkst du denn, du liebst Shane?«

Eine lange Pause entsteht, und es überrascht mich nicht, dass sie keine unmittelbare Antwort hat.

»Wir sind schon so lange befreundet … schwer zu sagen, was ich für ihn empfinde«, gesteht sie. »Ich weiß, dass er mir wichtig ist. Und dass ich mich seltsam fühlen würde, wenn er mit einem *anderen* Mädchen befreundet wäre.«

Ich betrachte sie, während sie ihre eigenen Gefühle zu verstehen versucht.

»Das ist normal«, versichere ich ihr. »Manchmal verwischen die Eigenschaften, deretwegen wir uns freundschaftlich zu jemandem hingezogen fühlen, die Grenzen ein wenig. Das ist irgendwie das, was auch mit mir und Ricky passiert ist.«

Sie scheint zu verstehen, wovon ich rede, zumindest hoffe ich das sehr. Ich will nicht, dass sie sich deswegen schämt, aber es gibt hier definitiv eine Lektion zu lernen.

»Scar, du weißt, das darf nicht noch einmal passieren, oder? Nicht, bevor du nicht *viel*, viel älter bist.«

Der zerzauste Pferdeschwanz wippt, als sie nickt. »Ich weiß.«

»Denn Sex zu haben geht über das Körperliche hinaus. Es ist emotional und kann dich wirklich fertigmachen, wenn du nicht aufpasst«, warne ich sie sanft. »Was sich heute richtig anfühlt, kann sich morgen als der größte Fehler der Welt herausstellen.«

Obwohl ich das mit Ricky nicht bereue, kenne ich genug Mädchen, die ihre Wahl bereut *haben*.

»Und du kannst immer mit mir reden«, versichere ich ihr. »Über alles. Wann immer du möchtest.«

Sie nickt erneut, und ich lächle sie an. Als ich aufstehe, tut sie das ebenfalls.

»Ich weiß nicht, wie's dir geht, aber ich könnte eine Umarmung vertragen«, gestehe ich mit einem leisen Lachen.

Wir treffen uns in der Mitte des Raums, und sie schlingt beide Arme fest um mich. Ich küsse sie auf den Kopf und frage mich, ob ich genug gesagt habe, ob sie wirklich glaubt, mit allem zu mir kommen zu können, und ob sich Elternschaft *immer* so anfühlt.

»Ich liebe dich. Das weißt du doch, oder?«, frage ich sie.

Sie nickt an meiner Schulter. »Mehr als jeder andere.«

Diese Worte brechen mir ein wenig das Herz, weil ich mir wünsche, sie hätte noch andere außer mir. Schließlich bin ich selbst kaum erwachsen und kriege die Dinge nur so halbwegs auf die Reihe. Sie hätte es so sehr verdient. Doch das Beste, was ich tun kann, ist, zuverlässig und präsent zu sein.

Ich kann ihr meine Liebe zeigen.

Und regelmäßig da sein.

Und mich weiter darum bemühen, ihr alles zu geben, was sie braucht.

»Bist du böse?«, fragt sie, während sie mich noch immer festhält.

»Nein, ich bin nicht böse«, antworte ich, »aber eins verspreche ich dir: Sobald ich es mir leisten kann, wird dieses gesamte Haus mit Nanny Cams ausgestattet. Kein Scherz.«

Sie lacht leise und drückt mich fester. »Meinetwegen.«

23

WEST

Vor lauter Geschrei verstehe ich mein eigenes Wort nicht. Hauptsächlich jubelt man Sterling, Dane und mir zu, aber auch Austin, Trip und Marcus werden lautstark gefeiert. Wir sind gerade zum Homecoming Court dieses Jahres ernannt worden, aber es war eine erwartete Nominierung, weshalb unsere Begeisterung und Überraschung nur gespielt sind.

Derlei Veranstaltungen waren noch nie mein Ding, vor allem nicht am Ende eines langen Tages und kurz vor einem so wichtigen Spiel, wie es heute Abend noch vor uns liegt.

Trip ist der Letzte, der die Tribüne heruntergestürmt kommt, um sich zu dem Rest von uns auf dem Basketballfeld zu gesellen, während die gesamte Schule auf der Zuschauertribüne applaudiert.

Er tauscht mit Austin einen kurzen Fist-Bump aus, und wir blicken nach vorn, während sich alle wieder etwas beruhigen.

Die sechs Stühle vor uns sind für die Mädchen, die dieses Mal den Homecoming Court stellen, was ebenfalls völlig vorhersehbar ist. Kids stimmen immer für diejenigen, die sie bewundern oder fürchten, und auf mein Team trifft beides zu.

»Parker Holiday«, ruft Rektor Harrison, und der Lärm wird erneut ohrenbetäubend.

Parker humpelt die Stufen herunter, sie benötigt keine Krücken mehr, sondern nur noch eine Knöchelbandage. Das winzige Shirt, das sie trägt, verbirgt nicht viel. Wenn ihre Familie nicht die Hälfte der Schulausstattung finanzieren würde, würde man sie täglich wegen Verstoßes gegen die Kleiderordnung nach Hause schicken. Es lohnt sich offensichtlich, die Schulleitung bei den Eiern zu haben.

Sie wirft mir ein keckes Lächeln zu, bevor sie sich direkt auf dem Platz vor mir niederlässt.

Setz dich einfach hin und spiel deine Rolle, denke ich bei mir. Sie übertreibt einfach immer. Bei allem.

»Als Nächste haben wir Jocelyn Francois«, verkündet Harrison.

Als ich nach links blicke, bin ich nicht überrascht zu sehen, dass Dane ein Grinsen unterdrückt. Er kann den Blick nicht von ihr abwenden, während sie die Tribüne in hautengen Jeans und einem übergroßen Sweater, der ihr über eine Schulter gerutscht ist, hinabsteigt. Es wird noch sein Tod sein, dass er sie will.

Ich lächle, blicke wieder geradeaus und warte darauf, dass Harrison endlich fertig wird. Die Mädchen, mit denen wir Paare bilden, kommen einem Date relativ nahe, weshalb Moms Wunsch beinahe erfüllt wird. Allerdings will ich Parker morgen Abend bei der erstbesten Gelegenheit loswerden, um mir was Neues zu suchen. Dieses Mädchen ist einfach uninteressant. Im Bett und auch sonst.

Heidi und Ariana werden als Nächste aufgerufen, dann noch zwei von den Cheerleaderinnen, aber ich erinnere mich nicht an ihre Namen, obwohl ich eine von ihnen nach einer Party mal gevögelt habe. Ich glaube jedenfalls, dass sie es war.

Wahrscheinlich.

Vielleicht.

Schließlich endet die Vorstellung, und es folgt eine Ansprache darüber, wie wir uns verhalten sollen, falls wir das große Spiel heute Abend gewinnen. Das Übliche: kein übertriebenes Feiern auf dem Feld oder irgendeine andere Zurschaustellung unfairen Sportsgeists. Natürlich werden wir gewinnen. Mit vier Siegen in vier Wochen auf unserem Konto ist es unvermeidlich.

Als Nächstes spricht Harrison über die Regeln für den morgigen Tanzabend. Er beginnt mit »kein unangemessener Körperkontakt« – seine Worte, nicht meine – und »nicht rauchen auf dem Gelände«. Ich bin mir ziemlich sicher, dass ihm keiner mehr zuhört, denn wir werden genau das machen, und er wird rein gar nichts dagegen unternehmen.

Ich blende ihn aus und suche die Menge ab, bis mein Blick auf Southside fällt. Sie sieht mich ebenfalls an, und natürlich denke ich sofort daran, wie sie vor zwei Wochen in die Umkleide gestürmt ist. Ich war noch nie nackt in Gegenwart eines Mädchens, ohne dass die Dinge sich weiterentwickelt hätten. Und ganz bestimmt ist noch nie eine davonmarschiert und hat mich einfach hängen lassen.

Aber Southside ist nicht wie die anderen Mädchen. Ich habe noch nie jemanden gehasst und im gleichen Moment so sehr gewollt. Sie ist die ultimative verbotene Frucht. Die eine, der ich abgeschworen habe.

Ein unschuldiges Lächeln taucht auf ihren weichen rosa Lippen auf, und ich hasse es, dass ich weiß, wie sie sich anfühlen. Und es geht mir gegen den Strich, dass ich sie wieder und wieder auf meinen spüren will.

Sie steht auf, und ich runzle die Stirn. Mitten in Harrisons Rede steigt sie die Tribüne hinunter, und sobald sie unten angekommen ist, fällt mein Blick auf ihren Hintern. Er ist rund und perfekt und …

Ich schüttle den Kopf, während ich mich zur Vernunft rufe. Sie wird mich nicht davon abbringen, sie zu hassen. Schließlich habe ich einen guten Grund dafür.

Sie wirft einen Blick über die Schulter, der direkt auf mich zielt. Dieses freche Grinsen, das mir sagt, dass sie nichts Gutes im Schilde führt, ist noch immer da, und wenn ich nicht gerade im Mittelpunkt der Aufmerksamkeit stehen würde, würde ich herausfinden, was sie vorhat.

Sie verschwindet, und Rodriguez folgt ihr. Die Nummer, die ich vor zwei Wochen mit ihrem Auto abgezogen habe, hatte bislang noch kein Nachspiel, und ich muss gestehen, dass ich seither etwas nervös bin. Sie gehört nicht zu den Menschen, die solch eine Aktion einfach hinnehmen, was ich, um ehrlich zu sein, wahnsinnig sexy finde. Auch wenn es zugleich ihre nervigste Eigenschaft ist.

Jedenfalls stecke ich hier gerade fest, weil ich die Rolle des Königs von Cypress Hill spielen muss. Ich grinse innerlich, weil ich überzeugt davon bin, dass sie sich rächen wird und ich schon bald herausfinden werde, wie.

Und natürlich weiß sie, dass ich mich revanchieren werde.

*

BLUE

So gut habe ich mich wirklich schon *sehr* lange nicht mehr gefühlt. Sogar meine Straße scheint hübscher zu sein als sonst, als ich sie entlangfahre. Vielleicht liegt es an den Herbstblättern oder der Halloween-Dekoration, die alle Nachbarn am ersten Oktobertag aufhängen, aber ich bin tatsächlich in großartiger

Stimmung und sehe meine Umgebung in leuchtenden Farben.

Es könnte allerdings auch etwas mit den beiden Mülltüten auf meinem Rücksitz zu tun haben.

Mir den Ausgang meiner gut durchdachten Aktion während des Spiels heute Abend anzuschauen, wird die Kirsche auf der Torte sein. Ich bin ein ziemliches Risiko eingegangen, aber das war es wert.

Ich bremse und biege in unsere Auffahrt ein, doch dort steht bereits jemand auf meinem Platz. Ricky lehnt an seinem schlanken schwarzen Motorrad, die Arme vor der Brust verschränkt. Sein Blick ist durch die Windschutzscheibe auf mich gerichtet, aber seine Miene ist undurchdringlich.

Ich stelle den Motor ab, steige aus und gehe langsam auf ihn zu. Ich bin nicht dazu gekommen, mich nach unserer letzten Unterhaltung, als er vor ein paar Wochen beim Spiel aufgetaucht ist, zu entschuldigen, und seither haben die Spannungen zwischen uns nur zugenommen. Deshalb fühle ich mich total unbehaglich, als ich ihm jetzt gegenüberstehe.

»Hey«, sage ich ein bisschen leiser und zahmer als üblich.

Er nickt, erwidert den Gruß aber nicht. Stattdessen senkt er den Blick zu meinen Daumen, die ich in die Taschen meiner Jeans gesteckt habe. Als er die Augen zusammenkneift, schaue ich ebenfalls hin.

»Kunstunterricht?«, fragt er und meint damit die rosa Farbflecken auf meinen Fingern.

Ich verstecke sie hinter meinem Rücken und bin dankbar, dass *er* es als Einziger bemerkt hat. Das wäre schlecht gewesen, wenn irgendjemand den Beweis entdeckt und mich mit meiner Aktion in Verbindung gebracht hätte.

»Äh … nein. Nicht direkt«, ist alles, was ich sage. »Was ist los? Wieso bist du hier?«

Sein Blick trifft erneut auf meinen, und er legt den Kopf schräg. »Wieso bin ich *immer* hier?«

Ich verdrehe die Augen und will an ihm vorbeigehen. »Ich mach da nicht mehr mit, Ricky. Ich ka…«

»Blue, in nicht einmal einer Woche ist er nicht mehr hier«, unterbricht er mich. »Wenn du ihn jetzt nicht besuchst, wirst du eine achtstündige Fahrt Richtung Norden auf dich nehmen müssen, falls du ihn je wiedersehen willst. Und wir wissen beide, dass das nicht passieren wird. Du bist ja nicht einmal bereit, eine halbe Stunde auf dich zu nehmen.«

Mich erfasst ein Windstoß, und ich schlinge die Arme um mich und denke nach.

»Vertrau mir«, fährt Ricky fort. »Wenn ich Hunter davon überzeugen könnte, mir mitzugeben, was er dir sagen will, hätte ich das inzwischen getan. Aber er redet nicht. Nicht mit mir. Jedenfalls nicht darüber.«

Mein Blick wandert zum Haus, wo Scar wartet. Ich habe mir vorgenommen, mehr Zeit mit ihr zu verbringen, was bedeutet, dass es noch schwieriger sein wird, Zeit für Hunter zu finden, aber … auch er ist meine Familie.

Ich begegne Rickys Blick und bemerke, wie anders er mich anschaut. Es ist nicht wie sonst. Wenn ich mich nicht täusche, ist er mir gegenüber misstrauisch, was *noch nie* der Fall war.

»Ich kann heute Abend nicht«, sage ich nachgiebig. »Aber ich werde mir morgen früh Zeit nehmen.«

Er runzelt die Stirn wieder, sodass eine Falte zwischen seinen Brauen entsteht.

»Hast du etwa was Wichtigeres zu tun?« Sein Tonfall ist vorwurfsvoll.

»Ich muss zu einer Schulveranstaltung, aber ich arbeite morgen früh nicht. Ich kann also zu ihm rausfahren«, antworte ich.

Erst als Ricky den Blick senkt und den Kopf schüttelt, wird mir klar, was vielleicht sein Problem ist.

»Lass mich raten«, knurrt er. »Kannst es dir wohl nicht leisten, das Spiel von deinem Freund zu verpassen. Stimmt's?«

Ich weiß nicht, wo ich anfangen soll, um alles, was an dieser Äußerung falsch ist, zu erklären, aber ich beginne damit, dass es ihn nichts angeht, was ich unternehme oder warum ich dort bin.

»Wir sind nicht zusammen, Ricky. Hast du das vergessen?«

Er verzieht die Lippen zu einem humorlosen Grinsen, als er antwortet. »Nein, die Nachricht ist angekommen.«

Aus zahlreichen Gründen habe ich keine Zeit dafür. Doch als ich mich an ihm vorbeidränge, folgt er mir.

»Das passt nicht zu dir, Blue. Ich habe nie erlebt, dass du der Fußabtreter von irgendeinem Kerl warst. Und um ehrlich zu sein«, fügt er hinzu, »es steht dir nicht besonders gut.«

Mir kriecht heiße Wut den Rücken hinauf, und ich drehe mich zu ihm um.

»Wovon zum Teufel redest du eigentlich?«

Er streicht sich mit der Hand über seinen Kinnbart und meidet meinen Blick. »Ich habe das Posting gelesen, dass er deinen Wagen auf Ziegel aufgebockt hat«, erzählt er. »Und jetzt lässt du Hunter warten, um dir das Spiel von diesem Arschloch anzuschauen? Das ergibt einfach keinen Sinn.«

Ich habe so die Nase voll von Leuten, die mich in eine Schublade stecken wollen. Aber dass Ricky nun auch dazugehört, überrascht mich und macht mich wütend.

»Zu deiner Information, Blödmann, ich muss wegen des Journalismusklubs an der Schule sein«, erkläre ich ihm mit zusammengebissenen Zähnen. »Ja, ich muss bei dem Spiel anwesend sein, aber nur, weil von mir verlangt wird, Fotos von allen Schulveranstaltungen zu machen, und es ist nun mal so, dass heute Abend das Homecoming-Spiel auf dem Feld von Cypress Prep stattfindet. Genügt dir das? Oder willst du wissen, wie mein gesamter Stundenplan für diese Woche aussieht?«

Ich spüre, dass das der Moment ist, in dem er einen Rückzieher macht, weil er es vermasselt hat. Nachdem ich ihm meinen Standpunkt klargemacht habe, wende ich meinen wütenden Blick von ihm ab und atme tief durch.

»Ich wollte dich nicht verärgern«, lenkt er ein. »Aber als ich gesehen habe, was er gemacht hat und dass ihr ja angeblich zusammen seid, habe ich nur …«

Ich habe nichts weiter zu sagen, und er anscheinend auch nicht. Das Drama ist so ermüdend. Ein Drama, das ich um jeden Preis vermeiden wollte, muss ich vielleicht hinzufügen. Ich zähle einfach nur die Tage, bis ich die Highschool hinter mir lassen und mein normales Leben fortführen kann.

»Ich ähm … ich bin an dem Tag bei der Schule gewesen«, gesteht Ricky schließlich. »Sobald ich das Posting gesehen habe. Aber der Parkplatz war leer, als ich dort ankam, weshalb ich davon ausgegangen bin, dass ich dich knapp verpasst habe.«

Mein Blick schnellt zu ihm, und aus naheliegenden Gründen sehe ich ihn nicht mehr ganz so kalt an wie zuvor.

»Ich war mir nicht sicher, was ich zuerst tun wollte – die Reifen für dich wieder anmontieren oder diesem reichen Vollidioten in den Arsch treten, aber … ich wollte einfach dort sein.«

Es sind diese Dinge, die mich vergessen lassen, wieso ich mich so von ihm distanziert habe, doch ein Blick auf seine Tattoos auf den Fingerknöcheln – eine Erinnerung an die Gang, mit der er abhängt –, und es fällt mir wieder ein.

Als es darum ging, ob er sich für mich oder die Lebensweise hier in South Cypress entscheiden würde, standen meine Aussichten nie wirklich gut, diesen Kampf zu gewinnen.

»Du solltest dir nicht so viele Sorgen um mich machen«, sage ich ruhig, woraufhin er mich ansieht. »Wir haben größere Probleme als das.«

Er runzelt die Stirn. »Zum Beispiel?«

Ich hole tief Luft und schaue zum Haus, um mich zu vergewissern, dass die Fenster geschlossen sind, damit Scar nicht mithört.

»Hat Shane dir … in jüngster Zeit was erzählt? Über irgendeine größere Sache?«

Ricky denkt einen Moment lang nach und schüttelt dann den Kopf. »Nichts Besonderes. Wieso?«

Ich schlucke schwer, bevor ich weiterspreche. »Vor ein paar Wochen, an dem Tag mit den Autoreifen«, beginne ich, »da bin ich nach Hause gekommen und habe Scar und Shane zusammen im Bett erwischt. Und sie haben kein Nickerchen gemacht.«

Rickys Miene ist ausdruckslos, und sein Blick schweift die Straße hinunter statt zu mir.

»Verdammt …«

Ich hole tief Luft. »Genau mein Gedanke.«

Ich bin mir nicht sicher, was er denkt, aber ich bin mir sicher, dass er mindestens genauso erschrocken ist, wie ich es war.

Nun, vielleicht nicht ganz so sehr. Wenn man bedenkt, dass ich bei der ganzen Sache einen Platz in der ersten Reihe hatte.

»Ich rede mit ihm«, verspricht er. »Und ich werde ihm sagen, dass er nicht mehr vorbeikommen soll.«

»Am besten ist wahrscheinlich, wenn er wartet, bis ich zu Hause bin, denn ich glaube nicht, dass es richtig wäre, sie dauerhaft voneinander zu trennen. Bei unserem Glück schweißt sie das nur noch mehr zusammen«, sage ich mit einem leisen Lachen, das ihm ein Lächeln entlockt. »Sie sind vor allem Freunde, also … ist es wohl unsere Aufgabe, sie in die richtige

Richtung zu schubsen und ihnen zu erklären, dass es nicht gesund ist, sich zu schnell und zu früh zu binden.«

Er nickt. »Das sehe ich auch so.«

»Und falls du dich fragst, sie haben alle drei Male aufgepasst.«

»Drei?« Er wirft mir einen überraschten Blick zu.

Ich nicke. »Drei. Nachdem wir das ausdiskutiert hatten, hat sie mir die Schachtel mit Kondomen gezeigt, die sie unter dem Bett versteckt hatte, um mich zu beruhigen. Ich habe nachgezählt, und nur drei haben gefehlt, also hat sie nicht gelogen.«

Als ich zu ihm hochblicke, bin ich überrascht, dass Ricky noch breiter lächelt als zuvor.

»Was gibt es da zu grinsen?«

Er zuckt die Achseln, und seine Grübchen blitzen auf. »Es ist einfach verrückt, dass mein Bruder und ich eine Schwäche für euch Riley-Mädchen haben.«

Ich verdrehe im Spaß die Augen und steige die Treppe zur hinteren Veranda hinauf. »Ich gehe jetzt rein. Ich muss Scar und Jules abholen, bevor das Spiel beginnt. Und Händewaschen ist wahrscheinlich keine schlechte Idee.«

Ich blicke hinunter auf die rosa Farbe, die noch immer an meinen Händen klebt.

Rickys Blick ruht auf mir, während er nickt. »Ja, mach das. Und falls du jemanden zum Reden brauchst, nachdem du Hunter morgen gesehen hast, dann melde dich.«

»Okay«, sage ich und halte ihn auf, als er fahren will. »Ich habe das in letzter Zeit nicht gesagt, und ich weiß, dass ich in den letzten Monaten ein wenig zickig zu dir war, aber … danke, dass du mir ein so guter Freund bist.«

Das Lächeln kehrt zurück und mit ihm die Grübchen. »Jederzeit. Du weißt das.«

#FollowMe

@QweenPandora:

Nun, meine Lieben, die Mitglieder des diesjährigen Homecoming Court sind gewählt, und ich glaube nicht, dass die Nominierten für irgendjemanden eine Überraschung waren. Wie es aussieht, hat PrincessParker die Chance gekriegt, KingMidas wieder ein Stück näherzukommen, vor allem weil es ein wenig Ärger im Paradies gibt, das er sich mit NewGirl eingerichtet hat. Apropos, NewGirl, was ist denn bei dir los? Da ist doch dieses Foto aufgetaucht, wie du mit SeXyBeAsT in deiner Auffahrt plauderst. Hast du etwa Geheimnisse? Wir müssen wohl dranbleiben, um zu sehen, was als Nächstes passiert.

Bis dann, Leute! *~P.*

24

BLUE

Wir fahren mit heruntergelassenen Scheiben zurück zur Schule. Die Temperaturen sind deutlich gefallen zum Abend hin. Scar und Jules sind so aufgeregt wie beim letzten Mal, aber keine von beiden hat ein Wort über West verloren. Sie hatten eine Menge Fragen, als sie erfuhren – über Pandora natürlich –, dass er mein Auto auseinandergenommen hat, aber ich bin allen ausgewichen, bis weder Scar noch Jules wussten, was sie davon halten sollten. Im Moment hat niemand eine klare Vorstellung davon, wie explosiv die Dinge wirklich zwischen uns sind.

Und bei dem, was sie wissen, fragen sich die Leute, was sie glauben sollen.

Hat wirklich West das getan? Oder war es jemand anders?

Solche Gerüchte gab es. Ein paar denken, es ist das Ergebnis eines hässlichen Streits, der inzwischen beigelegt ist. Was ironischerweise dazu geführt hat, dass sie glauben, die Sache mit West und mir wäre ernster, als alle ursprünglich dachten. Wie auch immer *das* passieren konnte. Andere vermuten, es sei eine Art bitterer Vergeltungsschlag von Parkers Seite gewesen, weil ich ihr den Kerl weggeschnappt hätte oder irgend so ein Schwachsinn. Das passiert wohl, wenn es keine Fotos gibt, sondern nur Augenzeugen.

Ich bin mir sicher, dass es keine Fotos gibt, weil derjenige, der West dabei gesehen hat, wie er sich an meinem Wagen zu schaffen gemacht hat, zu ängstlich war, welche von *ihm* zu machen.

Egal, welche Schlüsse die Leute ziehen, sie liegen so oder so falsch. So viel steht fest.

Ich ertappe mich dabei, wie ich lächle, als ich auf den Parkplatz einbiege und daran denke, was ich vorhin abgezogen habe. Gleichzeitig bete ich innerlich, dass ich alle meine Spuren verwischt habe.

Scar hat mich angesehen, als wäre ich verrückt, als ich mit zwei Mülltüten voll mit den Ersatzhosen des Football-Teams ins Haus gekommen bin. Ich werde sie irgendwann zurückgeben, aber im Augenblick gehören sie mir.

Ich habe sie während der Ernennung des Homecoming Courts in der Sporthalle aus dem Lagerraum geholt. Eigentlich war es Lexi, nachdem sie zu der Erkenntnis gekommen war, dass ich zu viel zu verlieren hätte, wenn ich erwischt würde. Sie hingegen könnte die paar freien Tage gut brauchen, falls sie suspendiert würde. Während sie also *ihren* Teil erledigt hat, habe ich mich um meinen gekümmert.

Das Ergebnis dessen wird jeder, der beim Spiel anwesend ist, bald sehen.

Ich entdecke Lexi, gleich nachdem ich geparkt habe. Der Parkplatz ist bereits voll, weil die Spiele in diesem Jahr zu einer früheren Uhrzeit angesetzt sind, sodass die Schüler auch nach dem Unterricht dableiben können, um frühzeitig die Tribünen zu füllen.

Gut für den Eindruck. Gut für die Finanzierung.

Lexi winkt mich herbei, und ich führe Scar und Jules in ihre Richtung und stelle die drei einander vor. Lexi gesteht, dass sie diese Zusammenkünfte normalerweise meidet wie die Pest, aber heute Abend sei etwas Besonderes.

»Jules, Scar, das ist Lexi. Das einzig Gute an diesem gottverdammten Ort«, füge ich hinzu.

Jules verdreht die Augen, weil sie wahrscheinlich denkt, ich übertreibe, aber sie hat keine Ahnung.

»Hey«, sagt sie mit strahlendem Lächeln, und Lexi erwidert es mit einem Nicken. »Hey.«

Scar winkt, und schon sind wir auf dem Weg zu den Tribünen. Mein Herz rast, aber ich lasse mir nichts anmerken. Die Menge ist bereits ganz aufgeregt, und es gibt nur noch Stehplätze. Allerdings sind unsere Plätze mit einem laminierten Schild für Mitglieder der Zeitung reserviert.

Eine gute Seite hat der Job also doch.

Die Menge tobt, als die Ansager über die Lautsprecher alle wegen des großen Spiels heute Abend aufpeitschen.

Die Cheerleader tragen ihren Teil dazu bei, die Fans in Stimmung zu bringen, und ich halte beim Anblick des ersten schwarz-goldenen Helms, der auf dem Feld erscheint, die Luft an. Mein Blick ist auf sie alle gerichtet, doch ich warte darauf, dass West wie üblich als Letzter auftaucht.

Ein Raunen geht durch die Menge, als sie ihn sehen. Getuschel wird laut, während die Verwirrung zunimmt. Vermutlich schauen sie alle auf die knallpinken Buchstaben, die vertikal auf Wests Hose gemalt sind: BITCH.

Ihn dort draußen zu sehen, wie er mein Werk trägt, hinterlässt ein rundum zufriedenes Gefühl bei mir. Es ist einfach perfekt gelaufen. Zuerst einmal wegen des früher angesetzten Spiels, sodass es den anderen unmöglich war, West mit einer anderen Hose zu retten, und dann wegen Lexis Bereitschaft, die Ersatzhosen aus dem Lagerraum zu stehlen, was West nur zwei Optionen ließ: das Spiel auszusitzen … oder die Welt wissen zu lassen, was er wirklich ist.

Meine Bitch.

Ich muss mich sehr beherrschen, um nicht zu Lexi zu blicken und zu lächeln. Besonders als Scar fragt, wer denn nur so etwas tun würde. Jules wirft mir einen wissenden Blick zu und verbirgt ihr Lachen hinter ihrer Hand.

»Meine Damen und Herren, wie es scheint, haben wir ein kleines Problem mit der Garderobe«, kommentiert der Ansager.

Ich pruste los vor Lachen. Ich kann nichts dagegen tun. Trotzdem hätte ich West gern ein Fünkchen seines Selbstvertrauens gestohlen, was mir allerdings eindeutig nicht gelungen ist. Er trägt den Kopf noch immer genauso hoch, und er sieht kein bisschen weniger konzentriert aus. Aber darum ging es nicht. Bei diesem Schachzug ging es nur darum, dass ich gewinne. Und dank der Tatsache, dass ich bei der Zeitung bin, wird dieser Moment für alle Zeit verewigt.

Ich halte mein Telefon hoch und schieße ein Foto. Ob ich die Erlaubnis bekomme, dieses Baby zu veröffentlichen oder nicht, das wird *definitiv* mein bester Exklusivbericht.

*

Cypress Prep fegt das gegnerische Team vom Platz, was bereits vorher alle wussten. Und bei alldem trug ihr geliebter QB-1 während des gesamten Spiels meine rosa beschriebene Hose.

Irgendwann kam eine Frau – vermutlich seine Mutter – mit einer Ersatzhose, doch West lehnte sie mit einem Kopfschütteln ab. Für diesen eingebildeten Bastard war das Ganze wahrscheinlich ein Machtspiel, und er wollte mir damit beweisen, dass ich ihn nicht kleingekriegt habe. Für ihn war dies die Gelegenheit, mir zu zeigen, dass meine Aktion ihn nicht daran hindern konnte, auf dem Football-Feld zu glänzen.

Und trotzdem … Ihn dabei zu beobachten, wie unerschütterlich er dort auf dem Feld war und voller Selbstvertrauen sein Spiel durchzog, gefiel mir besser, als es sollte.

Weil ich eine Idiotin bin.

Scar ist bereits wieder auf dem Weg zum Wagen und hält sich das Telefon nah ans Gesicht, während sie eine Nachricht tippt. Wahrscheinlich an Shane – ich behalte die Sache mit den beiden genau im Auge. Jules entdeckt zwei Mädchen, die sie vom Volleyball her kennt, also sind Lexi und ich einen Moment allein – höchst zufrieden, weil wir die Aktion reibungslos über die Bühne gebracht haben.

Das selbstgefällige Grinsen gibt mir eine Zeit lang ein gutes Gefühl, das noch besser wird, als ich West entdecke.

»Oh-oh! Das gibt Ärger«, verkündet Lexi und macht sich davon, weil die pure Entrüstung in Stollenschuhen und Schutzausrüstung auf mich zustürmt. Gerade eben war er noch von seinen Fans umringt bei dem Team, aber jetzt habe ich zu hundert Prozent seine Aufmerksamkeit. Und genau wie er kann ich den Blick nicht abwenden.

Schweißüberströmt und seine grünen Augen fest auf mich gerichtet, kommt West auf mich zu. Ich bin nicht einmal überrascht, als er wie immer zu dicht an mich herantritt. Allerdings ist er nicht wütend, wie ich gedacht habe. Vielmehr ist es etwas anderes, was seinem Blick eine Wildheit verleiht.

Sein warmer Atem streicht über meinen Hals, als er sich nach vorn beugt, um mir etwas zuzuflüstern.

»Nicht schlecht, Southside«, gibt er amüsiert zu. »Aber du hast eins missverstanden.«

Ich erschauere, was nichts mit der kühlen Luft zu tun hat, sondern nur damit, dass ich seinen Geruch einatme. Er ist so männlich und ursprünglich, und ich kann nicht behaupten, dass er mir missfällt.

»Und das wäre?«, frage ich schließlich, während ich in seine kühnen Augen blicke und mich auf die völlig falsche Weise schwach fühle.

Er öffnet die Lippen, und ich bin ganz Ohr.

»Wir wissen doch beide, wer von uns wirklich die Bitch ist, oder nicht?«, knurrt er mit einem Grinsen.

Ich bin kaum in der Lage, die Worte zu verarbeiten, als sich feuchte Wärme auf meine Lippen presst. Sein unverfälschter Geschmack ist in diesem Moment alles für mich, und ich weiß nicht, wie mir geschieht. Weil ich nicht weiß, was ich mit meinen Händen anstellen soll, bewegen sie sich wie von selbst und fahren in sein warmes, feuchtes Haar, um ihn dichter an mich heranzuziehen, während der Helm, den er in der Hand hält, gegen meinen unteren Rücken drückt.

Seine Zunge dringt in meinen Mund ein. Instinktiv dränge ich mich gegen ihn und gebe ihm damit wieder einmal, was er fordert. Er mag derjenige mit den Buchstaben auf seiner Trikothose sein, aber dass ich ihm erlaube, mich so zu küssen – und es sogar genieße –, sagt eine Menge über mich aus.

Er löst sich von mir, und sein dunkler Blick brennt sich in mich hinein und lässt mich erregt und verwirrt zurück, als er zurückweicht. Doch er geht nicht, ohne mir zuvor vor aller Augen einen Klaps auf den Hintern zu geben, um sein Territorium zu markieren.

Die anderen sollen glauben, dass ich ihm gehöre, weil er denkt, dass es für mich nichts Abstoßenderes gebe, aber … ich bin mir nicht sicher, was ich wirklich in diesem Moment denke. Trotzdem bin ich mir auf einmal bewusst, wie viele Augenpaare auf mir ruhen.

Vor allem *Parkers*.

Darin liegt ein stärkerer Hass als sonst, mehr von der eisigen Ausstrahlung, die sie stets verströmt. Sie geht wortlos vorbei, aber ich spüre genau, was sie denkt: Ich bin ihr im Weg, versperre ihren Zugang zu West.

Obwohl die Aufmerksamkeit, die ich von ihm bekomme, ziemlich negativ ist, ist es mehr, als sie mir zugestehen will.

Sie denkt, ich verdiene sie nicht.

Unsicher kaue ich auf meiner Unterlippe und fühle mich unwohl angesichts der ganzen Augenpaare, die auf mich gerichtet sind. Daher marschiere ich mit verschränkten Armen im Eiltempo zu meinem Wagen.

Was ist nur los mit mir?

Ich bin auf eine Weise verkorkst, die mir bisher selbst noch nicht bewusst war, aber was wirklich überraschend ist … Ich glaube so langsam, dass West und ich an der gleichen Sorte Dummheit leiden. Und so falsch das auch sein mag, finde ich die Vorstellung, mehr über unsere kämpferischen, explosiven Charaktere herauszufinden, gar nicht mehr so schrecklich.

Nennt mich verrückt.

#FollowMe

@QweenPandora:

Wie erwartet haben unsere Jungs der Cypress Prep einen weiteren Sieg eingebracht! Und das alles mit KingMidas in einem Paar ... einzigartig bemalter Hosen. Vielleicht eine kleine Vergeltung für einen gewissen Zwischenfall mit abmontierten Autoreifen? Wer weiß! Aber es ist für uns alle mehr als offensichtlich, dass CPAs neues Lieblingspärchen eindeutig Wiedergutmachung leistet. Warum ich mir dessen so sicher bin? Sagen wir, bei der Erinnerung an einen gewissen Kuss nach dem Spiel bricht mir NOCH IMMER der Schweiß aus. Hm ... ich frage mich, wie SeXyBeAsT es findet, dass NewGirl ein doppeltes Spiel spielt.

Bis dann, Leute! ~*P.*

25

BLUE

Ich habe geschworen, diesen Ort niemals zu betreten. Er ist kalt, er bricht mir das Herz. Und ist im Moment das Zuhause meines Bruders.

Jedenfalls, bis er in einer Woche verlegt wird.

Das Prozedere mit der Anmeldung, die Warterei, dass meine Nummer aufgerufen wird, und anschließend die Leibesvisitation haben fast eineinhalb Stunden gedauert. Jetzt sitze ich hier und warte auf Hunter an einem Ort, der aussieht wie meine frühere Cafeteria an der South Cypress. Kleine, quadratische Tische mit anmontierten Stühlen sind im Raum verteilt und am Boden befestigt. Alles ist trostlos und steril und einfach deprimierend. Dieser Ort weckt in mir den Wunsch, für den Rest meines Lebens auf dem Pfad der Tugend zu wandeln. Das ist wohl auch der Sinn.

Mein Knie hat nicht aufgehört zu wippen, seit ich von einem Wachmann hereingeführt worden bin. Es wäre nett, ein wenig mit Jules, Scar oder Lexi zu plaudern, aber da ich all meine Sachen in ein Schließfach packen musste, bin ich mit mir allein.

Mit mir und meiner Angst.

Jedes Mal, wenn jemand an dem Fenster aus Panzerglas auf der gegenüberliegenden Seite vorbeiläuft, denke ich, dass es

Hunter sein könnte, aber ich werde stets enttäuscht. Ich verspüre zu gleichen Teilen Freude und Grauen. Es ist so lange her, dass ich ihn gesehen habe, aber ich weiß, dass es mich fertigmachen wird, ihn an diesem Ort zu treffen. Um Scar das hier zu ersparen, habe ich Jules gebeten, rüberzukommen und ihr Gesellschaft zu leisten. Von Scar gab es heftigen Protest, weil ich sie nicht mitnehmen wollte, doch jetzt, wo ich hier sitze und zuhöre, wie sich eine Frau links von mir die Augen aus dem Kopf heult, weiß ich, dass ich die richtige Entscheidung getroffen habe.

Als diesmal jemand an dem Fenster vorbeigeht, ist es kein falscher Alarm. Mein Herz klopft so schnell wie nie zuvor in meinem Leben, als ich meinen Bruder sehe, und ich kämpfe sofort mit den Tränen. Was würde ich dafür geben, ihn einfach nur umarmen zu können, aber ich weiß, dass das nicht erlaubt ist. Keine Berührungen.

Ich atme tief durch und beschließe aufzustehen, als der Wachmann die Tür aufstößt. Dann kommt Hunter herein. Er trägt einen knallorangenen Overall, und ich bin mir sicher, dass ich ihn nur noch so vor mir sehen werde, wenn ich die Augen schließe.

Einen Moment lang wendet er mir den Rücken zu, während man ihm die Handschellen abnimmt. Dann sehe ich nach viel zu langer Zeit zum ersten Mal wieder sein Gesicht, aber … auf der einen Seite hat er Schnittwunden und Prellungen. Und sein Auge ist praktisch zugeschwollen.

Meine Brust zieht sich zusammen, und ich zwinge mich zu atmen, um meine Gefühle unter Kontrolle zu bekommen. Er fängt meinen Blick auf, und seine Augen füllen sich vor Erleichterung ebenfalls mit Tränen. Sofort verspüre ich Schuldgefühle, weil ich ihn so lange habe warten lassen, aber zu all meinen Empfindungen gehört auch Wut.

Er ist besser als das, besser als dieser *Ort* hier. Scar und ich hätten Grund genug sein müssen, damit er niemals hier landet.

»Du bist gekommen«, sagt er atemlos und versucht, stark zu sein, doch seine Unterlippe zittert, als er vor mir steht.

Zuerst finde ich keine Worte, doch ich reiße mich zusammen, und es gelingt mir zu lächeln. Wenn auch nur ein schwaches, aufgesetztes Lächeln.

»Schön, dich zu sehen«, erwidere ich schließlich, bevor wir uns setzen.

»Trotz des blauen Auges und allem?« Ich höre die Verlegenheit in seiner Stimme, als er versucht, die Situation aufzulockern.

»Ist es … Geht's dir gut?«, stammle ich.

Ein lässiges Schulterzucken kann mich nicht täuschen. Die bedrohlichen Verletzungen in seinem Gesicht verraten mir alles, was ich wissen muss.

»Kommt drauf an, wie man *gut* definiert.«

Eine faire Antwort, wenn man es sich überlegt.

Um die Stimmung aufzuhellen, grinse ich ihn an. »Hast du dem anderen wenigstens auch ein paar verpasst?«

Ein kleines Lachen entschlüpft ihm. »Ein oder zwei Treffer hab ich gelandet, aber nichts im Vergleich zu der Abreibung, die du laut Ricky Loren Pete verpasst hast. Was war denn da los?«

Ich muss lachen. »Sie hat im falschen Moment ihre große Klappe aufgerissen.«

»Na klar.« Der fröhliche Ausdruck verschwindet wieder von seinem Gesicht, und wir verfallen in ein seltsames Schweigen.

Er senkt den Blick auf den Tisch und trommelt nervös mit den Fingern auf die Platte.

»Geht es, äh … geht es dir und Scar gut?« Er sieht zu mir auf, und mir entgeht nicht, wie sehr ihn das alles mitnimmt.

Ich zucke die Achseln. »Kommt drauf an, wie man *gut* definiert.«

Als ich seine Antwort von vorher wiederhole, stößt er ein leises Lachen aus, bevor er den Blick erneut senkt.

»Benimmt Mike sich?«

Bei dieser Frage kann ich nur die Augen verdrehen. »Mike ist Mike.«

Hunter nickt wissend. »Wohl wahr.«

Nachdem er einen Blick über die Schulter geworfen hat, um mit dem Wachmann Augenkontakt aufzunehmen, rutscht er an die Stuhlkante und sieht mich wieder an.

»Hör mal, Blue-Jay, ich muss dir was sagen, und ich weiß, du wirst sauer sein, aber du darfst nicht überreagieren, indem du einen Haufen Fragen stellst, klar?«

Ich nicke zögerlich. »Worum geht's?«

Er wirft zum zweiten Mal einen Blick über die Schulter.

»Du musst vorsichtig sein da draußen. Ich meine, verriegle Fenster und Türen hinter dir und hab ein Auge auf fremde Fahrzeuge, die dir ein wenig zu lange folgen, und auf Leute, die sich dir nähern.«

Ich runzle die Stirn und missachte seinen Wunsch, nicht mit Rückfragen zu reagieren. »Wovon redest du? Wer ist hinter uns her? Warum sollte jemand …?«

»Du hast mir versprochen, nicht zu fragen«, schneidet er mir das Wort ab.

»Tut mir leid, aber das war, *bevor* du die Aufgabe, mich um Scar zu kümmern, eine Million Mal schwerer gemacht hast«, rufe ich und lenke die Aufmerksamkeit derjenigen auf mich, die um uns herum an den anderen Tischen sitzen.

Hunter wirft einen vorsichtigen Blick zur Seite. »Mach keine Szene«, flüstert er.

»Willst du mich verarschen?« Ich bin noch immer zu laut, aber ich kann mich nicht beherrschen.

Er greift nach meinen Händen, um mich zu beruhigen, zieht

sie jedoch rasch zurück, als ihm einfällt, dass das nicht erlaubt ist.

»Blue, ich … ich weiß, dass jetzt alles an dir hängt. Ich weiß, dass Mom abgehauen ist. Ich weiß, dass Mike mehr Last als Hilfe ist. Glaub mir, ich hasse mich jeden Tag, den ich an diesem verdammten Ort aufwache, dafür, dich im Stich gelassen zu haben. Aber du musst mir glauben«, bettelt er. »Ich hasse es, dass der Mist, den ich gebaut habe, den beiden Menschen schadet, die mir am meisten am Herzen liegen, aber ich kann es nicht mehr ändern. Alles, was ich jetzt tun kann, ist, euch so gut wie möglich von hier drin aus zu beschützen.«

Ich blicke ihn mit brennenden Augen an und blinzle Tränen weg, die meine Sicht verschwimmen lassen. Wie kann er es wagen, mich hierherzulocken, nur um noch mehr Verantwortung auf meine Schultern zu laden, ohne mir zu sagen, warum?

Als ich aufstehe, vergisst er die Distanzregel und packt mich am Handgelenk.

»Riley«, ruft eine der Wachen, woraufhin Hunter mich sofort loslässt. In ihm hat sich so viel Frust aufgestaut, doch er versucht, sich zu beherrschen und Ruhe zu bewahren.

»Blue, ich … ich weiß, du hasst mich gerade, und das zu Recht, aber ich bitte dich, passt auf euch auf.«

Ich starre zu ihm hinunter, während er dort sitzt und gegen die Tränen kämpft.

»Ist es ihre Familie?«, bringe ich schließlich heraus.

Wir reden nie über sie – das Mädchen, das er getötet hat –, doch wie es aussieht, haben wir keine andere Wahl. Er schließt die Augen ganz fest, als ich die Arme vor der Brust verschränke.

»Antworte mir«, zische ich. »Es geht um Robyn, nicht wahr?«

Beim Klang ihres Namens zuckt er zusammen. »So einfach ist das nicht, Blue. Ich …«

»Ich hätte nicht kommen sollen.« Ich kann die Worte nicht zurückhalten.

»Blue!«

Ich drehe mich nicht um, weil ich kaum dazu in der Lage bin, einen Fuß vor den anderen zu setzen. Alles tut weh, innerlich wie äußerlich. Das Leben verpasst mir einen harten Schlag nach dem anderen, und ich bin mir nicht sicher, wie viel ich noch ertragen kann. Während ich Distanz zwischen meinen Bruder und mich bringe, fühle ich mich zerbrechlich wie schon lange nicht mehr. Und wenn ich unter dem Druck nicht kaputtgehen will, muss etwas geschehen.

Schnell.

26

BLUE

»Das war's? Keine Erklärung? Nur ›Passt auf euch auf‹?«, fragt Jules und betrachtet mich im Spiegel, während sie auf eine Antwort wartet.

»Ja. So ziemlich.«

Ich senke den Blick, während meine Gedanken rasen. Jules ist eine willkommene Abwechslung heute Abend, auch wenn der Grund für ihren Besuch noch immer den Wunsch in mir auslöst, meinen Kopf gegen die Wand zu schlagen.

Ich hatte überhaupt nicht vor, zum Homecoming-Ball zu gehen, doch sie hat so eine Art, mich zu Dingen zu überreden, die ich gar nicht tun will. Natürlich hat uns das schon immer in große Schwierigkeiten gebracht. Sie hat angeboten, uns Tickets an der Abendkasse zu besorgen, und versprochen, dass wir großen Spaß haben würden, aber ich bin mir ziemlich sicher, es wird genau das Gegenteil der Fall sein.

Es war schwer, ihre Idee abzuschmettern, weil sie Scar bereits bei Onkel Dusty für einen Übernachtungsbesuch angemeldet hatte. Außerdem hat sie eine Auswahl an Kleidern, Make-up und Haarschmuck auf meinem Bett ausgebreitet, die für mich alle wie Folterinstrumente aussehen. Als ich mich nach meinem Besuch bei Hunter ohne jede Erklärung an ihrer

Schulter ausgeheult hatte, hat sie mir befohlen, zu duschen und den Rest ihr zu überlassen.

Und Folgendes passiert, wenn ich ihr den Rest überlasse: Ich sitze auf einem Stuhl, während sie sich wie ein Profi um mein Gesicht und meine Haare kümmert.

»Na also«, sagt sie lächelnd, als sie mehrere Beach-Waves auf meinen Schultern drapiert.

Ich starre in den Spiegel, denn mit dem glänzenden roten Lippenstift, den sie mir aufgetragen hat, ist es schwer, nicht meine Mutter zu sehen, die den Blick erwidert.

»Und jetzt das Kleid«, fügt sie mit einem fröhlichen Grinsen hinzu.

In meinem Morgenmantel stehe ich auf und folge ihr zum Bett, wo sie alles ausgebreitet hat, was sie von zu Hause mitgebracht hat.

»Wähl eins aus«, verlangt sie.

Ich sehe mir alle an und finde, dass jedes Kleid aussieht, als würde man mich damit sofort für unangemessene Zurschaustellung nach Hause schicken. Doch dann fällt mir etwas ein. Nach Hause geschickt zu werden ist gar kein schlechter Plan. Wenigstens hätte Jules das Gefühl, dass ich es zumindest versucht habe, unter Leute zu kommen, während ich mich am liebsten unter einer Decke verkriechen würde.

»Ich nehme das da.«

Sie sieht mir dabei zu, wie ich nach einem schwarzen Bodyconkleid mit schlichten langen Ärmeln greife, wobei die Schlichtheit dort endet. Es ist extrem eng und kurz, sodass ich in null Komma nichts rausfliegen werde und zurück nach Hause könnte.

»Großartig«, strahlt sie. »Ich habe eine perfekte Lariatkette aus Silber und schwarze Bondage Boots dazu.«

»Bondage Boots? Das klingt nach Piratenporno.«

Lachend verdreht sie die Augen, bevor sie die nächste Welle der Begeisterung überrollt. »Oh! Ich werde ebenfalls Schwarz tragen. So passen wir zusammen, wenn wir nebeneinanderstehen.«

Unsere Blicke treffen sich, und sie ergreift meine Hände.

»Freu dich! Du wirst heute Abend allen anderen die Show stehlen.« Sie zieht eine Braue hoch, bevor sie hinzufügt: »Und falls West einen Puls hat, wird er dir, nachdem er dich in diesem Kleid gesehen hat, innerhalb von Sekunden aus der Hand fressen. Wenn er das nicht sowieso schon tut.« Sie wackelt mit den Brauen, was nicht gerade subtil ist.

Ich zwinge mich zu lächeln, aber nur so lange, bis sie sich umdreht, um ein paar Accessoires zusammenzusuchen.

Wieso musste sie nur seinen Namen erwähnen?

Die Erinnerung an den Kuss von gestern Abend löst umgehend eine Hitzewallung in mir aus, die an meinem Oberkörper hinaufsteigt und mein Gesicht glühen lässt. Dieser Kerl verbrennt mich innerlich – vor Zorn und Verlangen.

Unser Katz-und-Maus-Spiel geht plötzlich in eine andere Richtung und ist somit nicht mehr vorhersehbar, weshalb ich mich frage, ob er das, was ich aus Rache tue und sage, hasst oder … ob er heimlich darauf abfährt.

Verdammt, vielleicht tun wir das beide bis zu einem gewissen Grad.

Ich brauche wirklich Hilfe.

Ein schwerer Seufzer kommt mir über die Lippen, als ich das Kleid von seinem Bügel nehme und ins Bad gehe, um mich umzuziehen.

Lieber Gott. Lass diesen Abend so schnell wie möglich vorüber sein. Bevor ich etwas Dummes tue, das ich später bereuen werde.

*

WEST

Ich bin schon seit zwei Stunden hier und suche noch immer alle paar Sekunden die Sporthalle ab.

Ich bekomme das verdammte Mädchen nicht mehr aus dem Kopf. Egal, was ich tue.

Wahrscheinlich taucht sie nicht einmal auf, nachdem sie sozial auf dem Abstellgleis ist. Ihre einzige Freundin auf der Cypress Prep würde nie irgendwo hingehen, wo sie nicht Jeans und T-Shirt tragen kann. Also, ja, die Chancen stehen gut, dass ich umsonst Ausschau halte.

Wieso tue ich es überhaupt?

So ein Mist!

Parker schreit überrascht auf, als ich sie packe, an mich ziehe und ihr die Zunge in den Hals stecke, nur um die andere aus dem Kopf zu kriegen. Es wird nicht funktionieren, aber ich bin gewillt, es zu versuchen.

Ich lasse Parker los, doch sie bleibt dicht bei mir und umfasst mich an der Taille, während sie mit einem zärtlichen Lächeln zu mir hochblickt. *Zu* zärtlich. Ich hasse den Scheiß.

Sie hat praktisch Herzchen in den Augen, Träume von einem weißen Lattenzaun und zwei Komma fünf Kindern. Mit mir an der Leine.

Das wird nie passieren.

Die ganze Sache zwischen uns war nie mehr als ein Zeitvertreib, doch ich langweile mich schon seit Monaten.

Sie ist zu … perfekt. Zu glatt und geschniegelt in allem. Vielleicht liegt es an mir, aber ich mag Mädchen ein bisschen ruppig, ein bisschen verrückt.

Wie Southside.

Ich schließe fest die Augen, als der unerwünschte Gedanke mich mit voller Wucht trifft.

»Stimmt was nicht?«, fragt mich Parker.

Ich schüttle den Kopf und lüge. »Nein, nur Kopfschmerzen.«

»Soll ich dir was bringen? Wasser? Ich glaube, ich habe Tabletten in meiner Handtasche, wenn …«

»Ich brauche nichts«, unterbreche ich sie. Das Mundwerk dieses Mädchens steht keine Minute still.

Sie beruhigt sich und dreht mir den Rücken zu, wobei sie ihren Hintern an meinen Schwanz presst. Ich werfe meinen Brüdern, die bereits lachen, einen Seitenblick zu.

Parker wird man schwerer los als einen Blutegel.

Die Musik ist laut, weshalb Parker nicht hört, was Dane zu mir sagt.

»Wieso servierst du sie nicht ab und holst dir, was du *wirklich* willst?«, fragt er.

Ich runzle die Stirn. »Wovon zum Henker redest du?«

Er nickt lediglich in Richtung Eingang – wo Southside auf High Heels und mit rotem Lippenstift gerade ihren sexy Hintern in die Sporthalle schiebt. Sie ist völlig overdressed – als wollte sie einen Club besuchen –, aber sie ist megaheiß, und sie weiß es.

Parker denkt, sie wäre der Grund für meinen wachsenden Ständer, und blickt mich diskret lächelnd an.

Ich habe den Blick keine Sekunde von Southside abgewandt, als Dane sich wieder zu meinem Ohr beugt.

»Fünfhundert Mäuse, dass du deinen grübelnden Hintern irgendwann zu ihr rüberbewegst, um mit ihr zu sprechen.«

Während ich mir sein Wettangebot anhöre, ist mir bewusst, dass ich noch immer zu ihr hinüberschaue wie ein Hund, der sein Herrchen verloren hat.

»Leicht gewonnenes Geld«, antworte ich.

Er dreht sich erneut in Richtung Southside, um sie anzuglotzen, und grinst, während er einen Schluck aus seinem Becher nimmt. »Okay. Vergiss nicht, was du gesagt hast.«

27

BLUE

Jules und ich stehen in der langen Schlange, um unsere Tickets zu kaufen. Natürlich entdecke ich in dem Moment, als wir die dunkle Sporthalle betreten, den Teufel höchstpersönlich. Wie üblich wird er von seinen Brüdern flankiert, aber zu meinem Verdruss klebt Parker an seiner Brust. Sie hat mich noch nicht entdeckt, aber West schon.

Irgendwie gelingt es ihm stets, mich als Erster zu finden, als würde er sowieso die ganze Zeit nur auf den Moment warten, wenn ich den Raum betrete.

Stalker.

Selbst aus dieser Distanz und mit gedimmten Lichtern bemerke ich jedes Detail an ihm, obwohl mir Parker teilweise die Sicht versperrt. Das eng anliegende weiße Hemd, die bis zu den Ellbogen aufgerollten Ärmel, die seine Tattoos freigeben. Die Uhr, in der sich die bunten Lichter spiegeln, die sich über uns drehen. Die dünne dunkle Krawatte um seinen Hals.

Ich erkenne sogar den Ausdruck in seinen Augen, der mich dazu herausfordert, so zu tun, als fühlte ich nichts.

Ich sehe dich, King Midas. Aber du hast keine Macht über mich.

»Da können die Bälle an der South Cypress nicht mithalten«, sagt Jules und unterbricht meine Überlegungen.

Ich lächle und kann ihr nur zustimmen. Das Budget dort für solche Veranstaltungen ist wahrscheinlich gleich null.

»Wo ist deine Freundin Lexi?«, fragt sie.

»Zu Hause«, antworte ich mit einem Lachen. »Sie mag Menschenansammlungen einfach nicht.«

Jules nickt. »Wie schade. Sie scheint ganz cool zu sein.«

Ich lächle, als ich daran denke, wie sie mir gestern den Rücken freigehalten und mir geholfen hat, wenigstens ein klein wenig Rache an West zu nehmen.

Ich sehe mich in der Halle um und schaue absichtlich nicht in seine Richtung. Die Party ist in vollem Gang, und Jules und ich haben anscheinend die Hälfte versäumt, weil ich beim Anziehen getrödelt habe. Die Tanzfläche ist proppenvoll mit Körpern, die sich im Rhythmus bewegen und aneinanderreiben. Mein Brustkorb vibriert wegen der Bässe, und ich werde an Zeiten erinnert, als mir so etwas noch Spaß gemacht hat.

Damals, als das Leben beträchtlich einfacher war.

»Lass uns tanzen!«, ruft sie über die laute Musik hinweg. »Das wird lustig.«

Ich bin kurz davor, ihr zu sagen, dass ich nicht in Stimmung sei, aber wie üblich kann ich ihr nichts abschlagen. Mit einem tiefen Seufzer nicke ich und stimme somit einer weiteren Foltermaßnahme zu.

Jules zieht mich in die Mitte, wo sie die Augen schließt und sich im Rhythmus der Musik bewegt. Ich bin irgendwie steif, versuche aber, mich zu amüsieren.

Ich versuche es.

Bilder von Hunter in seinem Overall – mit all den Schrammen und Prellungen – tauchen immer wieder in meinem Kopf auf, und ich muss sie gewaltsam verdrängen. Ich habe mein Leben lang so getan, als wäre alles okay, ich kann das auch heute Abend.

Ich entspanne mich ein bisschen. Als ich etwas lockerer werde, spüre ich, wie all der Mist, den ich die ganze Woche mit mir herumgeschleppt habe, langsam von mir abfällt. Doch dann tanze ich plötzlich nicht mehr allein. Ein mächtiger Körper nähert sich mir von hinten und stößt mich an, was zuerst zufällig wirkt, aber dann umfassen große Hände meine Taille mit einem selbstsicheren Griff, den ich nicht ignorieren kann. Und er riecht wie ein Traum.

Ein wilder, heißer, sexy Traum.

Seine Bewegungen passen sich meinen an, er reibt sich schamlos an meinem Hintern, und ich schnappe nach Luft. Erst jetzt drehe ich mich um, und mein Herz setzt einen Moment aus. Das ist definitiv ein Golden Boy hinter mir, nur … ist es nicht der, den ich erwartet hatte.

Dane wirft mir ein düsteres Lächeln zu, und ich habe das Gefühl, als hätte ich etwas Falsches getan. Aber … das ergibt keinen Sinn. Ich bin Single, an niemanden gebunden. Niemandem *verpflichtet*.

Trotzdem fühlt es sich seltsam an.

Er spürt wohl, dass ich verlegen bin, als ich mich ein wenig versteife, denn er beugt sich zu meinem Ohr herunter und spricht mit tiefer Stimme.

»Wenn du willst, dass er zu seinem Scheiß steht, dann spiel mit.«

Ich runzle verwirrt die Stirn, aber mehr erklärt er nicht. Und dann tanzen wir wieder – eng, intim und total heiß.

Ich überlasse Dane die Führung und entspanne mich, beuge mich nur ein kleines bisschen nach vorn und stoße mit den Hüften gegen ihn, noch immer völlig verwirrt von dem, was hier gerade vor sich geht.

Versucht er, seinen Bruder zu provozieren? Den König der Cypress Prep höchstpersönlich?

Jules wirft mir einen Blick zu, und ich weiß bereits, was sie denkt: dass ich mit dem falschen Bruder tanze. Aber sie weiß nicht, dass jeder der Golden Boys der falsche Bruder ist.

Vor allem West.

Doch jetzt hat Dane meine Neugier geweckt, und ich kann es mir nicht verkneifen, zu West hinzuschauen. Es überrascht mich kein bisschen, dass sein wütender Blick starr auf uns gerichtet ist. In einem völlig scheinheiligen Akt lässt er zu, dass Parker an ihm klebt. Er tanzt mit ihr, doch er wirkt abgelenkt.

In dem vollen Bewusstsein, dass er die Aufmerksamkeit seines Bruders hat, streicht Dane mit den Händen über meine Hüften und steuert sie mit seiner Berührung. Dann spüre ich, wie seine warmen Fingerspitzen zu meinen Oberschenkeln gleiten, die von dem Kleid, das ich ausgewählt habe, kaum bedeckt werden.

Mein Herz rast gegen meinen Willen, während ich das Tanzen mit ihm aus zwei ganz unterschiedlichen Gründen plötzlich genieße. Einer ist völlig offensichtlich: Er ist heiß. Aber am meisten gefällt mir, was es mit West macht.

Wenn man bedenkt, dass seine Augen fast nie etwas verraten, sehe ich jetzt *alles* in ihnen – Verwirrung und Zorn.

Eifersucht.

Ich wende mich von ihm ab und lehne mich mehr an Dane, schlinge meinen Arm um seinen Hals und lasse meine Finger in sein Haar gleiten.

Er fühlt sich an wie West, was ein ziemlich großes Kompliment ist, wenn man es recht bedenkt. Die Wärme von Danes Atem strömt über mein Schlüsselbein, als er sich über mich beugt. Dann berühren mich seine Lippen dort, und ich schließe die Augen. Ich verschmelze jetzt völlig mit ihm, genieße das Gefühl, wie seine Hände an dem eng anliegenden Stoff meines Kleides hinabgleiten.

Ich habe alle anderen in der Halle fast vergessen, doch dann löst sich die Fantasie, in die er mich entführt hat, in Sekundenbruchteilen wieder in Luft auf.

Ich werde fest am Handgelenk gepackt und ruckartig aus Danes Umarmung gerissen. Als ich mich zu ihm umdrehe, hat er ein verschlagenes Grinsen im Gesicht und hält meine Hand noch so lange fest, bis ich außer Reichweite bin. West ist offenbar quer durch die Halle marschiert, um mich von seinem Bruder wegzuzerren, während Parker aus der Ferne wütend zusieht.

Alle Augen sind auf uns gerichtet, und ich bin überrascht, dass er eine solche Szene macht. Normalerweise ist er die Ruhe selbst und lässt sich nie aus der Fassung bringen. Aber wenn ich das richtig sehe, habe ich ihn zur Weißglut getrieben, sodass es ihm egal ist, wer mitbekommt, dass er die Beherrschung verliert.

Er sagt kein Wort, während er mich wie ein ungehorsames Kind am Handgelenk quer durch die Halle zerrt. Währenddessen kann ich nicht aufhören zu lächeln. Vielleicht liegt es einfach an dem Wissen, dass *DER West Golden* kein Gott ist. Er ist menschlich und versteckt seine Schwächen und Narben genau wie alle anderen.

Erst als wir um zwei Ecken gebogen sind und uns in einem schwach beleuchteten Gang gegenüberstehen, ergreift er das Wort.

»Was zum Teufel war das?«

Das Grinsen auf meinem Gesicht macht ihn nur noch wütender. »Wir sind auf einer Tanzveranstaltung«, erinnere ich ihn. »Ich habe getanzt.«

»Nicht mit ihm«, schäumt er. »Nicht so.«

Ich kann mir ein Lachen gerade noch verkneifen. »Du klingst wahnsinnig prüde. Hast du noch nie zwei Leute gesehen …«

»Nicht. Mit. Ihm«, wiederholt er, und sein Tonfall lässt mich kurz innehalten.

Sein wilder Blick ist auf mich gerichtet, aber es fühlt sich anders an. Ja, er ist wütend, aber es ist nicht seine gewohnte Wut. Es steckt noch etwas anderes dahinter.

Mein Blick fällt auf seine Lippen, die sich öffnen, aber es kommen keine Worte heraus. Es gibt etwas, das er sagen oder tun möchte, aber er kämpft irgendwie dagegen an.

Vielleicht kämpft er auch mit sich.

Während wir dicht voreinander stehen, verströmen wir das bekannte Feuer, und es lodert in diesem Moment lichterloh. Ich lasse meinen Blick nach unten wandern, zu seinem Hals und seinen kräftigen Brustmuskeln, dann zu seiner schmalen Taille.

Ich registriere, dass er tiefer atmet, höre es über das Dröhnen der Bässe hinweg, die aus der Halle herüberdringen. Er tritt dichter vor mich hin und legt seinen Finger an mein Kinn. Ich folge ihm und hebe den Kopf. Sekunden später spüre ich seinen Geschmack in meinem Mund.

Ein Schwall Luft dringt in meine Lungen, und ich schiebe meine Finger in die Gürtelschlaufen seiner Hose, um ihn fester an mich zu ziehen. Wir haben einander zuvor schon nachgegeben, aber bei beiden Malen ging es darum, einen Standpunkt zu verdeutlichen, und uns gegenseitig zu manipulieren als Teil einer Strategie, aber das hier … das hier ist anders.

Hier geht es nur um Begierde.

Verlangen.

Die Hitze kriecht an meinem Oberschenkel hinauf, und ich bin so sehr auf ihn konzentriert, dass es einen Moment dauert, bis mir klar wird, dass er seine Hände unter mein Kleid schiebt und meinen Hintern umfasst. Benommen von seiner Wirkung auf mich stößt meine Zunge in seinen Mund vor, und ich küsse ihn tiefer, als ich es in der Vergangenheit je getan habe.

Er fährt mit den Zähnen über meine Unterlippe, zieht daran und steigert mein Verlangen ins Unermessliche.

Wir sind uns so nah, dass wir die Luft des jeweils anderen einatmen. Als er die Hand hebt, um mit dem Daumen über meine geschwollenen Lippen zu fahren, spüre ich, wie ich den Halt verliere und in einen gefährlichen Abgrund hinabgleite.

Er lehnt sich ein wenig zurück, was mich die Augen öffnen lässt. Seine Aufmerksamkeit wandert von mir zu dem dunklen leeren Klassenraum neben uns, und als er dann seinen intensiven Blick wieder auf mich richtet, weiß ich genau, was er denkt.

Sein zweideutiges Grinsen verrät ihn. Ich beiße mir auf die Unterlippe, kaum in der Lage, mich zu beherrschen, wenn ich daran denke, wie sanft und warm seine Lippen sind.

»Du solltest mitkommen«, sagt er mit tiefer, schwerer Stimme und sieht aus, als würde er gleich wegen einer Überdosis Lust das Bewusstsein verlieren.

»Wieso um Himmels willen sollte ich das tun?«, frage ich und grinse süffisant.

Sein Blick wandert über meine Brüste und schnellt dann wieder zu meinen Augen zurück. »Weil ich dich will.« Er gesteht das so unumwunden, dass es mir den Atem verschlägt.

Sekundenlang ziehe ich sein Angebot in Erwägung, doch dann komme ich zur Vernunft. Sein Blick senkt sich zu meinen Lippen, als ich ihm ein schwaches Lächeln schenke.

»Auf keinen Fall. Nicht einmal in einer Million Jahren.« Ich *klinge* souverän, aber ich bin mir nicht sicher, ob ich ihm widerstehen kann.

Die meisten Typen würden sich nach einer Zurückweisung geschlagen geben, aber nicht West. Ich bin überzeugt, es scheint ihn sogar noch mehr anzutörnen.

»Komm schon, Southside«, flüstert er verführerisch in mein Ohr.

Sein Tonfall gibt mir das Gefühl, etwas zu verpassen, wenn ich nicht auf sein Angebot eingehe.

»Stell dir vor, wie gut es sich anfühlen wird, sich nicht mehr zu verstellen; wie gut es sich anfühlen wird, einfach zu … vögeln und den Gedanken daran endlich loszuwerden.« Eine meiner Haarsträhnen bewegt sich in seinem Atem, und ich schwöre, ich kann meine Beine nicht mehr spüren.

Ich lächle und bin jetzt fest davon überzeugt, dass ich genauso psychotisch bin wie er, weil ich gegen keins seiner Argumente etwas einzuwenden habe.

»West, wir mögen uns nicht einmal«, erinnere ich ihn. »Die meiste Zeit wünsche ich mir sogar, du wärst tot.«

Er lehnt sich zurück, um mir in die Augen zu schauen. »Würde das eine Rolle spielen, würdest du jetzt keinen Gedanken daran verschwenden nachzugeben.«

Ich hasse es, dass er meine Gedanken lesen kann und meine Bluffs häufiger entlarvt, als ich zugeben will.

Er tritt wieder dichter an mich und presst seinen Körper gegen meinen, womit er sämtliche Zweifel beseitigt, ob er das hier wirklich durchziehen will.

»Du weißt, warum das mit uns funktioniert?«, flüstert er, und ich spüre die Bewegung seiner Lippen an meinem Ohr. »Weil wir beide kaputt sind.«

Ich bin wieder ganz benebelt, und meine Augenlider schließen sich flatternd.

»Du hast mir vergangenen Monat das Leben zur Hölle gemacht«, werfe ich ihm vor, was dem Mistkerl ein verführerisches Lachen entlockt. Und was tut mein masochistisch veranlagter Körper? Er schmiegt sich noch enger an ihn.

»Und du hast vor dem Spiel meine Sachen ruiniert, um dich zu rächen. Warum nennen wir das Ganze also nicht beim Namen?«

Während er sich an mir reibt, frage ich atemlos: »Und das wäre?«

Langsam fährt er mit der Zungenspitze über die Sehne an meinem Hals und hält erneut seinen Mund nah an mein Ohr, um ein Wort zu flüstern: »Vorspiel.«

Mir war nicht bewusst, dass man etwas dringender als die Luft zum Atmen brauchen kann, doch an diesem Abend zeigt mir West, dass dieses Gefühl tatsächlich existiert.

»Gib einfach nach, Southside.«

Wenn er auch nur ahnt, wie nah ich dran bin, mich seinem Willen zu beugen, wird er mich mit Sicherheit über die Klippe schubsen, daher muss ich klug sein. Ich muss ihn zurückweisen.

Ich spüre tatsächlich körperlichen Schmerz, als meine Hände gegen seine Brust drücken, um ihn auf Abstand zu bringen. Er wehrt sich nicht dagegen und gibt mir ein paar Zentimeter zum Atmen.

»West, ich werde nicht mit dir schlafen.«

»Wer hat was von Schlaf gesagt?«

Als ich zu ihm aufschaue, ist seine Miene undurchdringlich. »Trotz allem, was du über Mädchen von meiner Seite der Stadt denken magst, mache ich nicht einfach für jeden Kerl, der nett fragt, die Beine breit.«

Nach Wochen des Kampfes spüre ich, wie ein kleiner Teil meiner Kraft zurückkehrt, aber sein düster werdender Blick greift dieses klitzekleine bisschen Selbstvertrauen sofort an und zerstört es mit einer unverschämten Frage.

»Bei wem *machst* du denn die Beine breit?«

In seinem Tonfall klingt eine Bitterkeit mit, die ich nicht so recht einordnen kann. Vielleicht zeigt der Stachel der Zurückweisung allmählich Wirkung. Wie auch immer, etwas an seiner Art zu fragen, drängt mich in die Defensive.

»Du brauchst lediglich zu wissen, dass ich es für dich nicht tue«, versichere ich ihm, während ich meine Arme vor der Brust verschränke.

Er blickt hinunter, entziffert meine Körpersprache, und wieder flackert Zorn in seinem Gesicht auf.

Das Monster ist nie sehr weit entfernt. Ich sehe, wie es direkt vor meinen Augen aus dem Schatten tritt, als West die Stirn runzelt und mich anblickt, als wäre ich ein Nichts.

Seine Stimmung schwankt ständig zwischen heiß und kalt.

»Was zum Teufel findest du an ihm?«

Ich runzle angesichts seiner Frage die Stirn, unsicher, was er damit meint. »Was finde ich an wem?«

Dies verursacht ihm Unbehagen. Als wäre ihm plötzlich bewusst, dass er zu viel gesagt hat, schiebt er beide Hände in seine Hosentaschen und scheint darüber nachzugrübeln, was er antworten soll.

»Ich spreche von dem zwielichtigen Typen, der immer hinter dir steht, sobald ich mich umdrehe«, sagt er schließlich.

Die Worte sind von Eifersucht durchtränkt, und ich entspanne mich ein wenig und unterdrücke ein Lächeln. »Warte mal. Bist du eifersüchtig auf Ricky?«

»Ich bin auf niemanden eifersüchtig.«

Das glaube ich keine Sekunde, und so wie er mich vor aller Augen von Dane weggezerrt hat, weiß er das wohl selbst. Ich sehe die einmalige Gelegenheit, West so richtig unter die Haut zu gehen, und ergreife sie.

Er schaut nach unten, als ich nach seiner Krawatte greife, doch als er meine Worte hört, schnellt sein Blick zu mir.

»Weil du so nett gefragt hast, Ricky war der Erste.«

Da ich das für ziemlich selbsterklärend halte, führe ich das nicht weiter aus. Wests nächste Frage überrascht mich.

»Und wer war der Letzte?«

Sein Tonfall ist noch immer scharf und irgendwie autoritär, was er bei mir sonst eigentlich nicht wagt. Ich weiß, dass ich ihm keine Antwort schulde, doch irgendwie scheint er sie zu brauchen. Sein unwirscher Blick verrät so viel, und aus Gründen, die ich selbst nicht ganz verstehe, liefere ich ihm die Information, auf die er nicht den geringsten Anspruch hat.

»Ricky war nicht nur der Erste. Er war auch der Einzige.«

Ich bin mir sicher, dass er mir kein Wort glauben wird, da seine Meinung über Mädchen aus meinem Stadtteil feststeht. Aber ich schäme mich nicht für das, was ich bin, und wenn er es mir nicht abnimmt, ist das seine Sache. Nicht meine.

»Schwör es mir«, drängt er, und ich runzle verwirrt die Stirn.

Angesichts seines fast verzweifelten Tonfalls wird mir bewusst, dass viel mehr dahintersteckt – etwas, das er nicht aussprechen kann, obwohl er gerade so viel sagt.

»Ich habe keinen Grund zu lügen.« Ich weiche seinem Blick nicht aus.

Eine unbehagliche Pause entsteht, in der er etwas sagen müsste, und ich fühle mich bemüßigt, die Lücke zu füllen.

»Willst du mich ernsthaft dafür verurteilen, wenn es mehr gewesen wären?«, frage ich. »Wo ich eine Woche lang meinen Unterricht schwänzen müsste, um mir deine Liste anzuhören?«

Ich lache, aber er bleibt ernst und mustert eindringlich meinen Gesichtsausdruck, als wartete er darauf, dass gleich ein rotes Schild mit der Aufschrift »LÜGNERIN« auf meiner Stirn aufleuchtet. So müssen sich wohl Kriminelle im Kreuzverhör fühlen.

Statt in mein Lachen einzustimmen, steigt Hitze in sein Gesicht. Die Farbe intensiviert sich noch, als ich ihn erneut angrinse und zwischen dem Spind, an den ich mich angelehnt habe, und ihm herausschlüpfe. Ich spüre, wie sein Blick mir folgt, als ich ihn stehen lasse.

»Wohin zum Teufel gehst du? Wir sind hier noch nicht fertig, Southside«, donnert seine Stimme.

Doch ich schulde ihm nicht noch mehr. Daher gehe ich weiter und winke zum Abschied spöttisch.

»Und ob wir das sind«, sage ich. »Ich habe dir bereits mehr über mich erzählt, als du zu wissen verdienst.«

Sein Blick verdunkelt sich, doch nicht auf bedrohliche Weise. Alles, was ich sehen kann, ist Lust und seinen Wunsch, mich zu kontrollieren, wie er es mit allen anderen tut.

»Bis dann, King Midas. Ich will noch ein bisschen tanzen«, füge ich herablassend hinzu, was ihn bestimmt wahnsinnig macht.

Er nennt das Spiel, das wir treiben, »Vorspiel«, und ich denke allmählich, dass er damit gar nicht so falschliegt.

Ich beiße mir auf die Lippen und muss grinsen, während der Abstand zwischen uns wächst.

Jeder für sich ist schon ziemlich verkorkst, aber zusammen sind wir noch viel schlimmer.

Doch um ehrlich zu sein, muss ich zugeben … dass es mir zu gefallen beginnt.

Ach ja, bei nächster Gelegenheit sollte ich Dane danken. Der Typ ist ein echtes Genie.

#FollowMe

@QweenPandora:

Vorsicht beim Flirten mit nicht nur einem, sondern gleich zwei Golden Boys, NewGirl. Vergessen wir besser nicht, dass Kain Abel erschlagen hat. Trotz des ganzen Dramas ist der Ball noch nicht vorüber. Wir warten noch darauf, wer zum König und zur Königin gekrönt wird. Und verpasst ja nicht die After-Party im Bellvue, veranstaltet von KingMidas, PrettyBoyD und MrSilver. Falls PrettyBoyD nach der kleinen sexy Nummer, die er abgezogen hat, nicht ausgeschlossen wird.

Bis dann, Leute! *~P.*

28

BLUE

King Midas mit einer Krone?

Scheint zu passen.

Ich bin mir nicht einmal bewusst, dass ich lächle, bis Jules mich anstupst.

»Willst du mir vielleicht irgendwas erzählen?«

Ihr Blick schnellt zur Bühne, wo West neben Joss – der gekrönten Königin – steht, und dann wieder zu mir.

»Ich bin ganz Ohr, falls du mir erzählen willst, was passiert ist, nachdem er dich im Höhlenmenschenstil weggezerrt hat«, neckt sie mich.

Um das dümmlich breite Lächeln, dass sich Bahn bricht, im Zaum zu halten, beiße ich mir auf die Lippe.

Lass nicht zu, dass er dir den Kopf verdreht. Du hasst ihn noch immer. Er ist noch immer mies.

Die klaren Worte holen mich ein Stück weit wieder in die Wirklichkeit zurück, aber es ist schwer, bei meinen Vorsätzen zu bleiben, wenn West mich von der Bühne aus anstarrt, als wäre er noch immer bereit und willens, das zu Ende zu bringen, was er begonnen hat, wenn ich nur ein Wort sage.

Und, wow … Ich wollte noch nie so sehr jemandem nachgeben wie ihm. Aber ich muss an meinen Prinzipien festhalten.

Was für eine Sorte Mädchen wäre ich, wenn ich dem Feind erlauben würde, mir seinen Willen aufzuzwingen?

Ein bemitleidenswertes.

Ein *befriedigtes*.

Ich bin wirklich ein hoffnungsloser Fall.

Aus dem Augenwinkel sehe ich, dass Jules mich noch immer anlächelt, aber ich werde von meinem Klingelton gerettet. Als ich auf mein Telefon blicke, erscheint eine unbekannte Nummer.

»Bin gleich zurück«, sage ich zu ihr und gehe, so schnell es mir die Absätze ermöglichen, hinaus. Ich schaffe es gerade noch auf den Flur, bevor die Mailbox anspringt.

»Hallo?«

Zuerst ist es still am anderen Ende, und ich halte mir das freie Ohr zu, um besser zu verstehen, während ich zum Ausgang laufe. Vielleicht ist der Empfang hier ja schlecht.

Kühle Luft streicht über meine Beine, als ich hinaustrete und mich gegen die Ziegelwand lehne.

»Hallo? Wer ist da?«

Diesmal höre ich etwas – und es klingt wie Weinen. Augenblicklich bin ich in höchster Alarmbereitschaft und stelle mir das Schlimmste vor.

»Scar? Alles in Ordnung?«

Mein Herz rast wie verrückt, vor allem nach dem, was Hunter mir heute Morgen gesagt hat, doch es müsste ihr eigentlich gut gehen. Ich habe ihr vor einer Stunde geschrieben, und bei Onkel Dusty war sie in Sicherheit.

»Hier ist nicht Scar«, sagt eine vertraute Stimme. »Ich bin's.«

Mir verschlägt es den Atem, und mir geht die Fähigkeit abhanden, die Worte zu verarbeiten.

»Hier ist Mom, Blue-Jay.«

Die Musik aus der Halle ist leise, und doch werde ich sie

immer mit diesem surrealen Moment in Verbindung bringen. Es ist Monate – *Monate* – her, seit sie zuletzt angerufen hat. Wieso also jetzt?

»Wie geht es dir, Schätzchen?«, fragt sie zwischen Schluchzern.

Ich stelle mir vor, in welchem Zustand sie wohl im Augenblick ist – derangiert, erbärmlich.

»Was glaubst du wohl?«, fauche ich, und meine Kehle ist wie zugeschnürt. »Wo zum Teufel steckst du?«

Ihre Stimme am anderen Ende bebt, und ich vermute, mein Tonfall bringt sie noch mehr aus der Fassung, aber wen kümmert das schon? Aus der Fassung bin ich schon eine ganze Weile.

»Ich bin in der Gegend«, ist die lahme Antwort, die ich bekomme. »Aber, Blue-Jay, ich kann nicht lange sprechen. Du musst mir … einen kleinen Gefallen tun.«

Da haben wir's. Bei dem Anruf geht es nicht darum, herauszufinden, wie es den Kindern, die sie in die Welt gesetzt hat, denn so geht ohne sie. Sie ruft an, weil sie etwas braucht.

»Welchen?«, frage ich rundheraus und klinge genauso wütend und angewidert, wie ich mich fühle.

Sie zögert einen Moment, kommt dann aber zum Punkt. »Ich könnte ein bisschen Geld brauchen.«

»Du willst mich wohl verarschen«, sage ich hauptsächlich zu mir selbst, während ich wütend auf und ab gehe.

»Ich bitte nicht um viel.« Sie lässt nicht locker. »Nur zweihundert Dollar. Ich schwöre, du bekommst sie nächste Woche zurück.«

Mir rutscht ein Lachen heraus. »Tut mir leid, aber hast du eine Vorstellung, was ich mit zweihundert Dollar anfangen könnte? Erst einmal könnte ich dafür sorgen, dass deine Tochter etwas anderes als Sandwichs und Instantnudelsuppe an fünf

Tagen die Woche bekommt. Oh! Und ich hätte letzten Monat selbst die Stromrechnung bezahlen können. Ich hätte auch nicht so viele Stunden arbeiten müssen, weshalb ich nicht der Elternteil sein kann, der *du* für Scar eigentlich sein solltest. Soll ich weitermachen, Mom?«

Am anderen Ende ist es still, was vorhersehbar war. Sie schnieft im Hintergrund, und ich atme so schwer, als wäre ich eine Meile gerannt.

»Es wäre nur für kurze Zeit«, wiederholt sie, als hätte sie nichts von dem gehört, was ich gesagt habe.

Obwohl ich mir nichts mehr wünsche als einen kleinen Teil von meiner Mutter, an den ich mich klammern kann, beende ich den Anruf.

Ich sehe meinen Atem in der eisigen Luft, spüre die Kälte jedoch kaum. Im Augenblick fühle ich mich nur noch leer.

Denn ich habe es mir zur Gewohnheit gemacht, alles herzugeben, was ich habe, aber niemand denkt je genug an mich, um den Gefallen zu erwidern.

*

WEST

Spitze falsche Brüste wippen vor meinem Gesicht, als Sandy … oder Sara … oder wie auch immer ihr Name ist, hart und schnell auf mir reitet. Das Kopfteil knallt gegen die Wand, als wollte sie uns in das Nachbarzimmer rammen, und obwohl ich mit dieser Stacey eigentlich Spaß haben sollte, bekomme ich ein anderes Mädchen nicht aus dem Kopf.

Lautes Gejohle vor dem Fenster lenkt mich ab. Was After-

Partys betrifft, gehört die hier zu den ausgelassenen, aber ich kann sie nicht genießen.

Überhaupt nicht.

»Geh runter von mir.«

Ein verwirrter Blick begegnet meinem in der Dunkelheit. »Was?«

»Bist du taub? Ich hab gesagt, du sollst runtergehen.«

Sydney schnaubt verächtlich, als sie auf die Matratze gleitet, nach ihren Sachen greift und anschließend die Badezimmertür hinter sich zuknallt, damit ich merke, dass sie sauer ist. Dabei bekommt sie selbst gar nicht mit, dass es mir vollkommen egal ist, was sie empfindet. Morgen früh ist sie bereits vergessen. Sogar jetzt schon.

Was die Frage aufwirft, warum mir die eine nicht aus dem Kopf geht. Sie ist wie ein schlechter Song.

Oder … ein guter.

Verdammt!

Ich habe es eine Million Mal durchgespielt, auf eine Million unterschiedliche Weisen. Ich habe mir eingebläut, dass sie tabu ist und warum ich allein bei dem Gedanken daran, sie zu berühren, angeekelt sein sollte. Aber es funktioniert nicht. Jedes Mal, wenn ich die Augen schließe, sehe ich dieses Gesicht.

Dieses eine Gesicht.

Und nach dem, was sie heute Abend behauptet hat, hat sie sich noch mehr in meinem Kopf festgesetzt. Sie hätte alles Mögliche erzählen können. Sie hätte lügen und sagen können, sie sei Jungfrau oder sie sei mit mehreren zusammen gewesen. Doch stattdessen hat sie mir von Ricky erzählt – dass er der Erste und Einzige gewesen sei. Eine ganz eindeutige Antwort.

Eine Antwort, die meine gesamte Theorie zunichtemacht, wenn sie der Wahrheit entspricht. Und jetzt kann ich nicht mehr klar denken, weil sie diesen Zweifel gesät hat.

Sie hat noch etwas anderes gesagt, das bei mir hängen geblieben ist: der Witz, den sie darüber gemacht hat, dass meine »Liste« zu lang sei, um sie an einem Abend runterzubeten. Auch wenn ich mich nicht für die Zahl der Mädchen schäme, mit denen ich zusammen war, bin ich nicht auf alles stolz, was ich getan habe. Ihre Worte haben an Erinnerungen gerührt. Erinnerungen, die mich verfolgen. Obwohl es ihr gut geht, obwohl es nicht wirklich böses Blut zwischen uns gibt.

Casey.

Dieser eine Ausrutscher, was die Einschätzung einer Person angeht, macht mich zu einem miserablen Kandidaten dafür, jemand anders seine Sünden vorzuhalten. Nur dass es bei meiner Mission gegen Southside nie um mich ging, sondern um die einzige Person, die wirklich unschuldig ist – meine Mutter.

»Nur damit du's weißt, ich werde allen erzählen, dass du nicht einmal einen hochgekriegt hast, Arschloch«, ruft Sharon auf dem Weg hinaus.

Erzähl, was du willst. Mein Ruf im Bett eilt mir voraus, Miststück.

Sie ist die Luft zum Atmen nicht wert, die man bräuchte, um die Worte laut auszusprechen, aber sie sind wahr.

Ich stehe auf, entsorge das verschwendete Kondom und nehme meine Hose vom Fußboden. Nachdem ich den Reißverschluss hochgezogen habe, greife ich nach dem zur Hälfte geleerten Bier, das ich auf den Nachttisch gestellt habe, und gehe zum Ende des Flurs, wo Gelächter durch ein geöffnetes Fenster hereindringt.

»Habe ich irgendetwas Gutes verpasst?«, frage ich und beuge mich über die Balkonbrüstung, um in den Pool zu blicken. Es wird uns Ärger einbringen, dass wir eine weitere Party in diesem Hause schmeißen, aber das ist es wert.

»Nein«, sagt Sterling seufzend, und sinkt tiefer in seinen Sessel, während er von drei Mädchen umringt ist – zwei auf den Armlehnen, und eines auf seinem Schoß.

Wenn wirklich etwas passiert wäre, hätte er es bestimmt verpasst.

Lächelnd drehe ich mich weg.

»Was ist mit dir?«, fragt Dane grinsend.

Langsam wende ich mich ihm zu, noch immer sauer über die Nummer, die er vor ein paar Stunden beim Ball abgezogen hat. Ganz zu schweigen davon, dass meine Brieftasche jetzt um fünfhundert Dollar leichter ist.

Ich ignoriere seine Frage demonstrativ und wende den Blick ab, aber er lacht daraufhin nur.

»Schwer ruht das Haupt, das eine Krone drückt«, sagt Joss hicksend.

Ich drehe mich genau in dem Moment wieder um, als sie sich auf Danes Schoß sinken lässt. Wenn ich nicht bereits gewusst hätte, dass sie betrunken ist, wüsste ich es jetzt. Sie wird bei ihm sonst nie unachtsam und wahrt immer die Grenzen aus Angst davor, wohin das sonst vielleicht führen würde.

Er ist ebenfalls angeheitert. Als er sich also mit lusterfülltem Blick auf die Lippe beißt und eine Hand zwischen Joss' Oberschenkel gleiten lässt, rette ich ihn vor sich selbst.

»Joss, wir rufen dir ein Uber«, schlage ich vor. »Deinem Dad wird es nicht gefallen, dass du betrunken bist, aber er wird vor allem froh sein, wenn du es lebend nach Hause schaffst.«

»Gute Idee«, wirft Dane ein, der zur Vernunft zu kommen scheint.

Ich stöhne, als ich ihr mühsam auf die Füße helfe, ohne dass sie mithilft. Dieses Mädchen ist völlig betrunken.

Dane folgt ihr und bucht den Wagen über sein Handy, während sie mich und Sterling auf dem Balkon zurücklassen.

»Unser letztes Homecoming an der CPA. Bist du bereit, das alles im nächsten Jahr hinter dir zu lassen?«, fragt er und klingt so sentimental wie Mom. Ich werde ihm später einen Spruch dafür drücken, aber für den Moment zucke ich nur mit den Schultern und schaue auf die Menge hinunter.

»Es ist an der Zeit, weiterzuziehen und Anspruch auf ein neues Königreich zu erheben«, scherze ich.

Er lacht. »Ich bin ganz deiner Meinung, was das Weggehen betrifft, aber um ehrlich zu sein, wäre es noch viel schöner mit einer letzten Meisterschaft auf dem Konto. Falls South Cypress sie uns nicht wegschnappt.«

»Scheiß South Side.«

Es ist einen Moment lang still, und er klingt argwöhnisch, als er wieder spricht. »Reden wir … noch immer über Football?«

Ich antworte nicht, weil ich mir selber nicht ganz sicher bin.

»Macht's euch was aus, uns einen Moment allein zu lassen, Ladys?«, bittet er den Harem um uns herum.

Er beugt sich in seinem Sessel nach vorn, und ich wappne mich. Es muss was Ernstes sein.

»Ich habe heute Abend etwas aufgeschnappt«, beginnt er. »Mach damit, was du willst, aber ich dachte, du solltest es wissen.«

Er hat meine Neugier geweckt, weshalb ich mich auf den Platz setze, auf dem Dane zuvor gesessen hat. »Worum geht's?«

Sterling nimmt zuerst einen Schluck von seinem Drink und hält ihn dann locker zwischen den Fingern. »Ich war draußen, um frische Luft zu schnappen, als Southside rauskam und einen Anruf angenommen hat.«

Bei seinen Worten erinnere ich mich daran, wie sie, gleich nachdem Joss und ich gekrönt wurden, zum Ausgang geeilt ist. Nun weiß ich auch, warum.

»Sie hat mich nicht bemerkt, aber ich habe ihr Gespräch mit angehört«, erzählt er. »Wenn ich das richtig mitbekommen habe, war ihre Mom dran, aber … ich hatte den Eindruck, ihr Leben ist ziemlich am Arsch.«

Meine Kiefermuskeln verspannen sich. »Was hast du gehört?«

Er seufzt und hält den Blick auf den Pool vor uns gerichtet. »Klang, als würde ihre Mom sie um Geld bitten. Das hat Southside getriggert, und sie hat davon geredet, dass sie kaum die Rechnungen bezahlen und sich um ihre Schwester kümmern kann. So ging das eine Weile hin und her, bis Southside schließlich genug hatte und den Anruf beendet hat.«

Ich sage kein Wort, was nicht heißt, dass ich nicht jede Einzelheit von dem, was er mir erzählt hat, mitgekriegt habe.

»Jedenfalls«, fährt er fort, »dachte ich, du solltest das vielleicht wissen.«

Er ist nicht schwer zu durchschauen. Das ist kein Akt der Loyalität mir gegenüber, wegen meiner Sache. Das ist eine Bitte, eine Einzelaktion in der Hoffnung, dass ich *sie* nachsichtiger behandle.

Natürlich will er das, weil er nicht weiß, was ich über sie weiß. Er weiß nicht, wie unser Leben mit ihrem verbunden ist.

Bei dem Gedanken habe ich ihre Worte wieder im Kopf, und ich hasse es, dass ich nicht mehr so ganz überzeugt bin. Dass sie Zweifel gesät hat, wo ich vor kurzer Zeit noch völlig sicher war. Aber ich kann es nicht ungeschehen machen, dass ich das Foto im Telefon meines Dads gesehen habe. Ich habe mir das nicht ausgedacht. Es ist real, und es gibt nur eine Erklärung dafür, dass es sich dort befindet. Und auch wenn ich Southside nicht besonders gut kenne, kenne ich auf jeden Fall Vin Golden.

Sterling steht auf und klopft mir auf die Schulter, bevor er die Balkontreppe hinunterläuft, immer zwei Stufen auf einmal. Dann zieht er sich das T-Shirt aus, macht einen Kopfsprung in den Swimmingpool und lässt mich mit meinen Gedanken allein zurück.

Ich weigere mich, Mitgefühl mit dem Mädchen zu haben. Sie verdient unsere Anteilnahme nicht, egal, wie erbärmlich ihr Leben ist. Sterling hat mir lediglich erneut Southsides Motivation vor Augen geführt, den wahrscheinlichen Grund dafür, warum sie sich auf meinen Vater eingelassen hat.

Es ist ganz einfach.

Sie braucht Kohle, und er hat einen Haufen davon.

Mein Vater hat ein Händchen dafür, die Schwachstellen von Menschen zu erkennen und sie auszunutzen. Das hier unterscheidet sich nicht von anderen Nummern, die er in der Vergangenheit abgezogen hat.

Wut kocht in mir hoch, doch ich bin erschüttert darüber, wo sie herrührt. Sie richtet sich diesmal gar nicht gegen Southside, sondern gegen meinen Vater. Weil er schon wieder jemanden manipuliert hat, nur weil er es kann. Und auch wenn ich kein Mitgefühl mit Southside haben möchte … habe ich es dennoch.

Weil ich schon in ihrer Haut gesteckt habe. Nein, nicht die gleiche Situation, aber auch ich habe mich schon an meinen Vater gebunden, weil er verdammt gut darin ist, Deals auszuhandeln.

Ich frage mich, ob sie einfach in etwas hineingeraten ist, aus dem sie ohne ihn keinen Ausweg gesehen hat.

Bei Gott, ich könnte es nachvollziehen.

29

BLUE

Noch vor ein paar Tagen war es bereits zu kalt für Lexi und mich, um unter »unserem Baum«, wie wir ihn getauft haben, zu essen, aber heute wünschte ich, wir wären drinnen, um in den Genuss der Klimaanlage zu kommen. Eine Hitzewelle so spät noch im Oktober, und wir sitzen hier fest. Und das nur, weil derjenige, dessen Namen nicht genannt werden soll, mit seinem Team in der Mensa sitzt.

In dem Moment, als ich den Kampf gegen mich selbst verliere, *nicht* durchs Fenster zu schauen, und einen Blick in die Mensa werfe, sehe ich ihn lachen. Und es treibt mich in den Wahnsinn, wie sehr ich sein Gesicht mag.

Blödes Gesicht.

Blöder toller Körper.

Eine plötzliche Erinnerung an den Homecoming-Ball taucht in meinem Kopf auf, und ich hänge sekundenlang meinen Gedanken nach. Es spielt keine Rolle, dass es schon ein paar Wochen her ist, ich habe nichts vergessen. Wenn mich seine Hände während der Schwimmstunden zufällig berühren, gehen wir rasch ein wenig auf Abstand. Er war nicht mehr so forsch – *so offen* – wie an jenem Abend, und ich danke Gott jeden Tag dafür.

Denn ich habe zugegebenermaßen eine Schwäche für ihn.

Gerade als ich mich abwenden will, begegnet er meinem Blick, und ich bin erledigt. Augenblicklich fühlen sich meine Lippen wärmer an als mein restliches Gesicht, so als würde er sie berühren, und ich tauche jetzt völlig in die Erinnerung ein. Ich höre seine Stimme in meinen Ohren, die mir genau in diesem Moment etwas zuflüstert.

Komm schon, Southside.

Jede Sekunde, seit er gefragt hat und ich mich geweigert habe, ihm in das Klassenzimmer zu folgen, habe ich es bereut.

»Na schön, ich geb's auf. Was zum Henker ist das mit euch beiden? Ich spiele mit, tue so, als würde ich das ganze ... Hass-Liebe-Ding, das da zwischen dir und Golden läuft, nicht bemerken, aber mal im Ernst. Was ist da los?« Lexi wirft sich eine Traube in den Mund, nachdem sie gefragt hat, und mir entgeht ihr argwöhnisches Grinsen nicht.

Ich verschlinge die letzten Reste von Onkel Dustys Essen, bevor ich antworte. »Die Kurzversion? Er hasst mich aus mir unbekannten Gründen, und ich hasse ihn, weil er ein Arschloch ist. Geheimnis gelöst.«

Sie schüttelt den Kopf. »Ihr zwei müsst einfach mal vögeln und es hinter euch bringen.«

Ich verschlucke mich beinahe an dem Schluck Wasser, den ich gerade getrunken habe, und spucke ihn aus. Lexi schreit auf, als sie ihm auszuweichen versucht.

»Hey, was soll das?«, fragt sie lachend und greift nach einer Serviette, um sich die Arme abzuwischen.

»Tut mir leid, aber das war allein deine Schuld.«

»Aber ich hab doch recht!«, beharrt sie auf ihrer Meinung.

»Nein! Niemals. West ist definitiv tabu. Der Typ ist einfach ein Fiesling, was im Allgemeinen nicht sehr attraktiv ist.«

»Vielleicht ist das wie früher mit dem bösen Jungen im Kindergarten«, überlegt sie laut. »Du weißt schon, derjenige, der in ein Mädchen verknallt ist, aber seine Gefühle nur zeigen kann, indem er die kleine Susie an den Haaren zieht und sie zum Weinen bringt.«

Ich stütze mich auf meine Handflächen und lehne mich zurück. »Nun, was für ein Pech für West, denn diese Taktik ist ab dem Moment nicht mehr süß, wenn wir alle gelernt haben, zwei und zwei zusammenzuzählen.«

Lexi zuckt die Achseln. »Was es auch immer sein mag, von außen betrachtet wirkt es ziemlich schräg.«

Das kann ich mir vorstellen. Schließlich ist es von innen betrachtet genauso schräg …

»Dann reden wir besser nicht weiter über ihn«, schlage ich vor.

Sie wirkt nachdenklich, doch dann blitzen ihre Augen plötzlich auf. »Wir können ja über Kostüme reden.«

Fragend ziehe ich eine Braue hoch, denn ich bin mir nicht sicher, weshalb sie so breit grinst. »Noch mal, bitte.«

»Halloween ist in einer Woche«, bringt sie mir in Erinnerung. Nicht dass das nötig gewesen wäre. Dank der übertriebenen Dekoration in der Nachbarschaft und der Schule ist es unmöglich, nicht daran zu denken.

»Willst du mir erzählen, dass du immer noch um die Häuser ziehst und mit Saurem drohst, wenn's nichts Süßes gibt, Rodriguez?«

Sie verdreht die Augen. »Schön wär's. Ein Nachbar in meiner Straße hat mir beim letzten Mal, als ich es versucht habe, die Tür vor der Nase zugeknallt. Na schön, das war erst letztes Jahr, aber trotzdem. Ganz schön unfreundlich.«

Ich muss wieder lachen, und zu ihrem Glück habe ich diesmal kein Wasser im Mund.

»Was ich *eigentlich* sagen möchte: Monster Bash ist bald«, erklärt sie. »Es ist immer am Wochenende vor Halloween.«

Ich verstehe nicht. »Ähm … Monster Bash?«

»Ja, das ist eine riesige Halloween-Party, die dieser Typ Marcus jedes Jahr schmeißt. Es ist nie dieselbe Location, aber es ist immer an irgendeinem gruseligen und verborgenen Ort. Verkleidung ist Pflicht. Ich mag solche Events normalerweise nicht, aber Halloween ist irgendwie mein Ding, also mache ich eine Ausnahme.«

Sie strahlt vor Vorfreude, was es mir umso schwerer macht, ihren Vorschlag abzulehnen.

»Ich werde passen müssen. Zum einen hab ich echt kein Geld zum Shoppen, und zum anderen auch wirklich keine Lust«, gestehe ich mit einem entschuldigenden Grinsen. »Außerdem sind die Golden Boys bestimmt auch dort?«

So viel dazu, nicht länger über sie zu reden.

»Sie tauchen bei allen Partys auf«, antwortet sie, was mich nicht überrascht. »Aber du musst dir um sie keine Gedanken machen. Du gehst mit mir zusammen hin, und ich werde dafür sorgen, dass du sie nicht einmal bemerkst. Es sind sicher ein Haufen Typen dort. Also, wer weiß, vielleicht findest du jemanden, der dich West einfach vergessen lässt.«

Ich denke einen Augenblick lang nach, und die Zeit, die ich dafür benötige, lässt Lexi nicht ungenutzt verstreichen.

»Bitte, bitte, bitte!«, bettelt sie. »Ich kauf dir sogar dein Kostüm, wenn du Ja sagst.«

Ich verdrehe die Augen, knicke jedoch ein. Teilweise jedenfalls.

»Aber wir haben keine Zeit. Ich muss heute Abend Fotos machen von dem Spiel, und morgen Vormittag arbeite ich.«

»Wir kriegen das hin«, behauptet sie. »Wir können gleich nach dem Unterricht ein paar Kostümläden abklappern, und die Party morgen beginnt erst spät, also überschneidet sie sich nicht mit deinem Dienstplan.«

In diesem Augenblick spazieren Parker und ihre Crew langsam an uns vorbei. Ich habe nicht einmal bemerkt, wie sie herausgekommen sind, doch da sind sie und blicken auf uns herab, bevor sie in schallendes Gelächter ausbrechen, sobald sie ein paar Meter weitergegangen sind.

Ich hasse jede Einzelne von ihnen.

»Ignorier sie«, sagt Lexi, die noch immer hofft, mich überzeugen zu können. »Sag einfach, dass du mit mir hingehst«, bettelt sie.

Ich halte eine halbe Minute lang an meinem Nein fest, doch dann gebe ich nach.

»Na schön.«

Sie kreischt auf. »Das wirst du nicht bereuen.«

»Mmmh. Ich glaube schon.«

Als Reaktion auf meinen Sarkasmus zeigt sie mir den Mittelfinger, bevor sie weiterisst. Und ich? Ich habe ziemliche Angst, während ich auf Parkers Hinterkopf blicke. Wests gesamte Teufelsbrut wird vermutlich dort sein, doch ich schulde es Lexi irgendwie, weil sie mir geholfen hat, die Ersatzhosen zu stehlen.

Übersetzung: Ich bin geliefert und komme da nicht mehr raus.

Nachdem ich einen Blick auf mein Telefon geworfen habe, springe ich auf. »Ich muss los. Dr. Pryor will mich noch vor der vierten Stunde sprechen. Wir sehen uns in der Sportstunde.«

Lexi nickt. »Geht klar. Und wenn dein Freund zu mir kommt und nach dir sucht, sage ich ihm, wo er dich finden kann«, zieht sie mich auf.

Ich verdrehe im Scherz die Augen. »Ja, okay. Mach das.«

Die Mittagspause ist noch nicht ganz vorbei, als ich vor Dr.

Pryors Tür stehe. Sie winkt mich herein, wobei ihre Miene ausdruckslos ist und nichts verrät.

»Setzen Sie sich, Ms Riley.«

Ich tue, was sie sagt, und verschränke nervös die Finger im Schoß. Sie geht einen Stapel Unterlagen durch, bis sie findet, was sie braucht. Nachdem sie das Blatt kurz überflogen hat, schiebt sie es über ihren Schreibtisch.

»Ein Erlaubnisschein«, verkündet sie.

»Wofür?«, frage ich, während ich verwirrt den Zettel durchlese.

»Sie sind eingeladen auf einen kleinen Ausflug mit dem Football-Team.« Sie sagt das mit einem Lächeln. Doch ich kann es nicht einmal im Ansatz erwidern.

»Ich verstehe nicht …«

Sie nimmt ihre Brille ab und sieht mir in die Augen.

»Bestimmt sind Sie über den Rekord unserer Jungs in dieser Saison im Bilde«, sagt sie. »Es ist nicht ungewöhnlich, dass die Kollegen vom Sport vorausplanen, wenn die Chancen gut stehen, dass wir die Regionalmeisterschaft gewinnen. Wir haben uns bereits um die Anreise gekümmert und einige Zimmer gebucht.«

Während der kurzen Pause, die folgt, frage ich mich, was das mit mir und dem Erlaubnisschein in meiner Hand zu tun hat.

»Hören Sie, ich will offen und ehrlich sein«, fährt sie mit einem Seufzer fort. »In einer perfekten Welt würde ich Sie fragen, wie Sie das finden, ob Sie dazu bereit sind, aber … die Schule braucht Fotos, und Sie müssen besonderes Engagement im Journalismusklub zeigen. Also ist diese Aufgabe für Sie reserviert.«

Ich bleibe stumm, denn nichts, was ich sagen könnte, würde etwas an ihrer Entscheidung ändern. Und diese Entscheidung verdonnert mich zu einem gemeinsamen Wochenende mit West und seinem Team.

»Ich wollte es Ihnen lieber gleich sagen«, fügt sie hinzu, »damit Sie die nötigen Vorbereitungen treffen können.«

Als sie nach dieser letzten Bemerkung den Kopf senkt und das Gespräch mit dieser Geste für beendet erklärt, schlägt sie damit einen weiteren Nagel in meinen Sarg. Auf dem Weg hinaus aus ihrem Büro greife ich nach meinem Telefon, um Jules eine Nachricht zu schicken. Wenn die Jungs die Regionalmeisterschaft gewinnen, werde ich sie und Onkel Dusty irgendwann nächsten Monat brauchen, um nach Scar zu sehen.

Einmal mehr fühle ich mich in die Ecke gedrängt.

Großartig.

*

WEST

»Deine Ma hat mir erzählt, ihr seid noch immer unbesiegt. Macht weiter so, und du wirst noch am Tag der Abschlussfeier in die NFL berufen.«

Mein Großvater – der legendäre Boone Landry III. höchstpersönlich – ist der Einzige, der mir heute ein Lächeln entlockt.

»Danke, Grandpa, aber ich habe mich dafür entschieden, QB-1 bei der NCU zu werden. Vorerst jedenfalls.«

»Sie wären Dummköpfe, wenn sie dich nicht wollen«, ist er überzeugt, und sein breiter Südstaatenakzent klingt wunderbar vertraut in meinen Ohren.

Was mein Können angeht, würde ich ihm zustimmen. Doch

es gibt noch andere Faktoren, die meine Chancen zunichtemachen könnten, und die habe ich stets im Hinterkopf.

»Wir sehen mal nächstes Jahr«, sage ich vage und spiele herunter, wie viel für mich davon abhängt, dass wir diese Saison ungeschlagen bleiben. In dem Wissen, dass es vielleicht trotzdem nicht reichen wird, wenn bestimmte Wahrheiten ans Licht kommen.

»Ich habe *außerdem* munkeln gehört, dass du vor ein paar Wochen ein interessantes Spiel hattest. Es standen ein paar kritische Worte auf deiner Trikothose.«

Seine Bemerkung entlockt mir ein kleines Lachen, während in der Umkleide der Lärm zunimmt. »Oh ja, ›interessant‹ kann man das nennen. Und genau genommen war es nur *ein* kritisches Wort.«

Ich stelle mir vor, wie Southside sich an meiner Hose zu schaffen gemacht hat, und meine Gedanken wandern augenblicklich zu dem Zwischenfall während des Balls zurück, als ich so angetörnt war, und Southside mich zurückgewiesen hat.

Diese verdammte Nervensäge.

Seither gehe ich auf Distanz zu ihr, aus offensichtlichen Gründen. Es ist Wochen her, dass ich Southside persönlich irgendwelche Schwierigkeiten bereitet habe, was nicht bedeutet, dass es mir nicht gefallen hat, Parker und ihrem Team dabei zuzusehen, wie sie sie in die Mangel nehmen. Sobald ich wieder einen klaren Kopf habe und die Grenzen zwischen uns nicht mehr so verwischt sind, bin ich zurück im Spiel.

»Na schön, raus mit der Sprache«, schnaubt Grandpa. »Erzähl dem alten Mann, wer das arme Mädchen ist, das du so auf die Palme gebracht hast.«

»Ich weiß nicht, was du meinst«, lüge ich und lächle, weil er mir das auf keinen Fall glauben wird. »Du kennst mich. Ich bin ein Unschuldslamm.«

»Unruhestifter trifft es wohl besser«, korrigiert er mich und bringt mich erneut zum Lachen. »Das Mädchen wollte dir jedenfalls eine Botschaft übermitteln, und diese kleine Nummer schreit eindeutig ›verschmähte Frau‹.«

Ich antworte nicht sofort und hasse es, dass sie verdammt noch mal schon wieder in meinem Kopf ist.

»Es ist … eine lange Geschichte«, seufze ich.

»Nun, wenn ich du wäre, würde ich die Sache verkürzen. Und zwar schnell. Am besten, bevor sie noch den Rest deiner Sachen ruiniert.« Er hält inne und stößt ein raues Lachen aus. »Lass es dir gesagt sein, Frauen vergessen rein gar nichts, also entschuldige dich einfach, gib zu, dass du ein Idiot bist und tu, was nötig ist, um die Dinge zwischen euch zu klären.«

Ich nehme mir seine Worte immer zu Herzen, weil darin stets ein paar wertvolle Weisheiten versteckt sind, aber in dieser Situation sind sie unbrauchbar. Ich werde mich niemals entschuldigen, wenn ich niemandem eine Entschuldigung schulde.

»Ich habe verstanden«, sage ich daher nur und wechsle das Thema. »Wie geht's den Jungs? Sind sie noch immer solche Radaubrüder?«

Sein erschöpfter Seufzer kündigt schon an, was gleich kommen wird.

»Sagen wir, auf die Highschool zu gehen hat deine Cousins nicht im Mindesten geändert. Ich bin sogar davon überzeugt, dass sie sich schlimmer benehmen, je erwachsener sie werden!«

»So schlimm können sie nicht sein«, verteidige ich sie mit einem Lachen.

»Hm. Die Jungs sorgen dafür, dass jeder hier in der Gegend die Fensterläden schließt, wenn er nur ihren Namen hört.«

Ich verkneife mir ein erneutes Lachen, als ich die Anspannung in seiner Stimme höre.

»Es sind eigentlich nicht Beau und Keaton, die Probleme machen, aber die anderen drei? Mannomann! *Diese* Radaubrüder reiten alle anderen mit rein. Jedes einzelne Mal«, beschwert er sich. »Ich kann dir gar nicht sagen, aus wie vielen schönen Träumen mich das Telefon schon gerissen hat, weil wütende Väter mir mitteilen mussten, dass sie einen meiner närrischen Enkel erwischt haben, wie er sich mitten in der Nacht mit einer ihrer Teenager-Töchter herumgetrieben hat. Wenn das so weitergeht, werde ich bald Urgroßvater oder muss sie auf Kaution aus dem Gefängnis rausholen, bevor ich sie aufs College schicken kann!«

Die Bemerkung bringt mich zu der Frage, wie er *meine* Fehltritte wohl beurteilen würde, wenn er je Wind davon bekäme.

»Wenn du willst, dass ich runterfliege, um ihnen eine Heidenangst einzujagen, sag Bescheid«, biete ich an und schiebe meinen eigenen Kram beiseite.

»Vielleicht muss ich auf dein Angebot zurückkommen. Halte nur diesen aalglatten Kerl von Vater von meinem Grundstück fern, dann ist alles in Ordnung. Ich habe eine Kugel mit seinem Namen darauf, seit ich ihm deine Ma am Altar übergeben habe.«

Nicht vergessen: Sag Dad, er soll bei Grandpa vorbeischauen. Das würde bestimmt super laufen.

Wenn man meinen Großvater so reden hört, könnte man meinen, er zieht die Jungs alleine groß. In Wahrheit leben alle fünf Cousins, über die er sich gerade beschwert, bei ihren Eltern. Aber er ist einfach in alles involviert, was uns betrifft – all seine Enkel –, weshalb dieser Eindruck entsteht. Und weil mein Großvater *der Mann* unten in Saint Delphine ist, betrachten uns alle als *seine* Jungs – nicht als die Jungs seiner fünf Töchter.

Die Zwillinge – River und Stoney – sind notorische Unruhestifter, und Lindens Streitsucht sorgt dafür, dass er ihnen in nichts nachsteht. Und wie Grandpa gesagt hat, werden die anderen beiden in jeden Ärger der drei mit hineingezogen.

»Ich gebe der grottenschlechten Männerwahl meiner Töchter die Schuld«, unterbricht er mich erneut. »Die armen Mädchen hätten einen guten Kerl nicht erkannt, wenn er sie hochgehoben und über seine Schulter geworfen hätte. Nicht einmal meine kleine Rosalie, Gott hab sie selig.«

Über diesen Punkt ließ sich nicht mit ihm streiten.

»Doch genug davon. Eigentlich rufe ich an, um dir ein erfolgreiches Spiel zu wünschen, aber das hast du dir sicher schon gedacht.«

Stimmt. »Danke, Grandpa. Ich melde mich, nachdem wir gewonnen haben.«

Er lacht mir ins Ohr. »Genau das wollte ich hören. Jetzt gibt das Telefon bitte einem deiner Brüder.«

»Klar doch. Moment.«

Dane streckt bereits die Hand nach meinem Handy aus. Als Patriarch der mütterlichen Seite der Familie hat er dieses Ritual eingeführt, uns vor den Spielen anzurufen, seit unser Dad uns in die Kinderliga gesteckt hat.

Während ich meine Stollenschuhe zuschnüre, richte ich die Konzentration auf das Spiel in dem Wissen, dass Grandpa in zwei Stunden einen Rückruf von mir erwartet. Diese Saison haben wir nicht mehr viele Spiele vor uns, danach kann ich ein wenig durchatmen.

Dane kommt zum Ende und reicht das Telefon an Sterling weiter. Als ich es zurückbekomme, steht der Spielbeginn kurz bevor.

»Du hast eine Textnachricht«, teilt mir Sterling mit.

Ich greife nach meinem Helm und blicke auf die Nachricht.

Hab mitgekriegt, dass Lexi und die Bitch vorhaben, morgen bei

Marcus' Party vorbeizuschauen, schreibt Parker. *Was dagegen, wenn ich kreativ werde?*

Ihr gefällt das besser, als es sollte, was mir nicht entgeht. Manchmal frage ich mich, ob sie die seltsame Chemie zwischen Southside und mir mitbekommt und ob das der Grund dafür ist, dass sie sich für diese Boshaftigkeiten anbietet.

Wahrscheinlich.

Ich schicke ihr eine Nachricht und folge dann dem Rest des Teams hinaus aufs Spielfeld.

Viel Spaß! Bring sie diesmal nur nicht wieder beinahe um.

#FollowMe

@QweenPandora:

Wer ist bereit für die jährliche Monster Bash? Uhrzeit: 22.00 bis die Cops auftauchen. Ort: Netter Versuch. Ihr wisst, dass ich zur Geheimhaltung verpflichtet wurde. Checkt noch einmal das Update eine Stunde vor Beginn der Soiree. Bis dahin zieht ihr eure Kostüme an, legt ein paar dicke Schichten von Mommys Make-up auf, und dann treffen wir uns dort! Ich bin schon gespannt auf all die winzigen Teufelskostüme. Ich zähl auf euch, Cheerleader.

Bis dann, Leute! ~*P.*

30

BLUE

Tja, sie hat mich dazu überredet. Und hier bin ich, mitten im Nirgendwo, und laufe bergauf durch die Dunkelheit zu irgendeinem jahrhundertealten Friedhof.

Kurzversion: Die ganze Sache ist total gruselig.

»Hast du etwa Angst?«, neckt mich Lexi.

Ich schaue sie an, während wir weiter den Hügel hinaufgehen, und sehe nichts außer der Spiegelung des Mondes in ihrer runden, getönten Brille – der wichtigste Bestandteil ihres John-Lennon-Kostüms.

»Erstens hätte nur ein Psychopath keine Angst«, bemerke ich. »Und Fakt ist außerdem, dass ich in Go-go-Boots und einem Minikleid hier unterwegs bin, weil jemand darauf bestanden hat, dass ich mich heute Abend als Yoko Ono verkleide.«

Sie trägt indessen weiße Schlaghosen mit passendem Rollkragenpullover – was sehr lennonhaft aussieht. Sie hat uns Perücken spendiert, und ich kann mich nicht erinnern, mich jemals unwohler in einem Kostüm gefühlt zu haben.

»Wir haben echt Glück mit dem Wetter, nicht wahr?«, bemerkt sie. »Andernfalls würdest du dir den Hintern abfrieren.«

»Das ändert nichts an der Tatsache, dass ich in Plateauschuhen einen Berg besteige.«

Lexi lacht über meine Übertreibung und hakt sich bei mir unter.

»Ach, komm, Yoko, ich helfe dir«, neckt sie mich und stützt mich den Rest des Weges.

Oben auf dem Berg ist alles vorbereitet. Für eine geheime Teenager-Halloween-Party ist es ganz schön aufgemotzt. Jemand hat sich die Zeit genommen und Imbisstische aufgestellt und dekoriert und Cartoongesichter in einen Haufen Kürbisse geschnitzt. Andere Werke sind dafür ein bisschen abstrakter – wie der eines Penis mit Hoden.

Jungs.

Wie es aussieht, gibt es sogar richtige Security. Na schön, es sind bloß Schüler aus den unteren Klassenstufen, die in schwarzen T-Shirts und Jeans patrouillieren, aber wenigstens haben sie ein Auge auf das Essen und die Drinks. Wahrscheinlich werden die meisten von ihnen sonst eher nicht auf Partys eingeladen und machen sich Hoffnungen, auf diese Weise bald zu einer der angesagten Cliquen zu gehören.

Arme, desillusionierte Seelen.

Schummrige Laternen hängen an Haken neben beinahe jedem zweiten Grabstein, von denen die meisten alt und windschief sind und das Angst einflößende Ambiente untermalen. Falsche Hände, die auf ein paar Gräbern platziert sind, erwecken den Eindruck, als würden die Toten einem aus dem Jenseits ihre Hände entgegenstrecken. Es ist geschmacklos, aber wirkungsvoll.

Laute Musik plärrt aus riesigen Lautsprechern in allen vier Ecken der Partyzone, und ich weigere mich, nach … *ihm* Ausschau zu halten.

Doch er ist definitiv in meinem Kopf.

Immer.

»Wie treffsicher bist du?«

Ich blicke zu Lexi, als sie fragt. »Ganz gut, denke ich. Warum?«

Ohne weitere Erklärungen werde ich über die Wiese zu einem Beer-Pong-Tisch gezerrt. Er ist mit LED-Lichtern geschmückt, die im Rhythmus der Bässe blinken.

Lexi dreht sich um, als ich lache. »Es ist ein bisschen früh, um mit dem Trinken anzufangen, meinst du nicht?«

Sie zuckt mit einer Achsel. »Je früher ich mir einen Schwips antrinke, desto früher vergesse ich, dass ich hauptsächlich mit einem Haufen Loser feiere. Und ab dem Moment sind die Möglichkeiten endlos.« Ein breites Grinsen lässt ihr Gesicht erstrahlen.

Sie tritt an den Tisch, und ich klopfe ihr lachend auf die Schulter. »Der gehört allein dir, Mr Lennon. Mach sie fertig.«

Mit einem weiteren Achselzucken nimmt sie einen Ball, und es dauert nicht lange, bis sie einen willigen Partner gefunden hat, der mit ihr spielt. Die nächsten zwanzig Minuten sieht man nur fliegende Pingpongbälle und rote Becher, die umkippen. Es wird ziemlich schnell klar, dass dieses Mädchen die meisten hier unter den Tisch trinken kann. Lexi versenkt die Bälle mit Leichtigkeit in den Bechern des anderen Teams, während ihr die Umstehenden zujubeln.

»Ich hol mir was zu trinken«, sage ich, als ich mich zu ihr vorbeuge. »Bin gleich wieder da.«

Sie packt mein Handgelenk, bevor ich gehe. »Nimm nichts, das nicht versiegelt ist«, warnt sie mich, obwohl ich das sowieso niemals vergessen würde.

Als ich mich zum Gehen wende, gibt es weiteren Jubel hinter mir, und ich lache. Man würde nie darauf kommen, dass sie nicht der gesellige Typ ist. Wahrscheinlich hatte sie recht. Man muss ihr nur ein paar Bier einflößen, und schon ist sie die Stimmungskanone.

Einer der Security-Jungs beobachtet mich, als ich mir eine Flasche Wasser nehme und dann stehen bleibe, um mir einen Snack-Mix aus der Schüssel in eine orange Sandwichtüte zu schaufeln. Die Plateauschuhe machen das Laufen auf dem unebenen Grund zu einer Herausforderung, aber ich bin mir ziemlich sicher, dass niemand die beiden Male mitbekommt, als ich beinahe gegen einen Grabstein falle.

Die Musik ist gut, und bisher hat sich niemand, den ich hasse, in meine Nähe gewagt. Parker und ihre Mädchen lauern immer irgendwo, sind aber hauptsächlich damit beschäftigt, sich mit ihren roten Hörnern und in ihrer roten Spitzenunterwäsche, die sie als Kostüme ausgeben, zu präsentieren. Ich wünschte fast, wir hätten keine leichte Hitzewelle, dann würden sie sich hier auf dem Friedhof die Nippel abfrieren.

Weil ich so unendlich reif bin, stelle ich mir vor, wie ihre Nippel direkt unter ihren durchsichtigen Bodys herunterrutschen und im Gras landen, während alle vor Schreck kreischen.

Die Golden Boys habe ich allerdings noch nicht gesichtet. Kurz keimt die Hoffnung in mir auf, dass sie vielleicht beschlossen haben, diese Feier auszulassen, aber kaum habe ich das gedacht …

»Und wen stellst du dar?« West gibt ein Lachen von sich, das lauter wird, als er sieht, wie mir die Snacktüte aus der Hand gleitet. Ich habe kaum etwas daraus gegessen, und jetzt liegt sie im Dreck.

Betont langsam drehe ich mich um, um ihm einen bösen Blick zuzuwerfen, doch angesichts seines muskulösen und *nackten* Oberkörpers, der bis zu den schmalen Hüften eingeölt ist, wünschte ich, ich hätte weiter geradeaus geschaut. Er sieht aus wie ein Stripper, und der Gedanke bringt mich dazu, die Augen zu verdrehen. Warum muss er ein totaler Arsch und gleichzeitig auch noch sexy sein? Das ist einfach nicht richtig.

Er ist wie ein ägyptischer König gekleidet – in Schwarz und Gold, mit gestreiftem Kopfschmuck, der auf seinen Schultern ruht und unseren Schulfarben entspricht. Dazu trägt er ein knappes Ding in Schwarz mit goldenem Rand, das einem Kilt ähnelt, und an den Füßen ein Paar gold-schwarze Sneaker, die nicht zu seinem Outfit passen, ihn aber noch heißer aussehen lassen. Ich wette, dass seine Schuhe wertvoller sind als mein Haus.

Ich lasse meinen Blick über den Friedhof schweifen und entdecke Dane und Sterling, die bereits ein großes Geschrei veranstalten und beide haargenau die gleiche Aufmachung tragen.

Verdammt sollen diese heißen Vollidioten sein! Alle drei.

An Danes Seite ist Joss als Kleopatra verkleidet. Ihre Zöpfe sind heute Abend nicht hochgesteckt, und sie sehen aus wie ein Teil des Kostüms. Sie ist so hübsch, dass es wehtut, und ich habe immer den Eindruck, dass Dane das auch findet. Ich stelle außerdem fest, dass ich Joss am wenigsten von allen hasse, weil sie am neutralsten zu sein scheint.

Keine Hilfe, aber auch nicht Teil des Problems.

»Willst du mir antworten oder weiter so tun, als stünde ich nicht hier?«, meldet sich West erneut zu Wort.

Er klingt weniger … boshaft als sonst. Beinahe zufrieden.

Beinahe.

»Sollen Albträume nicht verschwinden, wenn man sie ignoriert?«, kontere ich und nehme einen Schluck von meinem Wasser, weil ich nichts anderes mehr habe.

Aus dem Augenwinkel sehe ich das Leuchten weißer Zähne, als er lächelt. »Komm schon. Sei nicht so.«

Ich schnaube und verdrehe die Augen, gehe aber nicht darauf ein.

»Wie geht's Scarlett?«, wagt er als Nächstes zu fragen, und diesmal erntet er dafür einen wütenden Blick.

»Frag nicht nach ihr. Oder nach sonst jemandem aus meiner Familie«, sage ich barsch.

Das Geräusch von Wests leisem Lachen zerrt an meinen Nerven, aber ich lasse es mir nicht anmerken.

»Verdammt, Southside! Bist du immer so bitchy?«

»Nur in Gegenwart anderer Bitches«, kontere ich.

Er lacht noch immer, was mir beinahe ein Lächeln entlockt. Nur ein Irrer würde lachen, wenn er beschimpft wird.

Etwas passiert in meinem Inneren. Ich spüre dieses Summen, eine Energie, die verrücktspielt, wenn West in der Nähe ist. Gern würde ich glauben, dass das schlecht ist, aber das wäre eine Lüge. Der Teil von mir, der so verdreht ist wie meine Mutter, genießt den direkten, hemmungslosen Schlagabtausch, wenn keiner von uns sich um Nettigkeiten bemüht oder seine Zunge im Zaum hält.

Egal, was uns in den Sinn kommt, wir sagen es einfach – auch wenn es verletzend ist.

»Weißt du, was ich denke?«, fragt West und unterbricht meine Gedanken, während ich Lexi aus der Ferne beobachte. Sie streckt gerade die Hände in die Luft, was wohl bedeutet, dass sie noch immer eine Glückssträhne hat.

»Was denn?«

»Dir passt es nicht, dass deine Schwester mich mag«, erklärt er. »Dir passt es auch nicht, dass sie überhaupt einen Gedanken an mich verschwendet, aber am meisten stört dich, dass sie es nicht mitbekommen hat.«

»Wovon redest du?«, frage ich und spüre, wie mir bereits heiß wird.

Er grinst, nimmt aber einen Schluck, bevor er antwortet. »Sie hat nicht mitbekommen, dass ich keiner von den Guten bin.«

Ich sauge einen Schwall Luft ein und schaue ihn an, ohne

ihn zu sehen. Stattdessen kehre ich in Gedanken zu dem Abend des Stadtteilfests zurück. Ich sehe vor mir, wie Scar bei seinem Anblick strahlt, und mehr noch, als er einen Hundertdollarschein in ihr Glas fallen lässt.

»Und was dir noch weniger passt«, fügt West hinzu, »ist, dass *du* es nicht sofort gemerkt hast.«

Mir wird übel. Denn ... er hat recht.

Ich habe ihn tatsächlich falsch eingeschätzt. Mein erster Eindruck – sogar mein zweiter – war völlig falsch. Er ist nicht im Geringsten so, wie man es bei seinem sexy Aussehen vermuten würde. Innerlich ist er völlig leer, da sind nur lange Flure, in denen es spukt, und Dunkelheit.

Genau wie bei mir.

»Wann gibst du es endlich zu?«, fragt er mit freudlosem Lachen.

Ich runzle die Stirn. »Dich kümmert aber sehr, was *ich* denke, obwohl du dir lieber Gedanken darüber machen solltest, dass uns deine Freundin mit Blicken durchbohrt, als wollte sie uns in Brand stecken«, kontere ich.

Wests Blick wandert über den Friedhof zu Parker, die uns mit der Hitze von tausend Sonnen in den Augen anstarrt. Ich habe nichts dagegen, dass ihr das unter die Haut geht, West so nah bei mir stehen zu sehen. Das Miststück verdient es nicht besser.

»Scheiß auf Parker!«, sagt er mit tödlicher Verachtung.

Überrascht davon, wie freiheraus er spricht, schnellt mein Blick zu ihm hinüber.

»Bist du jetzt, wo wir *das* aus dem Weg geräumt haben, bereit, es zuzugeben?«, fährt er mit breiter werdendem Grinsen fort.

Verärgert aus zu vielen Gründen, um sie alle aufzuzählen, verdrehe ich die Augen. »Bereit, *was* zuzugeben, West?«

»Dass du mich willst«, antwortet er rasch. »Dass du einen Fehler gemacht hast, als du mich vor ein paar Wochen zurückgewiesen hast.«

Er ist so auf unser Gespräch konzentriert, dass er sich ganz mir zugewandt hat. Mir fällt außerdem auf, dass er kein einziges Mal geblinzelt hat, seit ich zu ihm hochblicke.

Mein Herz macht diese komische Sache, die ich nicht erklären kann, aber ich lasse mir nichts anmerken.

»Ich würde das alles vielleicht in dem Moment zugeben, in dem du zugibst, dass du ein Arsch bist und *mich* vom ersten Tag an heimlich wolltest. Mmm, das wird also dann … *niemals* sein?«

Ich lache angesichts der Lächerlichkeit des Ganzen und trete einen Schritt zurück, weil ich das für den richtigen Moment halte, um zu gehen. Allerdings werde ich plötzlich an der Armbeuge gepackt, sodass ich an die Stelle zurückstolpere, wo ich gestanden habe. Ich knalle mit dem Rücken gegen Wests Brust und spüre sein pochendes Herz. Als er sich herunterbeugt, um mir etwas ins Ohr zu sagen, blicke ich über das Meer von Gräbern zu Parker, unserem Ein-Personen-Publikum.

»Wie wär's, wenn ich es darauf ankommen lasse?« Seine Stimme ist rau, und er löst seinen Griff und legt seine Hände auf meine Taille.

Ich halte den Atem an, und der einzige Gedanke in meinem Kopf ist die Erinnerung an seinen köstlichen Mund. Noch immer kann ich seine Wärme spüren, als er über meine Haut strich.

»Ich bin ein Arsch«, gesteht er mit einem Anflug von Ehrlichkeit, der mir nicht entgeht. »Und ich habe dich vom ersten Tag an gewollt.« Er fordert mich heraus, indem er mir meinen Wagemut zurück ins Gesicht schleudert.

»West, ich …«

»Erzähl mir bloß nicht, was für schlimme Sachen ich gemacht habe«, knurrt er an meinem Ohr, »denn was ich getan habe, würde nur jemand *Normalem* wehtun. Und gib's zu, Southside. Wir sind beide ganz schön weit davon entfernt, normal zu sein.«

Ich mache mir ernsthaft Sorgen, dass mir das Herz aus der Brust springt. Die Musik scheint lauter zu werden, und sie dröhnt in meinen Knochen, während er mich an sich presst.

»Stock und Stein brechen unser Gebein nicht, denn du und ich … wir sind bereits gebrochen.«

Ich schließe die Augen, als er das gesamte Drehbuch meines Lebens mit dieser Bemerkung zusammenfast. Es gibt mir das Gefühl, vor ihm entblößt zu sein, als wären er und ich uns ähnlich. Nur dass wir das nicht sein können.

Ich meine … *stimmt doch*?

Er ist verrückt, und ich bin …

Verdammt, vielleicht bin ich auch verrückt. Ich *muss* es sein, wenn ich ihn derart nah an mich heranlasse. Wenn ich ihm erlaube, mich so zu *berühren*.

In genau diesem Moment macht etwas bei mir klick. Ich verstehe, was es mit ihm auf sich hat, warum ich so aufdrehe, sobald er in meine Nähe kommt. Er entzieht mir die Taubheit, das mentale Novocain, das mir geholfen hat, den ganzen Schmerz und das Elend durchzustehen. Er bringt mich dazu, allem ins Gesicht zu sehen. Alles zu *fühlen*. Er erlaubt mir nicht, mich hinter der bröckelnden Mauer aus *Alles wird gut* und *Es wird schon wieder* zu verstecken. West zwingt mich, die Wahrheit zu sehen, dass das Leben wirklich ein Desaster ist, und er ist der eine Mensch, der keine Angst hat, es zuzugeben. Der keine Angst hat, es so zu *leben*.

Wäre er nicht so kaputt, würde ich das vielleicht sogar als noblen Charakterzug betrachten. Doch stattdessen erkenne ich, wie er zu meiner Krücke wird, auf die ich mich stütze, um mich real zu fühlen.

Auch wenn er mich nur seine Dunkelheit spüren lässt und nichts anderes.

Seine Berührung ist mir mittlerweile vertraut. Meine Haut kennt sie gut. Seine Handfläche liegt flach auf meinem Bauch, und ich schmiege mich dagegen, als sie aufwärtsgleitet, bis sein Daumen den Bügel meines BHs berührt. Bestimmt werde ich mich einfach auflösen, wenn ich meinem Verlangen nachgebe.

»Komm mit mir, Southside. Das ist mein zweites und letztes Angebot. Ein drittes wird es nicht geben«, warnt er mich.

Als er von mir wegtritt und ich allein stehen muss, taumle ich, bevor ich mein Gleichgewicht wiederfinde. Meine Augen folgen ihm, wie er in der Dunkelheit eines Mausoleums verschwindet, das so alt aussieht wie der Friedhof selbst.

Ich werfe einen Blick auf Lexi und überlege, ihr eine Nachricht zu schicken, aber meine Aufmerksamkeit ist auf die Finsternis gerichtet, in der West gerade verschwunden ist, und … ich kann nichts dagegen tun.

Ich folge dem Teufel direkt ins Unbekannte.

31

WEST

Ihre Silhouette erscheint dunkel im Türrahmen, und ich bin wirklich überrascht, dass sie gekommen ist. Wäre sie ein anderes Mädchen, hätte ich mein Leben darauf verwettet, dass sie die Einladung annimmt, aber nicht bei Southside.

Dieses Mädchen … Ich kann sie schwer einschätzen.

Lächelnd rufe ich sie, als sie zögert. »Komm hierher.«

Sie rührt sich nicht, sondern verschränkt stattdessen die Arme vor der Brust. »Sag bitte«, reizt sie mich, aber ich habe genug und gehe mit langen Schritten auf sie zu, um sie an mich zu ziehen und zu küssen.

Sie neigt den Kopf, als ich mit der Hand an ihrem glatten Hals entlangstreiche. Das Pochen ihrer Halsschlagader an meinen Fingerspitzen jagt auch meinen Puls in die Höhe.

Was hat sie nur an sich? Ich bin noch nie jemandem begegnet, der mich dazu gebracht hätte, meine Regeln zu brechen und alles zu vergessen, was ich an ihr hassen sollte. Wenn auch nur vorübergehend.

Ich werde aus meinen Gedanken gerissen, als ihre sanften Hände an meinem Rücken hinaufgleiten und meine Schulterblätter umklammern. Ich hasse Mädchen, die wie Kletten sind, aber aus irgendeinem Grund fühlt sich das hier gar nicht schlecht an – nicht einmal, als sie mich so fest hält, dass ich spüren kann, sie braucht jemanden. Für heute Abend bin das wohl ich.

Da ist dieses frustrierende Gefühl, ihr *zu* nah zu sein und gleichzeitig nicht nah genug, aber ich weiß, welches dieser widerstreitenden Gefühle mich kontrolliert und mit jeder Sekunde mehr von meiner Seele Besitz ergreift.

Sie zieht scharf die Luft durch die Nase ein, als ich sie hochhebe und auf eine Steinplatte setze. Ich werde ihr später verraten, dass es sich um das Grab irgendeines toten Mistkerls handelt, aber jetzt stelle ich mich zwischen ihre weichen Oberschenkel und ziehe die Träger ihres Kleids und BHs herunter. Eine Gänsehaut breitet sich auf ihrer Haut aus, wo ich eine Spur aus Küssen von ihrem Hals bis zu ihrer Schulter hinterlasse. Ich will sie so sehr, dass ich es schmecken kann. Unmöglich, dass sie das nicht spürt.

Ich ziehe sie an der Taille nach vorne zur Kante, und sie nimmt mir den Kopfschmuck meines Kostüms ab. Nachdem sie ihn zur Seite geworfen hat, fährt sie mit den Fingern in mein Haar und packt fest zu.

Ich ziehe das Kleid ein wenig tiefer und küsse ihre weichen Brüste, bis der Stoff herabsinkt und mehr preisgibt. Zuerst streichen meine Lippen sanft über ihren Nippel, aber als ich ihn mit der Zunge reize, wird die Knospe ganz hart, und ich ziehe sie in den Mund.

»Verdammt, West.«

Ihr gehauchter Einspruch macht es mir noch schwerer, die Dinge nicht viel zu schnell anzugehen. Erst recht, als sich ihr straffer Körper meinem entgegenwölbt. Ich zwinge mich, sie loszulassen, und lege beide Hände auf die Kante der Grabplatte. Nur so kann ich verhindern, dass ich sie in den nächsten Sekunden in Stücke reiße.

Doch in dem Moment, als ich die Kontrolle zurückgewinne, sorgt Southside sofort dafür, dass sie mir wieder entgleitet. Es genügt, dass sie ihre Hand von meinem Rücken nimmt und zwischen unsere Körper schiebt. Die Energie zwischen uns lässt uns beinahe vibrieren und ist so intensiv, wie ich es noch nie zuvor erlebt habe.

Ich spüre, was sie vorhat, als sie meinen Hosenbund von meiner Taille wegzieht, und die Alarmglocke in meinem Kopf schrillt los. In diesem Moment überkommt mich das Gefühl, sie vor mir warnen zu müssen, damit sie weiß, mit wem sie es zu tun hat.

»Langsam, Southside«, stöhne ich und hebe den Kopf, um die Worte an ihrem Hals zu sagen. »Du bist gefährlich nah dran, eine Grenze zu überschreiten, ab der es kein Zurück mehr gibt.«

Sie ignoriert die erste Warnung und legt ihre vollen Lippen auf mein Schlüsselbein, um daran zu saugen und mich damit völlig in den Wahnsinn zu treiben.

»Wenn du dir nicht verdammt sicher bist«, sage ich, »hör lieber auf, solange du noch …«

Sie bringt mich zum Schweigen, indem sie mit ihrer zarten Hand vorn an meinen Boxershorts hinabgleitet und dreist meinen Schwanz umfasst, als gehörte ihr das verdammte Ding. Ich hole tief Luft, und meine Brust berührt ihre, dann schließe ich die Augen.

Nun hat mich dieses verdammte Mädchen genau da, wo sie mich haben will.

Ich bin ihr völlig ausgeliefert.

Sie streichelt meine Erektion, und wir sind nun an dem Punkt angelangt, auf den das ganze Hin und Her der letzten Zeit zwischen uns zwangsläufig hinauslaufen musste. Ich habe genug davon, vorsichtig zu sein, also beschließe ich, uns auf das nächste Level zu bringen. Ich fasse unter ihren Rock, um sie an der Hüfte zu packen, und reiße mit einer kräftigen Bewegung den Saum ihres Höschens ein. Meine Hand verharrt, als wir plötzlich in helles Licht getaucht werden.

Southside stöhnt auf und bedeckt sich, indem sie ihre Träger blitzschnell hochzieht. Ich hingegen denke überhaupt nicht an so etwas. Mich interessiert lediglich, wer uns verdammt noch mal gerade unterbrochen hat.

»Du wolltest doch gern daran erinnert werden, wenn es Zeit für den Monster-Mix ist.«

Ich erkenne Parkers Stimme. Auch wenn sie nicht ganz so munter klingt wie sonst.

Sie geht nicht sofort, sondern hält den Lichtstrahl auf mich und Southside gerichtet, während wir uns wieder anziehen. Wenn es so läuft wie in der Vergangenheit, dann wird sich Parker wegen dem hier in den Schlaf weinen, und ich kann um drei Uhr früh mit einem Anruf rechnen, bei dem sie mir erzählen wird, was für eine gute Partie sie doch ist und dass ich sie viel mehr vermissen werde als sie mich.

Blablabla …

Alles Schwachsinn.

Southside springt von der Grabplatte herunter, klopft sich den Staub von ihrem Kostüm, und ich fasse nicht, dass sie gehen will.

»Wir sind noch nicht fertig hier. Was tust du da?«

Sie blickt hinunter zu ihrem Handgelenk, an dem ich sie festhalte, und wirft dann Parker einen Blick zu.

Bevor sie antwortet, wird mir klar, dass sie das als Ausrede dafür benutzen wird, um zu verschwinden. »Es fühlt sich irgendwie so *an*, als wären wir fertig«, sagt sie.

Ich habe keine Gelegenheit, etwas dagegen einzuwenden, denn sie eilt davon. Ich bin direkt hinter ihr und schnappe mir meinen Kopfschmuck, bevor ich mich an Parker vorbeidränge und ihr einen tödlichen Blick zuwerfe. Wäre sie ein Kerl, hätte ich ihr ohne Frage eine verpasst.

Southside geht langsam, und ich frage mich, ob sie das tut, weil sie hofft, dass ich sie einhole. Mit unsicherem Blick schaut sie zu mir hoch und fragt: »Was ist … Monster-Mix?«

Wir gehen jetzt im Gleichschritt, und am liebsten würde ich sie berühren, ihre Hand halten oder irgend so einen lächerlichen Scheiß tun. Ich unterdrücke das Bedürfnis, denn ich bin nicht der Typ dafür. Das war ich nie. Und lieber würde ich mich kastrieren, als so ein Schwächling zu *werden*.

»Ähm, das ist eine Monsterparty-Tradition«, sage ich schließlich. »Es ist ein Gebräu, das Markus zubereitet. Er kippt es in den riesigen knallbunten Kelch, und jeder nimmt einen Schluck, um damit auf die Party anzustoßen.«

Wahrscheinlich stoßen wir eher auf Lippenherpes und Pfeiffersches Drüsenfieber an, weshalb meine Brüder und ich die feste Regel haben, als Erste zu trinken.

Sie streicht erneut ihr Kostüm glatt, und von diesem Moment an wird es irgendwie eigenartig zwischen uns. Es liegt daran, dass wir zum ersten Mal überhaupt ein ganz normales Gespräch führen. Es ist schräg, weil das nicht zu uns passt. Wir gehen nicht Kaffeetrinken oder mit unseren Welpen im Park spazieren. Wir sind ätzend, schneidend und beleidigend.

Und offensichtlich gehört auch ein bisschen Fummeln an meinem Schwanz und ihren Brüsten dazu, aber … das passt schon besser.

Irgendwie.

Als ich in ihre Richtung blicke, sieht sie aus, als würde sie sich mindestens genauso unbehaglich fühlen wie ich. Doch dann löst sich die Anspannung ein wenig, als Parker sich zwischen uns hindurchschiebt und auf die Menge zustürmt.

»Bewegt euch, Arschlöcher«, faucht sie.

Ich verkneife mir ein Lachen, weil ich mich nicht über Parkers Wut amüsieren sollte und daran gewöhnt bin, meine dunkle Seite zu verbergen. Aber als ich erneut zu Southside schaue, bemüht sie sich nicht im Geringsten, ihre diebische Freude zu unterdrücken. Sie lächelt breit, weil sie weiß, dass es Parker ins Mark getroffen hat, uns zu erwischen.

Southside ist ein bisschen verrückt, und ich bin womöglich ein bisschen besessen von dieser Seite an ihr.

Der Abstand zwischen uns hat sich vergrößert, während wir uns den anderen nähern. Ich gehe langsamer und sie schneller, bis nicht mehr so offensichtlich ist, dass wir zusammen hergekommen sind. Nur *wir* kennen die Wahrheit.

Nachdem sie in der Menge untergetaucht ist, suche ich unverhohlen sämtliche Gesichter ab und finde sie rasch wieder. Sie lacht und plaudert mit Rodriguez und einer kleinen Gruppe neben dem Beer-Pong-Tisch.

Während ich sie beobachte, streiche ich mit dem Daumen über meine Unterlippe und bin mir der verpassten Gelegenheit bewusst. Bin mir bewusst, dass ich sekündlich tiefer in diese Sache hineingerate.

Lass die Finger davon, Golden. Du weißt, wer sie wirklich ist.

»Wo warst du?«, fragt Sterling und versetzt mir einen kräftigen Schlag auf den Rücken.

»Wahrscheinlich hat er sich Parkers Mund zunutze gemacht«, fügt Dane hinzu. »Hauptsache sie schweigt mal für ein paar Minuten.«

Während ich meinen Brüdern kaum Beachtung schenke, verharrt mein Blick auf Southside. Sie hingegen gibt sich offensichtlich größte Mühe, nicht in meine Richtung zu schauen.

»Nee, diesmal nicht«, antworte ich. »Hab jemand … Interessanteres gefunden.«

»Hat sie einen Namen?«

Dane lacht über Sterlings Frage, bevor er selbst eine stellt. »Besser noch, *erinnerst* du dich überhaupt an ihren Namen?«

Ich schenke ihnen lediglich ein vages Lächeln.

Die Musik verstummt, und Marcus klettert auf einen Tisch. Er ist bereits sturzbetrunken, aber das ist nicht ungewöhnlich, wenn er Party macht. Eine Krone sitzt schief auf seinem Afro, und er schwingt seinen königlichen Umhang auf dramatische Weise hin und her.

»Hierher, hierher«, sagt er in sein Zepter, das er wie ein Mikrofon benutzt, und alle lachen. »Es ist eine altehrwürdige Tradition, an Halloween aus dem Untergangskelch zu trinken. Sollte jemand die Tradition nicht achten, wird er den Fluch des herausragenden Gründungsvaters von Cypress Point – Sir Vladimir Bledsoe – auf sich ziehen«, fügt er hinzu. »Und das möchte sicher niemand, denn wie die Legende besagt, ist das Innere des alten Mannes durch seinen Hintern herausgesickert in einer furchtbaren Nacht, die seitdem als die dunkelste und schlimmste Nacht von Cypress Pointe bekannt ist.«

Gejohle erklingt angesichts des erfundenen Bullshits, den er von sich gibt, und ich muss lachen. Jedes Jahr ändern sich die Einzelheiten der Geschichte ein wenig, aber abgesehen von Bledsoes Namen steckt nicht ein Funken Wahrheit darin.

»Weib, reich mir meinen Kelch«, befiehlt er, und Parker nähert sich zögerlich mit besagtem Kelch in der Hand.

Er nimmt ihn entgegen und beugt sich nach vorn, als Parker ihn dicht an sich heranzieht und ihm so rasch etwas zuflüstert, dass es außer mir wahrscheinlich niemand mitbekommen hat. Sie geht weg, und Marcus lächelt, während er dem spärlichen Fähnchen hinterherblickt, dass Parker als Kostüm ausgibt.

»Sollen wir anfangen?«, fragt Marcus in die Runde und fordert Sterling auf, Dane und mich nach vorn zu holen. Ihr wisst schon, um dieses *Lippenherpes*-Ding zu umgehen.

Wir gehen rasch zu ihm. Die Leute wissen zum Glück, dass sie uns besser nicht provozieren und weichen zurück, als sie uns kommen sehen.

»Dieses Jahr möchte ich unseren Brauch in einer bestimmten Reihenfolge begehen«, verkündet Marcus. »Wir haben ein neues Gesicht hier, und da ich ein fürsorglicher Gastgeber bin, könnten wir *ihr* doch den Vortritt lassen, was meint ihr?«

Ich bleibe stehen und suche erneut die Menge ab. Southside versucht, in ihrem kurzen schneeweißen Kleid und mit ihrer schwarzen Perücke in der Menge unterzutauchen. Aber niemand hier ist so heiß wie sie, was bedeutet, dass sie keine Chance hat.

»Nein, wirklich. Es ist okay«, sagt sie, als Marcus in die Menge hinabsteigt, um sie selbst zu holen.

Rodriguez, die ebenfalls angetrunken ist und über ihre eigenen Füße stolpert, stachelt ihn weiter an. Southside lehnt noch mehrere Male höflich ab, bevor die Anfeuerungsrufe beginnen.

Jetzt protestiert sie nicht mehr, und als sie sich umsieht, wird mir klar, dass sie gleich nachgeben wird.

Gruppenzwang ist an jedem Tag der Woche eine fiese Sache, doch man kann ihm nicht entkommen, wenn einen zweihundert Leute auf einmal herausfordern.

Alle verstummen, als Marcus die Hand hebt und Southside das Wort erteilt. Sie sieht aus wie ein Reh im Scheinwerferlicht.

»Na schön, dann los«, gibt sie nach.

Noch mehr Jubel und Gejohle. Dann trinkt sie.

Sie verzieht das Gesicht und schüttelt heftig den Kopf, als sie versucht, den Geschmack aus dem Mund zu bekommen.

Erfahrungsgemäß wird sie den erst morgen im Laufe des Tages wieder los sein.

»Trink und reich ihn weiter«, weist Marcus Dane an, als er ihm den Kelch übergibt.

Er reagiert ganz ähnlich wie Southside, bevor ich einen Schluck nehme und den Kelch an Sterling weiterreiche.

Das Zeug schmeckt immer scheußlich, aber dieses Jahr … etwas darin schmeckt noch übler als sonst. Ich sehe dabei zu, wie andere ebenfalls trinken, aber niemand außer mir scheint es zu bemerken. Vermutlich liegt es an mir.

Eine Sekunde später geht die Musik wieder an, und der Kelch macht bereits die zweite Runde. Marcus hat ein Auge darauf, falls nachgefüllt werden muss, was nicht mehr lange dauern wird.

Joss, die heute Abend stocknüchtern ist, schüttelt den Kopf. Laut Dane hat sie ziemlichen Ärger bekommen nach dem Homecoming-Ball. Mein Bruder war heldenhaft bereit, seinen Kopf hinzuhalten – obwohl er nichts damit zu tun hatte, wie viel sie an dem Abend getrunken hat –, aber Joss wollte das nicht. Wahrscheinlich, weil wir alle wissen, wie sehr ihr Dad ihn ohnehin schon hasst.

Und das ist wirklich keine Übertreibung. Richter Francois würde meinen Bruder bei lebendigem Leibe häuten, wenn er die Chance dazu bekäme. In seinen Augen ist Dane nichts weiter als ein egozentrischer hübscher Kerl, für den nichts spricht, und wahrscheinlich ist ihm nicht entgangen, wie mein Bruder seine Tochter ansieht. Doch der Richter hat nur zur Hälfte recht.

Dane ist natürlich ein Aufschneider, aber er wird es zu etwas bringen.

»Ich hab Lust zu tanzen«, verkündet Joss.

Das ist die perfekte Gelegenheit, Dane die Nummer vom

Homecoming-Ball heimzuzahlen. Schnell nehme ich Joss' Hand, bevor er mir zuvorkommt.

»Weißt du was? Ich auch«, verkünde ich und vermassle Dane die Tour, wie Parker es zuvor bei mir getan hat.

Joss denkt sich nichts dabei, und ich hoffe, dass Dane den Stich spürt. Den gleichen Stich, den ich in meiner Brust gefühlt habe, als er es für eine gute Idee hielt, sich an Southsides Hintern zu reiben. Zugegeben, ich würde Joss niemals auf diese Art berühren, aber er soll sich das hier trotzdem ruhig ansehen und sich wünschen, an meiner Stelle zu sein.

So witzig ist das jetzt plötzlich nicht mehr, oder, du Blödmann?

Joss gibt sich dem Song hin, während ich nicht so recht bei der Sache bin. Ich ertappe mich dabei, dass ich schon wieder Ausschau halte. Wie immer. In der Hoffnung, einen Blick auf das eine Mädchen zu erhaschen, das ich keinesfalls so sehr begehren sollte, wie ich es tue.

Ich entdecke sie, und sie scheint bereits die Wirkung von Marcus' Monster-Mix zu spüren. Sie lässt sich auf einen Stuhl sinken, und ich erinnere mich an das erste Mal, als ich das Gebräu getrunken habe. Damals hatte es eine ähnliche Wirkung auf mich.

»Oh-oh«, sagt Joss und nickt nach links, von wo Parker auf mich zustürmt. »Das ist mein Zeichen, mich vom Acker zu machen. Ich steh nicht auf Verrückte. Bis dann!«

Ich wünschte, ich könnte ebenfalls weglaufen, aber Parker ist wie eine Wärmesuchrakete, wenn es um mich geht. Es gibt kein Versteck, in dem sie mich nicht finden würde. Offensichtlich spürt sie mich ja selbst in einem Mausoleum auf.

»Wir müssen reden«, verlangt sie und wirft ihr dunkles Haar über die Schulter zurück. Ich hatte zuvor noch keinen guten Blick auf ihr Kostüm, aber das Fähnchen, das sie da trägt, ist dünner, als ich gedacht hatte.

Ich folge ihr nur deshalb zu einer Baumreihe, damit sie keine Szene macht.

»Was ist?«, frage ich nüchtern und habe jetzt schon genug von ihrer Gegenwart.

Sie wirft mir einen ungläubigen Blick zu. »Willst du mich auf den Arm nehmen, West? Wo bin ich denn da eben reingeplatzt? In einem Moment gibst du mir und den Mädels einen Freifahrtschein, um die Bitch zu terrorisieren, und dann erwische ich dich mit deinem Schwanz in ihrer Hand? Ich weiß ja, dass du alles vögelst, was sich bewegt, aber sie ist doch wirklich weit unter deinem Niveau«, behauptet sie. »Das musst du doch wissen.«

Ich runzle neugierig die Stirn.

»Warte … Hast du nicht gemerkt, dass … *du* unter meinem Niveau bist?«

Bei der Frage bleibt ihr einen Moment lang der Mund offen stehen, doch wie üblich erholt sie sich rasch wieder davon.

»Sei kein Arsch, West«, tadelt sie mich, was mich erst recht anspornt, mich wie einer zu verhalten.

»Ah, ich verstehe. Du bist verwirrt, weil ich dich gevögelt habe«, sage ich mit einem boshaften Grinsen. »Der Fehler liegt dann wohl darin, dass du glaubst, dass ich etwas für dich empfinde, weil du für mich die Beine breitgemacht hast.« Als sich mein Grinsen in ein Lachen verwandelt, spüre ich einen Adrenalinstoß. »Bist du *wirklich* eine so verdammte Idiotin?«

Selbst in dem schwachen Licht erkenne ich, wie ihr Gesicht mit jeder Sekunde röter wird.

»Was bist du nur für ein Arschloch«, schnaubt sie.

Ich zucke die Achseln. »Ich bin ein Arschloch, und deine Blowjobs sind echt mies«, kontere ich. »Ehrlich, du solltest dir von deinen Freundinnen ein paar Tipps geben lassen. Vor allem von Ariana. Ich habe es ihr beigebracht. Das Mädchen hat jeden Rat befolgt, den ich ihr gegeben habe.«

Ich sehe Tränen, und mein Herz schlägt schneller.

Heul wegen mir, du Miststück. Das gefällt mir.

Sie ist verletzt und kann es nicht verbergen. Meine Worte treffen sie zutiefst, aber ich will sie nicht zurücknehmen. Auf keinen Fall.

Kopfschüttelnd weicht Parker zurück, und mich überkommt Erleichterung. Viel zu lange habe ich zugelassen, dass sie sich an mich dranhängt, weil ich die damit verbundenen Vorteile genossen habe. Das Problem ist, dass ich inzwischen jegliches Interesse an diesem Mädchen verloren habe.

Und nach dieser Unterhaltung weiß sie es nun auch.

Sie verschränkt ihre dünnen Arme fest vor der Brust, und ich sehe noch mehr Tränen in ihren Augenwinkeln glitzern. Sie hat mich dabei ertappt, wie ich kurz davor war, mit einer anderen zu schlafen, und trotzdem musste ich es in Worte fassen und ihr klar und deutlich sagen, dass ich *sie* nicht wollte, damit sie es überhaupt kapierte.

So rasch, wie ihre Emotionen in ihren Augen aufgeblitzt sind, sind sie auch wieder verschwunden, und sie nickt.

»Wenn du willst, dass es so endet, na schön. Von mir aus«, lügt sie. Ich könnte ihr die Stirn bieten, habe aber keine Lust auf das zweite Gespräch, das folgen würde.

»Es ist so das Beste«, zitiere ich irgendeinen Film. Vielleicht hilft es ihr ja, darüber hinwegzukommen.

Sie wendet sich zum Gehen, wirft mir zuvor aber noch einen eindringlichen Blick zu.

»Bevor du es so beendest, frag dich lieber mal selbst, ob deine Geheimnisse so geheim sind, wie du glaubst«, warnt sie mich.

Angesichts ihrer selbstsicheren Art frage ich mich tatsächlich, ob sie etwas weiß, doch das ist unmöglich. Trotzdem krampft sich mein Magen zusammen bei der Erinnerung daran, dass womöglich Informationen die Runde machen könnten, die mich ruinieren würden.

»Schließ mich aus, und ich werde dich nicht mehr schützen, West. Und wer weiß!«, fügt sie grinsend hinzu. »Vielleicht bin ich es ja, die deine Welt in Flammen aufgehen lässt.«

Sie greift nach Strohhalmen. Anders kann es nicht sein. Ich war übervorsichtig, und diejenigen, die Bescheid wissen, würden mich niemals verraten. Sie versucht, mich zu verunsichern, aber ihre kryptischen Worte verfehlen ihr Ziel.

»Es ist vorbei, Parker. Du solltest gehen, bevor du dich noch mehr blamierst«, rate ich ihr zum Abschluss.

»Wenn du meinst«, erwidert sie mit einem Lächeln.

Allein der Gedanke, dass sie mir womöglich auf die Schliche gekommen ist, missfällt mir, und ich werde wohl oder übel ein Auge auf sie haben müssen. Laut meinem Großvater gibt es keinen größeren Zorn als den einer zurückgewiesenen Frau.

#FollowMe

@QweenPandora:

Wie es aussieht, wurden PrincessParkers Mädchen herbeigerufen, um sie zu trösten. Es wird gemunkelt, dass der Friedhof der ideale Ort war, um ihre Beziehung mit KingMidas zur letzten Ruhe zu betten. Meine Vermutung ist, dass die Sache mit NewGirl wirklich Fahrt aufnimmt, was bedeutet, dass das wahrscheinlich das Ende von PrincessParkers Herrschaft ist. Es war lustig, solange es gedauert hat, denke ich. Nun, ihr Lieben, wie es scheint, sind die Beatles nicht die Einzigen, die von Hurricane Yoko gesprengt wurden.

Bis dann, Leute! ~*P.*

32

WEST

Ich beobachte jetzt schon seit zehn Minuten, wie sie dasitzt, zusammengekrümmt und beide Hände auf den Bauch gepresst. Mit jeder Sekunde wächst mein Bedürfnis, zu ihr zu gehen, doch ich halte mich zurück.

Ich bin nicht für sie verantwortlich und habe auch nicht vor, diesen Eindruck bei ihr zu erwecken.

Trotzdem bemerke ich, dass etwas nicht stimmt.

Als Dane mich in die Rippen stößt, um meine Aufmerksamkeit zu bekommen, wird mir bewusst, dass ich mich nicht gerade unauffällig verhalte.

»Alter, geh doch einfach hin und rede mit ihr«, schlägt er vor und reibt mir unter die Nase, was ich zu verheimlichen versuche – dass ich sie im Auge habe. Die ganze Zeit.

»Ich will nicht mit ihr reden«, stelle ich klar.

»Sie sieht allerdings so aus, als wäre sie nicht ganz in Ordnung.« Dane hat es also auch bemerkt.

Ich spüre, wie ich mich versteife, spüre die Anspannung in meinen Schultern. Und dann, nur wenige Sekunden bevor ich nachgeben und trotz meines Sturkopfs zu ihr hinübergehen will, gleitet sie vom Stuhl.

Ein Junge bemerkt es und fängt ihren Kopf auf, bevor er im

Gras aufschlägt, aber ich bin schon losgesprintet, springe über Grabsteine hinweg und stoße jeden beiseite, der mir im Weg ist.

»Weg da!«, rufe ich, während die Menge sich teilt.

Der Junge, der sie aufgefangen hat, weicht ebenfalls zurück und hebt die Hände. »Ich hab nix gemacht, Mann. Ich schwör's. Sie ist einfach vom Stuhl gerutscht.«

Ich habe keine Zeit, ihm zu sagen, dass ich das bereits weiß, und ignoriere ihn stattdessen. Was ist mit ihr? Ich dachte, sie sei nur betrunken, aber ihre Lippen sind blau, und auf ihrem Gesicht und Hals ist ein rötlicher Ausschlag. Als ich mich über sie beuge, höre ich ein leises Keuchen, und ich gerate augenblicklich in Panik, als mir bewusst wird, dass sie kaum Luft bekommt.

»Rodriguez!«, brülle ich und bringe auf diese Weise jemanden dazu, sie anzustoßen. Doch meine Hoffnung wird enttäuscht, dass sie ihren besoffenen Kopf klarkriegt und mir vielleicht sagen kann, was hier los ist. Sie bekommt kaum die Augen auf, weshalb sie mir im Moment keine Hilfe ist.

Ich schiebe meine Arme unter Southside, hebe sie hoch und drücke ihren schlaffen Körper an meinen. Bevor ich überhaupt darüber nachdenken kann, was ich als Nächstes tun soll, eile ich den Hügel hinunter, um zu meinem Wagen zu gelangen.

»Was ist passiert?«, fragt Sterling, der hinter mir herrennt.

»Ich weiß nicht, aber sie atmet kaum. Könnte irgendeine allergische Reaktion sein.«

Ich höre die Panik in meiner Stimme, und jeder, der mir folgt, hört sie ebenfalls. Zum Teufel damit! Dieses Mädchen bedeutet mir etwas. Auch wenn es mir nicht gefällt … sie bedeutet mir etwas.

Wir lassen das gedämpfte Licht der Party hinter uns und rennen in den stockfinsteren Wald vor uns. Ich schalte an diesem Punkt auf Autopilot, weil ich weiß, dass ich keine Zeit verlieren darf.

Etwas stimmt nicht mit ihr, und es ist mehr als ein Drink, der ihr zu Kopf gestiegen ist. An diesem Punkt kann nur noch ein Arzt helfen.

Das Mondlicht spiegelt sich in meinem Autodach, und ich stoße einen erleichterten Seufzer aus.

»Jemand soll die Tür aufmachen«, rufe ich, woraufhin Joss an mir vorbeirennt, um die Rücksitztür zu öffnen.

Sterling hilft mir, Southside hineinzulegen, und er nimmt meine Schlüssel, als ich sie ihm reiche.

»Du fährst. Ich muss sie im Auge behalten und dafür sorgen, dass sie atmet.«

Er nickt, und dann drehe ich mich zu Dane um.

»Bleib mit Joss hier. Sie sollte nicht allein in der Dunkelheit wieder da raufIaufen.«

Er reagiert genau wie Sterling und nickt. »Schick eine Nachricht, sobald du mehr weißt.«

Das verspreche ich ihm, und Sterling rast wie ein Wahnsinniger los.

Ich halte Southside in den Armen, und ihr Zustand verschlechtert sich. Ich taste sie nach Taschen ab in der Hoffnung, Medikamente oder einen dieser EpiPens für solche Situationen zu finden, aber ich stoße nur auf ihr Telefon. Ich tippe auf den Screen, damit er aufleuchtet, doch es ist passwortgeschützt, was bedeutet, dass ich nicht einmal ihre Familie verständigen kann.

Ich bin am Arsch.

Es gibt nur eine Sache, die ich tun kann, während Sterling in Richtung Krankenhaus rast, also stelle ich diejenige zur Rede, die für diese Situation verantwortlich ist.

»Was zum Teufel hast du getan?« Meine Stimme ist viel zu ruhig, und als ich die Angst in ihrer höre, weiß ich, dass ich richtigliege.

»Ich … ich hätte nicht gedacht, dass sie so krass reagiert«, stammelt Parker ins Telefon. »Ich …«

»Sag mir, was zum Teufel du gemacht hast, damit ich wenigstens den Ärzten etwas sagen kann!« Die Worte hallen von den Autofenstern wider, trotzdem rührt sich Southside nicht.

Sie hat das Bewusstsein verloren.

»Heidi hat sich ihre Unterlagen angeschaut«, gesteht Parker. »Sie hilft in ihrer Freistunde im Büro aus, also … ich dachte, wir würden etwas finden, das wir gegen sie verwenden könnten. Du weißt schon, irgendwas Persönliches«, erklärt sie. »Und als ich das mit der Erdnussallergie erfahren habe, dachte ich, ich könnte mir einen kleinen Spaß erlauben. Das ist alles«, fügt sie zu ihrer Verteidigung hinzu.

»Einen kleinen Spaß?«, knurre ich.

Parker schluchzt am anderen Ende, und ich würde am liebsten durch das Telefon greifen und sie würgen.

»Ich habe ein wenig Erdnusssoße in den Monster-Mix getan«, gesteht sie, was mich dazu bringt, mein Handy so fest zu umklammern, dass es knirscht. »Meine Cousine ist auch allergisch. Wenn sie eine Reaktion hat, schwellen lediglich ihre Lippen und Augen an. Ich meine, sie sieht schlimm aus, aber ansonsten passiert nichts«, erklärt Parker. »Ich dachte, bei ihr wäre es genauso. Ich wusste nicht …«

»Du …« Ich stoße ein zorniges Knurren aus, zu mehr bin ich nicht in der Lage.

Dann beende ich das Gespräch, weil ich es keine Sekunde länger ertrage. Wenigstens weiß ich jetzt, was die Reaktion ausgelöst hat.

Diesmal ist Parker zu weit gegangen.

*

Ich habe Sterling gesagt, dass er fahren kann, sobald Southside stabil war. Wenn ich bereit bin zu gehen, werde ich mich abholen lassen oder ein Taxi rufen, aber das wird nicht so bald sein.

Mein Herz sollte nicht so wild klopften, als sie schließlich wieder zu sich kommt, doch ich springe auf und bin sofort an ihrer Seite. Zuerst will ich nach ihrer Hand greifen, kann mich aber gerade noch beherrschen und stecke beide Hände stattdessen in die Hosentaschen.

Southside blinzelt ein paarmal und greift sich dann mit einem Stöhnen an den Kopf.

»Geht's dir gut?«

Sie braucht einen Moment, bis sie wieder orientiert ist, und sieht mich dann verwirrt an. »Wo bin ich?«

Das Bedürfnis, ihre Hände zu nehmen, kehrt zurück – und ich widerstehe erneut.

»Du bist im Krankenhaus«, sage ich. »Du hattest eine allergische Reaktion auf etwas, das du zu dir genommen hast.«

Ich habe nicht das geringste Bedürfnis, Parker zu beschützen, kann aber die Warnung nicht vergessen, die sie auf dem Friedhof ausgesprochen hat. Auch wenn ich nicht glaube, dass sie tatsächlich etwas über mich weiß, steht viel zu viel auf dem Spiel, um es zu riskieren.

»Mein Kopf«, stöhnt Southside und schließt erneut die Augen.

»Bist du bereit, mit den Ärzten zu sprechen? Sie haben ein paar Fragen, die sie dir stellen wollten, sobald du wach bist.«

Es ist noch immer ungewohnt, miteinander zu sprechen, ohne sich gegenseitig anzugiften.

Sie nickt. »Klar. Kann ich machen.«

Ich gehe nur kurz zur Schwesternstation und kehre dann zu ihr zurück, um mich wie der pflichtbewusste feste Freund an ihr Bett zu stellen.

Alter, was zur Hölle machst du da?

Ich reiße mich zusammen und setze mich wieder auf den Stuhl in der Ecke.

»Ms Riley?«, sagt Dr. Turner, als er den Raum betritt.

Southside zeigt ein kleines Lächeln und setzt sich auf. »Hi!«

»Sie haben uns einen ganz schönen Schreck eingejagt«, sagt er und erwidert ihr Lächeln. »Irgendeine Idee, was Sie zu sich genommen haben, was diese Reaktion ausgelöst hat?«

Ich blicke zu Southside, und sie ist wirklich durcheinander. »Nein. Ich bin normalerweise sehr vorsichtig, aber … heute Abend war ich es wohl nicht.«

Als sie verstummt, nickt Dr. Turner. »Nun, wir haben Ihnen Epinephrin verabreicht, sobald dieser Gentleman hier Sie in die Notaufnahme gebracht hat. Sein rasches Handeln hat Ihnen wahrscheinlich das Leben gerettet.«

Southside wendet sich mir zu und schenkt mir ein schmales Lächeln, das ihre Augen nicht erreicht. Vermutlich ist es seltsam, dass jemand mich mit diesem Wort beschreibt. Da muss ich ihr zustimmen.

»Besitzen Sie keinen EpiPen?«, fragt der Arzt.

»Ich habe einen in meiner Handtasche, habe sie aber im Auto einer Freundin gelassen. Ich dachte wohl, ich weiß, welche Nahrungsmittel ich meiden muss«, erklärt sie.

»Manchmal kennt man nicht alle Inhaltsstoffe, weshalb Sie niemals leichtsinnig sein sollten, in Ordnung?«, sagt er mit ernster, jedoch fürsorglicher Stimme.

Southside nickt. »Ja, ich verstehe.«

Dr. Turner geht erneut seine Unterlagen durch. »Ich hätte gerne die Kontaktdaten Ihrer Eltern, um sie anzurufen und sie darüber zu informieren, was passiert ist.«

Er drückt erwartungsvoll auf seinen Kugelschreiber, aber

Southside sagt kein Wort. Es vergehen mindestens fünf Sekunden, bis sie schließlich spricht.

»Sie sind … nicht verfügbar.«

Dr. Turner zieht die Brauen hoch. »Nicht verfügbar?«

Southside nickt. »Na ja, mein Dad ist zu Hause, aber ziemlich krank. Und meine Mom ist unterwegs. Beruflich«, ergänzt sie hastig.

Wenn *krank* bedeutet stockbesoffen, ist die Äußerung über ihren Dad absolut wahr. Und nach dem, was Sterling über das belauschte Telefonat mit ihrer Mom gesagt hat, ist *nicht verfügbar* wahrscheinlich das passende Wort, um die Situation zu beschreiben.

Dr. Turner klappt die Akte zu und hält den Blick auf Southside gerichtet.

»Nun, Sie sind achtzehn«, stellt er nüchtern fest und seufzt. »Ich bin nicht verpflichtet, mit einem Erziehungsberechtigten zu sprechen, aber ich würde heute Nacht gern ein Auge auf Sie haben. Vielleicht wollen Sie Ihre Angehörigen wenigstens anrufen, damit sie sich keine Sorgen machen.«

Mit diesen Worten verlässt er uns.

Wir verharren in unbehaglichem Schweigen, was mich erneut daran erinnert, dass wir nicht in unserem Element sind. Wir haben uns nun schon einige Stunden lang nicht gegenseitig beschimpft oder versucht, dem anderen das Leben schwer zu machen, weshalb es sich tatsächlich so anfühlt, als würden sich die Dinge ändern.

»Ich dachte, du brauchst mich vielleicht, um nach Hause zu kommen«, sage ich und bereue meine Wortwahl augenblicklich. Es klingt nach etwas, das ein Typ zu einem Mädchen sagen würde, das zu ihm gehört. Southside gehört nicht zu mir.

Ich räuspere mich und beginne von vorn. »Wenn man dich hierbehält, kann ich ja gehen«, stelle ich fest.

Vermutlich wäre sie lieber allein, als mich in ihrer Nähe zu haben. Außerdem ist es ja nicht so, als ob ich nichts anderes zu tun hätte.

»Nein, bleib.« Sie reagiert ein wenig zu schnell, um noch lässig zu wirken. Sie wendet den Blick ab, weil sie es wahrscheinlich selbst gemerkt hat. »Es ist nur so, dass Krankenhäuser mir schon immer unheimlich waren.«

Sie schiebt sich ihren Zopf über die Schulter, und ich muss lächeln, als ich an ihr Kostüm denke, das jetzt gemeinsam mit der schwarzen Perücke zerknüllt in einer Tüte liegt. Die meisten Mädchen leben für diese Zeit im Jahr, um sich aufzubrezeln und in Szene zu setzen, aber Southside hätte in einem Kartoffelsack auftauchen können und wäre noch immer das heißeste Mädchen auf der Party gewesen. Ich will nicht sagen, dass ich etwas gegen ein Minikleid einzuwenden hätte, aber sie braucht das alles nicht. Jeans und T-Shirt, kein Make-up. Ich würde sie so nehmen.

Du würdest sie so …

Was soll das, Alter?

Hör auf mit dem Scheiß!

Du tust es schon wieder. Du weißt, worauf sie aus ist. Du weißt, was sie getan hat. Auch wenn sie behauptet, es hätte nur diesen Ricky gegeben. Selbst wenn man weiß, dass sie ein mieses Leben hat, und versteht, warum sie sich wahrscheinlich an jemanden wie Vin gehängt hat – an einen, der nur auf Sex aus ist. Nichts hat sich geändert.

Sie lässt sich in ihr Kissen zurücksinken und blickt hinauf zu der Uhr an der Wand.

»Weißt du, äh … weißt du, wo mein Telefon ist? Ich muss Scar anrufen. Sie verbringt die Nacht bei Jules, aber ich hätte schon vor einer Stunde anrufen sollen.«

Ich durchsuche die Tasche mit ihren Sachen, die an der Seite ihres Bettes hängt, und finde ihr Handy. Es leuchtet in dem Moment auf, als ich danach greife. Die Textnachricht lautet: *Hey, alles okay?*, und kommt von jemandem, den sie unter *Der Fehler* abgespeichert hat. Ich tippe auf Ricky.

»Ich gehe raus«, sage ich, nachdem ich es ihr gereicht habe.

»Schon okay.«

Als ich zurück in ihre Richtung schaue, sehe ich etwas in ihren Augen, was ich dort *niemals* erwartet hätte. Etwas, das sie jemandem wie mir vielleicht nicht schenken sollte.

Vertrauen.

Ich setze mich wieder auf meinen Stuhl.

Sie tippt ein paarmal auf das Display, um die Nachricht zu beantworten, wie ich annehme, und hält es dann ans Ohr, um zu sprechen.

Die Bindung zwischen ihr und Scarlett ist ganz anders als meine zu Dane und Sterling. Ich liebe diese Idioten, klar, aber ich kümmere mich nicht um sie. Nicht wie sie sich um ihre Schwester kümmert – nicht wie ein Elternteil.

»Hey«, sagt sie, Erleichterung in der Stimme. »Alles okay bei dir?«

Ich kann die Antwort nicht hören, die sie bekommt, aber sie zaubert ein Lächeln auf ihr Gesicht.

»Gut. Und ihr habt was gegessen, ja?« Eine Pause entsteht. »Hast du dich auch bei Jules fürs Kochen bedankt?«

Ich hatte recht. Das sind Fragen, die ich meinen Brüdern nie stellen würde. Niemals.

»Okay, gut. Ich hol dich morgen früh ab.« Eine weitere Pause. »Okay, sei brav. Hab dich lieb.«

Der Anruf wird beendet, und ich senke den Blick, um so zu tun, als wäre ich nicht fasziniert von ihrem Umgang miteinander.

»Danke«, sagt sie und legt das Handy auf den verstellbaren Tisch neben ihrem Bett.

»Du hast ihr nicht erzählt, was passiert ist«, bemerke ich.

Southside schüttelt den Kopf. »Ach, nein, sie hat wahrlich genug, worum sie sich Sorgen macht. Ich will ihr nicht auch noch wegen dieser Sache den Schlaf rauben.« Sie denkt einen Moment lang nach und presst sich dann die Hand an die Stirn. »Aber sie wird natürlich Pandoras Posting lesen und sich dann Sorgen machen. Ich hätte …«

Da ist er wieder. Dieser starke Beschützerinstinkt.

»Sie wird damit klarkommen«, unterbreche ich sie, damit sie sich entspannt. »Schick ihr einfach eine Nachricht und sag ihr, dass alles in Ordnung ist.«

Southside liegt einen Moment lang im Widerstreit mit sich selbst, und ich vermute, sie will anrufen, entscheidet sich aber dann dafür, meinen Rat zu befolgen, und tippt rasch eine Nachricht.

Als ich sehe, wie verletzlich sie gerade ist, hätte ich ihr beinahe eine Frage über ihre Kindheit gestellt, halte mich jedoch zurück. Ich habe kein Recht, mich für solche Dinge zu interessieren.

»Hast du je die Nacht in einem Krankenhaus verbracht?«, fragt sie leise und lächelt verhalten, als sie meinem Blick begegnet.

»Einmal«, erzähle ich. »Als man mir mit sieben die Mandeln rausgenommen hat. Und du?«

Sie nickt. »Öfter, als ich zählen kann. Meistens wegen der Allergie. Falls es dir noch nicht aufgefallen ist, meine Eltern sind nicht die verantwortungsvollsten Menschen auf der Welt. Bis ich also selbst kontrollieren konnte, was ich essen darf und was nicht, wurden eine Menge Fehler gemacht.«

Sie lacht, obwohl nichts daran lustig ist.

»Das ist ganz schön bitter.«

Sie nickt zustimmend, sagt aber nicht sofort etwas.

Mein Bild von ihr wird noch klarer. Sie war als Heranwachsende nicht nur auf sich allein gestellt, sie zieht auch noch Scarlett groß. Weil ihre Eltern sich einfach nicht um sie kümmern.

»Aber du kennst ja das Sprichwort: Was einen nicht umbringt, macht einen härter, nicht wahr?« Der Witz soll mich an meine eigenen Worte von vor ein paar Wochen erinnern.

»Ja. Stimmt wohl.«

Ich bin wieder still, aber nicht, weil ich an *ihre* Kindheit denke, sondern an meine eigene. Der Glanz ist bei mir ebenfalls früh verblasst, aber nicht, weil ich vernachlässigt wurde, wie es bei Southside der Fall zu sein scheint. Bei mir lag es daran, dass ich herausfand, dass mein Vater nicht der Held ist, der er gerne vorgibt zu sein, sondern ein fehlerhafter Mann mit einer Schwäche für Blondinen mit großen Titten und einem hübschen Hintern.

Wie Southside.

Normalerweise würde es mich wütend machen, an ihre Verbindung zu meinem Vater erinnert zu werden, aber so empfinde ich gerade nicht. Wenn ich an all das denke, fühle ich nur Mitleid, wenn ich mir vorstelle, was er ihr vermutlich alles versprochen hat: Geld, die Zulassung zur Cypress Prep und wer weiß was noch.

Natürlich hat sie den Deal angenommen. Sogar meine eigene Mutter ist Vins Spielchen zum Opfer gefallen. Ihr ging es nicht ums Geld, sondern eher um eine Möglichkeit, aus der Kleinstadt herauszukommen, wo sie aufgewachsen ist und jeder sie als Boone Landrys älteste Tochter kannte. Sie hatte nicht viel von der Welt gesehen und ist auf sämtliche aalglatten Lügen hereingefallen, die dem Mistkerl, der mein Vater ist, über die Lippen kamen. Mein Großvater – ein Mann, der mit nichts hinter dem Berg hält – hat mir die ganze Geschichte erzählt: Mein Dad hat sich so lange von seiner besten Seite gezeigt, bis er Mom den Kopf verdreht hatte, und sie dann in den Norden mitgenommen, in eine Stadt, die er kontrolliert und wo sie niemanden kannte und keine Verbündeten hatte.

Er ist ein Jäger, ein Raubtier. Er trennt seine Beute von der Herde und schlägt dann zu.

Als ich aufblicke, ist Southside eingeschlafen. Sie sieht so verdammt unschuldig aus, wie das verängstigte Mädchen, das sie wahrscheinlich in ihrem Innern verbirgt. Ich denke zurück an das, was sie über Krankenhäuser gesagt hat, dass sie ihr Angst machen, und ich bleibe sitzen, obwohl ich mir eigentlich vorgenommen habe zu gehen. Wenn ich sie allein lassen wollte, wäre jetzt der richtige Zeitpunkt. Doch stattdessen mache ich es mir bequemer, ziehe die Schuhe aus und lege die Beine auf ihre Bettkante. Sie regt sich leicht, als sich die Matratze bewegt, wacht jedoch nicht auf.

Sie hat ganz offensichtlich schon vieles in ihrem Leben allein durchgestanden. Vermutlich denke ich, dass diese Nacht im Krankenhaus nicht auch noch dazugehören sollte.

Geht's ihr gut?

Ich lächle, als Dane auf einmal eine Nachricht schickt, was mal wieder zeigt, dass meine Brüder trotz meiner Bemühungen, sie auf die dunkle Seite zu ziehen, besser sind als das.

Ja. Sie schläft, schreibe ich zurück.

Cool. Brauchst du was?

Mein Blick wandert erneut zu Southside, und ich hole tief Luft, als mir klar wird, dass sich meine Gefühle verändert haben.

T-Shirt und Trainingshose, antworte ich. *Ich bleibe wohl die ganze Nacht hier.*

#FollowMe

@QweenPandora:

Es heißt, dass NewGirl heute Abend während der wilden Monster-Party ins Krankenhaus gebracht wurde. Bisher gibt's noch keine Updates von einem der GoldenBoys, aber wir beten alle dafür, dass es ihr gut geht. Weil von KingMidas jede Spur fehlt, vermute ich ihn an der Seite seines Mädchens. Sobald ich mehr weiß, werdet ihr's erfahren.

Bis dann, Leute! ~P.

33

BLUE

»Ich weiß, dass du gesagt hast, du bist nicht sauer, aber es tut mir wirklich leid. Unendlich leid sogar«, brummt Lexi und bringt mich zum Lachen, während ich die Träger meines Badeanzugs zurechtrücke.

»Hey, wenn ich sauer wäre, dann hättest du das mitgekriegt«, versichere ich ihr.

Sie schlingt das Handtuch um ihre Hüften und lässt sich mit dem Gesicht zu unseren Spinden auf die Bank plumpsen.

»Ja, aber wäre ich nicht betrunken gewesen, hätte ich ein Auge auf dich haben können, und …«

Sie unterbricht sich mitten im Satz, als die Mädchen vom Cheerleading-Team vorbeigehen und uns wie üblich böse Blicke zuwerfen.

Sobald sie außer Hörweite sind, seufzt Lexi, bevor sie fortfährt: »Wäre ich nüchtern gewesen, hätte ich jemandem sagen können, dass deine Tasche in meinem Wagen ist, und man hätte dein Epi holen können. Ich war …«

»Jetzt hör aber auf«, sage ich lachend. »Ich lebe noch. Es ist nichts passiert.«

Sie nickt zustimmend, aber es ist nicht zu übersehen, dass

sie ein schlechtes Gewissen hat. Ich verstehe das, aber sie trifft keine Schuld.

»Na schön«, seufze ich. »Wenn du es wiedergutmachen willst, treffen wir uns heute nach den Prüfungen. Ich brauche noch ein bisschen Schwimmpraxis, bevor uns Mrs C für dieses Quartal bewertet.«

Lexi verzieht keine Miene, aber sie nickt. »Einverstanden.«

»Komm. Gehen wir in die Schwimmhalle.«

Sie folgt mir, nachdem ich sie von der Bank hochgezogen habe. In dem Moment, als wir den Umkleideraum verlassen und durch die Doppeltüren gehen, nimmt der Chlorgeruch zu. Wir gehören zu den Letzten, die rausgehen, weshalb sämtliche Blicke auf uns gerichtet sind.

Meiner wandert direkt auf die andere Beckenseite, wo er Wests smaragdgrünen Augen begegnet. Mein Herz flattert, als er leicht lächelt und dann den Blick aufs Wasser senkt.

Kein herausforderndes Glotzen. Kein einschüchterndes Starren. Nur dieser eine glühende Blick, der mein Herz höherschlagen lässt.

Und ich muss leider zugeben, dass ich … mich darauf gefreut habe, West in dieser Stunde zu sehen.

Ich weiß, ich weiß. *Überhaupt* etwas für diesen Vollidioten zu empfinden ist ein abscheuliches Verbrechen, doch so ist es nun mal gerade.

Die Dinge mit ihm haben sich … verändert. Wie sehr, wurde mir klar, als ich gestern Morgen im Krankenhaus aufgewacht bin und festgestellt habe, dass er die ganze Nacht geblieben war. Natürlich hatte er es total unbequem auf dem kleinen Stuhl, und auch die Decke hat für seinen großen Körper nicht ausgereicht, aber … er ist geblieben.

Die ganze Nacht.

Es hätte mir nicht so viel bedeuten sollen, doch in dem Wissen, dass meine Eltern zu einer solchen Fürsorge im Leben nicht fähig gewesen wären, ist mir Wests Geste sehr nahegegangen.

Ich zwinge mich, in Mrs Cs Richtung zu blicken, als sie erklärt, dass wir beinahe am Ende dieser Einheit seien. Mit Wests Hilfe habe ich meine Furcht ein wenig überwunden und mich von Wassertreten zu richtigem Schwimmen in der letzten Woche gesteigert. Das bedeutet, dass ich eine Chance habe, diesen Kurs zu bestehen.

»Okay, rein mit euch!«, befiehlt Mrs C, und im nächsten Moment sind wir alle im Schwimmbecken.

Ich gehe wie immer am flachen Ende rein und warte darauf, dass West zu mir herüberschwimmt. Als er an die Oberfläche kommt und sich Wasser aus den Augen und vom Gesicht wischt, wird mir bewusst, wie viel tiefer ich atme, während ich beobachte, wie es an seiner Brust und seinen Armen herabrinnt.

Normalerweise fängt er einfach an, Befehle zu erteilen, aber nicht heute.

»Hey«, sagt er zur Begrüßung.

Ich versuche, mir nicht anmerken zu lassen, dass ich den Unterschied merke.

»Hey«, antworte ich.

Es ist seltsam. Ich weiß irgendwie nicht mehr, wie ich mich in seiner Gegenwart verhalten soll. Er spürt es ebenfalls, diese seltsame Anspannung. Ich sehe es an seinen Augen. Wahrscheinlich kann man nicht jemanden so berühren, wie wir es in der Nacht getan haben, ohne dass sich die Dinge ändern. Vielleicht war es ja gut, dass wir unterbrochen wurden. Auch wenn mein Körper diese Tatsache noch nicht so richtig akzeptiert hat. Jede Faser von mir wollte ihn an jenem Abend. Hätte Parker uns nicht erwischt, hätten wir es wohl zu Ende gebracht.

»Wir, äh … wir sollten wohl anfangen«, sagt er schließlich. Ich nicke zustimmend.

Ich atme tief ein, bevor ich meinen gesamten Körper unter Wasser tauche, um mich an die Temperatur zu gewöhnen. Als ich wieder auftauche und mir das Wasser aus den Augen wische, starrt er mich an – nicht mein Gesicht, sondern meine Brüste.

Ich frage mich, ob er ebenfalls darüber nachdenkt – was bei der Party hätte passieren können, die verpasste Gelegenheit.

»Soll ich vielleicht versuchen rüberzuschwimmen?«, frage ich und zeige zur anderen Seite.

Die Frage scheint West aus seinen Gedanken zu reißen, und er konzentriert sich wieder auf mich.

»Bist du wirklich dazu bereit?«

Ich bin mir nicht sicher, was er meint.

»Ähm, sollte ich es … *nicht* sein?« Als ich lächle, blickt er auf meine Lippen, bevor er seinen Blick wieder auf meine Augen richtet.

»Du hättest am Samstag sterben können«, sagt er lediglich.

Ich zucke unbehaglich die Achseln. »Stimmt. Hätte ich, aber es geht mir gut. Also …«

Mein Lächeln wird angespannt, und ihm ist eindeutig nicht nach Spaßen zumute. Sein stoischer Blick verrät mir, dass er nicht so richtig überzeugt ist. Er zeigt mir außerdem, dass er … besorgt ist, und ich weiß nicht so recht, was ich damit anfangen soll.

»Solltest du es nicht vielleicht langsam angehen lassen?«, fragt er. Seine Stimme ist leise und ernst, was mir überraschenderweise ein Lachen entlockt.

»Entspann dich. Ich habe damit schon mein ganzes Leben zu tun. Sobald ich Medikamente bekomme und der Anfall vorbei ist, ist alles wieder völlig in Ordnung.«

Er nimmt mir das noch immer nicht ab.

»Was willst du tun? Während der Basketball-Try-outs heute Nachmittag meine Hand halten?«, frage ich und lächle wieder.

Aber er verzieht noch immer keine Miene.

»Lass es ausfallen«, sagt er im Befehlston. »Bestimmt kannst du mit einem der Coaches sprechen und ihn dazu überreden, erst nächste Woche anzutreten.«

»Was?«, schnaube ich. »Nein! Es geht mir gut.«

Für ihn klingt es sicher so, als *wollte* ich an dem Auswahltraining teilnehmen, doch in Wahrheit *muss* ich das tun. Zumindest laut Dr. Pryor.

»Ich denke, es ist zu früh«, behauptet er.

»West …«

»Ich weiß, dass deine Mom nicht da ist, und dein Dad hat wahrscheinlich nicht einmal mitgekriegt, dass du Samstagabend nicht nach Hause gekommen bist, aber …«

Er hält inne, und mir stockt der Atem, weil ich etwas bei ihm sehe, das ich nie erwartet hätte.

Es scheint, als wäre West … *getroffen*, beinahe traumatisiert von dem, was am Wochenende passiert ist.

»Du erinnerst dich nicht daran, wie schlecht es dir ging«, fügt er in dem gleichen ernsten Tonfall hinzu.

Wenn ich es nicht besser wüsste, würde ich sogar sagen, er macht sich ein bisschen Sorgen.

Unwillkürlich ergreife ich unter Wasser seine Hand und halte sie. Es fühlt sich falsch an, und gleichzeitig auch richtig. Schnell lasse ich sie wieder los.

»Ich kümmere mich schon sehr lange um mich selbst«, erkläre ich ihm. »Das soll bedeuten, ich kenne meine Grenzen. Wenn ich mich nicht zu hundert Prozent fit fühlen würde, würde ich den Mund aufmachen«, füge ich hinzu. »Tatsächlich fühle ich mich gut genug, um mich nach den Try-outs noch mit Lexi hier zu treffen, damit ich auch für die Beurteilung von Mrs C bereit bin.«

Er runzelt die Stirn, schweigt jedoch. Ich bin mir ziemlich sicher, er hat eine Menge zu sagen, aber stattdessen sieht er mich nur weiter mit diesem angespannten Blick an. Endlich löst er sich aus seiner Starre, und als er eine Anweisung bellt, fühlt sich alles wieder normaler an.

»Hin und her«, befiehlt er. »Ein Mal.«

Er tritt zurück, und ich schaue ihn mit einem unterdrückten Grinsen an. »Willst du mir nicht vielleicht ein paar Schwimmflügel organisieren?«, necke ich ihn.

Sein Kiefermuskel zuckt.

»Im Ernst«, füge ich hinzu. »Ich habe, glaube ich, Rettungswesten im ...«

»Halt verdammt noch mal die Klappe und schwimm«, unterbricht er mich und versucht eindeutig, nicht zu lächeln.

Ich tue, was er sagt, und schwimme im flachen Wasser von einem Rand zum anderen und bin sehr zufrieden mit mir, als ich die geflieste Beckenkante erreiche. Während ich mein Haar nach hinten streiche, blicke ich zu West auf, der neben mir steht.

»War das gut?«, frage ich, obwohl ich bereits weiß, dass ich mich seit Beginn um das Zehnfache verbessert habe.

Er nickt. »Es war okay.«

»Meinetwegen«, sage ich lachend und verdrehe die Augen, als er meine Leistung herunterspielt.

»Ich gebe zu, du wirst besser, aber an deiner Technik musst du noch arbeiten«, tadelt er mich.

»Das weiß ich bereits. Aus diesem Grund treffe ich mich später auch hier mit Lexi«, sage ich, um ihn an mein Vorhaben zu erinnern. »Ich brauche nur ein bisschen mehr Übung und ...«

»Ach ja, der Plan ist gestrichen«, wirft er ein, was mich zu einem Stirnrunzeln veranlasst.

»Wie bitte?«

Seine Augen verdunkeln sich, während er mich anblickt. »Wenn du scheiterst, wer ist daran schuld?«, fragt er kühl, aber ich nehme ihm seine Ausrede nicht ab. Es fühlt sich an, als gäbe es einen Hintergedanken.

»Mrs C hat mir die Verantwortung für dich übertragen«, fährt er fort. »Also kümmere ich mich persönlich darum. Auf keinen Fall lege ich meinen Ruf in Rodriguez' Hände.«

Meine Brust hebt und senkt sich, weil ich mich über seinen Kommandoton ärgere. Er blinzelt nicht einmal, und ich weiß, dass West hier sein wird, egal ob ich Lexi absage oder nicht.

»Hin und zurück«, befiehlt er mir.

Ich schaue ihn wütend an und mache mich bereit für die nächste Bahn.

»Und halte diesmal den Kopf tiefer.«

»Leck mich!«, murmle ich mehr zu mir selbst.

Erst als ich ihn aus dem Augenwinkel grinsen sehe, wird mir klar, dass er das gehört hat.

»Sag einfach, wo, Southside«, neckt er mich, obwohl das ganz sicher nicht als Einladung gedacht war.

Und schon stelle ich mir wieder Dinge vor, die ich mir nicht vorstellen sollte. Ich muss Distanz zwischen uns bringen, also tauche ich ab, in dem Wissen, dass er jede meiner Bewegungen genau beobachtet.

Mach nur weiter so, King Midas, und wir werden in noch größere Schwierigkeiten geraten, als wir beide verkraften können.

Doch ich beginne zu glauben, dass diese Schwierigkeiten womöglich den höllischen Preis, den wir dafür zahlen müssen, wert sind.

34

BLUE

»Gut gemacht, Riley. Die offizielle Bekanntgabe ist erst in ein paar Tagen, aber falls du dich fragen solltest, Coach Ryan und ich haben dich bereits in die engere Wahl genommen«, versichert mir Coach Dena.

Sie klopft mir auf den Rücken, und ich hatte ganz vergessen, wie gut sich ein Lob für meine Leistung auf dem Spielfeld anfühlt. Ich liebe Basketball, aber ich hatte mich damit abgefunden, dass ich in diesem Jahr keine Zeit dafür haben würde. Von Dr. Pryor dazu gezwungen zu werden ist wahrscheinlich genau das, was ich gebraucht habe.

Ich wechsle ein paar Worte mit den anderen Mädchen, die mitgemacht haben, und nehme dann mein Telefon von der Bank. Ich schicke Scar rasch eine Nachricht, um mich zu vergewissern, dass sie im Diner ist und ihre Hausaufgaben macht – wie angekündigt behalte ich sie jetzt ständig im Auge –, dann gehe ich zur Umkleide.

Ich bin erschöpft, aber gleich ist das Treffen mit dem penetranten Mistkerl, den ich so gern hasse. Also dusche ich rasch und ziehe anschließend zum zweiten Mal an diesem Tag meinen Badeanzug an.

Da ich müde bin, trödle ich ein wenig, bevor ich meinen

Spind abschließe und mich auf den Weg zum Schwimmbecken mache. Die schwere Tür fällt hinter mir zu, und meine Schritte werden zögerlich, weil ich nicht erwartet habe, dass West noch vor mir hier ist. Er sitzt in seinen dunklen Badeshorts am Becken und starrt ins Wasser, wo seine Beine über den gefliesten Rand baumeln.

Ich schlucke schwer, als er aufschaut, denn plötzlich wird mir bewusst, dass wir beide allein hier sind. Bisher ist es immer schiefgegangen, wenn wir uns selbst überlassen waren – die Umkleide, der Homecoming-Ball, die Halloween-Party –, aber ich bin überzeugt, dass es diesmal anders sein wird.

Vielleicht.

Hoffentlich.

Ich sage kein Wort, während ich hinübergehe und ins Becken steige. Es ist seltsam, ohne den Lärm der gesamten Klasse in der Schwimmhalle zu sein. West hingegen scheint kein Problem damit zu haben, dass nur wir zwei hier sind. Es ist bereits nach fünf und die Sonne fast untergegangen, daher sind die hohen Fenster in der oberen Hälfte des Raums dunkel, was nur noch zu der seltsamen Atmosphäre beiträgt.

»Du bist früh dran«, bemerke ich und bewege meine Hände durchs Wasser, um mich an die Temperatur zu gewöhnen. West lässt sich ins Becken gleiten und kommt zu mir. Ich versuche, gleichmäßig zu atmen, was mir natürlich nicht gelingt. In seiner Nähe nie.

»Ich habe dem Coach gesagt, ich hätte einen Termin.«

Ich bin mir sicher, dass es nicht seine Absicht war, aber seine Antwort gibt mir ein Gefühl, als ob … ich weiß nicht … als wäre ich irgendwie wichtig, wenn er sogar lügt, um hier zu sein. Aber natürlich könnte es auch nur aus dem Grund sein, den er vorhin genannt hat: dass seine Note auch davon abhängt, dass ich bestehe.

»Waren die Try-outs okay?« Seine Frage überrascht mich.

»Ja, total«, sage ich ein wenig zu begeistert. »Coach Dena hat angedeutet, dass sie mich im Team haben will, also …«

Er deutet ein Lächeln an. »Bist du so etwas wie ein Superstar?«

Mein Gesicht wird warm. »Das würde ich nicht sagen, aber ich kann mich auf dem Spielfeld behaupten.«

West wirkt einen Moment lang nachdenklich, und ich frage mich, ob das eingebildet geklungen hat. Falls ja, war das nicht meine Absicht.

»Klingt, als müsste ich mir das zum Saisonbeginn mal anschauen.«

Mein Herz rast, während ich nicke und versuche, nicht auszuflippen bei dem Gedanken, dass er mich spielen sehen will.

»Ja, vielleicht.«

Danach entsteht ein unbehagliches Schweigen, sodass ich unbedingt das Thema wechseln möchte und rasch frage: »Womit soll ich heute Abend anfangen?«

Nicht gerade eine geschmeidige Überleitung, aber es ist mir irgendwie unangenehm, über mich zu reden. Während West mich anschaut, nehme ich das Gummiband von meinem Handgelenk und binde mein Haar zu einem Pferdeschwanz zusammen. Es ist noch immer nass vom Duschen, und obwohl mir egal sein sollte, wie es aussieht, ist es das nicht.

Wegen ihm.

»Die Abschlussnote steht an«, sagt er. »Also denke ich, du solltest versuchen, diesmal bis zum anderen Ende zu schwimmen«, schlägt West vor, und sobald mir klar wird, was das bedeutet, schüttle ich den Kopf.

»Auf keinen Fall.«

Frustriert verdreht er die Augen. »Ich habe heute schon gesehen, wie du von einem flachen Ende zum anderen geschwommen bist, ohne den Boden zu berühren. Da ist doch kein Unterschied«, argumentiert er.

»Kein Unterschied?« Ich schnaube. »Was ist mit der Tatsache, dass ich dort nicht mehr stehen kann?«

Sein Blick verrät mir, dass er mich albern findet. »Das ist der nächste Schritt, Southside. Du musst Vertrauen fassen.«

Mir ist egal, was er sagt. »Kommt nicht infrage«, wehre ich ab.

Ihm wird klar, dass wir uns in einer Pattsituation befinden. Seufzend dreht er mir den Rücken zu.

»Klettre einfach rauf«, sagt er nüchtern.

Glatte Haut und Tattoos, ich schlucke schwer. Als ich nicht sofort auf seine Aufforderung reagiere, blickt er mich über die Schulter hinweg an.

»Ich bringe dich hinüber, damit du siehst, dass es nichts gibt, wovor du Angst haben müsstest«, erklärt er.

»Du meinst, abgesehen davon, mein Leben in deine Hände zu legen?«

Er grinst, und ich hole tief Luft, als er mir seine Hand hinhält. »Alles wird gut.«

Ich erwidere einen Moment lang seinen Blick. Dann gebe ich trotz leise bimmelnder Alarmglocken in mir nach und lasse meine Handfläche in seine gleiten, woraufhin er mich näher zu sich heranzieht. Ich lege meine Arme um seine Schultern, und er greift nach hinten, um meine Beine um seine Taille zu schlingen, und mir entgeht nicht, dass seine Hände länger auf meinen Oberschenkeln ruhen als nötig.

»Ich hab dich«, versichert er mir und blickt nach hinten. »Halt dich einfach fest.«

Ein nervöses Lachen entschlüpft mir. »Glaub mir. Das wird auf keinen Fall passieren.«

Er lacht leise, und dann bin ich ihm auf Gedeih und Verderb ausgeliefert. Er manövriert uns langsam durchs Wasser. Ich spüre jeden Muskel in seinem Körper, wenn er sich anspannt und wieder locker lässt – seine Schultern unter meinen Armen, seine Hüften zwischen meinen Beinen. Ich bemerke kaum, dass ich kinntief im Wasser bin, bis West auf der anderen Seite ankommt und die Kante umfasst.

Ich fühle mich verwundbar, und mir ist bewusst, dass das dunklere Türkis an diesem Ende bedeutet, dass der Grund des Beckens viel tiefer ist.

»Ich lasse dich nicht ertrinken«, verspricht West. Wahrscheinlich weil mein Griff um seinen Hals fester geworden ist.

Ich sage kein Wort, während ich gegen die Erinnerungen an den Abend ankämpfe, an dem ich beinahe im See ertrunken wäre. An den Abend, an dem Hunter mir das Leben gerettet hat.

»Hier«, sagt West. »Halte dich an der Kante fest.«

»Was? Nein!«, protestiere ich.

»Du musst nicht gleich durchdrehen«, mahnt er mich amüsiert. »Ich lasse dich nicht los.«

Mit einer raschen Bewegung schlüpft er unter meinen Armen weg und lenkt mich zur Kante. Er gleitet hinter mich und legt die Hände auf beiden Seiten auf den Beckenrand. Ich blicke auf seine Finger, wie sie die Fliesenkante umfassen, während seine Arme mich umfangen und leicht festhalten.

»Ich habe dir doch gesagt, dass du nicht sterben wirst«, neckt er mich, aber seine Stimme klingt anders. Sie ist rau und ganz nah, direkt an meinem Ohr.

»Das könnte immer noch passieren«, kontere ich und versuche, einen kühlen Kopf zu bewahren, aber ich scheitere kläglich.

Ich kann ihn überall spüren, seine Brust auf meinem Rücken, die langsamen Bewegungen seiner Beine, während wir Wasser treten.

Er lässt mit einer Hand die Kante los, und als Nächstes spüre ich sie an meiner Taille und seinen warmen Atem auf meiner Schulter. Ich bin mir noch nicht sicher, ob er mir unter die Haut gehen *will* oder ob ihm die Umstände in die Karten spielen.

Das Alleinsein.

Die wenige Kleidung.

Wie auch immer, ich verschwende auf einmal keinen Gedanken mehr daran, dass ich den Grund des Beckens nicht berühren kann, weil ich nämlich nur noch daran denke, wie sehr ich *ihn* berühren möchte.

»Soll ich dich wieder zurückbringen?«, fragt er.

»Ich habe es nicht eilig«, ist die unglaubliche Antwort, die aus meinem Mund kommt und keinen Sinn ergibt. Ich bin von mir selbst überrascht, wenn man bedenkt, dass ich vor wenigen Minuten noch völlig verängstigt war.

Aber es ergibt tatsächlich einen Sinn. Denn ich sehne mich nach seiner Nähe, nach Wests ungeteilter Aufmerksamkeit.

Die Antwort scheint ihn ebenfalls zu überraschen. Er sagt nichts, aber sein Griff um meine Taille wird fester, und ich schließe die Augen. Der Rand meines Ohrläppchens wird ganz warm, als er seine Lippen darauf presst, und … ich lehne mich an ihn.

»Du willst nicht zurück«, sagt er rau, was mir jegliche Selbstkontrolle raubt. »Dann sag mir, *was* du willst.«

Ich habe Worte auf der Zunge, die ich mich nicht laut auszusprechen traue. Aber er scheint die leise Stimme in meinem Kopf hören zu können, denn seine Handfläche gleitet nach unten und legt sich auf meinen Unterleib.

Meine Atemzüge werden tiefer und schwerer, als ich den Kopf gegen seine festen Schultern sinken lasse. Seine Fingerspitzen gleiten langsam am Saum meines Beinausschnitts entlang, als würde er sich seinen nächsten Schritt überlegen, unsicher, wie weit er gehen will. Ich weiß, dass ich ihn stoppen sollte, dass ich die unausgesprochene Erlaubnis, mich so zu berühren, zurücknehmen sollte, aber … ich tue es nicht.

Stattdessen sage ich überhaupt nichts, als er seine Hand unter meinen Badeanzug gleiten lässt. Jedenfalls nichts, was ihn aufhalten würde.

Nur ein gewinseltes »Scheiße!«.

Meine Stimme zittert, als er beginnt, mich weiter zu erkunden. Sein warmer Atem streicht über meine Haut und macht mich ganz verrückt. Er drückt einen Kuss direkt unter mein Ohr, saugt ein wenig, bevor ich langsame, zarte Kreisbewegungen mit der Zungenspitze spüre.

»Scheiße!« Das Wort kommt mir erneut über die Lippen, diesmal angespannter, weil er mich mit seiner Fingerspitze reizt. Dann, endlich, lässt er ihn hineingleiten.

Und noch einen zweiten Finger.

Ich leiste keinen Widerstand mehr. Nicht im Geringsten. Und er weiß das. Ich presse meine Hüften gegen ihn und bin fasziniert, wie erregt er davon ist, mich zu berühren.

»Du machst es mir heute Abend wirklich sehr, sehr schwer, dich zu hassen«, gestehe ich.

Ich wollte die Worte gar nicht so laut flüstern, dass er sie hört, aber ich bin ganz benommen und kann mich nicht bremsen.

»Hast du es noch nicht erkannt, Southside?«, haucht er mir ins Ohr, während er mich unter Wasser weiter streichelt. »Wenn du wählen müsstest, ob du mich töten oder vögeln willst, würdest du jedes Mal auf deinem Rücken landen«, erklärt er mir, und dann vibriert ein kurzes, tiefes Lachen in seiner Brust. »Und das gilt für uns beide.«

Bei seinem Geständnis erschauere ich, denn er hat vollkommen recht.

Seine Hand bewegt sich schneller, während er sich an mich

presst und seine Finger tiefer in mich stößt. Meine Atemzüge werden schneller. Ich keuche, während ich mich vor ihm winde, hungrig nach so viel mehr, als ich bekomme, aber nicht bereit, es laut auszusprechen.

Wir schüren dieses verruchte Feuer schon seit Monaten mit unserer verdrehten Mischung aus grausamen Worten und unbändiger Lust. Doch jetzt bin ich mir nicht mehr so sicher, ob wir kontrollieren können, was wir da entfacht haben. Es hat ein Eigenleben entwickelt. Ein Monster, das aufgrund unseres Hasses und unserer sexuellen Frustration gedeiht. Und glaubt mir, wir haben dieses Monster gut gefüttert.

Ich frage mich unweigerlich, ob es auf ewig bleiben, uns heiße Luft über den Rücken hauchen und uns zwingen wird, auf die eine oder andere Weise nachzugeben. Wie jetzt, da die Spannung in meinem Innern wächst und nicht mehr zu ignorieren ist. Noch weniger, nachdem ich Wests Hand zwischen meinen Oberschenkeln festklemme.

Er atmet wieder an meinem Ohr, damit all meine Sinne von ihm überwältigt sind, bevor er erneut etwas sagt.

»Komm für mich«, flüstert er leise und tief seine Einladung.

Er bekommt seinen Wunsch erfüllt, beinahe auf Kommando. Ich stoße einen leisen Schrei aus und erschauere in seinen Armen, was nur beweist, wie sehr ich mich danach gesehnt habe. Und ich wollte nur ihn. Keinen anderen.

Er hält die Hand still, als es vorbei ist, und zieht sie schließlich aus meinem Badeanzug. Trotzdem umarmt er mich weiter, und es ist mir nicht zuwider. Gegen meinen Willen genieße ich das Gefühl sogar, und nach ein paar Sekunden verlangsamt sich meine Atmung wieder.

Stille breitet sich zwischen uns aus, und mit ihr kehrt die Realität zurück. Allerdings ist das nicht annähernd so unangenehm, wie ich dachte.

Ich spüre sein Herz rasen und wehre mich nicht, als er mich zu sich umdreht. Der zufriedene Blick in seinen Augen ist unerwartet, jedoch passend. Dieser Funke zwischen uns ist unberechenbar, ungezähmt. Er löst diese Leidenschaft aus, die wir füreinander empfinden und die uns dazu bringt, diese unkontrollierten, blitzschnellen Entscheidungen zu treffen. Er ist ebenfalls der Grund dafür, dass ich ihn sofort wieder will, als wäre ich nicht gerade erst gekommen.

Er umklammert jetzt den Beckenrand mit beiden Händen, und ich halte mich an ihm fest, indem ich meine Fußknöchel hinter seinem Rücken verschränke. Ich ziehe ihn so fest an mich, wie ich kann, und spüre die kräftige Wölbung in seiner Badehose, die gegen mich drückt. Als seine Lippen meine finden, hat unser Kuss etwas Verzweifeltes. In diesem Moment will ich nichts mehr, als ihn für immer zu schmecken.

Aber ich bin mir nicht sicher, ob ich das noch lange durchhalte, immer wieder diese Extreme mit ihm zu erleben. In einem Moment ist er heiß und im nächsten eiskalt.

Das Geräusch einer sich öffnenden Tür wird von uns kaum wahrgenommen, doch als sie zuschlägt, ist das nur schwer zu ignorieren.

Widerstrebend lösen wir uns voneinander, doch als ich aufblicke, kann ich niemanden entdecken. Wir sind noch immer allein. Ich sehe West erneut an und ahne, was er gleich sagen wird.

»Ich sollte gehen«, verkündet er seufzend. »Das Training ist inzwischen wahrscheinlich vorbei, weshalb das gerade vermutlich einer meiner Brüder war, der mich zur Eile antreiben will.«

Weil ich nicht jämmerlich erscheinen will, nicke ich, anstatt ihn zu bitten, noch eine Weile zu bleiben, wie mein Herz es gerne hätte.

»Okay«, sage ich leise und greife nach dem Beckenrand.

Ich will mich am Beckenrand hochstemmen, aber West verhindert es, indem er mich festhält. Gerade als ich denke, er ist fertig mit mir, zieht er mich wieder an sich. Als unsere Lippen sich diesmal treffen, fühlt es sich völlig anders an. Dieser Kuss ist intensiv, gefühlvoll, nicht voller Frust oder mieser Hintergedanken.

Es ist … einfach ein Kuss. Von der Art, wie man ihn jemandem gibt, der einem etwas bedeutet. Von der Art, die einen durchhalten lässt, bis man sich das nächste Mal wiedersieht.

Als West sich zurückzieht, ist mir ein wenig schwindlig.

»Kommst du mit zu den Regionalmeisterschaften, wenn wir es schaffen?«, fragt er und atmet noch immer ein wenig schwer.

Ich nicke zuerst und blicke dann zwischen seinen Augen und seinem Mund hin und her. »Woher weißt du das?«

Er setzt ein breites Grinsen auf, das meinen Magen flattern lässt.

»Mir entgeht nicht viel«, ist seine Antwort.

»Stalker«, sage ich scherzhaft.

Sein Grinsen lässt ein wenig nach, und sein intensiver Fokus auf mich stärkt mein Ego mehr, als ich zugeben möchte. »Die Einzige, die ich zurzeit stalke, bist du, Southside.«

Mein Herz dreht völlig durch, und zum ersten Mal klingt der Spitzname, den er mir gegeben hat, nicht wie eine Beleidigung.

Ich bin neugierig, also lenke ich meine Aufmerksamkeit weg von seinen Lippen und begegne seinem Blick. »Wieso fragst du das?«

Er blinzelt nicht, und ich halte den Atem an.

»Weil ich keine Lust mehr habe, so zu tun, als würde das mit uns nicht auf etwas Bestimmtes hinauslaufen«, sagt er geradeheraus.

Ich schmecke ihn auf meiner Zunge, trotz des Abstands zwischen uns.

»Und was heißt das für uns?« Meine Stimme ist sanft und leise, und Hitze breitet sich in meinem Unterleib aus, während ich auf seine Antwort warte.

Er blickt erneut auf meinen Mund, doch diesmal verharrt er dort.

»Wir vögeln«, knurrt er.

In dieser Aussage ist keine Entschuldigung eingeschlossen, weil West jedes Wort so meint, wie er es sagt, und nichts zurücknimmt. Niemals.

Und diesmal … will ich es auch gar nicht.

Seine Worte lassen jeden Zentimeter meines Körpers danach schreien, von ihm berührt zu werden.

»Denk darüber nach«, sagt er lediglich und klettert dann aus dem Becken. Er reicht mir seine Hand, um mir herauszuhelfen, doch sobald ich ebenfalls am Beckenrand stehe, geht er davon, als wäre nichts passiert, und lässt mich allein mit seinem Vorschlag zurück.

Ich habe wohl noch nie ein verlockenderes Angebot bekommen, aber ich bin aus offensichtlichen Gründen gegen die Idee. Doch ich weiß, wie die Dinge eskalieren können, wenn West und ich allein sind, daher bin ich mir nicht sicher, ob ich ihm widerstehen kann, während wir unterwegs sind.

Es gibt nur eine Person, die mir möglicherweise helfen kann, diese wahnwitzige Idee realistisch zu beurteilen, und das ist Jules.

Ich habe bisher sehr viele Details über West und mich ausgelassen, wenn ich mit ihr über ihn geredet habe. Obwohl meine Diskretion gute Gründe hatte, sollte ich sie jetzt wohl einweihen. In alles. Während ich keine Ahnung habe, wie ich zu demjenigen auf Distanz bleiben soll, der sich selbst zu meinem Feind erklärt hat, gelingt es Jules bestimmt, mich zur Vernunft zu bringen. Sie hat beinahe immer die richtige Antwort parat.

Hoffentlich auch dieses Mal.

#FollowMe

@QweenPandora:

Es heißt, ein Bild sagt mehr als tausend Worte. Nun, wenn das stimmt, erzählt das hier einen ganzen Roman! Einer von euch engagierten Schätzchen hat es geschafft, das heißeste Foto von Cypress Preps beliebtestem Neuling zu schießen, eng umschlungen mit keinem Geringeren als KingMidas.

Ich bin mir nicht sicher, wie weit sie es heute Abend im Schwimmbecken getrieben haben, aber ich zeige es euch mal. Die beiden sehen aus, als wären sie einander ziemlich nahegekommen. Womöglich … so nah, wie man sich nur sein kann?

Nagelt mich nicht darauf fest, denn ich verbreite keine Gerüchte, aber es sieht doch so aus, als würde KingMidas hier nicht nur eine Runde schwimmen. Was meint ihr, Leute? Schaut euch das Foto an und sagt eure Meinung dazu.

Bis dann! ~P.

35

BLUE

Das Letzte, was ich brauchen kann, ist, dass meine Schwester Fotos von mir und West überall in den sozialen Medien sieht, aber so ist es nun mal. Ich kann es nicht rückgängig machen.

Danke, Pandora!

Das ist wohl der Preis dafür, in Cypress Pointe zu leben. Der Preis dafür, irgendwie in das Fischglas hineingeraten zu sein, in dem die Elite von der North Side ihre Runden dreht.

Erst nach einem längeren Gespräch mit Scar darüber, dass West und ich gestern Abend keinen Sex im Schwimmbecken hatten, bin ich dazu gekommen, meine Hausaufgaben zu machen. Und jetzt, wo das erledigt ist, bringe ich endlich den Mut auf, Jules anzurufen.

Sie nimmt bereits beim zweiten Klingeln ab, und sofort ist die Angst vor diesem Gespräch wieder zurück.

»Hey«, sagt sie. »Wenn es nicht darum geht, dass du und West es im Schwimmbecken miteinander getrieben habt, brauchen wir gar nicht weiterreden. Warum rufst du jetzt erst an?«

Ich muss lachen. Es grenzt an ein Wunder, dass sie mich nicht längst kontaktiert hat.

»Wir hatten keinen Sex«, bemerke ich und klinge wie ein

Politiker, der nach einer Hetzkampagne seinen Namen reinwaschen will.

»Na ja, für mich hat es jedenfalls so ausgesehen«, ist ihre lapidare Antwort. »Und … für Ricky hat es das ebenfalls.«

Aus irgendeinem Grund verursacht mir das ein flaues Gefühl im Magen.

»Hat er dich angerufen?«, frage ich so beiläufig wie möglich.

»Es hat damit angefangen, dass er eine Reihe von Textnachrichten geschickt hat, und ich habe ihn dann angerufen, als ich keine Lust mehr hatte zu tippen«, erzählt sie. »Aber … na ja. Ist halt schwer für ihn, so was zu sehen, weißt du?«

Und ob ich das weiß. Und das ist nur ein weiterer Grund dafür, dass ich Pandora und ihre Spioninnen dafür hasse, solche Sachen überall online zu stellen. Und dann auch noch ohne jeden Kontext. Nicht dass der in dieser Situation hilfreich wäre, aber trotzdem.

»Wenn es dir ein besseres Gefühl gibt, ich habe dich gedeckt, obwohl das Foto ziemlich für sich gesprochen hat«, fügt sie hinzu. »Ich habe ihm gesagt, dass es wahrscheinlich nicht ist, wonach es aussieht. Aber ich bin mir nicht sicher, ob er mir das abgekauft hat. Immerhin hab ich's versucht.«

Ich gebe einen frustrierten Seufzer von mir, denn ich kann mir gut vorstellen, wie sehr das Ganze Ricky an die Nieren geht.

»Danke jedenfalls. Ich rufe ihn morgen an«, beschließe ich.

»Mmm … vielleicht solltest du damit ein bisschen warten«, rät Jules mir sanft, wahrscheinlich um meine Gefühle zu schonen. »Er hat noch nicht ganz verdaut, dass du tatsächlich mit jemand anderem zusammen bist. In seiner Vorstellung bist du wahrscheinlich für immer *sein* Mädchen. Es wird ein Weilchen dauern, bis er akzeptiert hat, dass du jetzt zu West gehörst.«

Ich sage nichts, denn ich bin *nicht* mit West zusammen, was mich wieder zu dem eigentlichen Grund bringt, weshalb ich sie heute Abend angerufen habe. Ich ziehe beide Füße auf mein Bett und mache es mir bequem, bevor ich dieses unangenehme Gespräch anstoße. Ich lasse mich zurücksinken, schlüpfe unter die Decke und blicke zu den funkelnden Lichtern hinauf, die ich willkürlich mit Reißzwecken an der Decke befestigt habe.

»Jules, ich brauche deinen Rat«, gestehe ich, weil es die Wahrheit ist. »Aber zuerst … muss ich dir einiges sagen, das ich dir schon vor langer Zeit hätte erzählen sollen.«

»Ich höre«, sagt sie liebevoll.

Ich stoße die Luft aus und lege einfach los. »Zwischen West und mir läuft etwas, aber es ist mir überhaupt nicht klar, was das genau ist.«

»Klingt interessant. Erzähl weiter«, zieht sie mich auf und entlockt mir damit ein kleines Lächeln.

»Die Wahrheit ist, dass die Sache zwischen West und mir wirklich seltsam ist«, beginne ich. »Und es wird von Tag zu Tag seltsamer und intensiver, aber … ich bin mir nicht sicher, wie ich damit umgehen soll.«

»Nun, da weiß ich einen Rat«, flötet sie sofort. »Du schleuderst dein Höschen nach dem Kerl und jagst den Rest zum Teufel. Ich meine, du hast ihn dir mal angesehen, oder?«

Ich habe vergessen, wie parteiisch sie ist, wenn es um die Drillinge geht.

»So einfach ist das nicht, Jules.«

»Ist ja okay. Dann erzähl mir, warum es kompliziert ist, und ich werde mein Bestes tun, eine Lösung zu finden«, bietet sie an. »Dafür hat man schließlich beste Freundinnen.«

Ich liebe dieses Mädchen. Sie weiß immer, was zu tun ist.

»Zuerst einmal muss ich etwas Wichtiges vorausschicken«, beginne ich. »Du musst wissen, dass ich dir Informationen vorenthalten habe, aber nur weil ich weiß, dass du mich liebst. Mir war klar, wenn du über alles Bescheid wüsstest, womit ich es zu tun hatte, hättest du dich für mich einsetzen wollen, und dann wäre es erst recht chaotisch geworden.«

Ich halte inne, damit sie das zuerst einmal verdauen kann.

»Du weißt, wie die Dinge an Schulen wie meiner laufen«, erkläre ich. »Der Einfluss, den die Eltern hier haben, ist jenseits von Gut und Böse, und ich war – *bin* – sehr vorsichtig, um keinen Ärger zu verursachen. Wenn ich dort den falschen Leuten auf die Füße trete, habe ich sofort eine Zielscheibe auf dem Rücken, und du weißt besser als jeder andere, dass ich es mir absolut nicht leisten kann, Mist zu bauen.«

Mir wird das Herz schwer bei dem Gedanken, dass ich das alles auch für Scar tue. Ich muss etwas aus mir machen, um ein Vorbild für sie zu sein und für sie sorgen zu können. Vielleicht habe ich es noch nicht ganz geschafft, wenn sie aufs College geht, aber viel wird dann nicht mehr fehlen. Ich kann ihre Studiengebühren übernehmen, ihr ein Dach über dem Kopf bieten, falls sie hierbleibt, ihr endlich in ihrem Leben eine Art Stabilität bieten. Ich weiß, wie es sich anfühlt, ohne Netz zu fliegen, und ich will so viel mehr für meine Schwester.

Aus diesem Grund werde ich *immer* alles tun, was dafür nötig ist.

Was für *sie* nötig ist.

»Ich warte noch immer darauf, zu erfahren, was das mit dem heißen Foto zu tun hat, auf dem West angeblich *nicht* dabei zu sehen ist, wie er eine kleine Tiefseebohrung vornimmt«, neckt sie mich.

»Zum letzten Mal, Jules …«

»Ich weiß, ich weiß«, seufzt sie. »Aber du kannst mir nicht erzählen, dass das alles völlig harmlos war.«

Als ich nicht sogleich antworte, zieht sie ihre eigenen Schlüsse.

»Ich wusste es!«, kreischt sie.

»Es war nur … mit der Hand, also beruhige dich«, erkläre ich.

»Du hast es dir von ihm besorgen lassen!«

»Jules! Halt den Mund, bevor dich deine Eltern hören!«, rufe ich aus.

»Sorry, aber ich wusste, dass das nicht völlig unschuldig war.« Es ist ein wenig zu spät, um zu flüstern, aber sie versucht es trotzdem.

»Wir küssen uns nur auf dem Foto. Wer auch immer uns nachspioniert hat, ist zum Glück zu spät gekommen und hat den Hauptact verpasst, wofür ich unendlich dankbar bin«, füge ich hinzu.

»Er ist gestern Abend vielleicht nicht ganz ans Ziel gekommen, aber nach dem, was ich sehe, seid ihr auf dem besten Weg dorthin.«

»Nach dem, was du *siehst?*«, frage ich, doch als sie nicht antwortet, weiß ich, was das bedeutet. »Schaust du es dir gerade noch mal an, du Perversling?«

»Na ja … ich schaue es mir nicht NICHT an«, gibt sie zu.

»Du bist widerlich.«

»Und du hast verdammtes Glück«, kontert sie und bringt mich schon wieder zum Lachen.

»Würdest du dich bitte konzentrieren?«, frage ich scherzhaft. »Ich versuche noch immer, meine Seele zu retten.«

»Okay, okay. Tut mir leid. Erzähl weiter.«

Ich schüttle den Kopf. »Das alles hat mit West zu tun, weil er ein paar ziemlich miese Dinger abgezogen hat, bevor sich das mit uns in diese Richtung entwickelt hat.«

Dieser Teil der Geschichte ist schwer einzugestehen. Hauptsächlich, weil ich weiß, wie ich dabei aussehe – schwach, verzweifelt, wie ein Dummkopf.

Wenigstens würde *ich* das über jemanden in dieser Situation denken.

»Du meinst zum Beispiel, dass er die Reifen von deinem Auto abmontiert hat?«, fragt sie und erinnert mich daran, dass sie das kleine Update von Pandora nicht verpasst hat.

»Das ist nur eins von vielen Dingen, die er getan hat, aber … ja. Solche Sachen«, gestehe ich.

»Dann scheint es mir wichtig zu sein, dass wir verstehen, warum er das macht«, wirft sie ein. »Ich meine, du musst keine Details nennen, wenn du das nicht möchtest, aber wenn er dich im Visier hatte, muss es einen Grund dafür geben. Außer er ist einfach nur ein Arsch.«

»Glaub mir, Jules, ich habe versucht, es herauszufinden.«

Sie ist erneut still, und wie immer kann ich hören, wie sich die Rädchen in ihrem Kopf drehen.

»Frag mich einfach«, seufze ich. »Was auch immer es ist, spuck's aus, und ich werde dir die Wahrheit sagen.«

Nachdem ich erkannt habe, dass ich die ganze Geschichte viel zu lange für mich behalten habe, will ich das nicht länger. Nicht vor ihr.

Sie holt ein Mal tief Luft und spricht dann aus, was sie denkt: »Okay, wie seid ihr zwei von A nach B gelangt? Von diesem dunklen Ort, von dem du mir erzählt hast, zu diesem Moment … gestern auf dem Foto?«

Das ist eine legitime Frage, aber ich bin mir nicht sicher, ob ich ihr die Antwort geben kann, die sie gerne hätte. Erst einmal *sind* West und ich noch immer an einem dunklen Ort – Gegenwart. So langsam denke ich, dass das unsere Standardeinstellung ist.

Dunkel.

Grausam.

»Ehrlich gesagt, weiß ich nicht, was ich dazu sagen soll, Jules«, bekenne ich ganz offen. »Es ist, als wäre ein Schalter umgelegt worden, und ich … ich hasse ihn einfach nicht mehr so wie zu Beginn. Und er ist auch nicht mehr so toxisch, wie er es einmal war. Versteh mich nicht falsch, er ist immer noch kein Märchenprinz.«

»Ist es rein sexuell?«, fragt sie. »Ist das das Einzige, was eure Anziehungskraft ausmacht?«

Ich überlege einen Moment und erinnere mich an unseren letzten Kuss. Dieser Kuss hat bei mir den Eindruck erweckt, als wüsste er, dass er sich ein bisschen leerer fühlen würde, sobald wir getrennte Wege gehen. Dieser Kuss lässt mich fragen, ob er wohl im Augenblick auch an mich denkt.

Ist das denn so verrückt?

»Das habe ich zuerst gedacht«, antworte ich, »aber ich bin mir nicht mehr so sicher. Es fühlt sich manchmal nach mehr an.«

Sie denkt einen Augenblick nach.

»Was sagt dein Bauchgefühl?«, ist ihre nächste Frage.

Wieder antworte ich nicht sofort, denn ich will dem genauer nachspüren.

»Ich würde dir gerne eine Antwort darauf geben, Jules, aber ich traue meinem Bauchgefühl nicht mehr.« Da war sie. Die Wahrheit. Der Grund, weshalb ich sie heute Abend angerufen habe.

»Glaubst du, du bedeutest ihm etwas?«

Ganz kurz blitzen in meinem Kopf die kleinen Momente der Klarheit auf, die ich in den letzten Monaten hatte. Zum Beispiel, als West sich zwischen mich und Mike gestellt hat. Als er in das Schwimmbecken gesprungen ist, um mich zu retten. Oder als er mich wegen der Blutergüsse an meiner Schulter ausgefragt hat. Die Nacht, die er bei mir im Krankenhaus verbracht hat.

Als er mich heute Abend berührt hat.

»So verrückt es auch klingt … es könnte sein. Leide ich unter Wahnvorstellungen?«

Sie lacht. »Du bist der klügste Mensch, den ich kenne, Blue. Also nein, das ist ausgeschlossen.«

»Aber was bedeutet das alles denn dann?«, frage ich, ohne mich meiner Unsicherheit zu schämen. Jules würde mich niemals verurteilen.

»Nun«, sagt sie nachdenklich, »ich denke, dass ihr trotz der Dinge, die am Anfang passiert sind, etwas Starkes füreinander empfindet. Aber am wichtigsten ist, dass ich dich nicht für verrückt halte. Du bildest dir das nicht ein.«

Sie hat keine Vorstellung davon, wie erleichtert ich bin. Denn ehrlicherweise habe ich mich gefragt, ob ich seine Signale falsch interpretiert und nur das gesehen habe, was ich sehen wollte.

»Mein einziger Rat ist: Sei vorsichtig!«, warnt sie mich sanft. »Ich denke, dass *jedes* männliche Wesen mit langstieligen Löffeln gefüttert werden muss, bis seine Unschuld bewiesen ist. Nicht nur West. Obwohl ich absolut dafür bin, dein Herz nicht zu verschließen, solltest du niemals vergessen, gleichzeitig die Augen offen zu halten, ja?«

Meine Anspannung verschwindet, und ich bin wirklich froh, dass ich mich ihr anvertraut habe.

»Danke, Jules. Du weißt immer das Richtige zu sagen.«

»Kein Problem, Süße«, neckt sie mich. »Denk einfach daran, wenn ich *dich* wegen Jungsproblemen anrufe.«

Ich lache, denn wir wissen beide, dass sie nie einen Kerl ernst genug nimmt, um mit ihm in Schwierigkeiten zu geraten.

»Jederzeit«, verspreche ich ihr.

Sie verstummt, was mich misstrauisch macht.

»Du schaust dir schon wieder das Foto an, oder?«, werfe ich ihr lachend vor.

Weil ich sie ertappt habe, stottert sie ein bisschen herum, macht sich aber nicht die Mühe, mich anzulügen. Als wir das Gespräch beenden, schüttle ich den Kopf über sie.

Sie ist verrückt, aber sie ist auch meine beste Freundin und weiß immer, wie man mich aufbaut. Es ist ein vernünftiger Rat, weiterhin vorsichtig zu sein.

Und das kann ich machen.

Als ich an die Regionalmeisterschaften in zwei Wochen denke, beschließe ich, West auf Abstand zu halten. Weil ich noch immer ein paar tief sitzende Probleme damit habe, Vertrauen aufzubauen, glaube ich nicht, dass wir bereit sind für die Nachwirkungen aller Art, mit denen wir es zu tun bekommen, sobald Sex im Spiel ist. Doch ich will mich auch nicht dafür geißeln, falls ich ihm doch nicht widerstehen kann und nachgebe.

Was die Zukunft betrifft, weiß niemand, wohin das mit West und mir führen wird, aber wir machen das in *meinem* Tempo.

Und das wird extrem langsam sein.

Meistens jedenfalls.

In gewisser Weise.

Sagen wir einfach, ich arbeite an mir.

36

WEST

»Läuft wieder was zwischen dir und Parker?«

Ich blicke von meiner Reisetasche zu Dane auf. Erst bin ich verwirrt, doch dann zeigt er auf den Streifen Kondome, den ich gerade in die Tasche gelegt habe.

Lächelnd schließe ich den Reißverschluss. »Nein.«

Er wirft mir einen neugierigen Blick zu. »Wer ist es dann?«

Mit einem Schulterzucken gebe ich vor, niemand Besonderen im Sinn zu haben, obwohl ich das definitiv habe. Aber das müssen meine Brüder nicht wissen. Zumindest jetzt noch nicht. Irgendwann einmal.

Ich habe zwei Wochen lang an dieses Wochenende gedacht, und zwar nicht weil unser Team letzte Woche die Bezirksendrunde dominiert hat und nun zu den Regionalmeisterschaften reist. Worauf ich mich freue, hat perfekte C-Körbchen und einen Arsch, in den ich am liebsten hineinbeißen möchte.

Da die Schwimmeinheit im Sportkurs beendet ist, hatte ich keine Ausrede mehr, in ihrer Nähe zu sein. Keine Ausrede, sie zu berühren. Es nervt, dass ich überhaupt eine brauche. Ich habe ihr während der letzten Monate genügend Gründe geliefert, auf Abstand zu bleiben. Und jetzt geht sie mir natürlich aus dem Weg.

Sie ist bei jedem Spiel und macht Fotos für die Zeitung, aber echten Kontakt gibt es kaum zwischen uns. Außer man zählt, dass wir während des einen Kurses, den wir gemeinsam haben, und wenn wir uns auf den Fluren und beim Mittagessen begegnen, kaum den Blick voneinander abwenden können. Ich bin mir ihrer Anwesenheit immer bewusst.

Immer.

Ich bin sogar so weit gegangen, den Mädchen zu sagen, dass sie sie in Ruhe lassen sollen. Den meisten war das völlig egal, aber Parker nimmt alles persönlich, was Southside betrifft. Wahrscheinlich, weil die Bedeutung meiner Ansage, dass ihr einziges Ziel seit Schuljahresbeginn nun tabu ist, ziemlich offenkundig ist. Es zeugt von meinem wachsenden Respekt für das Mädchen, das ich unbedingt fertigmachen wollte.

Ich bin bestimmt nicht weich geworden, aber ich bin auch nicht so stur, dass ich die Notwendigkeit ignorieren würde, dass ich die Situation neu einschätzen sollte. Den Anfang dazu habe ich mit einer Entscheidung gemacht, die ich vor zwei Nächten getroffen habe. Ich konnte nicht schlafen, weil ich die ganze Zeit an jemanden denken musste …

Es ist eigentlich völlig egal, an wen oder was ich gedacht habe. Der Punkt ist, dass ich unruhig war.

Und während dieser Unruhe habe ich eine Sache eingesehen: Zwischen Southside und mir ist ein Gespräch schon lange überfällig. Sie hat um dieses Gespräch schon gleich am Anfang gebeten, und nun will ich alle Karten offen auf den Tisch legen, und das schließt ein, dass ich ihr enthülle, was ich über ihre Verbindung zu meinem Vater zu wissen glaube. Nachdem mir dieser Mann schon mein ganzes Leben lang im Nacken sitzt, kann ich mir nur allzu leicht vorstellen, wie sie da in etwas mit ihm hineingeraten ist.

Falls etwas zwischen ihnen passiert ist.

Das ist der Grund, warum ich über den Zorn hinaus bin und den ganzen Mist einfach nur hinter mir lassen will. Offen gesagt will ich nur, dass zwischen uns alles geklärt ist.

Endlich.

Während also mein Team und die Cheerleader heute Abend alle in Trips Zimmer feiern werden, werde ich mich mit Southside treffen und ihr die ganze Wahrheit erzählen. Danach wird keiner von uns mehr gegen das, was vielleicht passiert, ankämpfen müssen. Alle Fragen werden beantwortet sein, alle unsere Geheimnisse ausgesprochen. Ein sauberer Schnitt.

»Okay, wir müssen los. Der Bus fährt in fünfundvierzig Minuten«, verkündet Sterling und schwingt sich seine Tasche über die Schulter.

Dane schnappt sich seine Jacke, und ich ziehe mir einen Hoodie über, weil der Winter offiziell vor der Tür steht.

Eine Textnachricht lässt mein Telefon vibrieren, und ich blicke hinunter, um die Nachricht zu lesen.

Wir müssen reden, fordert Parker. *Und keine Ausreden, West. Es gibt eine Chance, dass ich dir helfen kann. Ob es dir gefällt oder nicht, du brauchst mich jetzt.*

Mein Magen verkrampft sich, und die Nachricht macht mich unruhig, während ich mich frage, wovon zum Teufel sie redet. Sosehr ich mir auch wünschen würde, dass keiner von denen, die mein Geheimnis kennen, es bei Parker ausgeplaudert hat, wirkt es mittlerweile nicht mehr so, als würde sie bluffen.

»Alles okay?« Sterling wirft mir einen Blick über die Schulter zu, als er bemerkt, dass ich plötzlich angespannt bin.

»Ja, nur eine blöde Nachricht von Parker«, sage ich, aber das ist harmlos formuliert, denn die Wahrheit ist: Wenn dieses Mädchen seine große Klappe aufreißt, kann ich mich von meiner Footballkarriere nach der Highschool verabschieden.

Wir erreichen den Fahrstuhl genau in dem Moment, als die

Türen aufgehen, und ausgerechnet unser Vater steht uns gegenüber. Nach der Krawatte, die locker um seinen Hals hängt, und der pochenden Halsschlagader zu urteilen, ist er wegen irgendetwas aufgebracht.

Sein Blick fixiert mich, und was er als Nächstes sagt, ist das Letzte, was ich hören möchte.

»Ich brauche West mal kurz. Ihr Jungs könnt gehen.«

Dane und Sterling werfen mir beide neugierige Blicke zu.

»Wir warten im Wagen«, sagt Sterling und betritt zusammen mit Dane den Fahrstuhl, um nach unten zu fahren. Ihre Blicke ruhen auf Dad, als die Türen sich schließen.

Jetzt sind es nur noch wir beide – ich und der Mann, den ich hasse wie niemanden sonst.

»Was ist?« Mein Tonfall ist kalt und gefühllos – absolut nachvollziehbar, wenn man bedenkt, dass ich nichts für ihn empfinde.

Doch in seinem Blick liegt etwas, das ich dort nicht erwartet habe.

Besorgnis.

Zugegeben, jetzt bin neugierig und frage mich, worum es hier geht.

Er beginnt mit einem ernsten »Sohn … wir müssen reden«, und mein Herzschlag beschleunigt sich, weil er genau wie Parker klingt. Noch nie in der Geschichte der Menschheit ist ein Gespräch gut verlaufen, das auf diese Art begonnen hat, und während ich den Blick meines Vaters erwidere, glaube ich nicht, dass es heute anders sein wird.

Für den Bruchteil einer Sekunde bin ich besorgt, dass er mir auf die Schliche gekommen ist, dass er von dem riesigen Fehler weiß, den ich gemacht habe, aber ich zwinge mich dazu, ruhig zu bleiben und mich darauf zu besinnen, mit wem ich es hier zu tun habe. Wenn er wegen eines Problems hierhergeeilt ist, das *mich* betrifft, wäre er viel entspannter. Schließlich ist er an anderen nicht so sehr interessiert. Das bedeutet, dass es sich um ein Vin-Problem handeln muss.

Was zum Teufel hat er jetzt wieder getan?

*

VIN

»Würdest du mir das bitte mal erklären?«

West beugt sich nach vorn, und sein Gesichtsausdruck ändert sich nicht, als er einen Blick auf das zwei Wochen alte Bild wirft, das mir vor ein paar Minuten beinahe einen verdammten Herzinfarkt beschert hätte.

Pam ist in mein Arbeitszimmer gerauscht, hysterisch schluchzend, dass sie glaubt, dass unsere Jungs womöglich sexuell aktiv seien. Nachdem ich ihr das empfindsame Herz mit der Nachricht gebrochen habe, dass jeder von ihnen bestimmt schon das Vergnügen hatte, mindestens ein Dutzend Mädchen zu entehren, hat sie mir ihr Telefon in die Hand gedrückt, bevor sie hinausgestürmt ist.

Und was zum Teufel sehe ich, als ich auf das Display schaue? Als hätte ich nicht schon genügend Scheiße am Hals, mit der ich mich rumärgern muss? Mein Sohn – der Star des Cypress-Prep-Footballteams und zukünftiger Quarterback des besten Division-I-Colleges in diesem Staat – nagelt eine hübsche Blondine, die ich nur allzu gut kenne.

»Fickst du sie?« Bei meinen Jungs besteht kein Grund, etwas zu beschönigen. Sie sind aus dem gleichen Holz geschnitzt wie ich und nicht so zartbesaitet wie Pams Seite der Familie.

Er antwortet nicht, doch sein Blick ist wütend, und seinem Gesichtsausdruck kann ich entnehmen, dass ihm das Mädchen etwas bedeutet.

»Das treibst du jetzt also?« Ich beiße bei der Frage die Zähne aufeinander. »Sind dir die *anständigen* Mädchen zum Vögeln ausgegangen, sodass du dich jetzt auf Abschaum einlassen musst? Denn genau das ist sie. Abschaum. Direkt aus der Gosse.«

Er steht weiterhin nur da und ballt die Fäuste.

»Kümmert dich dein Ruf überhaupt?«, frage ich weiter. »Warum lässt du dich mit einem der Sozialfälle der Schule ein? Mit Schlampen von der Southside rumzumachen wirft kein gutes Licht auf dich.«

Er ist wirklich ein Dickschädel. Das ist der Grund, warum ich mein Bestes gebe, um ihn und seine Brüder auf Spur zu halten. Sie brauchen mich. Ob es ihnen klar ist oder nicht. Selbst wenn sie meine Vorgehensweise hassen.

»Woher willst du das denn wissen?«

Seine Frage erwischt mich unvorbereitet, und mir entgeht nicht das wachsende Misstrauen in seinem Blick.

»Woher ich was wissen will?«, frage ich mit einem frustrierten Seufzen.

»Dass sie nicht aus North Cypress kommt«, stellt er klar. »Dass sie von der anderen Seite der Stadt stammt?«

Scheiße!

Normalerweise wäge ich meine Worte sehr genau ab und sage nur Dinge, die ich auch sagen will. Diese Kunst beherrsche ich meisterlich, aber oft ist West derjenige, dem meine Ausrutscher auffallen. Der kleine Scheißer ist immer am falschen Ort zur falschen Zeit und stellt gewöhnlich die falschen Fragen. So wie jetzt. In meiner Wut habe ich es wieder einmal vermasselt.

Und zwar im ganz großen Stil.

Ich habe nicht gleich eine Antwort parat, was mich nur noch schuldiger wirken lässt, da bin ich mir sicher. Seine Miene verändert sich und ist schwer zu deuten. Die Unsicherheit, die ich verspüre, macht mich gereizt.

»Du brauchst es gar nicht zu sagen«, wirft er plötzlich ein. »Ich weiß es schon seit Monaten.«

Ich spüre die Anspannung hinter meiner Stirn, und sofort sind meine Gedanken bei dem Telefon im Safe, auf dem West wahrscheinlich herumgeschnüffelt hat. Nun bin ich mir dessen sicher.

»Mein Sohn, du hast nicht verstanden, was du da gesehen hast. Es …«

»Seit wann?«, fällt er mir ins Wort. »Seit wann fickst du sie? Womit hast du ihr gedroht, damit sie mit dir altem Sack schläft?«

In dem Moment wird mir klar, was in seinem Kopf vorgeht. Er vermutet das Offensichtliche, doch in dieser Situation passt es mir gut, dass mein Sohn ein wenig naiv ist und glaubt, dass ich nur diesen einen Fehler habe – meine Schwäche für junge, hübsche Blondinen.

Ich ziehe meine Anzugjacke zurecht und unterdrücke das triumphierende Lächeln, das mich beinahe verrät. Der Kleine weiß nicht einmal, dass er mir eben dabei geholfen hat, die Oberhand zurückzugewinnen. Also spiele ich die Rolle weiter und tue so, als würde ich mich dafür schämen, aufgeflogen zu sein.

»West, ich … ich hatte immer die Absicht, es zu beenden«, winsele ich. »Das zwischen Blue und mir ist … kompliziert. Das ist es schon eine ganze Weile.«

»Sie ist verdammt noch mal erst achtzehn«, brüllt er und lässt mich dabei tiefer in seine Karten blicken, als er glaubt. Er hat tatsächlich verdammt viel für dieses Mädchen übrig. Was nur beweist, dass ich ihm nichts beigebracht habe.

»Ich weiß«, sage ich mit einem Anflug von Bedauern. »Deshalb haben wir auch schon vor einer Weile aufgehört. Sie war damals siebzehn, und es schien mir nicht richtig zu sein.«

Er verzieht wütend das Gesicht, und mir gefällt die Vorstellung, dass er angewidert ist von mir. Ihn glauben zu lassen, dass ich mich mit einer Minderjährigen vergnügt habe, ist besser, als wenn er die Wahrheit wüsste.

Ich lege ihm eine Hand auf die Schulter, wohl wissend, dass er meine Nähe nicht will, und er schüttelt sie wie erwartet ab.

»Fass mich verdammt noch mal nicht an!«, warnt er mich. Einen Moment lang denke ich, dass der Junge tatsächlich die Eier hat, mir eine zu verpassen, aber er scheint es sich anders zu überlegen und beruhigt sich.

»Mein Sohn, du musst wissen, dass ich nichts davon geplant habe. Ich liebe deine Mutter«, erinnere ich ihn. »Aber …«

»Männer sind nun mal Männer, stimmt's?«, unterbricht er mich und zitiert aus einem Gespräch, das wir vor ein paar Wochen hatten.

Bedauern vortäuschend nicke ich. »Ich bin nicht perfekt.«

»Die größte Wahrheit, die du je von dir gegeben hast«, spottet er.

»Ich hatte nicht vor, dir das alles zu erzählen.« Als ich den Kopf senke, bin ich *selbst* beeindruckt davon, wie glaubhaft ich wirke.

Er kann mich nicht einmal ansehen, was für mich in Ordnung ist. Der Junge hält was aus und wird sich von derlei Dingen erholen. Genau wie sein alter Herr.

Ich blicke wieder zu ihm hoch, mit ernster Miene. »Ich bin nur heruntergekommen, um … dich zu warnen«, füge ich hinzu, was tatsächlich seine Neugier weckt. »Dieses Mädchen spielt mit dir. Möglicherweise schon vom ersten Tag an.«

Obwohl er schweigt, weiß ich, dass ich ihn gebrochen habe, dass ich ein Feuer gelegt und es dann mit Benzin angefacht habe. Die Wut, die in ihm aufsteigt, ist genau das, was ich sehen will, denn sie wird die beiden voneinander fernhalten.

Obwohl mir bewusst ist, welches Risiko ich gerade eingegangen bin, war es unbedingt notwendig.

»Sie benutzt dich, um mich zu verletzen«, sage ich. »Sie hat damit gedroht, doch ich habe es ihr nicht zugetraut. Ich hätte es besser wissen müssen.«

Die Lüge kommt nur mühsam über meine Lippen, weil ich eher sterben würde, als zuzulassen, dass mich jemand so manipuliert. Tatsächlich habe ich Leute auf der Lohnliste, um unbedingt zu verhindern, dass so etwas jemals passiert. Natürlich ist das nicht billig, aber es hat sich mehr als einmal als lohnende Ausgabe erwiesen.

Um meine Missetaten geradezubiegen.

Und sogar die von West.

»Was hat sie vor?« West schäumt vor Zorn und Schmerz.

»Anscheinend glaubt sie, mich durch Sex mit dir bestrafen zu können, weil ich deine Mutter nicht verlasse. Wenn sie nicht wüsste, dass ich sie fertigmachen würde, würde sie wahrscheinlich versuchen, die Geschichte der ersten Nachrichtenagentur zu verkaufen, die ihr zuhört, aber sie ist keine Idiotin.«

Da von West keine bissige Entgegnung kommt, nimmt er mir die Geschichte wahrscheinlich ab.

Verdammt, bin ich gut!

»Du verwischst *immer* deine Spuren. Immer. Warum also dieses Mal nicht?« Er wirft mir einen kalten Blick zu, in dem eine letzte Spur von Misstrauen flackert.

Ein letzter Zweifel, den ich unbedingt ausmerzen muss.

Ich unternehme den gespielten Versuch, seine Schulter zu berühren, tue dann aber so, als überlegte ich es mir im letzten Moment anders. Anschließend senke ich »beschämt« den Blick.

»Das wirst du nicht hören wollen«, beginne ich und hole tief Luft, »aber … es war nicht nur Sex mit ihr. Es war … *mehr* als das.«

Ich halte inne, lasse es auf ihn wirken und zeige mich auf eine Weise schwach, wie ich es noch nie zuvor getan habe.

»Ich muss zugeben, dass ich ziemlichen Mist gebaut habe«, fahre ich fort. »Ich habe zugelassen, dass die Gefühle, die ich entwickelt hatte, mir ein falsches Gefühl von Vertrauen gegeben haben. Irgendwann habe ich ihr Dinge von mir erzählt, die ich nicht hätte preisgeben sollen, Dinge über unsere *Familie*, die ich besser für mich behalten hätte, aber sie ist nun mal ziemlich clever«, warne ich ihn. »Sie weiß, wie sie einen um den Finger wickelt, deshalb würde ich auch wetten, dass es schwierig für dich ist, all das zu glauben. Sosehr ich mir auch wünschte, dass alles nur erfunden wäre, dass ich die Zeit zurückdrehen und rückgängig machen könnte, was ich getan habe … ich kann es nicht«, schließe ich. »Das Einzige, was ich jetzt noch tun kann, ist, dafür zu sorgen, dass sie dich nicht weiter benutzt, dass sie deine Gefühle nicht mehr manipulieren kann, nur um *mich* zu treffen. Glaub mir, wenn das erst mal passiert, ist es verteufelt schwer, das wieder aus deinem System zu löschen.«

Er ist still. *Verdammt* still.

»Hast du ihr das gesagt? Dass du vorhast, mir alles zu erzählen?«, fragt er.

Ich runzle die Stirn und frage mich, warum er das wissen will.

»Nein, West. Meine Loyalität gehört nicht ihr«, versichere ich ihm. »Sie gehört dir, dieser Familie.«

Als er das hört, zuckt sein Kiefermuskel, und er beißt die Zähne zusammen. »Scheiß auf deine Loyalität«, knurrt er.

Ich nicke zustimmend, als wäre ich verzweifelt genug, ihm alles rechtmachen zu wollen. »Sag mir einfach, was ich tun kann, um das wieder hinzubiegen, Sohn. Ich bin bereit, alles zu tun.«

Als er mich ansieht, ist sein Blick kalt und gefühllos. »Das Einzige, was ich jetzt und in Zukunft von dir will, ist, dass du deine verdammte Klappe hältst. Sag ihr nicht, dass du mir alles erzählt hast.«

Ich nicke erneut, muss ihn aber eine letzte Sache fragen. »Warum? Was hast du vor?«

Ein normales Kind hätte Narben davongetragen angesichts der Dinge, die West gesehen und gehört hat, aber er ist aus Stahl, nicht zu brechen. Deshalb weiß ich, dass meine Worte in meinem Jungen nur ein neues Gefühl der Wachsamkeit geweckt haben. Was auch immer er für dieses Mädchen zu empfinden *glaubte*, es würde jetzt langsam, aber sicher in ihm absterben.

West stürmt hinaus, ohne die Frage zu beantworten, und obwohl ich sehe, wie sehr ihn diese Unterhaltung verletzt hat, bereue ich nichts. Soweit es mich betrifft, habe ich gerade erfolgreich eine schreckliche Katastrophe abgewendet. Wenn ich das Bild, das mein Sohn von mir hat, opfern muss, um zu verhindern, dass der Name Golden in den Dreck gezogen wird und mir alles um die Ohren fliegt, was ich mit aller Macht zu verbergen versucht habe, dann … soll es so sein.

Andere würden vielleicht einwenden, dass der Preis dem Ergebnis nicht angemessen ist, doch ich würde widersprechen.

Einige Geheimnisse sollten niemals ans Tageslicht kommen.

*

BLUE

Nicht ein Wort, während wir darauf gewartet haben einzusteigen.

Nicht ein Wort, seit wir den Bus bestiegen haben.

Ich habe nicht erwartet, dass wir nebeneinandersitzen würden oder so etwas, doch das hier fühlt sich … extrem an.

Nicht weil er nichts gesagt hat – das ist gar nicht ungewöhnlich für uns –, aber er hat nicht einmal in meine Richtung gesehen. Er hat seine Kopfhörer unter der Kapuze seines dunklen Hoodies aufgesetzt, die einen Großteil seines Gesichts verbirgt, und es ist, als würde ich für ihn nicht existieren.

Nun, ich schätze, es ist immer besser zu wissen, wo man steht, als im Unklaren gelassen zu werden. Stimmt's? Offensichtlich hat das Angebot, das er vor zwei Wochen im Schwimmbecken gemacht hat, keine Gültigkeit mehr. Wenn ich bedenke, wie schamlos sich ihm andere Mädchen an den Hals werfen, sollte es mich nicht wundern, dass er das Interesse verloren hat.

Ich wünschte nur, ich hätte es früher gewusst. Dann hätte ich heute Morgen nicht meine Zeit damit verschwendet, mich zu rasieren – für den unwahrscheinlichen Fall, dass es an diesem Wochenende tatsächlich zu mehr käme, als geplant.

Aber jetzt besteht keine Chance mehr, dass das passiert, und ich kann es mir nicht leisten, mir darüber den Kopf zu zerbrechen. West bedeutet mir nichts, und ich bedeute ihm nichts.

Offensichtlich.

Zum Glück bin ich beim Einsteigen nicht neben jemandem gelandet, den ich hasse, sondern neben jemandem, den ich kaum kenne.

Bis jetzt hat Joss kein Wort zu mir gesagt, und ich muss mich ablenken und vor allem davon abhalten, mich alle drei Sekunden nach West umzusehen. Also beschließe ich, das Eis zwischen uns zu brechen.

»Aufgeregt wegen des Spiels?«, frage ich, weil mir nichts anderes einfällt. Ich hätte wohl auch über das Wetter reden können, aber es ist kalt und bedeckt. Mehr gibt es dazu nicht zu sagen.

Sie lässt das Buch in ihrer Hand sinken und lächelt ein wenig, sodass ich mich nicht mehr ganz so schlecht fühle, sie unterbrochen zu haben.

»Ja, das bin ich«, antwortet sie. »Und du?«

Ich zucke die Achseln, und mir wird klar, dass ich aufgeregt *war*, bevor ich erkennen musste, dass West mir gegenüber erneut die Schotten dichtgemacht hat.

»Irgendwie schon. Es ist ganz angenehm, mal von zu Hause wegzukommen.«

Die Schule bezahlt nicht nur für mein Zimmer, sondern Scar ist auch gut versorgt. Die erste Nacht wird sie bei Jules verbringen und die zweite bei Onkel Dusty.

»Du spielst Basketball, oder?«

Ich hatte nicht erwartet, dass Joss mich etwas über mich fragen würde, weil mir nicht klar war, dass sie überhaupt etwas von mir *weiß*.

»Ja«, sage ich mit einem Lächeln. »Sie haben letzten Montag die endgültige Auswahl für das Team verkündet.«

Sie nickt. »Ziemlich cool. Ich war nie besonders sportlich.«

»Als Cheerleaderin muss man doch auch sportlich sein, oder?«

Joss zuckt die Achseln und schließt ihr Buch. Dann blickt sie zu mir.

»Mehr oder weniger«, antwortet sie lachend. »Ich meine wahrscheinlich eher die Sache mit der Hand-Auge-Koordination. Es geht um Gelenkigkeit, Kraft und eine gute Balance, aber ich könnte keinen Korb treffen, selbst wenn mein Leben davon abhinge.«

Ich lache. Das fühlt sich ganz leicht an.

»Jede Woche bewundere ich die Jungs auf dem Spielfeld«, erzählt sie mir. »Dane wird zum wilden Tier, und es ist, als würde man Kunst in Bewegung sehen. Tatsächlich sind *alle* Goldens so.«

Sie hat gut die Kurve gekriegt, aber mir ist nicht entgangen, dass sie Dane zuerst erwähnt hat. Zudem habe ich ihre bewusst neutrale Miene bemerkt, nachdem sie über ihn gesprochen hatte. Für so etwas würde Jules mich zur Rede stellen, aber Joss und ich kennen uns nicht so gut. Also behalte ich meine Vermutungen für mich.

»Ja, sie sind wirklich gut«, ist alles, was ich entgegne.

Sie betrachtet mich mit einem Grinsen, und ich bin mir nicht sicher, was sie denkt.

»Es ist schon ein wenig schräg, dass überall im Internet Bilder von dir und West kursieren, und doch sitzt du jetzt hier neben mir anstatt bei ihm.«

Anscheinend hat sie im Gegensatz zu mir kein Problem damit, neugierig zu sein. Ich spüre, wie mein Gesicht warm wird, was wahrscheinlich bedeutet, dass ich erröte.

»Nun, ich …«

Darauf habe ich nicht wirklich eine Antwort, also halte ich inne. Als ich heute zur Schule gekommen bin, habe ich erwartet, dass West vielleicht ein *wenig* netter wäre als sonst, doch stattdessen hat er mir die kalte Schulter gezeigt.

»Es ist nicht ganz einfach, aus ihm schlau zu werden«, sage ich, ohne das Gefühl zu haben, damit zu viel zu sagen.

Meine Äußerung bringt sie zum Lachen. »Zuckerbrot und Peitsche, was?«, fragt sie und klingt, als würde sie das kennen.

»So kann man es auch sagen.«

Sie nickt. »Ich sage dir jetzt einfach mal was. Worum auch immer es bei eurem Streit ging, als du neu auf die Cypress Prep gekommen bist, West scheint mittlerweile definitiv weitaus weniger feindselig zu sein. Vielleicht wird er ja ein bisschen schwach.«

Das zu hören wäre wahrscheinlich eine Erleichterung gewesen, wenn ich eins von Wests Groupies wäre, aber das bin ich nicht. Es ist einfach merkwürdig, dass er mir gegenüber anscheinend wieder so gleichgültig geworden ist. Nein, er war nicht gemein zu mir, aber da ich neulich eine andere Seite von ihm kennengelernt habe, bin ich nur ungern bereit, diese wieder aufzugeben.

Ich mag diese Seite von ihm.

Und ich *will* diese Seite von ihm.

Es hat sich angefühlt, als würden sich die Dinge zwischen uns ändern – ich meine *wirklich* ändern –, und jetzt das.

»Ihr zwei solltet einfach miteinander reden«, schlägt Joss vor. Ich glaube nicht, dass sie eine Vorstellung davon hat, wie kompliziert eine simple Sache wie ein Gespräch für mich und West sein kann.

»Einfacher gesagt als getan«, gestehe ich.

»Ich sag dir was. Trip und Austin haben alle heute Abend auf ihr Zimmer eingeladen. Du solltest einfach vorbeikommen und West beiseitenehmen«, schlägt sie vor. »Ganz gleich, was du von ihm denkst, er ist kein *völliger* Blödmann. Im tiefsten Inneren ist er ein Schatz«, sagt sie grinsend. »Du musst ihn nur besser kennenlernen.«

Fast hätte ich laut aufgelacht. West Golden ist alles, aber kein Schatz. Nicht einmal an seinem besten Tag.

»Ich denk drüber nach«, sage ich nur, aber ich habe meine Entscheidung bereits gefällt.

Ich werde mich so weit wie möglich von ihm fernhalten. Ich habe ihm schon zu viel Spielraum gegeben, zu viel von meinen Gedanken, meinem Körper und meinem Herzen mit ihm geteilt. Ich bin es leid, mich wie eine Närrin zu fühlen, denn genau *so* fühle ich mich jedes Mal, wenn ich mich auf Wests Spielchen einlasse. Wenn dieser Kreislauf, in dem wir uns befinden, jemals durchbrochen werden soll, dann ist es an mir, dem ein Ende zu setzen.

Und das werde ich auch tun. Genau hier. Genau jetzt.

Was auch immer aus mir und West hätte werden können, es ist offiziell vorbei.

Ganz und gar.

#FollowMe

@QweenPandora:

Ihr werdet nicht glauben, welches Team der Meisterschaft einen Schritt näher ist, ihr Lieben! Unsere Jungs haben sich während der gesamten Saison auf dem Spielfeld bestens präsentiert, und nennt mich ruhig optimistisch, aber ich glaube, wir sind gut genug aufgestellt, um bei den Regionalmeisterschaften zu dominieren. Möglich, dass ich ein wenig voreingenommen bin, aber es ist nicht zu leugnen, dass das Team der CPA UNGLAUBLICH war!

Vorausgesetzt sie feiern dieses Wochenende nicht zu ausgelassen, wage ich die Prognose, dass wir einen weiteren großen Sieg einfahren werden!

Go, Panthers!

Bis dann, Leute! ~*P.*

37

BLUE

»Das ist idiotisch.«

Ich führe Selbstgespräche, da ich allein in meinem Hotelzimmer bin und mich langweile. Ich stoße einen tiefen Seufzer der Frustration aus, während ich die Decke anstarre.

Es ist acht Uhr abends, und ich bin die einzige Person auf diesem Planeten – die jünger als siebzig ist –, die im Begriff ist, so früh zu Bett zu gehen. Aber ich habe nichts Besseres zu tun, und Schlaf ist die einzige Garantie, dass ich nicht irgendetwas tun werde, was ich hinterher bereue.

Wie zum Beispiel Joss' Ratschlag folgen und zu Trips Zimmer gehen, um mich um mein West-Problem zu kümmern. Joss hat auf dem Weg zur Party sogar bei mir gestoppt, und als ich ihr gesagt habe, dass ich nicht kommen würde, hat sie mir ihre Nummer gegeben, für den Fall, dass ich später über alles reden will.

Von den Mädchen aus dem Cheerleading-Team ist sie die mit Abstand Erträglichste.

In einer letzten Anstrengung, das Richtige zu tun, melde ich mich bei Scar.

»Bist du im Bett?«, fragt sie, nachdem sie »Hallo« gesagt hat.

»Wie kommst du darauf?«

»Ich kann in deiner Stimme hören, wie lahm und langweilig du bist«, neckt sie mich. »Ist dein Freund nicht auch da? Warum um alles in der Welt bist du nicht unterwegs und amüsierst dich?«

Ich seufze und antworte offensichtlich nicht schnell genug, da sie mir schon in den Hintern tritt.

»Steh auf, Blue!«, brüllt sie ins Telefon.

Ich mache mir nicht mal die Mühe ihr zu sagen, dass West nicht mein Freund ist. Die Leute denken darüber ohnehin, was sie wollen.

»Gib mir das Telefon«, höre ich Jules im Hintergrund sagen. »Hab ich das richtig gehört?«, fragt sie. »Du bist echt schon im Bett? Während ein ganzes Footballteam auf derselben Etage ist? Und vermutlich ohne Aufpasser?«

»Du verstehst das nicht«, seufze ich.

»Ich verstehe vor allem, dass du gerade die gesamte South Side richtig schlecht dastehen lässt. Bitte, bei allem was dir heilig ist, steh auf und unternimm *etwas*«, fleht sie.

Ich werfe einen Blick auf die Uhr. »Da steigt eine Party, aber …«

»Keine Widerrede«, schimpft Jules. »Steh auf, geh unter die Dusche, zieh dir was Hübsches an und los!«

Ich lächle, obwohl ich wirklich nicht glaube, dass es das Schlaueste ist, jetzt zu Trips Zimmer zu gehen.

»Wir könnten doch was zusammen auf Netflix ansehen«, schlage ich als Nächstes vor.

»Ich lege jetzt auf«, sagt Jules. »Und wenn ich mich später noch mal melde, hast du deinen Hintern besser aus dem Bett bewegt. Kapiert?«

Es ist unmöglich, nicht die Augen zu verdrehen, da ich weiß, dass sie mich überredet hat.

»Na schön«, gebe ich nach.

Im nächsten Moment ist die Leitung tot, und ich klettere aus dem Bett.

*

Sobald ich angeklopft habe, bereue ich es.

Hinter der Tür höre ich entspannte Musik und Gelächter. Obwohl ich weiß, dass da drinnen ein Haufen Leute feiern, sind sie erstaunlicherweise nicht sehr laut.

»Was gibt's, Southside?«, sagt Dane mit einem Grinsen. Er lehnt am Türrahmen, und ich kann nicht anders, als über seine Schulter zu schauen auf der Suche nach dem, an den ich nicht einmal denken sollte.

»Hi«, sage ich ausdruckslos, weil ich ihm und seinen beiden Brüdern gegenüber stets misstrauisch bin.

»Komm rein«, fordert er mich ein wenig zu nett für meinen Geschmack auf. Also behalte ich ihn im Blick, während ich den Raum betrete. »Nimm dir ein Bier, mach's dir gemütlich, und falls du irgendetwas Fragwürdiges oder Illegales siehst«, fügt er hinzu, »sieh einfach darüber hinweg.«

Ich lächle unsicher und spüre die negativen Schwingungen, als die Tür sich hinter mir schließt. Einige Mädchen aus dem Cheerleading-Team nehmen mich ins Visier und fletschen praktisch die Zähne, als ich an ihnen vorbeigehe. Sie müssen sich wegen mir keine Sorgen machen. Ich werde ihnen heute Abend um jeden Preis aus dem Weg gehen.

Hochnäsige Bande.

Es gibt ein weiteres Zimmer, das mit dem von Trip und Austin verbunden ist. Wie es aussieht, ist es ebenfalls rappelvoll, und ich vermute, dass dort zwei weitere Spieler über das Wochenende untergebracht sind.

Auf der Kommode steht ein Eiskübel, daneben ein Stapel roter Plastikbecher und ein Haufen leerer Bierflaschen. Es ist mir schleierhaft, wie sie den ganzen Kram hier unbemerkt reingeschmuggelt haben, aber ich kann mir vorstellen, dass diese Gruppe eine Menge Erfahrung in so etwas hat.

Aber egal, deswegen bin ich nicht hier.

Unter der Dusche bin ich zu dem Schluss gekommen, dass Joss recht hat. Wenn ich das Ganze hinter mir lassen will, wenn es jemals ein gewisses Maß an Frieden zwischen West und mir geben soll, ist ein Gespräch mit ihm unausweichlich. Ich habe genug von diesem Unsinn, dass er sich nicht klar darüber äußert, was ich getan habe, um seinen Hass zu verdienen. Ich erwarte nicht, dass es gut läuft, aber ich denke, ich muss das jetzt durchziehen. Entweder bringen wir das in Ordnung und schauen in die Zukunft – was auch immer das für zwei gebrochene Gestalten wie uns heißen mag. Oder wir brennen die Brücke nieder, die uns verbindet.

Und wenn ich niederbrennen sage, meine ich bis auf die Grundmauern.

»Du bist gekommen!«

Joss ist offensichtlich ein wenig beschwipst, denn sie begrüßt mich übertrieben begeistert. Ich habe trotzdem nichts dagegen. Wenigstens freut sich *irgendwer,* mich zu sehen.

Sie springt von dem Stuhl hoch, auf dem sie gesessen hat, und schlingt ihre Arme um meinen Hals, als wären wir alte Freundinnen.

»Ja, ich hab's mir anders überlegt.«

Den Teil, in dem Scar und Jules mir quasi gedroht haben, den Hintern hochzukriegen, behalte ich für mich.

Joss tritt ein wenig zurück, bemerkt aber offenkundig, dass mein Blick umherwandert. Sie braucht nicht lange, um darauf zu kommen, wen ich suche.

»Als ich ihn zuletzt gesehen habe, war er auf dem Weg zurück in sein Zimmer«, flüstert sie lächelnd.

»Allein?«, frage ich, und mein Herz rast in Erwartung der Antwort auf meine Frage.

»Soweit ich weiß, ja«, fügt sie mit einem Achselzucken hinzu. »Zimmer 271.«

Ich weiß es zu schätzen, dass sie auch in angetrunkenem Zustand noch diskret ist.

Ich schenke ihr mein nettestes Lächeln. »Danke.«

Sie nickt und wankt zu ihrem Sessel zurück, wo sie ihre Unterhaltung von zuvor wieder aufnimmt.

Da ich ohnehin nicht herkommen wollte, kann ich es jetzt kaum erwarten, wieder zu gehen. Und nein, nicht weil ich es eilig habe, King Midas zur Rede zu stellen. Tatsächlich ist es das genaue Gegenteil.

Mein Ego ist immer noch verletzt, weil er mich vor und während der Busfahrt und auch seit unserer Ankunft im Hotel ignoriert hat. Wir sind schon seit Stunden hier, und er hat nicht einmal in meinem Zimmer vorbeigeschaut, um ein paar Worte mit mir zu wechseln.

Wenn er mir das Gefühl geben wollte, dass ich abgemeldet bin, dann hat er sein Ziel erreicht.

War es denn überhaupt jemals real? Die Gefühle, die er meiner Meinung nach für mich entwickelt hat? Oder ist er einfach wie all die anderen Typen – auf Sex aus und herzlos?

Es ist mir ein wenig peinlich, dass ich mir diese Fragen überhaupt stelle. Natürlich ist er wie der ganze Rest. Schlimmer noch.

Bis zu seinem Zimmer ist es nicht weit, nur den Flur entlang und um die Ecke. Aber die Abstände zwischen den Türen hier sind deutlich größer. Schnell wird mir klar, dass es sich bei den Zimmern in *diesem* Flur um Suiten handeln muss. Ich bin ohnehin schon frustriert, doch diese Erkenntnis lässt meinen Abscheu noch ein bisschen größer werden.

Kann er nicht einmal für ein Wochenende wie der Rest von uns in einem normalen Zimmer übernachten?

Meine Hand verharrt einen Moment in der Luft, und dann tue ich es einfach. Ich klopfe. Danach richte ich meine Klamotten, denn trotz der miesen Sachen, die er getan hat, und der schrecklichen Worte, die er gesagt hat, ist es mir immer noch wichtig, was er von mir denkt.

Zum Teufel mit ihm!

Ich höre, wie sich schwere Schritte der Tür nähern, dann herrscht einen Moment Stille. Ich stelle mir vor, wie er durch den Türspion schaut und sieht, dass ich es bin. Einen Moment lang scheint er nicht sicher zu sein, ob er die Tür öffnen soll, doch dann tut er es, und obwohl ich dachte, darauf vorbereitet zu sein, ist es doch etwas völlig anderes, als wir uns nun gegenüberstehen.

38

BLUE

Das Zimmer hinter ihm liegt im Dunkeln, und er blinzelt, um sich an das Licht aus dem Flur zu gewöhnen. Er trägt kein Shirt, sein Haar ist zerzaust, und ein Paar schwarze Sweatpants sitzen tief auf seinen Hüften. Und den deutlichen Umrissen seines Schwanzes unter dem Stoff nach zu urteilen, ist er darunter nackt.

Konzentrier dich, du dumme Kuh.

»Ich wollte dich nicht wecken, aber …«

»Ich habe nicht geschlafen.« Seine Stimme klingt tief und kalt und bestätigt mir, was ich bereits vermutet habe.

Er hat den Schalter umgelegt.

Mal wieder.

Hitze kriecht meinen Hals hoch, und ich tue mein Möglichstes, um meine Wut zu kontrollieren. Denn am liebsten würde ich ihm diesen überheblichen Ausdruck aus seinem Gesicht schlagen.

»Können wir ein paar Minuten reden?«, frage ich stattdessen so höflich wie möglich.

Er zuckt lässig die Schultern. »Ich höre.«

Wie konnte ich nur jemals etwas für dieses Arschloch empfinden?

Aber nun bin ich schon mal hier. Also, los geht's.

»Ich habe weder eine Ahnung, was sich so plötzlich zwischen uns geändert hat, noch denke ich, dass es sinnvoll ist, an diesem Punkt darüber zu diskutieren, aber aus irgendeinem dummen Grund muss ich es ansprechen«, gestehe ich.

Seine Augen sprühen Funken, während er mich anstarrt, und ich bin völlig verwirrt. Es ist, als hätte ich ein Verbrechen verschlafen, das ich an ihm verübt habe. Der Hass, den er ausstrahlt, ist so echt, so abgrundtief.

Greifbar.

Sein Kiefermuskel zuckt, und ich schlucke schwer. Er stößt sich vom Türrahmen ab und blickt hinter sich in sein Zimmer.

»Du kannst jetzt gehen«, sagt er zu jemandem, den ich nicht sehen kann.

»Wie bitte?«, fragt eine weibliche Stimme. »Wir sind doch noch längst nicht fer…«

»Geh!«, brüllt West und unterbricht das Mädchen mitten im Satz. »Verschwinde jetzt!«

Mir wird schwer ums Herz, als ich höre, dass eine andere Frau bei ihm ist, obwohl es mich nicht tangieren sollte. Dennoch verspüre ich den Drang, wegzulaufen und mich in meinem Zimmer zu verstecken, damit er nicht sieht, wie sehr mich das trifft. Aber ich fürchte, das würde mich noch erbärmlicher wirken lassen – wie ein liebeskranker Schwächling, der den Gedanken nicht erträgt, dass der Typ, der nicht einmal ihrer ist, mit einem anderen Mädchen zusammen ist.

Ich will, dass West denkt, dass es mir egal ist. Er soll denken, dass es mich nicht verletzt.

Doch in Wahrheit bin ich innerlich am Boden zerstört.

Von allen Mädchen, die es hätten sein können, tritt ausgerechnet Parker aus der Dunkelheit, und bevor sie zur Kommode geht, um ihre Sachen zusammenzusuchen, wirft sie mir einen bösen Blick zu. Ich stelle mir vor, dass sie ebenfalls verletzt ist, weil sie rausgeworfen wird, sobald ich auftauche, aber so ist es nicht. Wests Herz setzt keine Prioritäten. Soweit ich das beurteilen kann, gibt es niemanden, den er bevorzugt.

Sie zieht sich ein T-Shirt über den BH und schließt den Knopf ihrer Jeans. Sie muss einige Sachen einsammeln, weshalb ich vermute, dass sie die Nacht hier verbringen wollte.

Ich muss wegschauen und blicke stattdessen auf meine Füße.

Ein weiterer Dolchstoß in meine Brust. Eine weitere Wunde, die ewig brauchen wird, um zu verheilen. Als ob ich nicht schon genug davon hätte.

Meine Augenwinkel brennen, und ich halte den Atem an, als Parker näher kommt. Sie bleibt neben West stehen, und ihr Gesicht ist hassverzerrt.

»Du bist ein Idiot«, faucht sie ihn an. »Wenn dir die Scheiße um die Ohren fliegt, sag nicht, dass ich dich nicht gewarnt hätte.«

Damit stürmt sie zwischen uns hindurch und rempelt mich dabei an. Sie macht eine ätzende Bemerkung, die ich nicht genau verstehen kann. Dann tritt West beiseite und bittet mich wortlos in sein Zimmer.

Ich betrete den Ort, an dem er noch vor einem Moment Gott weiß was mit Parker gemacht hatte.

Ihr Parfüm hängt in der Luft, und ich bin insgeheim dankbar, als West die Schiebetür zum Balkon öffnet und frische Luft hereinlässt. Von draußen dringt das Licht der Stadt herein, und mein Blick wandert zum Bett. Es ist immer noch gemacht, aber zwei deutliche Abdrücke zeigen, wo West und Parker was auch immer getrieben haben, bevor ich aufgetaucht bin. Ich zwinge mich erneut, den Blick abzuwenden, und lasse mich langsam in den Sessel sinken, über dessen Rückenlehne Wests schwarz-goldenes Trikot hängt.

»Du wolltest reden, also fang an«, seufzt er und lehnt sich gegen die Kante des runden Tischs in der Ecke.

Zuerst hole ich tief Luft, und dann ... lasse ich einfach alles heraus. Es hat sich so viel in mir angestaut, und wenn ich ihm auch nur einen *Bruchteil* von dem vermitteln könnte, was ich empfinde, wäre ich zufrieden.

»Du bist mit *Abstand* einer der miesesten Menschen, die mir je begegnet sind«, beginne ich. »Du benutzt Leute, und du verletzt Leute, und es ist dir völlig egal!«

Meine Brust zieht sich vor Emotionen zusammen, und ich weiß, dass ich mein Vorhaben wahrscheinlich besser abbrechen und gehen sollte, aber ich kann es nicht.

»Ich bin darauf reingefallen«, gestehe ich. »Vor zwei Wochen im Schwimmbad begann ich zu glauben, dass ich tatsächlich etwas für dich empfinden könnte, und dann tust du heute so, als ob ich gar nicht existiere. Und warum? Um Parker zu vögeln?«

Ruhig, Blue. Gib nicht zu viel preis.

»Ich frage mich die ganze Zeit, was ich getan haben könnte, um es zu verdienen, so von dir behandelt zu werden, und ich habe bis heute Abend gebraucht, um einzusehen, dass die Antwort lautet: *nichts*. Ich habe nichts getan. Du bist einfach nur gemein und verkorkst, und niemand außer dir ist schuld daran, dass du so ein bösartiger Bastard bist.«

»Mag sein«, unterbricht er mich. »Oder ... vielleicht ist mein Vater dafür verantwortlich.«

Ich verdrehe die Augen. »Scheiß auf deinen Vater – wer auch immer er ist«, schimpfe ich. »Er mag schrecklich sein – und glaub mir, das verstehe ich –, aber diese Ausrede kannst du nicht benutzen. Nicht hier. Nicht bei mir«, fauche ich. »Oh ja, es macht das Leben schwerer, beschissene Eltern zu haben, und es beschert uns einen verkorksten Blick auf die Welt, aber das ist keine Krücke, West. Es ist keine Entschuldigung dafür, ein schrecklicher Mensch zu werden.«

Und dann ist da eine Träne. Ich spüre, wie sie mir über die Wange läuft, und ich bin sicher, es dringt genügend Licht in den Raum, dass er sie sehen kann, doch ich bin zu wütend, um mich darum zu scheren.

»Ich bin eine Idiotin«, sage ich. »Weil du mir vom ersten Tag an genau gezeigt hast, wer du bist, und ich dir trotzdem in die Falle gegangen bin.«

Ich halte inne, als ich plötzlich etwas erkenne. Ich werde wie meine Mutter, trotz aller Bemühungen, nicht wie sie zu sein. Ich habe den größten Teil meines Lebens damit zugebracht, über sie zu urteilen und darüber nachzudenken, wie schwach sie sein muss, um in solche Situationen zu geraten, und hier stehe ich jetzt und weine in Gegenwart der einzigen Person auf dieser Welt, die es nicht verdient hat, mich weinen zu sehen.

»Komm nicht auf die Idee, meinen Gefühlsausbruch überzubewerten«, warne ich ihn. »Ich liebe dich verdammt noch mal nicht, West. Ich *mag* dich nicht einmal. Ich habe dich einfach nur dummerweise an mich herangelassen.«

Ich bedauere es sogar, das einzugestehen, aber jetzt ist es raus.

Er stößt sich vom Tisch ab, und ich bin augenblicklich auf der Hut. Als er vor mir steht, kann ich nicht einmal mehr zu ihm aufschauen. Ich bin nicht sicher, was ich empfinden werde, wenn ich es tue, und ich kann es mir nicht leisten, mich noch mehr zu hassen, als ich es sowieso schon tue.

»Was willst du von mir?« Sein raues, tiefes Timbre dringt mir bis ins Mark.

»Ich möchte, dass du ehrlich zu mir bist«, antworte ich. »Ein Mal nur … gib mir *irgendwas*.«

Das klingt gefährlich nach Flehen, aber ich fühle mich nicht wie ich selbst, und es bricht einfach so aus mir heraus.

»Du bist nicht hier, um dir meine Probleme anzuhören«, lenkt er ab, und ich bin es so was von leid. »Du sagst, du willst wissen, warum ich so bin, wie ich bin, aber das tust du nicht. Nicht wirklich.«

Er hält inne, und beinahe hätte ich den Kopf gehoben, um seinem Blick zu begegnen, doch ich kämpfe dagegen an.

»Du willst es doch gar nicht hören«, wiederholt er.

Ich bin augenblicklich auf hundertachtzig wegen der Mauern, die er hochzieht, und frustriert über seine rätselhaften Andeutungen und Doppeldeutigkeiten.

»Glaubst du, ich bin hergekommen, um Selbstgespräche zu führen?«, schreie ich. »Es ist genau wie immer, West. Ich will, dass du dich wie ein Mann verhältst und mit mir sprichst! Sei zur Abwechslung einmal ehrlich. Sag etwas! Irgendwas!«

Mir ist klar, dass er das als Verzweiflung auslegen kann, aber es schert mich nicht. Ich kann es nicht mehr zurücknehmen. Eine Sache *kann* ich jedoch kontrollieren, und das ist dieses offensichtliche Machtspiel, bei dem er über mir steht, als wäre ich einer seiner verdammten Untergebenen. Als ich es also nicht mehr aushalte, stehe ich auf. Ich erwarte, dass er zurückweicht, um mir Platz zu machen, aber er rührt sich nicht vom Fleck.

Auf der Stelle wird mir klar, dass ich einen Fehler begangen habe.

Wir stehen uns gegenüber, und sosehr ich ihn in diesem Moment auch hasse, spüre ich es doch. Diese eine Sache, die wie eine offene Wunde zwischen uns ist und uns verbindet. Wir sind verwundbar, wir sind gebrochen, und das macht es so leicht, zusammen über unseren unausgesprochenen Schmerz zu trauern.

»Ich hasse dich.« Meine Stimme zittert bei diesem Eingeständnis, als ich zu ihm hochblicke, aber er steckt es weg.

»Du versuchst es, aber du tust es nicht«, erwidert er und entlarvt meinen Bluff.

»Nein. Ich meine es so. Ich hasse dich mit jeder Faser. Du bist grausam und gedankenlos und …«

Mir fehlen die Worte, als er näher kommt, mich überwältigt.

»Und … was noch?«, drängt er.

Meine Brust vibriert unter meinem beschleunigten Herzschlag. »Macht dich das etwa an?« Meine Worte sind kaum lauter als ein Flüstern.

Er schweigt, aber ich weiß, dass die Antwort auf diese Frage »Ja« lautet. Obwohl ich es nicht sein sollte, bin ich überrascht.

»Du hast mir eine Million Mal gesagt, dass ich krank bin«, erinnert er mich. »Nenn mir ein einziges Mal, dass ich das geleugnet habe.«

Wir befinden uns in einer Pattsituation, in der keiner von uns spricht oder sich bewegt, doch dann senkt er den Kopf, um mir ins Ohr zu flüstern – leise, tief.

»Niemand behandelt mich so wie du, Southside«, knurrt er. »Und auch wenn ich es nur ungern zugebe, es ist wie eine Droge für mich.«

Seine Stimme lässt meinen ganzen Körper vor Verlangen erzittern, aber ich schaffe es, konzentriert zu bleiben.

»Nun, so schmeichelhaft das auch ist, ich bin nicht zu deiner Unterhaltung hier«, schieße ich zurück. »Ich bin nur zu dir gekommen, um die Wahrheit zu hören. Das ist das Einzige, was ich im Moment von dir will.«

»Dann zieh dich aus.« Ich bin erschrocken angesichts des Befehlstons in seiner Stimme. »Wenn wir jemals die Wahrheit über den anderen erfahren wollen, dann werden wir sie nur auf diese Art finden.«

Ein zittriger Atemzug entweicht meinen Lippen, aber ich bin entschlossen, ihm zu widerstehen.

»Im Bett? Glaubst du wirklich, dass normale Menschen dort das wahre Gesicht des anderen erkennen?« Ich frage ihn das im Ernst und möchte, dass er weiß, dass ich nicht vor ihm einknicken werde. Auch wenn mein Körper bereits gegen diese Entscheidung ankämpft.

»Normale Menschen nicht. Nur wir«, antwortet er.

Meine Brust hebt sich, als ich tief Luft hole, und ich halte seinem Blick stand, während ich fortfahre.

»Glaubst du, ich habe vergessen, dass Parker gerade noch in deinem Bett war, Arschloch?«

Der Mistkerl scheint tatsächlich überrascht zu sein, dass das eine Rolle spielt. »Bist du deswegen so aufgebracht?«, hat er den Nerv zu fragen, als wäre es überhaupt nicht von Belang.

Der Abstand zwischen uns wird noch kleiner. Er streckt eine Hand aus, legt sie tief unten auf meinen Rücken und zieht mich an sich.

»Ich habe sie nicht angefasst«, beteuert er und klingt ungehalten darüber, es überhaupt erwähnen zu müssen.

Ich schnaube spöttisch, als ich mich aus seinem Griff winde, und sein Blick folgt mir zum Balkon, wo ich mich an die Türschwelle stelle.

»Sie war halb nackt in deinem Bett, West. Und du und ich, wir wissen beide, dass es kaum etwas gibt, was sie nicht für dich tun würde.«

Er fährt sich mit dem Daumen über die Lippen und verbirgt dahinter ein arrogantes Grinsen.

»Sie ist gekommen, um sich zu unterhalten und wohl auch, um die Nacht hier zu verbringen, aber nur, weil sie Wahnvorstellungen hat«, fügt er seufzend hinzu. »Die Unterhaltung wurde hitzig, weil sie irgendeinen nervigen Unsinn erzählt hat, und in Parkers Welt bringt man die Dinge mit Sex wieder in Ordnung. Aber ich schwöre dir, ich habe sie nicht angefasst.«

Ich starre ihn wütend an, weil es befremdlich wirkt, dass er mir alles so ausführlich erklärt. So als … würde er sich tatsächlich etwas aus mir machen. Inzwischen kann ich nicht mehr unterscheiden, ob er einfach ein wirklich guter Lügner ist oder ob er die Wahrheit sagt.

»Zählt das denn gar nicht, dass ich ihren Arsch in dem Moment vor die Tür gesetzt habe, als du aufgetaucht bist?«, fragt er mit einem kehligen Lachen. »Oder … hast du dieses kleine Detail etwa vergessen?«

Er will mich ködern. Davon bin ich überzeugt, als er erneut auf mich zukommt.

Mein Blick fällt auf seine unfassbar perfekten Bauchmuskeln, die einen Vorgeschmack auf das bieten, was sich unter dem Bund seiner Sweatpants befindet.

Lass ihn nicht in deinen Kopf, Blue. Lass es einfach … nicht zu.

Er steht direkt vor mir, näher, als er sollte, und ich spüre seinen Atem, als er wieder spricht.

»Ich konnte bei ihr nicht mal hart werden. Nicht so wie bei dir.«

Er lügt.

Ganz bestimmt.

Bevor ich den Gedanken zu Ende führen kann, nimmt er meine Hand, führt sie zwischen uns nach unten und legt meine Finger um seinen Schwanz.

Ganz offensichtlich ist das im Moment kein Problem. Ich spüre ihn steif an meiner Handfläche, und seine Größe beeindruckt mich einmal mehr.

Ich halte den Atem an, als er mein Kinn umfasst und mich zwingt, ihm in die Augen zu sehen. Ich weiß, dass er vorhat, mich zu küssen, weil er immer Jagd auf die Schwachen macht, aber ich befreie mich gerade noch rechtzeitig aus seinem Bann, indem ich mich daran erinnere, wie er mir die kalte Schulter gezeigt hat.

»Du hast den ganzen Tag keinen Gedanken an mich verschwendet. Und da glaubst du, du kannst mich jetzt einfach so rumkriegen?«

Er hat darauf keine Antwort, und das macht mich wahnsinnig.

»Du bist so ein verdammter Arsch«, fauche ich. »Du denkst, du kannst tun und sagen, was zum Teufel du willst, und dann einfach …«

Ich verstumme, als er meinen Mund mit seinem verschließt. Er schwillt in meiner Hand weiter an, und ich packe seinen Schwanz fester, weil ich weiß, dass ein verletzter Teil seiner Seele diese Beleidigung gerade genossen hat, es genießt, verbal zerstört zu werden.

»Erzähl mir mehr«, verlangt er und schiebt mir seine Zunge in den Mund.

Ich kann mich nicht erinnern, wann ich das letzte Mal so wütend auf jemanden gewesen bin, aber aus irgendeinem Grund kann ich nicht auf Abstand zu ihm gehen.

»Du bist eine wandelnde Tragödie«, fahre ich wie in Trance fort, während er mit seiner Zunge an meinem Hals hinunterwandert.

»Was noch?« Sein Atem fühlt sich warm auf meiner Haut an, und ich verliere den Bezug zur Realität noch ein bisschen mehr.

»Du bist starrköpfig, und das hasse ich«, sage ich als Nächstes. »Manchmal bin ich so frustriert, dass ich dich am liebsten umbringen würde.«

Er gibt ein sanftes Lachen von sich, das an meinem Hals vibriert, aber er hört nicht auf, mich dort zu küssen. Stattdessen saugt er an meiner Kehle, und es ist offensichtlich, dass ich diesen Kampf verlieren werde. Er schiebt den Bund seiner Sweatpants ein paar Zentimeter tiefer, und ich spüre mehr von ihm, Haut auf Haut. Aber noch hat er sich nicht vollständig entblößt.

»Ich brauche eine Sekunde«, bringe ich mühsam hervor, bevor ich mich von ihm löse.

Er steht schwer atmend da, sagt aber kein Wort.

Seine makellosen Züge werden in dem gedämpften Licht wunderschön betont, und mir entgeht nicht der Ausdruck der Verzweiflung auf seinem Gesicht.

»Ich gehe nicht weg«, sage ich rasch, obwohl ich weiß, dass ich es tun sollte. »Ich … ich brauche nur einen Moment.«

Seine Nasenflügel blähen sich, als sein Verlangen noch offensichtlicher wird, aber er reißt sich zusammen und nickt. Er tritt beiseite, und ich husche ins Badezimmer, wo ich die Tür hinter mir schließe und das Licht anmache.

Während ich mich im Spiegel anstarre, bin ich mir nicht einmal sicher, wen ich da ansehe. Die Blue, die ich vor ein paar Monaten kannte, wäre heute Abend nicht hier. Nicht mit jemandem wie West. Mit jemandem, der ihre Gesellschaft definitiv nicht verdient.

Und trotzdem möchte heute Abend kein einziger Teil von mir sein Zimmer verlassen.

Ich lasse kühles Wasser über meine geröteten Wangen laufen und fühle mich von der anderen Seite der Tür angezogen, wo die Versuchung auf zwei muskulösen Beinen auf meine Rückkehr wartet. Mir ist klar, dass West und ich heute Abend keinen Schritt weitergekommen sind. Wir haben keines unserer Probleme gelöst, und ich frage mich, ob dies der einzig mögliche Weg ist, mit ihm zusammen zu sein.

Kaputt.

Verkorkst.

Aber vielleicht bin ich ja bereit, mich damit zufriedenzugeben.

Seine Worte hallen in meinem Kopf nach, seine Behauptung, dass wir unsere Wahrheit nur im Bett finden würden. Ich kann auch seine Bemerkung, dass wir alles andere als normal sind, nicht leugnen. In diesem Punkt hat er recht. Möglicherweise hat er in *allem* recht.

Vielleicht *ist* Intimität der einzige Weg, um herauszufinden, ob die Gefühle, die wir beim anderen vermuten, real sind. Vielleicht können wir nur so feststellen, ob das, was wir selbst empfinden, real ist.

Mein Blick wandert wieder zur Tür, und ich frage mich, ob ich bereit bin, auf etwas zu verzichten, das ich mir so sehr wünsche, doch ich muss nicht lange auf eine Antwort warten. Mit dem Wissen, dass mein Schicksal besiegelt ist, schalte ich das Licht aus und finde mühelos meinen Weg zu ihm.

West sitzt auf der Bettkante. Als ich zwischen seine Knie trete, blickt er langsam auf, und ich sehe mehr von ihm als zuvor. Ich sehe die sanften Seiten seiner Seele, die er unter allem anderen versteckt hält. Ich erinnere mich an Joss' Worte, dass er im Grunde ein Schatz sei. Für den Moment muss ich ihr das einfach glauben, aber vielleicht geschieht ein Wunder, und ich darf es eines Tages mit eigenen Augen sehen.

Er packt die Rückseiten meiner Oberschenkel und zieht mich näher zu sich heran. Ich sehe zu, wie er meine Jeans aufknöpft und sie zusammen mit meiner Unterwäsche herabzieht. Ich trete aus ihnen heraus und hebe meine Arme, als er als Nächstes mein T-Shirt auszieht. Ich greife nach hinten und öffne meinen BH, während er aufsteht und dann über mir aufragt, so übermenschlich schön.

Er hält meinen Blick fest und fordert mich heraus wegzuschauen, während er seine Hose über die schmalen Hüften schiebt und sich völlig vor mir entblößt. Ich habe nur einen Moment, meinen Atem unter Kontrolle zu bringen, bevor seine weichen Lippen auf meine treffen. Er küsst mich innig, und seine Hand fährt in meine Haare. In meinem Kopf dreht sich alles bei jedem Vorstoß seiner Zunge.

Ein knisterndes Geräusch erregt meine Aufmerksamkeit, und er weicht gerade lange genug zurück, um mit einer Hand ein Kondom überzustreifen. Dann setzt er sich und zieht mich auf seinen Schoß. Seine Hitze verbrennt meinen Rücken dort, wo er mich berührt. Er schiebt seine Hüfte nach vorn, während ich mich auf ihn setze, und bettelt geradezu darum, dass ich ihn in mir aufnehme. Ich habe nicht die Absicht, ihn warten zu lassen, und als er das erkennt, greift er zwischen unsere Körper, richtet seinen Schwanz aus und lenkt mich langsam an den Hüften auf ihn herunter.

Ein Wimmern entfährt mir, voller Erleichterung, weil ich ihn endlich auf diese so vollkommene Weise fühle, nach der ich mich seit unserer ersten Begegnung gesehnt habe. Ich schließe die Augen und reite ihn langsam, was ihm ein tiefes Stöhnen entlockt.

»Deine Augen«, murmelt er grollend. »Öffne sie und sieh mich verdammt noch mal an.«

Ich begegne seinem Blick und nehme den sextrunkenen Ausdruck auf seinem Gesicht in mich auf. Er ist kaum bei Sinnen, während sich unsere Körper gemeinsam bewegen und er meine volle Aufmerksamkeit fordert. Die bekommt er, genau so wie er es will. Und plötzlich verstehe ich, warum ich die Augen nicht schließen darf.

Es verströmt eine Intensität, die er im selben Maße von mir braucht. Ich gebe sie bereitwillig und reibe mich schneller und fester an ihm, während ich meine Arme um seinen Hals lege.

Ich gebe ihm alles. Jeden Funken Hass, jedes Gramm Wut, das ich in mir habe, und er nimmt alles genüsslich in sich auf.

Seine Fingerspitzen bohren sich tief in meine Hüften, und in meinem Innersten baut sich Spannung auf. Meine Atemzüge sind jetzt ein leises Stöhnen, und West schluckt sie herunter, als er meinen Mund mit einem Kuss einfängt. Er legt sich aufs Bett und zieht mich auf sich herab. Danach lenkt er jede meiner Bewegungen mit seinen Händen, lässt meine Hüften kraftvoll kreisen, während er hart unter mir zustößt. Die Kombination bringt mich fast zum Schreien. Er presst seinen Kopf auf die Matratze und kann kaum noch atmen. Meine Fingerspitzen krallen sich fester in seine Brust, und ich bin kurz davor.

»Komm … noch nicht«, sagt er keuchend, während er weiterhin meine Bewegungen steuert.

»Ich weiß nicht, ob ich noch warten kann«, warne ich ihn. Mein Körper hat seinen eigenen Willen.

Um meinen nahenden Höhepunkt hinauszuzögern, lässt er ein wenig locker und gleitet mit einer Hand nach oben, um mich direkt unterhalb meines Brustkorbs zu halten. Es fühlt sich an, als würde mir das Herz gleich aus der Brust springen, doch dann sehe ich ein gefährliches Grinsen auf Wests Lippen.

Ganz unvermittelt beginnt er erneut, sich zu bewegen, und nun kann ich mich nicht mehr zurückhalten, wie er es gefordert hat. Aber wahrscheinlich geht es genau darum.

»Hör nicht auf«, flehe ich und drücke meine Schenkel fest an ihn.

Er lenkt meine Hüften weiter, reibt meinen Körper an seinem, bis ich am ganzen Körper zu zittern beginne. Die machtvolle Anspannung zwischen meinen Beinen baut sich weiter auf und erreicht ihren Höhepunkt in einer euphorischen Explosion aus meinem Inneren heraus. Ich genieße den Moment, nur Sekunden bevor Wests Körper sich unter mir anspannt. Er stößt noch einige Male mit seinen Hüften zu und packt mich so fest, dass es wehtut, und dann habe ich das unvergleichliche Vergnügen, König Midas dabei zuzusehen, wie er erlöst wird.

Begleitet wird dieses Schauspiel von einer Reihe hochgradig expressiver Gesichtsausdrücke – zuerst unglaubliche Anspannung, gefolgt von purer Glückseligkeit und schließlich ruhiger Erleichterung. Gleich danach gibt er ein leises Grunzen von sich und liegt völlig regungslos unter mir.

Ich starre hinunter in seine leuchtenden Augen, doch keiner von uns spricht. Es sind die fehlenden Worte, die mich ein wenig verunsichern, während mir klar wird, was wir da gerade getan haben. Es dauert nicht lange, bis ich das ganze Ausmaß unseres Handelns erkenne. Von einem Moment auf den anderen herrscht in meinem Inneren ein verunsichertes Chaos, und ich hoffe, dass West es nicht bemerkt.

Als er weiter schweigt, mache ich Anstalten, von ihm herunterzuklettern, weil mir ein wenig Abstand womöglich dabei hilft, den Kopf freizubekommen, aber er hält mich einfach fest. So von ihm gefangen, spüre ich eine Zärtlichkeit in seiner Berührung, die er womöglich gar nicht beabsichtigt. Aber vielleicht sehne ich mich auch nur verzweifelt nach einem Zeichen, dass ich nicht die Einzige bin, die das gerade gespürt hat – diese ungeheure Energie, die zwischen uns explodiert ist.

Er öffnet den Mund ein wenig, und ich denke, dass er etwas sagen will. Etwas, das dieses tiefe Gefühl der Angst vertreibt. Allerdings hat mich das Leben gelehrt, dass es ein großes Risiko ist, in einen Kerl wie West auch nur ein Fünkchen Hoffnung zu setzen.

Seine Brust bewegt sich, als sich seine Atmung erneut beschleunigt und sein Blick auf meinen Mund fällt. So im Arm gehalten zu werden löst bei mir eine Welle von Gefühlen aus, die ich nicht ignorieren kann.

West mustert mein Gesicht, dann löst er seinen Griff und ist urplötzlich ein anderer. Die Veränderung raubt mir den Atem, und ich habe das Gefühl, als würde mir der Boden unter den Füßen weggezogen.

Sofort erinnere ich mich an seine Worte: dass sich unsere Wahrheit in diesem Akt zeigen würde.

Vielleicht ist es das. Unsere Offenbarung.

Ich bewege mich zur Seite, als West wortlos unter mir herausgleitet und dann in Richtung Badezimmer stürmt. In seinen Schritten, in den starken Muskeln seiner Schultern und seines Rückens liegt Wut, und während ich ihm nachsehe, zieht sich meine Brust vor Kummer zusammen.

Ich frage mich nicht, ob ich einen Fehler gemacht habe. Es geht nur um das Ausmaß und die bleibenden Folgen, die er nach sich ziehen wird.

An der Badezimmertür bleibt er stehen, dreht sich aber nicht um. Für den Bruchteil einer Sekunde kehrt ein Funken Hoffnung zurück, der jedoch sofort mit drei kleinen Worten ausgelöscht wird.

»Du solltest gehen.«

Dann verschwindet er um die Ecke und schlägt die Tür hinter sich zu. Der Klang lässt mich zusammenzucken, und ich bin für einen Moment starr vor Ungläubigkeit.

Das würde er nicht tun. Ich weiß, dass wir verkorkst sind, aber … mich einfach rauswerfen?

Doch dann wird mir klar, was das war. Nur Sex. Nichts weiter als das, und jetzt will er, dass ich verschwinde. Genau wie er es von jedem anderen Mädchen verlangen würde.

Es ist mein Stolz, der mich dazu bringt, wie ferngesteuert aufzustehen und die zahlreichen Gefühle zu unterdrücken, die in mir aufwallen. Mit tränenverschleiertem Blick suche ich nach meinen Sachen, weil ich weiß, dass ich um meiner geistigen Gesundheit willen nicht mehr hier sein darf, wenn er zurückkommt.

Ich muss mich zusammenreißen, auf größtmögliche Distanz zu ihm gehen und direkt in den Modus zur emotionalen Schadensbegrenzung schalten. Aber bevor ich überhaupt so weit komme, geißle ich mich selbst. Es beginnt in dem Moment, in dem ich mit meinen Schuhen in der Hand aus seiner Suite fliehe und dabei versuche, nicht zu hyperventilieren. Ich eile in einem grässlichen Walk of Shame zu meinem Zimmer und versuche, den Schlüssel ins Schloss zu stecken.

Wie konntest du nur so dumm sein?

Hast du das wirklich nicht kommen sehen?

Du bist so was von im Arsch. So kaputt. Offiziell eine Schlampe. Mit Ricky hat es wenigstens etwas bedeutet. Dir. Ihm.

Verdammt!

Ich schaffe es hinein und lasse das Licht aus. Wenn ich mich selbst im Spiegel sehen muss, kann es sein, dass ich mich nicht zusammenreißen kann. Das ist das Schlimmste, was ich je getan habe, und es lässt sich nicht ungeschehen machen.

Ich werde das auf ewig bereuen.

#FollowMe

@QweenPandora:

Morgen ist Spieltag! Stellt die Drinks weg, schickt die Mädchen fort und ruht euch aus!

GO, PANTHERS!

Bis dann, Leute! ~P

39

BLUE

Ich bin auf Autopilot und will diesen Tag einfach nur hinter mich bringen. Dieses Wochenende soll endlich vorüber sein. Niemals in einer Million Jahren hätte ich gedacht, dass ich mein Zuhause jemals vermissen würde, aber das tue ich.

Ich vermisse es, und ich habe den gesamten Morgen und den Nachmittag versucht, nicht zu weinen, vergeblich. Ich bin mir sicher, dass ich schrecklich aussehe. Meine Augen brennen jedes Mal, wenn ich an gestern Abend denke; zu sagen, dass ich am Boden zerstört bin, wäre eine glatte Untertreibung. Mein Herz fühlt sich gebrochen an, aber das kann nicht sein. Denn das würde ja bedeuten, dass ich es West irgendwann geschenkt habe, und das stimmt nicht.

Unser Team schafft einen weiteren Touchdown, und ich bin erleichtert, als ich sehe, wie die Zeit auf der Anzeigetafel verrinnt. Wir haben mehrere Punkte Vorsprung, und es ist fast vorbei. Für West wird dies sein zweiter großer Sieg innerhalb von vierundzwanzig Stunden sein. Der erste war es, mich dazu zu bringen, mit ihm zu schlafen, damit er mich anschließend vor die Tür setzen und demütigen konnte.

Ich bin eine Idiotin.

So dämlich.

Ich schiebe die Gedanken beiseite und mache einfach weiter Fotos. Mehrere Wagenladungen Schüler von der CPA sind für das große Spiel hierhergefahren, und so ist dieser Bereich des Stadions bevölkert mit bekannten Gesichtern. Ich stehe ein paar Reihen hinter den Cheerleadern und gebe mir Mühe, alle um mich herum zu ignorieren.

Sobald das Spiel vorbei ist, werde ich auf mein Zimmer gehen, um zu packen, und dann werde ich nur noch die morgige Busfahrt nach Hause überstehen müssen. Wenn ich es schaffe, West komplett aus dem Weg zu gehen, wird alles gut.

Zumindest rede ich mir das ein.

Dane macht wichtige Punkte und entgeht knapp einem bösen Tackling von zwei der größten Spieler, die ich in meinem Leben gesehen habe, doch er ist zu schnell und schafft es in die Endzone. Die Menge tobt, aber niemand ist so begeistert wie Joss. Ich denke an die wenigen Male zurück, bei denen ich sie und Dane zusammen erlebt habe, und muss gegen einen Anflug von Eifersucht ankämpfen. Da ist so eine Leichtigkeit in ihrer Beziehung – auch wenn es nur Freundschaft ist –, und ich bin mir sicher, dass ich so etwas nie erleben werde.

Mit niemandem.

Ich bemerke, dass sich zwei Mädchen aus dem Cheerleading-Team umdrehen und mich anstarren. Ihre Augen sind weit aufgerissen, und eine von ihnen hat die Hand über den Mund gelegt, doch sie wendet sich schnell ab, als ihr klar wird, dass sie nicht so diskret war, wie sie dachte.

Ich ignoriere ein schrilles Gelächter vom anderen Ende der Tribüne, weil ich mich darauf konzentriere, ein Bild vom Ball in der Luft zu bekommen, kurz nachdem West ihn geworfen hat, aber dann summt die Luft plötzlich in einer Sinfonie aus Telefonbenachrichtigungen. Sogar mein eigenes vibriert in meiner Tasche.

»Ist sie das?«

»Oh mein Gott!«

Das Geschnatter um mich herum wird lauter, aber ich konzentriere mich weiter darauf, diesen Job zu erledigen, damit ich mich in mein Hotelzimmer verkriechen und so tun kann, als wäre ich unsichtbar.

In diesem Moment klingt das himmlisch.

Ich schieße ein weiteres Bild – wobei ich es absichtlich vermeide, Wests Gesicht aufzunehmen – und werfe einen Blick auf die Anzeigentafel. Es sind nur noch ein paar Minuten in diesem Viertel, und der Sieg ist garantiert. Nicht dass mich das alles irgendwie interessieren würde.

»Nun, *jemand* ist wohl gerade aus den falschen Gründen berühmt geworden«, sagt ein Mädchen zu meiner Rechten laut genug, um meine Aufmerksamkeit zu erregen. Und da bemerke ich, dass sie mich direkt ansieht.

Tatsächlich schauen mich *mehrere* Personen direkt an.

Und die, die es nicht tun, starren auf ihre Handys.

Ich spüre ein flaues Gefühl in der Magengrube, und meine Hände zittern, als ich in die Tasche meines Hoodies greife, um mein Handy herauszunehmen.

Und in der Sekunde, in der ich das tue … wird mir ganz übel.

»Dann wissen wir ja jetzt, wo *du* die letzte Nacht verbracht hast.«

Ich weiß nicht, wer das gesagt hat, und ich weiß auch nicht, wer jetzt lacht, aber es hört sich an, als wären es alle.

Alle lachen mich aus.

Ich blicke erneut auf mein Handy und kann nicht glauben, was ich dort sehe.

Ich und West. In seinem Bett letzte Nacht. Unsere nackten Körper, die sich bewegen.

Und es ist nicht nur ein Bild … es ist ein Video.

Mir wird schwindlig. Ich stehe auf und schiebe mich durch die Menge, um die Treppen des riesigen Stadions hinaufzulaufen. Ich bin bereit, jeden über den Haufen zu rennen, der es wagt, sich zwischen mich und den Ausgang zu stellen, denn ich muss hier raus.

Ich muss.

Wie ist es möglich, dass mich ein Fehler *zwei Mal* demütigt?

Durch meinen Tränenschleier kann ich kaum etwas erkennen, während ich verzweifelt nach dem Ausgang suche. Ich halte mein Handy ans Ohr und spüre, wie meine Hand zittert. Ich brauche jemanden, der mich so weit wie möglich von hier fortbringt, und es gibt nur eine Person, die ich anrufen kann.

Mein Anruf wird beim ersten Klingeln angenommen. »Hallo?«

»Kannst du mich bitte abholen? Ich kann hier nicht bleiben«, sage ich und schluchze so heftig, dass es ein Wunder ist, dass man mich überhaupt versteht. Mein Magen ist ein einziger Knoten, und meine Brust brennt vor Wut und Scham.

»Texte mir die Adresse. Ich bin auf dem Weg.«

Ich lasse das Handy sinken und renne schneller, als ich je zuvor gerannt bin, nur um demjenigen zu entkommen, in dessen Nähe ich mich nicht mehr wage – nicht weil ich fürchte, ihm gegenüber verletzlich zu sein, sondern weil ich nicht mit Sicherheit sagen kann, dass ich ihn nicht töten würde.

Von allen Dingen, die ich West zugetraut habe, habe ich dies nicht kommen sehen. Niemals. Aber eines hätte er mittlerweile über mich lernen sollen: Ich bin kein leichtes Opfer.

Wenn du einen Krieg willst, West Golden, dann wirst du genau das bekommen.

#FollowMe

@QweenPandora:

Und da habe ich geglaubt, dass der große Sieg unseres Teams DIE Neuigkeit des Tages wäre. Doch wie es scheint, hat jemand eine frühzeitige Bewerbung für die Rosa Liste des Jahres abgegeben, und ihr Name ist Blue Riley, auch bekannt als NewGirl.

Einige finden, dass das gewagte Video für sich selbst spricht und unser Mädchen an die Spitze von CPAs jährlicher »Schlampenliste« katapultiert, aber wenn ihr mich fragt, stimmt da was nicht. Wissen wir denn überhaupt, wer das Video geleakt hat? Ich meine ... bevor ich es in die Hände bekommen habe, natürlich.

Zu blöd, dass wir die Hauptdarstellerin nicht selber fragen können. Es heißt, dass sie sich aus dem Staub gemacht hat, sobald ihr Debüt im Netz aufgetaucht ist.

Ich habe eine Vorahnung, und die ist vielleicht ein wenig düster. Auf jede Aktion folgt eine Reaktion, Leute. Merkt euch meine Worte! Dieses Fiasko wird ein paar drastische Konsequenzen nach sich ziehen. Und wenn die Kacke schließlich am Dampfen ist ... werdet ihr die Exklusivmeldung von mir zuerst erfahren.

Bis zum nächsten Mal, Leute! ~*P.*